März 2020: Ein protestantischer Pfarrer in der Uckermark, der dem Tod ins Auge blickt. Eine Anästhesistin der Charité, die mit einem Rabbi zusammen in Quarantäne gerät. Ein Kunststudent, der heillos in seine Professorin verliebt ist und in eine Welt der Betäubung abdriftet. Und Selma, die Enkelin, Tochter und Schwester der Genannten, die diese Familie irgendwie zusammenhalten soll – keine leichte Aufgabe in Zeiten von Kontaktbeschränkungen und Abstandsregeln, in denen Distanz zur Tugend wird und Nähe zum Problem.

Die vier auseinandergerissenen Familienmitglieder sind weniger durch Ähnlichkeit miteinander verbunden als durch eine gemeinsame Leerstelle: Holger, Pfarrerssohn, Ex-Mann und Vater der Protagonisten befindet sich nach einem Suizidversuch in einer Klinik und ist nunmehr so gut wie unerreichbar. Für jede der Figuren bedeutet er eine Lücke, einen Phantomschmerz der anderen Art. Doch Holger ist nicht der einzige Abwesende, der im Leben der Familienmitglieder viel präsenter ist, als sie es wahrhaben wollen. Die Verschwundenen – Lebende wie Tote – und die Wut- und Schuldgeschichten, die zu ihnen führen, kommen immer mehr zum Vorschein in dieser extremen, brennglasartigen Zeit.

*John von Düffel* wurde 1966 in Göttingen geboren, er arbeitet als Dramaturg am Deutschen Theater Berlin und ist Professor für Szenisches Schreiben an der Berliner Universität der Künste. Seit 1998 veröffentlicht er Romane, Erzählungsbände sowie essayistische Texte bei DuMont, u. a. ›Vom Wasser‹ (1998), ›Houwelandt‹ (2004), ›Wassererzählungen‹ (2014), ›Klassenbuch‹ (2017), ›Der brennende See‹ (2020) sowie ›Wasser und andere Welten‹ (Neuausgabe 2021). Seine Werke wurden mit zahlreichen Preisen ausgezeichnet, u. a. mit dem aspekte-Literaturpreis und dem Nicolas-Born-Preis.

John von Düffel

# DIE WÜTENDEN UND DIE SCHULDIGEN

Roman

DUMONT

*Für*
*Katja und Greta*


*Dank*
*Petra Anwar*
*und dem Kantorsee*

# TEIL I

# SELMA

… versuchte wegzuhören. Schon zum dritten Mal telefonierte Kathi Kuhn während der Fahrt, um mittels Ferndiagnose die Medikamentierung und Dosierung für ihre Patienten einzustellen. Die kryptischen Mengenangaben und Abkürzungen lösten in Selmas Gehirn Entschlüsselungsreflexe aus, die sie diskret unterdrückte. Doch sie konnte nicht ausblenden, dass hauptsächlich von Fentanyl die Rede war. Fentanyl, so viel verstand sie, bekamen die Todgeweihten.

Der Verkehr auf den Landstraßen war epidemisch dünn, so als wäre mitten in der Woche Sonntag. Selma krallte sich trotzdem in den Sitz, als Kathi für ein Überholmanöver auf die Gegenfahrbahn wechselte und an zwei Lkws vorbeizog, beide von derselben Spedition. Danach kam nichts mehr. Die Landschaft links und rechts erblühte auf unwirkliche Weise unter einer hoch stehenden Märzsonne: Triebe, Knospen und Blätter, Andeutungen von Baumkronen vor blauem Himmel. Irgendwo am Ende der großflächigen Felder glitzerte in einer Senke ein See oder eine Luftspiegelung. Der Frühling war erstaunlich weit, fühlte sich aber nicht an wie ein Anfang.

Einen Moment lang malte sich Selma ihren Unfalltod aus, in Kathi Kuhns schwarzem Mercedes-Kombi an irgendeinem Baum der Allee. Auf einer fernen Hügelkuppe zog ein Traktor eine Staubfahne über einen grauen Acker.

Kathi drängte auf ein Ende des Telefonats mit dem Pfleger, der sämtliche Anweisungen offenbar noch einmal wiederholte. Ihr mechanisches Nicken wurde begleitet von einem kurzen, schnappenden Ja. Ja. Ja. Selma verkrampfte auf ihrem Beifahrersitz unter dem Stress der anderen. Schon beim Einsteigen hatte sie kein gutes Gefühl gehabt, jetzt bekam sie ein schlechtes Gewissen, weil diese Ärztin Wichtigeres zu tun hatte, als mit ihr aufs Land zu fahren. Dr. Kathi Kuhn war, wie Selmas Mutter jedem sagte, eine Institution. Die beiden hatten Anfang der Neunziger zusammen Medizin studiert und waren seitdem beste Freundinnen. Doch während ihre Mutter den stillen, unscheinbaren Weg in die Anästhesie gewählt hatte, war KK zu einer Vorreiterin der Palliativmedizin geworden, ein Beispiel dafür, dass Mediziner nicht nur Leben, sondern auch Tode retten konnten. Die Friedhöfe von Kreuzberg waren voll von Verstorbenen, deren Leiden sie gelindert hatte. Und die Angehörigen dankten es ihr noch Jahre und Jahrzehnte später, teils mit Umarmungen auf offener Straße.

Vielleicht hatte sie das Wort Fentanyl ein paarmal zu oft gehört, doch Selma wurde auf einmal bewusst, wie sehr es beim Leben und Sterben um Betäubung ging – im richtigen Maß, an der richtigen Stelle, zur richtigen Zeit. Der Unterschied zwischen einem sanften Tod und der wundersamen Todesähnlichkeit der Narkose, zwischen Entschlafen und Einschlafen erschien ihr gar nicht mehr so groß und die Freundschaft zwischen einer Palliativmedizinerin und einer Anästhesistin fast zwangsläufig.

»Wo bleiben die Funklöcher? Heute ist mein freier Tag!« Kathi zupfte den Stöpsel aus ihrem Ohr und schickte ein halbseitiges Grinsen in Selmas Richtung. Dann machte sie sich am Autoradio zu schaffen und suchte einen Sender, der ein bisschen Musik zur Entspannung spielte. »Es gibt in meinem Beruf keinen günstigen Zeitpunkt, um wegzufahren«, erklärte sie weiter angesichts der Arbeit, die sie in Berlin zurückließ. »Gestorben wird immer, und für jeden ist es das erste Mal.«

Zu wissen, dass KK ihrem Alltag kaum entfliehen konnte, machte die Sache nicht leichter. Am Ende dieser Fahrt wartete

Richard und damit ein weiterer Patient, der ihren Rat und Beistand brauchte. Selma konnte nicht ermessen, wie gut sich Kathi und ihr Großvater kannten. Als Freundin der Familie hatte sie ein, zwei Feste auf dem Land mitgefeiert. Doch das windschiefe Pfarrhaus mit seinem wilden Garten war für sie kein Kindheitsort und Richards eigenbrötlerischer Haushalt vermutlich nur eine muffige Altmännerwirtschaft. Weder das schöne Wetter noch die Frühlingslandschaft konnten darüber hinwegtäuschen, dass sie nicht ins Blaue fuhren. Auf dem Rücksitz, neben dem schwarzledernen Arztkoffer, lag Richards Krankenakte. Von den Fällen am Telefon unterschied sich ihr Großvater nur durch die vielen Umstände, die ein Besuch bei ihm machte.

»Danke, dass du ihn dir ansiehst«, sagte Selma ein bisschen zu leise. »Danke – auch von Mama –, dass du mit ihm redest, in deiner freien Zeit. Es wird sicher nicht einfach …«

»Für deine Mutter tue ich alles.«

Ein alter Bonnie-Tyler-Hit heulte auf und brachte die Boxen zum Scheppern. Kathi zögerte einen Moment, dann schaltete sie das Radio wieder aus. Ohne hinzusehen, ertastete sie auf der Mittelkonsole die Schachtel Zigaretten samt Feuerzeug und zündete sich eine an, die fünfte, registrierte Selma, obwohl sie sich vorgenommen hatte, nicht mitzuzählen. Sie sah ein, dass dieses Auto eine Art Raucherbereich auf Rädern darstellte. Bei ihren todkranken Patienten musste KK auf ihre Nikotindosis verzichten. Die Fahrten zwischen den Hausbesuchen waren ihre einzige Pause.

Selma sollte und wollte noch ausrichten, dass für ihre Mutter wie für das gesamte Klinikpersonal höchste Bereitschaft galt; sobald die Lage es zuließ, würde sie nachkommen. Doch entweder wusste Kathi das schon, oder es verstand sich von selbst. Genauso fraglos, wie sie sich die Zigarette angesteckt hatte, betätigte sie den Fensterheber und blies den Rauch zur Seite, während der Fahrtwind im Fensterspalt knatterte wie ein frisch gewaschenes

Laken beim Straffziehen. Selma fühlte sich nicht stark genug, um gegen den Lärm anzureden, was KK nicht zu stören schien. Nach den hektischen Telefonaten genoss sie es sichtlich zu schweigen.

»Zieht's?«, erkundigte sie sich erst, nachdem sie aufgeraucht und die Kippe in den übervollen Aschenbecher gestopft hatte.

Es zog, doch die Frühlingsluft war auf seidige Weise kühl und angenehm, weshalb Selma nichts sagte. Sie schüttelte nur den Kopf und langte mit einem Arm hinter sich nach ihrer Strickjacke.

»Vergiss die Prognose.« Mit ihrer rauen, durchdringenden Stimme übertönte Kathi den Fahrtwind mühelos. »In fast fünfundzwanzig Berufsjahren habe ich noch nie erlebt, dass eine Prognose gestimmt hat, und ich rede nicht nur von Stunden oder Tagen, sondern von Wochen, manchmal Monaten.«

Selma brauchte einen Augenblick, um zu verstehen, dass damit die Einschätzung des behandelnden Arztes gemeint war. Offenbar sah es so aus, als wollte sie sich nicht ihre Strickjacke, sondern die Krankenakte vom Rücksitz angeln. Verlegen zog sie den Arm zurück und schaute auf ihre Knie.

»Ich dachte, was da drinsteht, unterliegt der ärztlichen Schweigepflicht«, sagte sie laut.

»Es gehört ins Reich der Spekulation.«

Von einer Prognose hatte ihre Mutter nichts erzählt, doch offenbar existierte ein Todesurteil, und die Frist war kurz. KK neigte nicht zu Nettigkeiten. Wenn sie jemanden aufmuntern wollte, musste es einen Grund dafür geben. Womöglich handelte es sich um eine niedrige einstellige Zahl, weniger als eine Woche.

Das Fenster war auf einmal zu.

»Mama kommt nach, sobald sie kann«, verkündete Selma nun doch; die Nachricht erschien ihr plötzlich bedeutungsvoll. »In der Klinik stehen gerade alle stramm und warten auf die erste Welle. Doch sie meint, es sei gerade so wenig Arbeit wie nie.« Offenbar war es ihrer Mutter weniger darum gegangen, Kathi Unterstützung zu versprechen, sie wollte vor allem Richard noch einmal sehen. Von dem Gespräch mit seinem Arzt hatte sie nur erzählt, er sei offiziell »austherapiert« – eine Formulierung, über die Selma lange nachgedacht hatte. Jetzt war ihr klar, was das hieß: Niemand konnte ihrem Großvater mehr helfen – niemand außer Kathi Kuhn.

Sie fuhren durch ein Straßendorf, dessen Ortseingangs- und Ortsausgangsschild am selben Pfahl hätte hängen können. Auf dem schmalen Bürgersteig unter den niedrigen Traufen ließ sich keine Menschenseele blicken. Die Fenster waren verhangen, viele Rollläden heruntergelassen. Hinter einer Gaststätte mit vernagelter Eingangstür folgte die nächste Allee, auf der nichts fuhr, nicht mal ein Lkw. Das steile Sonnenlicht brach sich zwischen Ästen in dem Staub, der von den Äckern herüberwehte wie feiner Nebel.

»Kennt deine Generation eigentlich noch Bonnie Tyler?«, kam Kathi auf das Radio zurück.

»Meine Generation vielleicht nicht, aber ich.« Selmas Mutter hörte die alten Sachen manchmal beim Kochen und hatte diese Vorliebe offensichtlich mit KK gemeinsam. In der Ablage unter dem Autoradio stapelten sich einige Best-of-CDs.

»Sie war mein großes Vorbild. Ich wollte immer singen wie sie.«

Selma verkniff sich die Frage, ob Bonnie Tyler noch lebte.

»Nein, wirklich. Ich hätte nie so viel geraucht und längst aufgehört, wenn ich nicht insgeheim noch hoffen würde, irgendwann einmal so eine Stimme zu kriegen wie sie. Aber Rauchen allein genügt leider nicht. Man müsste auch ein bisschen musikalisch sein.« Kathi schob ein schüchternes Lachen hinterher, das wie zum Beweis in einen rasselnden Raucherhusten überging.

»Wenn du gerne Bonnie Tyler hören möchtest, kein Problem.«

»Das Problem ist: Wenn ich Bonnie Tyler höre, muss ich mitsingen und deine Mutter, wenn sie neben mir sitzt, auch …«

Schwer zu sagen, ob das eine Aufforderung sein sollte. Doch bevor Selma sich herausreden konnte, klingelte erneut das Handy, und K K friemelte sich den Stöpsel zurück ins Ohr. Wieder ging es um Milliliter und Grammzahlen. Bonnie Tyler sang nicht.

Möglichst unauffällig drehte sich Selma zur Rückbank und versuchte, an die Krankenakte heranzukommen. Falls ihr Großvater nur noch wenige Tage zu leben hatte, war es ihr gutes Recht, die Zahl zu kennen. Doch sie reichte mit den Fingerspitzen nur bis zur äußersten Ecke des Arztkoffers, ließ den Arm wieder sinken und blickte auf die Straße vor sich. Im Grunde wusste sie, dass Richard nicht mehr auf der Welt sein würde, wenn sie diesen Weg wieder zurückfuhr. Damit wusste sie genug.

Kathi redete indessen weiter über Fentanyl in verschiedenen Verabreichungsformen und Dosierungen. Vermutlich war ihr Koffer voll von dem Zeug und ein Teil davon für Richard. Insofern ging es bei der Frist weniger um die Anzahl der Tage bis zu seinem Tod. Die Rechnung, die Selma aufmachte, war eine andere: Wie viele von den Stunden, die ihrem Großvater blieben, würden wirklich ihm gehören, nicht dem Schmerz und seiner Betäubung?

# RICHARD

… wurde wieder von diesem Geräusch wach, das irgendwo aus dem Haus kam, aus der Küche wahrscheinlich, ein Küchengeräusch wie Topfauskratzen, ein Löffel, der umrührt oder Rührei schlägt, oder kein Löffel, sondern ein Schneebesen, Handmixer oder Mörser. Jedes Mal, wenn er das Geräusch erfasst zu haben glaubte, verschob sich sein Rhythmus, veränderte und verformte es sich, wurde zu einer klappernden Lüftung, dem Flappen einer Gardine, dem Kühlschrank, der klirrte, und dann zum Boiler, mit dem etwas nicht stimmte. Er musste unbedingt den Boiler abstellen, nahm er sich vor, bis das Geräusch wieder seine Gestalt wechselte und weiterwanderte. Aber es war in der Küche, wenigstens das wusste er. In der Küche oder in seinem Kopf.

Richard schlug die Augen auf. Licht fiel ins Fenster, zu grell und zu steil für einen Sonnenaufgang. Es war Mittag. Er hatte Mittagsschlaf gemacht und war aus der Zeit gefallen in tagferne Zonen, traumwärts. Jetzt hielt er die Augen offen. Er wollte dem Sog nicht nachgeben und zurücktauchen, sondern sich festklammern an irgendetwas. Da hörte er es ganz deutlich. Das Geräusch ging aus der Tür. Er hatte die Hintertür zum Garten nicht richtig zugemacht, er kannte das Quietschen der Scharniere, ihre ewige Klage und das Schaben, Holz auf Stein, wenn das schief hängende Türblatt über die Fliesen schleifte und sich an immer derselben Stelle verkeilte, er hörte das alles. Dann war das Geräusch weg. Die Stille schwappte wieder über ihm zusammen. Es dauerte einen Moment, dann umgab sie ihn ganz.

Er sah nach der Uhr auf dem Fensterbrett, konnte aber vor Helligkeit nichts erkennen, nur die Umrisse des alten Reiseweckers, der nie mitgereist war, sondern schon so lange hier stand, dass sein Ticken ein Teil der Stille geworden war. Richard hörte ihn kaum noch. Sein Amtsvorgänger hatte ihn seinerzeit zurückgelassen, bei seiner Flucht in den Westen, obwohl der Wecker damals sicher neu gewesen war, vielleicht sogar das Allerneueste. Stattdessen hatte er das Kreuz mitgenommen, das schon über dem Fußende des Bettes gehangen haben musste, als sein Vorvorgänger noch in dieser schmalen Kammer schlief. Gleich bei seinem Einzug ins Pfarrhaus war Richard die Leerstelle aufgefallen, auf die man vom Kopfkissen aus starrte, auf die er vorm Einschlafen und beim Aufwachen starren sollte, all die Jahre bis jetzt. Sie war das einzig Auffällige an den schmucklos kahlen Wänden, ein kalkweißes Nichts, umgrenzt von schmutzig grauen Staubrändern, die einen Rahmen bildeten um das verschwundene Kreuz.

Richard erinnerte sich, wie er anfangs noch nach einem Ersatz gesucht hatte im Schuppen des Pfarrhauses, auf dem Speicher und in der Sakristei. Doch kein Kreuz passte, und mit der Zeit gewöhnte er sich an sein Fehlen. Es wurde für ihn ein stärkeres Zeichen, als es jedes andere Kreuz hätte sein können hier in der Diaspora, wo das Land selbst eine Leerstelle war.

Sein Vorgänger hatte die Lücke, die er hinterließ, vermutlich kaum bemerkt. Doch Richard war es gelungen, sie jedes Frühjahr beim Großreinemachen vor Staubwedeln und Wischlappen zu bewahren. Der Kontrast war vermutlich nicht mehr so gestochen scharf wie am ersten Tag, sondern mit ihm ergraut. Doch dieses Kreuz ohne Kreuz hatte Jahrzehnte überstanden und würde womöglich noch einmal so lange halten. Das Einzige, was Richard Sorgen machte, war der Gedanke, dass er es nicht würde mitnehmen können, wenn er ging.

Aufstehen!, befahl er sich kurz und knapp, obwohl es schon lange keine einzelne Bewegung mehr war, sondern eine komplizierte Abfolge von Anstrengungen und Etappenzielen. Langsam kam er, sich aufstützend, mit dem Oberkörper hoch, dann drehte er die Hüften, setzte die Füße auf und ruckelte sich in den Stand. Zwei Schritte waren es bis zur Schwelle der Schlafkammer, dem kleinsten Zimmer des Hauses, in das er sich mehr und mehr zurückgezogen hatte, weil es wie eine Mönchszelle war und nichts Überflüssiges enthielt. Es passte zu seiner Welt, die immer kleiner wurde. Sogar das Pfarrhaus wurde ihm zu groß. Richard durchquerte Wohnzimmer und Flur, ohne innezuhalten. Gehen ging gut, wenn er einmal in Gang war. An der Tür zur Küche überlegte er kurz, ob er den Kopf hineinstecken und nachsehen sollte. Doch er folgte der Spur des Geräuschs weiter durch die Hintertür nach draußen in den unverwüstlichen Frühling. Hinter dem Pfarrhaus und seitlich ein Stück weit den Kirchhügel hinauf wuchs ausufernd wild und zum Ärger der Nachbarn sein Garten ohne Gärtner. Die Männer vom Grünflächenamt, die neulich oder vielleicht schon vor Jahren zum Mähen und Beschneiden gekommen waren, hatte er mit den Worten vertrieben: »Hier gärtnert Gott.« Er glaubte das selbst nicht, aber es hatte seine Wirkung nicht verfehlt.

Das Geräusch war nirgends. Auch der Garten wiegte sich in Stille.

Am Staketenzaun zur Straße blieb Richard stehen und verschnaufte einen Moment, die Fäuste um die verwitterten Zaunspitzen geballt, deren flechtenartiger Bewuchs in seinen Handflächen krümelte. Aus Gewohnheit ließ er den Blick ein Stück hügelan schweifen, seinen alten Dienstweg zur Kirche hinauf. Ihn wunderte, dass schon wieder Sonntag zu sein schien, einst der wichtigste Tag der Woche, dessen Ruhe etwas Bedrückendes hatte, seit er nicht mehr predigte. Einen Nachfolger für ihn gab es nicht. Das Häuflein der Gläubigen, das sich früher auf den Bänken vor der Kanzel zusammengefunden hatte, wurde nach seinem letzten Gottesdienst an die nächstgrößere Gemeinde verwiesen und die Kirche stillgelegt, abgesehen von kurzen Gastpredigten an Weihnachten, Ostern und Pfingsten, die wie Wahlkampfauftritte wirkten und größtenteils aus heruntergebeteten Phrasen bestanden. Seither fühlte sich jeder Sonntag wie eine Niederlage an. Vier Häuser weiter bellte Schultemichels Rauhaardackel. Ein Fahrrad zuckelte klappernd übers Kopfsteinpflaster und fuhr in die Bodenlosigkeit der Stille davon. Richard grüßte auf Verdacht, sah aber nicht hin. Er stellte fest, dass er noch seinen Schlafanzug anhatte.

Erst auf dem Rückweg zu seinem Platz auf der Steinterrasse seitlich der Hintertür entdeckte er das Opfer. Mit offenen Augen, glanzlos und erloschen, lag die Maus auf der Steinplatte, die ihm als Tisch diente, wie auf einem Altar – eine hiesige Brandmaus mit braunem Fell und einem zierlichen schwarzen Streifen auf dem Rücken. Äußerlich schien sie erstaunlich unversehrt; das Fell war nicht zerzaust. Einen Kampf hatte es anscheinend nicht gegeben. Anstatt mit ihrer Beute zu spielen, musste die Katze – es konnte nur eine Katze gewesen sein – gezielt zugebissen haben.

Richard beugte sich über den kleinen Kadaver. Der Nacken war hinter den Öhrchen unnatürlich geknickt; der Kopf mit der spitzen Schnauze und den flimmernden Schnurrhaaren neigte sich in einem unguten Winkel. Aus einem fleischigen Riss im Fell sickerte Blut, das frisch aussah, sehr rot, sehr flüssig. Lange konnte das Tier noch nicht tot sein. Wenn er sich richtig erinnerte, war die kniehohe Steinplatte vor seinem Gang zum Gartenzaun leer gewesen. Normalerweise vergewisserte er sich, dass von seinem zweiten Frühstück nichts stehen geblieben war; eine tote Maus hätte er bemerkt. Doch gerade bei Dingen, die er immer tat, war es hinterher schwer zu beurteilen, ob er sie wirklich getan hatte. Richard setzte sich, kniff die Augen zusammen und faltete die Hände. Die Art, wie die Maus dalag, so ruhig und friedlich, erinnerte an eine Aufbahrung.

»Amen«, sagte er leise und lehnte sich mit dem Hinterkopf gegen die Steinmauer. Die alten Findlinge waren vollgesogen mit

Sonne und strahlten eine Wärme ab wie sonst nur im Sommer. In dieser windgeschützten Ecke der Steinterrasse genoss es Richard, selbst Stein zu werden und seine Knochen durchglühen zu lassen wie etwas Fossiles, das noch einmal Leben in sich spürt. Zwischen den Augenlidern blinzelte er in die Weite, den Schwung des Kirchhügels hinauf und wieder hinab, die eng stehenden Erlen am Seeufer entlang bis zu den breiten Ackerrücken der angrenzenden LPG-Ländereien. Über die geometrisch gezogenen Furchen zog der kolossale Schatten einer einzelnen Wolke, deren Ränder sich immer wieder verschoben, ineinanderquollen und zergingen. Einen Moment lang sah er dem Schatten beim Wandern zu, dann ließ er die verschränkten Hände auf die Oberschenkel fallen.

Es wurde Zeit, die Toten zu begraben.

Der Kater saß wie eine Statue auf der Schwelle der Hintertür und sah ihn aus grünen, schmal geschlitzten Augen an. Richard wusste sofort, dass es ein Kater war und keine Katze, obwohl das Tier auf den ersten Blick alles andere als kräftig wirkte. Sein schwarzes Fell war räudig und verklebt, mit kahlen Stellen an den Schenkeln. Doch seine ganze Haltung hatte etwas Herausforderndes, so als würde er darüber wachen, dass Richard ihn richtig verstand: Was da auf dem Stein lag, war keine Jagdtrophäe und auch kein Beutegeschenk, sondern eine Botschaft.

»Was soll das?«, murmelte Richard und wedelte mit der Hand, als könnte er ihn wie eine Fliege verscheuchen. »Hier ist kein Platz für dich. Na los, verzieh dich dahin, wo du hingehörst!«

Doch der Kater zeigte sich unbeeindruckt. Seine völlige Reglosigkeit ließ keinen Zweifel daran, dass er gekommen war, um zu bleiben. Er trug kein Halsband und auch keine Marke vor der weiß gelatzten Brust. Allerdings befand sich schräg über seiner Schnauze ein milchweißer Felltupfer wie ein Sahneklecks, anhand dessen man ihn unter Hunderten von Hofkatzen erkennen konnte. Sicher nannte ihn irgendwer »Flecki« oder »Schlecki«

oder »Krümel«. In dieser Gegend war man bei Tiernamen nicht übertrieben erfinderisch.

Richard rückte ein kleines Stück näher, stützte die Ellbogen auf die Knie und beugte sich vor, um seinen Worten Nachdruck zu verleihen. »Du bist doch nicht einfach vom Himmel gefallen, hm? Irgendwo kommt jeder von uns her, und wenn du da nicht wieder auftauchst, wird sich jemand große Sorgen um dich machen«, hörte er sich weiterreden und ärgerte sich über sich selbst, weil er, anstatt Befehle zu geben, um Verständnis bat. Auch deshalb wollte er keine Haustiere und hatte nie welche gehabt, sehr zum Leidwesen seines Sohnes und seiner Enkelkinder, die früher ständig mit entlaufenen oder zu verschenkenden Kleintieren angekommen waren. Er hatte sie jedes Mal wieder weggeschickt mit der Begründung, dass es ihm im Gegensatz zu seinen katholischen Kollegen zwar erlaubt sei, eine Familie zu haben; dafür lebe er im Haustier-Zölibat.

»Es geht einfach nicht«, beteuerte er, als würden die Kinder noch einmal vor ihm stehen und betteln. Selbst wenn es sich um einen Streuner handeln sollte, ohne Zuhause, ohne Namen, selbst in diesem sehr unwahrscheinlichen Fall war die Schlussfolgerung, zu der er kam, dasselbe Kopfschütteln wie eh und je.

Richard musste an den Tierarzt denken, der sich immer wieder über die Bauern beklagte, die zu geizig waren, ihre Katzen sterilisieren zu lassen, und stattdessen die »Asphaltkastration« bevorzugten. Was das bedeutete, hatte Richard zur Genüge erlebt, als er kurz nach der Wende hierhergezogen war. Die real existierenden Katzen der DDR waren an Trabis und Wartburgs gewöhnt und wurden von der schnellen Ausbreitung PS-starker Gebrauchtwagen aus dem Westen überrascht. Ihre Kadaver säumten damals die Landstraßen der Uckermark wie Maulwurfshügel. Er merkte, dass er noch immer den Kopf schüttelte, und ließ es sein.

Demonstrativ ignorierte er die Totenwache vor seiner Tür und hielt nach der Wolke Ausschau, die schon über das Dorf hinweggezogen sein musste. Der Acker lag im weißen Licht, der Himmel war blau und leer. Er würde noch ein Weilchen hier sitzen, beschloss Richard, als Fossil zwischen Steinen und sich aufheizen, bevor er wieder ins Haus ging – über die Schwelle, die dann hoffentlich unbewacht sein würde.

Als er die Augen wieder aufmachte, schwirrten Fliegen in immer engeren Kreisen über dem kleinen Mäusekadaver, ließen sich nah an der Wunde nieder oder landeten direkt auf dem offenen Fleisch, verjagten und jagten einander um die blicklosen Augen, deren glasiges Schwarz sich allmählich milchig färbte. Das Blut auf dem Stein, das eben noch rot geleuchtet hatte, war schon geronnen.

»Hau jetzt endlich ab!«, sagte Richard, ohne den Kater eines Blickes zu würdigen. Die Sterbekatze kam ihm wieder in den Sinn. Seit Jahren hatte er nicht mehr an sie gedacht, doch die Erinnerung und das damit verbundene Gefühl waren so deutlich, als hätte er von ihr geträumt. Begegnet war er diesem Tier im Seehausener Pflege- und Seniorenheim, wo er eine Zeit lang seelsorgerisch viel zu tun gehabt hatte. Damals wurde er nicht nur ungewöhnlich oft dorthin gerufen, um Sterbenden in ihrer letzten Stunde beizustehen, sondern auch – im Hinblick auf den Todeszeitpunkt – selten zu früh oder zu spät. Als er die Heimleiterin auf ihre »hellseherischen Fähigkeiten« ansprach, erfuhr er von der Katze. Eine verstorbene Heimbewohnerin hatte sie ihrer Station hinterlassen, und bald stellte sich heraus, dass sie eine Art sechsten Sinn für den Tod besaß. Wann immer jemand im Begriff war zu gehen, setzte sich die Katze auf die Schwelle seines Zimmers oder wanderte vor der Tür auf und ab. Die Pflegerinnen und Pfleger, denen das aufgefallen war, machten zunächst einen großen Bogen um sie. Die schwarze Katze galt als Unglücksbringer und Todesbotin. Irgendwer nannte sie scherzhaft »das Omen«, ein Spitzname, der sich herumsprach. Doch mit der Zeit stellte man sich darauf ein wie auf die Wettervorhersage. Wenn das Omen wieder umging oder Platz nahm, griff man kurzerhand zum Telefon und informierte die Angehörigen, den Arzt und den Pfarrer.

In der Hosentasche seines Pyjamas fand Richard ein knittriges Taschentuch, deckte die Maus damit zu und wartete einen Moment, bis sich die Fliegen verzogen hatten. Dann wickelte er den kleinen Körper ein und steckte die Enden sorgfältig fest. Das Ganze war sehr leicht, so als wäre der Tod ein Gewichtsverlust. Auf dem Stein blieb ein rostbrauner Fleck von der Größe eines Buchenblatts.

Es roch nach Heu mitten im Frühling, als er das Päckchen durch den Pfarrgarten trug und sich nach einem geeigneten Platz für ein Grab umsah. Trotz der steil stehenden Sonne spürte er eine altbekannte Kühle in den Knochen, wie immer vor einer Beerdigung. Durch das hohe Gras war der Boden etwas weniger trocken, aber genauso verhärtet wie überall. Richard entschied sich für die äußerste Ecke hinter der Tischtennisplatte, die bedeckt war mit Laub von mehr als einem Herbst. Dabei hatte er mal das ganze Dorf herausgefordert, als es Beschwerden gab, weil im Pfarrgarten Tischtennis gespielt und laut geflucht wurde. Am Ende fluchten die Dorfbewohner, er besiegte sie alle ohne Satzverlust. Mit Gottes Hilfe.

Das Netz, ein paar Bälle und die Tischtennisschläger lagen noch in der muffigen Kiste für das Zubehör. Er nahm wie aus Gewohnheit seine alte Kelle, suchte sich am Fuß der Schlehdornhecke eine sandige Stelle und grub abwechselnd mit dem Griff, der Schlagfläche und den Händen. Das Loch, in das er das Bündel legte, war tief und breit genug für seine Faust. Als er es wieder zuschüttete und die staubige Erde ringsum zusammenkratzte, kam kein Grabhügel zustande, es blieb eine Kuhle. Richard betete kein zweites Mal. Als er sich erhob, war der Kater verschwunden.

Aus irgendeinem Grund war er darüber eher enttäuscht als erleichtert.

Trotzig fegte er mit dem Schläger das Laub von der Tischtennisplatte, klappte eine Tischhälfte hoch und spielte Pingpong gegen sich selbst. Der Belag hatte unter der Feuchtigkeit gelitten, war stellenweise aufgequollen und übersät von Blasen, die den Rückgaben mitunter einen überraschenden Schnitt verliehen. Zwar stand er ziemlich hüftsteif an der Platte und sein Stellungsspiel hatte den Namen Beinarbeit nicht verdient, doch nach ein paar Ballwechseln kam eine Gewandtheit in sein Handgelenk zurück, an die sich sein Körper schneller und besser erinnerte als er selbst. Schade, dachte er, dass ihm der Kater jetzt nicht zusah.

Das Omen war ihm nach dem Gespräch mit der Heimleiterin nur ein einziges Mal über den Weg gelaufen. Er hatte die halbe Nacht einer fast hundertjährigen Dame die Hand gehalten und verließ gerade das Zimmer, als er das Tier den Flur hinabschleichen sah. Anscheinend hatten sie beide auf den Moment gewartet, in dem die altersschwache Sterbende endlich losließ. Nach allem, was er im Voraus gehört hatte, war er einigermaßen verblüfft, dass es sich um eine ganz normale schwarze Katze handelte, die eher müde als dämonisch wirkte und zurück ins Schwesternzimmer tappte, wo ihr Platz war, seit sie mehr oder weniger zum Personal gehörte. Während sie schwerfällig eine Pfote vor die andere setzte, schlackerte ihr tief hängendes, ausgefranstes Bauchfell. Zwei Tage später war sie tot, wie ihm der Tierarzt berichtete, der von den Pflegerinnen geholt worden war, weil die Sterbekatze nicht mehr in ihr Körbchen wollte, sondern nur noch davorsaß. Es war der letzte Tod, den sie hatte kommen sehen. Medizinisch konnte man nichts mehr für sie tun. Gesäuge und Gebärmutter waren total verkrebst. Der Tierarzt, der ebenfalls von ihrer prophetischen Gabe gehört hatte, schwankte zwischen zwei Theorien: Entweder hatte die Katze ihr besonderes Gespür für den Tod dem Krebs zu verdanken, der sie für die Leiden anderer empfänglich machte, oder sie verdankte ihrer Empfänglichkeit für die Leiden anderer den Krebs. Er neigte zu letzterer Ansicht.

Es dauerte einen Moment, bis Richard registrierte, dass das Telefon im Haus klingelte.

Er schmetterte eine missglückte Rückhand neben die Platte und fluchte, weil er dabei zum Haus hinübergesehen hatte und den Ball nicht wiederfand. Das Telefonklingeln setzte kurz aus und begann von Neuem. Am anderen Ende vermutete er Maria, die keine Ruhe geben würde, bis er sich meldete. Insofern ging er besser gleich an den Apparat, damit sie nicht die Nachbarn alarmierte oder womöglich selbst ins Auto stieg, um nach dem Rechten zu sehen. Eine Ärztin zur Schwiegertochter zu haben, war ohne Zweifel ein Segen, sonst hätte er wahrscheinlich mit dem Tierarzt vorliebnehmen müssen. Doch in Momenten wie diesem haderte er mit jeder Unterbrechung seiner Einsamkeit. Er war am liebsten mit dem Schmerz allein.

Als er das Haus betrat, verstummte das Klingeln ein zweites Mal und fing nicht wieder an. Richard bemerkte erst jetzt, dass er den Schläger noch in der Hand hielt, wie um jemanden damit abzuwehren oder niederzuschlagen. Eine Tischtenniskelle war keine ernst zu nehmende Waffe, doch er hatte die Faust fest um den Griff geballt und schob die Küchentür jetzt einen Spalt auf. Sie quietschte, er lauschte, schaute hinein. Nichts. Kein Kratzen, kein Scharren, keine Bewegung. Es war so still, dass Richard sein Herz schlagen hören konnte. Aber das Geräusch war trotzdem wieder da.

# JAKOB

… verspürte schon beim ersten Klingel-Jingle das Bedürfnis, sich
eine Unterhose anzuziehen, zögerte aber mit Blick auf seine Kunstprofessorin, der es sicher nicht recht war, wenn er plötzlich vom
Sockel stieg. Als Modell hatte er gewisse Pflichten und eine künst-
lerische Mitverantwortung. Insofern schickte er eine Geste der
Entschuldigung voraus, die allerdings ins Leere ging. Frau Professor Strauss-Kutschera verschwand gerade bis zur Spitze ihres
verwegen hochgesteckten schwarzen Haars hinter der Leinwand
wie für ein äußerst anspruchsvolles Detail. Also merkte sich Jakob die Position und huschte durch das weitläufige Atelier zu seinem Rucksack, um sein Handy hervorzukramen. Zum ersten Mal
in dieser Sitzung fühlte er sich nackt – nackt und schuldig, weil
er es nicht stumm geschaltet hatte, und noch schuldiger, weil er
ranging. Aber es war seine Mutter, die anrief und nicht aufhören
würde anzurufen. Sie hinterließ keine Nachrichten oder schrieb
SMS, sondern bestand darauf, »seine Stimme zu hören«, was vor
allem hieß, dass er ihre Stimme zu hören bekam.

»Ja«, sagte er, »hallo.«

Er wollte das Gespräch möglichst kurz halten, als Zeichen seines guten Willens oder schlechten Gewissens. Vor allem aber sollten weder seine Professorin noch seine Mutter mitbekommen, dass
sie im Moment zwei Seiten desselben Dilemmas waren.

»Gerade ist ungünstig«, merkte er an.

Einhändig fischte er seine Boxershorts aus dem Klamotten-
haufen. Dann streckte er seinen rechten Fuß in die Luft und ver-

suchte hüpfend, ihn mit dem Gummizug einzufangen wie mit einem Lasso. Das schlug fehl.

»Ich bin noch in der Uni …« Beim nächsten Versuch verhedderte sich das Gummi zwischen seinen Zehen und brachte ihn aus dem Gleichgewicht. »Bist du noch in der Charité?«

Damit hatte er hoffentlich nicht zu viel verraten. Wie fast alles an Professor Strauss-Kutschera war ihm ein Rätsel, was diese wunderbar reife Frau von ihm wusste und wie viel sie von ihm wissen wollte. Dass seine Mutter Ärztin war, Anästhesistin, hatte er ihr nicht verschwiegen, zumal es in seinen Studienunterlagen stand. Aber hatte er die Charité erwähnt? Und waren die Gerüchte über seine Trennung von Ilvy aus der Bildhauerei auch Strauss-Kutschera zu Ohren gekommen? Gerüchte, die leider größtenteils stimmten und darauf hinausliefen, dass er wieder bei seiner Mutter einzog.

Das melancholisch-verlebte oder verlebt-melancholische Gesicht der Kutschera, das die Antwort auf all seine Fragen enthielt, tat ihm nicht den Gefallen, hinter der Staffelei wieder aufzutauchen – oder es tat ihm den Gefallen, untergetaucht zu bleiben. Jakob konzentrierte sich auf seine Boxershorts und die üblichen Telefonfloskeln, um nicht zu verraten, mit wem er sprach. Er wollte in den Augen seiner – dieser! – Professorin auf keinen Fall der junge Mann sein, der nackt oder halb nackt mit seiner Mutter telefonierte.

Irgendwie wurde er das Gefühl nicht los, dass dieses Detail in dem Bild, das er abgab, über seine Zukunft entschied.

Natürlich war er aus Sicht von Strauss-Kutschera zunächst nur ein Student unter vielen. Doch als Spezialistin für Akt- und Porträtmalerei zeigte sie für gewisse Aspekte seines Lebens ein besonderes Interesse. Es fing an mit seinem Vornamen und der Art, wie sie ihn aussprach, neckisch und zugleich gelangweilt, mit einer Portion Wiener Schmäh, hinter dessen Vokaldehnungen sich eine mehr oder weniger heimliche Botschaft verbarg. Statt

»Jakob« sagte sie zu ihm: »Jaaa, kooom.« Wer das nicht heraushörte, konnte sich in den Vorlesungen und Seminaren davon überzeugen, wie ihr Blick ihn jedes Mal suchte und fand, wobei sie meist seine rechte Gesichtshälfte fixierte, besonders den Leberfleck an seiner Schläfe, der ziemlich präzise die Form von Südamerika im Miniaturmaßstab hatte. Diese kleine Pigmentstörung schien Prof. Strauss-Kutschera künstlerisch oder kartografisch sehr zu beschäftigen. Ja, manchmal, wenn sie ihren fragenden Blick durch die Reihen des Hörsaals schweifen ließ, sah es so aus, als suchte sie unter den Anwesenden nicht ihn, sondern vor allem den Fleck. Hinzu kam das Wechselspiel des Meldens und Drannehmens, das Gewähren und Entziehen von Aufmerksamkeit nicht nur in den Seminaren, sondern vor allem in dem heiklen Moment der Auswahl, wer beim Aktzeichnen Modell stehen würde, wofür er immer den Finger hob und immer genommen wurde. Im Unterschied zu den anderen Modellen, die kamen und gingen, war er der Klassiker unter den Freiwilligen und besaß mittlerweile Musen-Status, weshalb er – wie heute – oft über das offizielle Sitzungsende hinaus für sie posieren durfte. Und das war noch das geringste Privileg. Von Mal zu Mal ging es weiter zwischen seiner Professorin und ihm, mit halb versteckten, halb öffentlichen Gunstbezeugungen. Die Frage war nur, wie weit es gehen würde.

Wie weit würde sie gehen?

In seinen Träumen nannte er sie Milena. Der Name an sich war Musik.

Was die Musik störte, war seine Mutter und der Gedanke, dass Milena – über deren genaues Alter sich die Uni, ihre Galeristen und das Internet ausschwiegen – vermutlich alt genug war, um seine Mutter zu sein, ein Gedanke, der ihm ins Herz stach. Sicher gab es zwischen ihr und ihm einen beträchtlichen Unterschied an Lebenserfahrung, Macht, Geld und Ansehen. Doch dieses Mehr an Welt und Wichtigkeit, das sie ihm voraushatte, war kein Hindernis, sondern Teil des Faszinosums dieser Frau und verschmolz mit ihren übrigen Reizen. Im Gegensatz zu Ilvy, der Bildhauerin, die studentische Hilfskraft war, konnte Milena Strauss-Kutschera alles sein: Lehrerin und Geliebte, Bezwingerin und Trophäe, Himmel und Hölle. In ihrer Reife erschien sie ihm universal und für jede erdenkliche Rolle in jedem erdenklichen Traum wie geschaffen – mit Ausnahme der Mutterrolle, weshalb er sich größte Mühe gab, in ihrer Gegenwart jede Anspielung oder Bezugnahme auf Alter, Familie und Fortpflanzung zu unterlassen. Für Nacktttelefonate mit seiner leibhaftigen Mutter galt das besonders.

Seine Boxershorts fielen ihm nun schon zum dritten Mal vor die Füße, wobei die Hosenbeine jetzt zwei knöchelhohe Krater bildeten, in die er einsteigen konnte. Mit einem Schulterblick zur Staffelei, hinter der Milenas schwarze Haarspitzen weiter wippten, kehrte er ihr seine Rückseite zu, ohne sich deshalb weniger nackt und schutzlos zu fühlen, vor allem als er sich bückte. Schnell drehte er seinen Hintern und sich ins Profil, ging in die Hocke und zog die Unterhose dann mit einer Hand hoch, weil er aus anatomisch rätselhaften Gründen nicht imstande war, sein Handy zwischen Ohr und Achsel einzuklemmen.

Vielleicht sollte er Milena einfach gestehen, dass er sie liebte. Bei der Gelegenheit konnte er gleich hinzufügen, dass er ihretwegen mit Ilvy Schluss gemacht hatte – beziehungsweise Ilvy mit ihm.

Seine Mutter senkte die Stimme. Wahrscheinlich hatte sie gemerkt, dass er nur mit halbem Ohr zuhörte, und wollte ihn dazu bringen, besser aufzupassen, indem sie leiser sprach. Doch sie war wirklich schwer zu verstehen, was nicht an ihm lag, sondern an dem Gesang, der immer lauter wurde. Jakob brauchte einen Moment, bis er merkte, dass die Stimme nicht aus dem Telefon kam, sondern von irgendwo hinter der Leinwand.

Es war Milena. Sie sang.

Jakob ließ den Hörer ein Stück sinken. Er hatte Prof. Strauss-Kutschera beim Aktmalen vor sich hin murmeln und manchmal auch summen hören, aber singen noch nie. Es war kein Lied, das er kannte, nicht einmal eine Melodie, es waren einfach nur Laute, Töne, ihre Stimme, frei schwebend und losgelöst … Wie bezaubert stand er da, eine Hand am Bund seiner Boxershorts, lauschte verzückt und fasste es nicht. Sang sie für ihn oder nur so vor sich hin? War es ein Zeichen ihrer Vertrautheit und Nähe, oder hatte sie schlicht vergessen, dass es ihn gab?

Er hätte jetzt gern ihr Gesicht gesehen.

»Tut mir leid«, flüsterte er, den Hörer dicht vor Mund und Nase, »es geht gerade wirklich nicht.« Wie zum Beweis schnaubte er seiner Mutter aus kurzer Distanz telefonisch ins Ohr und versuchte, mit seinen Atemgeräuschen den Gesang im Hintergrund zu übertönen. Milenas Stimme durfte den Raum nicht verlassen, jedenfalls nicht in Richtung seiner Mutter, weil sie nackt war im musikalischen Sinn.

Milena sang nackt über dem Bild seines Körpers.

Er hätte alles dafür gegeben, jetzt ihr Gesicht sehen zu können.

»Ich muss Schluss machen«, sagte er laut und deutlich in der Hoffnung, Milena hinter der Leinwand hervorzulocken. Doch sie kam nicht zum Vorschein, auch nicht, als er tief Luft holte, um hinzuzufügen, er würde später noch mal anrufen, damit es nicht so herzlos klang. Dummerweise hatte seine Mutter gerade genau dasselbe gesagt und aufgelegt. Jakob kam sich vor wie ein Idiot.

Wenn er darüber nachdachte, gab es unterm Strich schlechte Nachrichten. Mit seinem Großvater ging es zu Ende, das war nicht überraschend. Von Richards Krebserkrankung hatte er gewusst, aber erfolgreich verdrängt, dass sie zum Tod führen würde. Neu war, dass seine Mutter nicht wie geplant zu ihm aufs Land fahren konnte, weil das gesamte Ärzteteam, in dem sie arbeitete, nach zwei positiven Tests in Quarantäne musste. Das machte nicht nur ihr einen Strich durch die Rechnung, sondern auch ihm. Er hatte sich nach der Trennung von Ilvy damit getröstet, dass seine

Mutter, wenn er wieder zu ihr zog, kaum zu Hause sein würde. Unter den strengen Quarantäneregeln für das Klinikpersonal lief es jetzt auf das genaue Gegenteil hinaus. Und sollte sie tatsächlich keinen Kontakt haben dürfen, zu niemandem, wurde es noch komplizierter …

Jakob hatte ein Problem, und die einzige Person, die er um Rat fragen konnte, hatte das Gespräch soeben beendet.

Professor Strauss-Kutschera schien ihn schon eine Weile anzusehen. Ihr Blick ruhte auf ihm. Ihr Gesicht, das sich hinter der Leinwand hervorgeschoben hatte wie ein zweites Bild, wirkte fremd und unverwandt. Es waren dieselben Züge, die er immer wieder zu zeichnen versucht hatte, ohne sie je zu treffen: die hängenden Lider mit ihrer nächtlichen Schwere und etwas blasierten Müdigkeit; die Spur von Herablassung um die Mundwinkel, die er nicht länger persönlich nahm, sondern als ihr wienerisches Erbe begriff und somit als Haltung zur Welt; der sinnliche Fleischbogen unter dem Kinn und die leicht beleidigte Fülle ihrer Wangen, die viel wussten von Lust und Langeweile, Schwelgen und Erschlaffung, Hingabe und Überdruss. All das hatte er so oft mit dem Gedächtnis fotografiert, so oft erinnert und geträumt, herbeigesehnt und wiedergesehen, doch noch nie so still. Nie so als Stillleben.

Sie hatte aufgehört zu singen, als wäre sie es nicht gewesen. Ihr Gesicht besaß die Gabe der Auslöschung. Es konnte jedes Lächeln, jedes bisschen Wärme oder Sympathie von einem Moment auf den anderen verschwinden lassen wie eine optische Täuschung. So auch jetzt. Die Entfernung zwischen ihr und ihm war größer als der Raum.

»Entschuldigung. Ich wollte nur …« Verlegen fuchtelte er mit seinem Handy herum, ohne zu wissen, wohin damit. Von den Wänden und Glasflächen des Ateliers hallte seine Stimme wider, eine halbe Oktave zu hoch und irgendwie kläglich. Er machte gerade keinen vorteilhaften Eindruck, das war ihm bewusst.

Was würde eine Muse an seiner Stelle tun?

»Ich wollte fragen, ob es fertig ist.« Eine Muse hätte das nie gefragt. »Sofern ein Bild überhaupt fertig sein kann, im Sinne von ›abgeschlossen‹ oder ›vollendet‹. Im Grunde ist ja alles in der Kunst unfertig, irgendwie …«

Die Professorin legte den Pinsel weg, machte aber keine Miene, seinen Gedanken weiterzudenken oder zu beenden. Ihre Teilnahmslosigkeit war total. Jakob schlug die Augen nieder. Die Sonne fiel in steilen Bahnen durch die Oberlichter und zeichnete die Rahmenkonstruktion als Schattengitter auf das Parkett. Er versuchte, nicht auf die Linien zu treten, während er zu seinem Rucksack ging.

»Ich muss los. Der Anruf – entschuldigen Sie die Störung – war ein Notruf von meiner Schlafgelegenheit.« Seine Mutter verschwieg er, ohne sich etwas davon zu versprechen. »Quarantäne, häusliche Isolation. Keiner darf raus aus der Wohnung, keiner rein, zu unser aller Sicherheit. Die Frage ist nur, wo bleibe ich?« Er wartete ihre Antwort nicht ab, sondern zog schnell seine Jeans hoch und drehte sich dabei einmal mehr ins Profil. Auch mit Hose wollte er ihr nicht seine Rückansicht bieten.

»Willst du es sehen?«

Vor Überraschung vergaß er fast den Reißverschluss, als er sich umwandte.

»Ich dachte, du magst vielleicht einen Blick darauf werfen. Schließlich ist es auch dein Bild.«

»Ja, aber …«

»Jaaa-kooom«, sagte sie. Sein Name und die Einladung waren eins.

Jakob übertrat sämtliche Schattenlinien auf dem Weg zur Staffelei, damit sie es sich nicht noch anders überlegte. Die Gefahr bestand. Als Künstlerin hatte Strauss-Kutschera den Ruf, ausgesprochen skrupulös zu sein in der Frage, was sie von sich zeigte und was nicht. Manchmal fielen sogar schon gehängte Bilder kurz vor

Ausstellungsbeginn ihrer Selbstzensur zum Opfer. Bei der »documenta« hatte sie vor Jahren den von ihr gestalteten Raum mit einem Extraschloss gesichert und den Schlüssel zur Eröffnung weggeworfen, nicht mal das Reinigungspersonal erhielt Zutritt. An der Uni war es im Prinzip nicht anders. Studierende, die ihr beim Malen über die Schulter gucken wollten, flogen aus dem Atelier. Die Leinwand in der Schaffensphase war tabu, und jeder voreilige Blick glich einem Säureanschlag auf das noch ungeschützte Bild.

Es zeigte ein fotorealistisches Porträt seines Penis in Öl.

Einen Augenblick verharrte Jakob in einer Mischung aus Ratlosigkeit und Entsetzen. Strauss-Kutschera hatte sein Geschlechtsteil gut getroffen. Wobei er natürlich nur die Draufsicht kannte, eine Art Vogelperspektive. Die Künstlerin hingegen hatte die volle Frontalansicht auf Augenhöhe gewählt. Was er auf diese Weise über sich beziehungsweise seinen Körper lernte, war gleichermaßen bedrohlich und schmeichelhaft. Dank der teils dramatischen Hell-Dunkel-Kontraste und modellierenden Abschattungen wirkte das Genitalgemälde in seiner Tiefenschärfe verblüffend plastisch und dreidimensional.

Dieser Hyperrealismus der Hautkappen, -lappen und Rillenwulste im Maßstab eins zu eins wurde konterkariert durch eine künstliche Farbgebung mit poppigen Verfremdungseffekten. Sie erinnerte boshaft an Lebensmittelfotografie und den Antinaturalismus der Fleischwarendarstellung in den kolorierten Reklamebeilagen der Kettendiscounter. Das Aderwerk des Penisschafts umfasste ein Spektrum vom saftigen Blutrot der Arterien bis hin zu knolligen, knotigen Schwellungen in Venenblau, Violett und Dunkellila. Die ölig glänzenden Hautpartien vom Skrotum aufwärts changierten zwischen hühnerhautartiger Blässe und einem warmen Leberbraun, das sich zur Spitze hin in ein surreal flaumiges Rosa verjüngte. Darunter lugte, zart knospend, seine Eichel hervor, fleischfarben und gleichzeitig puderig wie ein mit Zucker bestäubtes Erdbeerbonbon.

»Ist das Pink?«, erkundigte sich Jakob vorsichtig mit Blick auf den quietschig kitschigen Farbakzent am Eichelschlitz.

»Es ist noch nicht fertig«, sagte Strauss-Kutschera knapp und schwieg sofort wieder, die Lippen zusammengekniffen, die Kiefer mahlend, in harten Verhandlungen mit sich selbst. Sie war ihr eigenes Kunsttribunal, ihr schlimmster Kritiker, das schärfste Auge von allen. Neben ihr fühlte sich Jakob als Betrachter zwar geduldet, aber unmaßgeblich.

»Hat was unglaublich Haptisches«, lobte er mit der gebotenen Zurückhaltung, »das Bild, meine ich, ein sehr beeindruckendes Maß an Gegenständlichkeit, jetzt schon, in diesem Stadium des Entstehungsprozesses …« Das war ein ehrliches Kompliment, auch wenn es ihn hauptsächlich drängte zu reden, weil er die Telefonstimme seiner Mutter noch im Ohr hatte. »Aber vielleicht geht es auch gar nicht ums Körperliche – ich meine immer noch das Bild –, sondern nur um die Farbe als direkte Antwort auf Jeff«, überlegte er laut, da sie nichts dazu sagte, »also Jeff Koons …«

Jetzt schwiegen sie beide.

Die Peinlichkeit stieg weiter an und stabilisierte sich dann auf hohem Niveau.

Bei näherer Betrachtung – Jakob beugte sich ein Stück vor und studierte den Hintergrund, um irgendetwas zu tun – erschloss sich ihm das diffus schwarze Schamhaar-Gewimmel. Er hatte es zuerst als Kulisse abgetan, als Rahmenkontrast für den grell hervorspringenden Penisprospekt. Doch dieser scheinbar hingehuschte Schattenschurz stand seinem Genital an Detailversessenheit und Ausarbeitungswut in nichts nach. Eine buschige Wildnis erhob sich aus der Tiefe, schraubte sich in irren Spiralwindungen aus dem Dickicht empor wie ein Wald oder Dschungel, der in seinem Gestrüpp zu ersticken drohte, nach Luft rang oder nach Licht, um sich dann wieder zu legen, glatthaarig wie ein gelecktes Katzenfell bis auf einzelne kritzelige Ausreißer gegen den Strich.

33

Es war kein Hintergrund, sondern eine eigene Welt mit ihren eigenen Gestalten und Gewalten, das wurde ihm klar, eine Gegenwelt. Es war Südamerika.

Seltsamerweise erkannte er die Form als Letztes. Dabei waren es genau die Umrisse des Kontinents, den er auf der Stirn trug. Die Faszination von Strauss-Kutschera für den Leberfleck an seiner Schläfe bekam auf einmal einen Sinn. Ihr Gemälde setzte den Fleck mit dem Land seiner Scham gleich oder seine Stirn mit seiner Eichel.

»Woran denkst du?«, fragte sie. Ihre Stimme klang ganz sanft.

Jakob wusste nicht, was er sagen sollte. Sollte er etwas sagen?

Er sah sie an, sie sah ihn an. Ihre Lippen bewegten sich ein weiteres Mal, ganz unglaubliche Lippen, nicht blühend, nicht welk, sondern beides.

»Naaa, kooom, Jaaa-kooob«, sagte sie so melodiös, als würde sie zum Trost für ihn singen, »was ist das Erste, das dir durch den Kopf geht?«

»Regenwald.« Er räusperte sich und wiederholte dann mit noch immer belegter Stimme: »Der tropische Regenwald, das Amazonasbecken. Ich weiß nur nicht, ob es das Erste ist.«

»Und was ist wirklich das Erste?« Ihr Blick ruhte auf ihm mit einem Gewicht, das durch keinen Lidschlag aufgehoben wurde.

»Ich dachte, offen gestanden, ich könnte vielleicht bei Ihnen übernachten, meine Schlafgelegenheit ist ja im Moment Sperrbezirk …« Er klang fast heiser, aber sich noch mal zu räuspern, kam nicht infrage. »Ich meine natürlich nicht bei Ihnen zu Hause, sondern hier im Atelier auf der Couch.«

Ihr Blick veränderte sich, rückte aber nicht von ihm ab.

»Hast du es mal untersuchen lassen?«, fragte sie, statt zu antworten.

Verwirrt sah er zwischen ihr und dem Bild hin und her. Hatte er etwas übersehen, etwas Medizinisches, eine Geschlechtskrankheit? War das der Grund für die Farbwahl?

»Nicht das – das!« Wieder fixierte sie den Fleck auf seiner Stirn, aus nächster Nähe diesmal. Dabei streifte ihr Kinn mit dem Fleischbogen leicht seine Schulter. Es war ihre erste Berührung.

»Sie meinen, ob ich deswegen mal beim Arzt war ...?« Er fasste sich an die Schläfe und rieb dann seine Fingerspitzen, so als würde der Leberfleck abfärben. »Das liegt in der Familie, keine Sorge.«

»Für ein Muttermal ist es ziemlich groß.« Sie lächelte gedankenverloren, ihr Kinn lächelte mit.

»Es ist kein Muttermal«, erwiderte er, »nur eine Pigmentstörung.«

# MARIA

… machte die Tür hinter sich zu, nahm den Mundschutz ab und war allein. Endlich, dachte sie, doch es fühlte sich eher endgültig an. Dass es sich dabei um zwei verschiedene Dinge handelte, war ihr klar. Maria steckte das Telefon weg, wich ihrem Garderobenspiegel aus und verstaute den leeren Einkaufsbeutel in einer Schublade. Nach Maßgabe des Infektionsschutzes war sie als Klinikmitarbeiterin dazu verpflichtet, sich im Quarantänefall unverzüglich und unter Vermeidung weiterer Kontakte nach Hause zu begeben. Daran hatte sie sich gehalten. Sie war nicht mal für einen spontanen Hamsterkauf in den Späti an der Ecke eingebogen, obwohl Kaffee ganz oben auf ihrer Einkaufsliste stand, das einzige Lebensmittel, auf das sie nicht verzichten konnte, weder morgens noch mittags noch abends. Doch wer auch immer stattdessen für sie einkaufen gehen würde, eins stand fest: Jakob war es nicht.

Bei dem Gedanken an das Telefonat mit ihm überkam sie eine Welle von Wut und schlechtem Gewissen. Es war das letzte in einer Reihe unerfreulicher Telefonate gewesen, die alle um ein und dieselbe Frage gekreist waren: »Wie soll das gehen?« Die Quarantäne machte Maria Striche durch so viele Rechnungen, dass sie kaum gewusst hatte, wen sie zuerst anrufen sollte. Nur dass Jakob der Letzte sein würde, wusste sie sofort. Sie musste sich warmgeredet haben, um ihrem Sohn zu erklären, dass er nicht wie versprochen wieder bei ihr einziehen konnte – eine Verabredung, der sie von vornherein mit gemischten Gefühlen entgegengesehen hatte, obwohl oder gerade weil sie seine Mutter war.

»Und weil oder obwohl er mich immer wieder dazu macht!«, murmelte sie vor sich hin, als sie die Vorratsschränke aufriss, um sich zu vergewissern, dass sie genügend Reis, Nudeln und Mehl im Haus hatte.

Die Antwort auf die Wie-soll-das-gehen-Frage nach Jakobs Einquartierung unter Quarantänebedingungen war schlicht: »Es geht nicht.« Vierzehn Tage zu zweit auf sechzig Quadratmetern – die Vorstellung war für sie genauso albtraumhaft wie für ihn. Es erschien ihr wie die brennglasartige Vergrößerung ihrer schlimmsten Befürchtungen im Hinblick auf das Zusammenleben mit ihrem Sohn: die eingespielten Rollen, die alten Muster und Abhängigkeiten. Alles deutete darauf hin, dass er nicht gelernt hatte, alleine zu leben, während ihr nach seinem und Selmas Auszug nichts leichter gefallen war als das – eine Leichtigkeit, die bedroht schien. Immer mehr bestätigte sich ihre Ur-Sorge, dass Jakob nie, niemals erwachsen werden und für immer ihr Sohn bleiben würde und sie, im Umkehrschluss, für immer seine Mutter.

Und dann hatte er nicht einmal fünf Minuten Zeit für ein vernünftiges Telefonat! Im Nachhinein ärgerte sie sich, dass sie nicht sofort aufgelegt hatte. Als wäre es ihr Problem. Als hätte sie ihn nicht nur bei sich wohnen lassen, um zu verhindern, dass er unter Brücken schlief. Als würde sie zu den Müttern gehören, die es kaum erwarten konnten, ihre Söhne nach dem erstbesten Beziehungsfiasko wieder unter ihre Fittiche zu nehmen.

»Obwohl oder weil er mich immer wieder dazu macht«, wiederholte sie und warf die Schranktüren zu. Am meisten ärgerte es sie, dass sie sich so ärgerte, während Jakob vermutlich mit seinen Gedanken längst woanders war. So wie sie ihn kannte, nahm er seinen Rausschmiss genauso hin wie dieses missratene Telefonat. Sollte sie ihn jemals darauf ansprechen, würde er sie nur mit großen Augen angucken und fragen: »Was hast du denn?« Immer ließ er es so aussehen, als sei sie diejenige, die etwas von ihm wollte. Und darin trafen sich ihre Wut und ihr schlechtes Gewissen: in dem Verdacht, dass es auf irgendeiner der vielen Ebenen ihrer verkorksten Beziehung womöglich stimmte und ihre Abhängigkeit die größere war. Jakob nahm sich von ihr, was er brauchte, nahm es hin wie alles andere, sie aber wollte etwas von ihm, das nur er ihr geben konnte und das sie im Leben vielleicht nie bekommen würde. Eine Art Freispruch.

Maria öffnete die Wohnzimmerfenster und Flügeltüren und trat hinaus auf den kleinen Balkon, der vollgestellt war mit Blumentöpfen, verkümmertem Staudengemüse und welken Sträußen in Vasen. Sie hatte die kleine Freiluftfläche nie für sich genutzt, weil man dort saß wie auf dem Präsentierteller. Jetzt wurde ihr klar, dass diese anderthalb Quartmeter das einzige Stück Außenwelt waren, zu dem sie noch Zugang hatte.

Endgültig, dachte sie, nicht endlich.

Sie räumte die Töpfe und Vasen beiseite und trat ans Geländer. Unter dem abblätternden Anstrich kam eine Farbe zum Vorschein, die sie nicht kannte, irgendein rostiges Rotorange. Die Farbsplitter rieselten in die Tiefe und verschwanden aus ihrem Blickfeld, bevor sie auf dem Pflaster landeten. Die Straße war eine andere Welt, die wenigen Passanten eine andere Spezies, die Sonne schien wie immer. Maria überlegte, ob sie einen Regenschirm an dem Gestänge festklemmen sollte, um im Schatten sitzen zu können. Es war vielleicht der beste Platz für einen letzten Kaffee zur Feier dieser über sie verhängten Einsamkeit.

Leider hatte sie den letzten Kaffee schon getrunken. Die Reste, die sie noch zusammenkratzen konnte, reichten nicht einmal für eine halbe Tasse, und das Vorratsglas mit dem Löslichen, das sie in der zweiten Regalreihe fand, stammte noch aus Zeiten des Mauerfalls. Die Kaffeekrümel von einst waren zu einer festen schwarzen Masse verklebt, die nach Chemie und Lakritze roch. Maria schraubte den Deckel wieder zu.

Aber sie ließ den Kopf nicht hängen, sondern schrieb weiter an ihrer Einkaufsliste und ging die angestaubten Konservenbüchsen mit Linsen-, Bohnen-, Erbsensuppe durch. Die auf den Etiketten abgebildeten Speckwürfel und Würstchen hatten sich über die Jahre in einer Weise verfärbt, die nichts Gutes verhieß, auch wenn die Haltbarkeitsdaten teilweise in eine Zukunft reichten, von der niemand wusste, ob es sie gab. Maria stufte die Konserven als eiserne Ration ein und notierte vor allem frisches Gemüse und Obst. Erst bei der Frage, wer die ganzen Besorgungen für sie erledigen sollte, kam sie aus dem Konzept. Selma und Kathi waren auf dem Weg zu Richard. Ihre Arbeitskolleginnen durften so wie sie nicht aus dem Haus. Und in ihrem sonstigen Bekanntenkreis kam eigentlich nur eine Person in Betracht: Ilvy, ausgerechnet.

Maria seufzte.

Das Verhältnis zwischen ihr und ihrer Beinahe-Schwiegertochter war unkompliziert, geradezu solidarisch, schließlich hatten sie beide, jede auf ihre Weise, dasselbe Problem – Jakob – und einen sehr ähnlichen Sinn für Humor. Es verging kaum eine Woche, in der sie nicht zusammen Kaffee tranken. Ilvy gehörte zur Familie, und die Familie, einschließlich Selma, stand auf ihrer Seite. Dass sie Jakob vor die Tür setzte, war eine viel diskutierte Option. Doch niemand hätte gedacht, dass sie es je tun würde. Der Schock darüber blieb nicht auf Jakob begrenzt. Ohne die näheren Umstände zu kennen, hoffte Maria, es würde ein heilsamer Schock sein: keine unwiderrufliche Trennung, sondern eine erzieherische Maßnahme, um Jakob zu mehr Selbstständigkeit zu animieren – wogegen allerdings sprach, dass er sich prompt bei seiner Mutter einquartierte. Dass daraus jetzt nichts wurde, war vielleicht sogar eine glückliche Fügung, gab ihr aber noch lange nicht das Recht, zum Telefon zu greifen und Ilvy zu bitten, für sie einkaufen zu gehen, fand Maria.

Mit einem Seufzer erinnerte sie sich an den Ausspruch von Schwester Ivana, als die ganze Abteilung in häusliche Isolation geschickt wurde: »Wenn ich könnte, würde ich mich jetzt ins künstliche Koma versetzen und erst in vierzehn Tagen wieder wecken lassen.« Ivana hatte drei Kinder im Grund- und Vorschulalter, insofern war das eine verständliche Reaktion auf ihr ganz persönliches Wie-soll-das-gehen-Problem. Doch das Bedürfnis, die Zeit bis zum Ende des Ausnahmezustands in Vollnarkose zu verbringen, verspürte Maria nicht minder.

Sie hatte das Plätschern schon von Weitem gehört, aber erst als sie auf die Badezimmertür zuging, um ihre Klopapier-Bestände zu inspizieren, kam ihr der Gedanke, es könnte sich um ein Geräusch aus ihrer Wohnung handeln, eine defekte Toilettenspülung oder ein undichter Wasserhahn. Dass das Wasser die Wände herunterlief und sich über die Fliesen ergoss, hätte sie sich nicht träumen lassen. Aber so war es. Einen Moment stand sie da und starrte auf die Rinnsale an der Kachelwand und die sich ausbreitenden Wasserlachen am Boden. Ihr erster Gedanke war, ob es gegen die Quarantänevorschriften verstieß, wenn sie jetzt einen Handwerker rief. Doch wie sich zeigte, war dieser immer größer werdende Wasserschaden kein Fall für den Klempner, das verrieten die schaumumkränzten, leicht erzitternden Pfützen sowie die leisen Rüttelgeräusche von oben. Über ihr in der Penthouse-Wohnung, die angeblich einem Schweden gehörte und von häufig wechselnden Gästen frequentiert wurde, lief die Waschmaschine.

Nur mit ihrem Schlüssel bewaffnet, stürmte Maria die Treppe hoch. Keine Quarantänebestimmung der Welt konnte sie davon abhalten, die Überflutung ihrer Wohnung zu stoppen. Als sie den unbeschrifteten Klingelknopf drücken wollte, trat ihr ein Schrank von einem Mann in den Weg. Aus dem Kragen seines dunklen Anzugs wand sich ein Spiralkabel in sein Ohr. »Ihre Waschmaschine setzt gerade mein Badezimmer unter Wasser«, sagte Maria grußlos und fügte im selben Atemzug auf Englisch hinzu: »Your washing machine is flooding my bathroom.«

Der Mann streckte eine Hand aus, wie um sie auf Abstand zu halten, während er sich mit der anderen ans Ohr fasste und etwas murmelte. Sein Gesicht zeigte keinerlei Regung.

»My name is Thomann, I live in the flat downstairs«, fing Maria noch einmal von vorne an. »If you don't stop the water, I'm going to call the police!«

»Moment«, sagte der Mann und murmelte weiter.

Maria zählte innerlich bis zehn und dann noch einmal bis zwanzig. Es widerstrebte ihr, dumm dazustehen und zu warten, bis der Riese sich dazu herabließ, wieder mit ihr zu sprechen, also holte sie ihr Handy hervor und suchte unter ihren Kontakten den Hausmeister.

»Es gab ein Problem mit dem Schlauch«, meinte der Mann, noch bevor sie telefonieren konnte. »Das ist jetzt behoben.«

»Und mein Schaden?«

»Kommt in Ordnung.«

»Ja, wann denn? Wie denn? Wer sind Sie überhaupt?« Die Ruhe und Ungerührtheit des Riesen erinnerte Maria allzu sehr an Jakobs Phlegma und seinen notorischen Mangel an Einfühlungsvermögen. Ihre Wut war sofort wieder da. »Sie glauben doch wohl nicht im Ernst, dass ich mich jetzt in meine nasse Wohnung setze, die Hände in den Schoß lege und verschimmle, bis irgendwann mal jemand vorbeikommt!«

»Bei Beschwerden rufen Sie bitte diese Nummer an.« Er reichte ihr eine Karte, auf der eine sehr lange Telefonnummer stand.

»Ich habe keine Beschwerde. Ich habe mehrere Hundert Liter Wasser aus Ihrer Waschmaschine in meinem Badezimmer!«

»Mehr kann ich im Moment leider nicht für Sie tun«, sagte der Mann und sah an ihr vorbei. Dass er die Sache damit offenbar als erledigt betrachtete, brachte Maria vollends auf die Palme.

»Jetzt hören Sie mir mal zu! Wenn Ihre Telefonnummer hier tatsächlich Wunder wirkt, dann rufen Sie sie an. Sie haben das Chaos angerichtet, also beseitigen Sie es auch gefälligst, und machen Sie Ihren Dreck weg!« Es war so ziemlich das, was sie Jakob sagen wollte.

»Beruhigen Sie sich …«

»Es würde mich schon beruhigen, wenn Sie ein bisschen beunruhigter wären! Das Wasser aus Ihrer Waschmaschine sickert bei mir gerade in sämtliche Fugen, und ich habe keine Lust, nicht die geringste, dass bei mir die Wände aufgestemmt werden müssen und sich meine ganze Wohnung in eine Baustelle verwandelt. Ich wohne da nämlich wirklich!«

»Gibt's ein Problem?« Ein zweiter Mann – etwas schmaler, aber drahtiger – zwängte sich durch den Türspalt ins Treppenhaus. Er trug genau den gleichen dunklen Anzug, der eine Art Uniform zu sein schien. Offensichtlich handelte es sich um zwei Security-Leute. Beide musterten Maria wie einen Störfall.

»Das Problem«, sagte sie, ohne zurückzuweichen, »ist Ihr Abwasser in meinem Badezimmer.«

»Gib ihr die Nummer«, meinte der Drahtige.

»Hab ich schon«, meinte der Breite. Die beiden wandten sich wieder Maria zu, diesmal wirkte ihr Blick fast schon mitleidig.

»Also …«  Der Drahtige fasste sich an den Gürtel unter seinem Jackett, wo er vermutlich eine Waffe trug oder wenigstens einen Elektroschocker. »Sie gehen jetzt schön wieder in Ihre Wohnung, dann kann nichts passieren. Alles wird gut.« Seine Stimme klang wohlmeinend und drohend zugleich.

»Wer sind Sie?«, fragte Maria verunsichert. »Von welcher Organisation? Können Sie sich ausweisen?«

»Er kommt«, sagte der Breite mit dem Knopf im Ohr.

»Zurücktreten«, befahl der Drahtige scharf, »fünf Schritte zurück!«

Die Wohnungstür öffnete sich, zwei weitere Männer erschienen, doch Maria bekam keine Gesichter zu sehen. Die Bodyguards rückten blitzschnell zusammen und verstellten den Blick. Halb zur Seite gedrängt, halb ausweichend sah sie nur kurz im Profil einen grau melierten Herrn im taubenblauen Maßanzug, der sich von dem Gastgeber an der Tür in einer Sprache verabschiedete, die definitiv nicht schwedisch klang. Naher Osten, vermutete sie, die letzten Grußformeln waren Hebräisch. Es kam ihr alles so unwirklich vor, auch die Art und Weise, wie der Graumelierte zu einer Umarmung mit Bruderkuss ausholte und sich dann ungezwungenen Schrittes entfernte, so als wären die Leibwächter für ihn Luft und einfach immer da. Vorsichtig, mit ausreichend Abstand lugte Maria durchs Treppengeländer auf das Männertrio, das zügig die Stufen hinunterstieg. Nach der ersten Kehre hatte sie freie Sicht auf den Graumelierten in der Mitte, der ihren Blick bemerkte und schräg von unten zu ihr herauflächelte mit der Souveränität eines Weltmanns, der viel gesehen hatte und viel gesehen wurde, auch wenn Maria noch immer rätselte, woher sie ihn kannte. Erst als er seinen Hut aufsetzte und sich damit zum Verschwinden brachte, machte es klick! in ihrem Kopf, und sie erinnerte sich an ein Interview neulich im Fernsehen, ein langes Gespräch mit dem israelischen Botschafter über den wachsenden Antisemitismus in Deutschland. Der glasklar und zugleich diplomatisch argumentierende Vertreter des Staates Israel war genau dieser Mann.

Größer als ihre Überraschung war nur Marias Unbehagen über den Eindruck, den sie als Nachbarin auf den Botschafter gemacht haben musste. Ihre Empörung erschien ihr sehr deutsch und deplatziert, die Waschmaschine wie ein nationaler Fetisch, auf den sie geradezu zwanghaft immer wieder zu sprechen gekommen war. Sie fand sich richtig unsympathisch, obwohl ihr nichts fernerlag als antisemitische Ressentiments. Von ihrer Wut blieb einmal mehr nur ein schlechtes Gewissen, und selbst das war – so gesehen – typisch. Ein paarmal drehte Maria die Karte mit der Telefonnummer zwischen Daumen und Zeigefinger, steckte sie dann aber weg und beschloss, das Wasser in ihrem Badezimmer selbst aufzuwischen. Anrufen konnte sie immer noch.

Erst im Gehen bemerkte sie, dass der Mann, den sie für den Gastgeber gehalten hatte, nach wie vor in der Tür stand.

»Ich wollte mich nur entschuldigen«, sagte er. »Es tut mir leid.«

»Mir auch«, erwiderte Maria ein bisschen zu schnell und schob ein Lächeln hinterher, um zu zeigen, dass sie es nicht so meinte.

Er lächelte schief zurück. »Ungeschickter kann man sich kaum anstellen als ich mit meinen zwei – wie heißt es? – linken Händen. Aber falls Sie Hilfe brauchen, zögern Sie nicht, Sie wissen ja, wo ich wohne …«

Maria nickte mit gesenktem Kopf, um den Mann nicht offen anzustarren, dessen Erscheinung in krassem Gegensatz zu der des Botschafters stand. Sein Haar war weder silbergrau noch akkurat frisiert, sondern aschfarben und ungeschnitten. Überhaupt wirkte er so zerknittert, als sei er gerade erst aus dem Bett gestiegen. Sein kunstseidener Hausmantel war ein modisches Kuriosum mit milchigen Flecken und fadenscheinigen Stellen. Dass er dazu noch graue Filzpantoffeln trug, wunderte Maria nicht besonders. Im Späti wäre er damit nicht aufgefallen. Aber empfing man so einen Staatsgast?

»Ich bin gestern Nacht erst angekommen.« Offenbar fand er sein Äußeres selbst erklärungsbedürftig. »Mein Koffer ist beim Umsteigen in Prag auf der Strecke geblieben, und meine erste Garnitur steckt in besagter Waschmaschine. Eine Verkettung unglücklicher Umstände, Schicksal, sagt man nicht so?«

»Sie können gerne meine Waschmaschine benutzen …« Mit dem Angebot verstieß sie gegen mehrere Quarantäneregeln gleichzeitig, aber nach ihrer sehr unfreundlichen Eröffnung wollte Maria Hilfsbereitschaft signalisieren.

Nachdenklich fuhr sich der Mann in der Tür mit beiden Händen durchs wirre Haar, eine unerwartet theatralische Geste, die Maria noch mehr rätseln ließ, mit wem sie es eigentlich zu tun hatte. »Wissen Sie was«, sagte er dann, »ich lade Sie ein. Ich war zwar noch nicht einkaufen, aber umso besser. Womit kann ich Ihnen eine Freude machen?«

»Kaffee«, rutschte es ihr heraus.

»Nicht so bescheiden, kommen Sie, wünschen Sie sich was!«

»Nein, wirklich, einfach nur Kaffee wäre toll, am liebsten zwei oder drei Pfund«, versuchte sie, unbescheiden zu sein. »Als das Wasser kam, stand ich gerade vor der leeren Kaffeebüchse in meinem Vorratsschrank.«

Er legte den Kopf schräg, so als sei er noch nicht ganz überzeugt. »Also gut«, sagte er dann, »Kaffee. Ich besorge Ihnen welchen, ich lade Sie ein und koche Ihnen meinen Spezialkaffee, den besten. Sie werden nie wieder einen anderen trinken wollen, jede Wette!«

Maria starrte auf die Hand, die er ihr hinstreckte, eine schmale, ältliche Männerhand, die aus dem weiten, zerfransenden Seidenärmel herausragte. Sie nicht zu nehmen, war unmöglich. Zu einer umständlichen Erklärung über Infektionsrisiken auszuholen, ebenso.

»Ich gebe Ihnen mein Wort«, bekräftigte er. Maria schlug ein. Ihr Händedruck war mäßig feucht und dauerte drei, vier Sekunden – lang unter diesen Bedingungen, vielleicht zu lang. Trotzdem brachte sie es nicht über sich, ihren neuen Nachbarn zum sofortigen Händewaschen zu ermahnen. Um jemanden willkommen zu heißen, waren Hygienevorschriften ungeeignet.

»Ich gehe jetzt mal wischen.« Sie konnte ihr Lächeln nicht länger aufrechterhalten und wandte sich ab, obwohl er der letzte Mensch aus Fleisch und Blut war, den sie in den nächsten zwei Wochen zu Gesicht bekommen würde. Reflexartig tastete sie nach dem Treppengeländer, fasste es aber nicht an, während ihre Gedanken sich überschlugen: Was, wenn das Gesundheitsamt sie kontrollierte, wenn die Klinik jemanden schickte, wenn sie positiv getestet wurde und ihn angesteckt hatte oder er sie …

»Falls in Ihrer Vorratskammer sonst noch was fehlt«, rief er ihr nach, »ich kann die Jungs bitten, ein paar Besorgungen für Sie zu machen.«

»Die Jungs?« Sie brauchte einen Moment, um zu verstehen, dass er die Leibwächter meinte.

»Sie sind vielleicht nicht die gesprächigsten, aber sie tun Ihnen gern den Gefallen.«

»Darf ich fragen, warum?« Maria drehte sich auf halber Treppe um. »Warum dieser Besuch? Ich meine, sind Sie mit dem Botschafter befreundet oder …« Doch der Mann, der aus der Tür getreten war, antwortete nicht, sondern wartete, dass sie weitersprach, so als wollte er wissen, was sie wusste. »Oder … miteinander verwandt?«

»Verwandt? Nein, nein«, kicherte er in sich hinein, »nicht mehr verwandt als mit allen anderen Menschen, als mit Ihnen …«

»Was dann?«, beharrte Maria wenig amüsiert, wobei ihr einfiel, dass auch sie sich nicht richtig vorgestellt hatte.

Der Mann wurde schlagartig ernst. »Ich bin sein Rabbi.«

# SELMA

… schrieb *Selma* und den Namen ihres Großvaters auf den Absender und setzte ein *c/o* dazwischen. Straße und Hausnummer kannte sie auswendig; die Postleitzahl guckte sie sich von einer alten Rechnung ab. Dann klebte sie den Umschlag zu, fertig. Mit einer gewissen Erleichterung sank sie in den Schreibtischstuhl zurück und sah aus dem Fenster über das von Nachmittagssonne geflutete Ackerland. Hangabwärts, durch engstehende Baumreihen halb verdeckt, lag silbrig grün der See. Immer wieder wanderten Wellen vom Ufer weg wie rollende Schatten, die zusehends schmaler wurden und verebbten, so als würden sie ein Gewicht bewegen, schimmernd und träge wie Öl. Auf einem der Bootsstege hinter den Erlen saß vermutlich Kathi Kuhn und badete ihre Füße im kalten Wasser. Sie meinte, das sei gut für den Kreislauf.

Unschlüssig wog Selma den Brief in der Hand, als müsste sie wegen des Portos überlegen. Dabei war er eher zu leicht dafür, dass sie sich so lange nicht gemeldet hatte. Auf jeden Satz kamen mindestens zehn, die sie nicht geschrieben hatte. Aber besser tausend Worte zu wenig, fand sie, als ein Wort zu viel. Weshalb sie sich dagegen entschieden hatte zu telefonieren. Bei ihrem Vater musste sie vorsichtig sein. Wenn er schwieg, wie er immer schwieg, sagte sie irgendwann, was sie nie sagen wollte.

Richards Krankheit hatte sie nicht weiter erwähnt, keine Einzelheiten und nichts von seiner Prognose, nur dass sie mit Kathi im Pfarrhaus angekommen war und ihn zu ihrer Überraschung nicht im Bett, sondern an der Tischtennisplatte angetroffen hatte, um auf der Stelle von ihm herausgefordert zu werden – ein bisschen wie früher im Sommer mit elf oder zwölf; so lange hatte sie keinen Schläger mehr in die Hand genommen. Dafür sei es eine ganz beachtliche Partie gewesen, bis auf den dritten Satz, in dem sie sich gegenseitig gewinnen lassen wollten und abgebrochen hatten, als es zu offensichtlich wurde. »Dein Vater spielt noch immer eine schnelle, schmetterwütige Vorhand«, hatte sie ihrem Vater geschrieben, »und seine Rückhand hat einen Schnitt, an den ich mich wohl nie gewöhnen werde.« Dass es mit Richard zu Ende ging, wussten alle. Es war der Grund ihres Besuchs.

Und der Grund ihres Briefs.

Dennoch befürchtete Selma, er könnte es so vage wissen wie sie vor ihrer Fahrt mit Kathi Kuhn. Vom Sterben – dem eigenen wie dem Sterben der anderen – schienen sich die wenigsten Menschen eine klare Vorstellung zu machen. Offenbar war dieses Wissen das Erste und Letzte im Leben, das sich ins Gedächtnis prägte im Moment der Geburt, um wieder Gestalt anzunehmen in der Stunde des Todes. Dazwischen war es in Nebel gehüllt, in eine dichte, dämpfende Wolke.

Selma wollte nicht diejenige sein, die diesen Wolkenschleier wegzog. Sie selbst war eine Wolke gewesen in den schwierigen Zeiten zu Hause, als die Konflikte immer größer wurden – nicht nur zwischen den Eltern, auch die Konflikte ihres Vaters mit sich. Jakob hatte das nicht interessiert, er lebte schon immer in seiner eigenen chaotischen Kunstwelt. Sie, die Jüngere, Jüngste, trug die Verantwortung. Sie musste die Familie zusammenhalten, das war ihre Pflicht; und anders als ihr Bruder vergaß sie ihre Pflichten nie, weder bei Tag noch bei Nacht, vor allem nachts nicht. Immer häufiger hatte sie im Bett gelegen mit offenen Augen und den Stimmen ihrer Eltern gelauscht in der Hoffnung, dass sie nicht lauter wurden, in ständiger Bereitschaft, die Decke beiseitezuschlagen und aufzuspringen, um die beiden beim Streiten zu stören. Sie wollte die Eruption verhindern, den Ausbruch des Vulkans unter der dünnen Schicht des Alltags, und sie hatte sich darum bemüht mit Milde und Weichsein, mit einem Wolkenpuffer der Undeutlichkeit.

Als sie ihren Vater fand, nach seinem Suizidversuch, hatte die Wolke sie zum ersten Mal verlassen und umhüllte sie nie wieder ganz.

Das Gegenteil der Wolke war in Selmas Augen die Klinik. Die wechselnden Therapie- Einrichtungen und Reha-Zentren, in denen ihr Vater steckte, waren nur Variationen der psychiatrischen Abteilung, in der sie ihn das erste Mal wiedergesehen hatte nach seinem Versuch, sich das Leben zu nehmen und nicht mehr ihr Vater zu sein. Letzteres, schien ihr, war ihm gelungen. Sicher war es ein Hilfeschrei gewesen, wie alle sagten, aber auch der Schrei nach einer Hilfe, die sie ihm, bei aller Liebe, nicht geben konnte. Die Wolke zwischen ihnen war zerrissen. Geblieben war ein Spalt.

Sie drehte den Brief noch mal um, betrachtete den Absender mit Richards Namen und überlegte, ob sie – für den unwahrscheinlichen Fall, dass ihr Vater vorhatte zu antworten – dazuschreiben sollte: *Nur noch für kurze Zeit!*

Das Telefon auf dem Schreibtisch klingelte. Selmas Blick wanderte zu dem altmodischen Apparat. Die Frage nach den richtigen Worten, dem richtigen Verhältnis von Wolke und Wahrheit ließ sie nicht los. Doch ihr Vater und sein Vater sprachen seit Jahren nicht miteinander. Die Chance, dass er ihn ausgerechnet jetzt anrief, war gleich null. Sie nahm ab.

Ihre Mutter klang anders als sonst, aufgeregt und irgendwie schrill, schon bei der Begrüßung. – »Ist was passiert, Mama? Du klingst so komisch …« Doch Maria hielt sich mit den näheren Umständen ihrer Quarantäne nicht weiter auf, sie wollte wissen, wie es Richard ging.

»Schläft«, antwortete Selma schnell und beschrieb dann ausführlich ihre Ankunft und den Zustand des Pfarrhauses, besonders der Küche: »Sieht schlimm aus!«, was eine Untertreibung war. Das Tischtennismatch ließ sie weg, um sich nicht anhören zu müssen, dass so etwas für einen Todkranken viel zu anstrengend sei – ein Vorwurf, den sie sich selbst machte. Doch Richard hatte darauf bestanden, nur eine Partie, auf seine Verantwortung! Danach brauchte er Bettruhe und eine Spritze.

»Was meint denn Kathi?«, fragte ihre Mutter unerbittlich weiter. »Werde ich ihn in vierzehn Tagen noch sehen?«

»Sie ist unten am Wasser.« Selma hätte den Hörer gern übergeben. Doch Kathi Kuhn tat ihr nicht den Gefallen, den Hang heraufzukommen, sosehr sie auch nach ihr Ausschau hielt. Die Wellen jenseits der Baumreihen trugen noch immer schwer an ihrem eigenen Schatten. Schon nach wenigen Metern waren sie im See versunken.

»Schwimmt sie?«, wunderte sich ihre Mutter am anderen Ende, als hätte sie dasselbe Bild vor Augen.

Selma schüttelte den Kopf. »Sie planscht mit den Füßen.«

Maria quittierte das mit einem knappen Lachen, das ins Leere ging, ließ aber nicht locker: »Und dein erster Eindruck, wie hast du ihn erlebt?«

»Im Gegensatz zur Küche hatte ich bei Richard Schlimmeres erwartet. Er war erstaunlich gut in Form: wach, konzentriert, reaktionsschnell …« Selma musste aufpassen, dass sie nicht über das Tischtennismatch redete. »Doch vielleicht war er auch nur aufgekratzt durch unseren Besuch, was weniger mit mir zu tun hat, glaube ich – mich hat er am Anfang gar nicht erkannt –, sondern vor allem mit Kathi. Sie imponiert ihm, mir natürlich auch. Aber du solltest mal sehen, wie er sie ansieht!«

»Der schwarze Engel …«, seufzte Maria so wissend, als wäre es normal, dass todkranke alte Männer ihre Freundin anhimmelten. »Ich könnte das nicht, konnte es nie, im Gegensatz zu ihr. Schon während unserer Assistenzzeit in der Onkologie war sie eine Meisterin, wenn es darum ging, mit Patienten zu flirten.«

»Flirten?« Selma hätte es nicht so genannt, aber ja. Ihr wurde plötzlich klar, dass Kathis schwarze Garderobe nicht nur wie aus Pietätsgründen Tod und Trauer vorwegnahm, so als sei sie die Bestatterin unter den Halbgöttern in Weiß. Mit ihrer vollen Bluse und den hautengen Hosen war sie auch eine Lady in Black. Vielleicht hatte Richard sich deshalb beim Tischtennis so ins Zeug gelegt.

»Flirten ist eine der bewährtesten Behandlungsmethoden, neben schwarzem Humor. Die meisten älteren Herren tun sich leichter mit der Angst vorm Tod, wenn sie sich noch einmal als Mann angesprochen fühlen.«

»Aha«, sagte Selma verständnislos.

»Nur eine Art, auf andere Gedanken zu kommen«, erklärte ihre Mutter weiter. Auf was für Gedanken, wollte sie lieber nicht wissen.

Wie von Geisterhand öffnete sich die Tür des Arbeitszimmers einen Spalt. Erst als Selma einen sanften Druck an ihrer Wade spürte, wusste sie, was es war, und sah dem schwarzen Kater dabei zu, wie er um ihre Beine strich. »In der Küche, wo ich mich hauptsächlich nützlich gemacht habe, lagen überall tote Mäuse, an allen möglichen Stellen, in allen möglichen Stadien der Verwesung. Ich dachte erst, jemand hätte Gift gestreut, aber offensichtlich geht hier ein Kater ein und aus, reißt von den Regalen, was er kriegen kann, und bedankt sich dafür auf Kater-Art, ausgerechnet bei dem größten Haustiergegner, den es gibt.« Sie hielt ihm eine Hand hin, um sich beschnuppern zu lassen. Doch der Kater machte einen Sprung zur Seite und bezog ihr gegenüber Stellung, die Vorderbeine durchgestreckt, die Pfoten in perfekter Symmetrie. Nur der kleine weiße Fleck an seiner Schnauze saß schief.

»Das Beste wäre, ihn an einem festen Platz zu füttern, im Flur oder im Schuppen, dann hört er auf zu räubern«, schlug Maria vor. »Hat Richard denn noch immer seine religiösen Gründe, wie er sagt?«

»Selbst wenn. Der Kater scheint längst Herr im Haus zu sein.«
Er taxierte sie mit scharfen, grünen Augen, die Ohren gespitzt und
vorgeneigt, als wüsste er, dass sie von ihm sprach. An der rechten
Ohrenspitze fehlte ein Zacken, die Haut an den Rändern schimmerte rötlich. Selma ging in die Knie, schnalzte mit der Zunge
und rieb Daumen und Zeigefinger. Der Kater beobachtete auch
das ungerührt. »Und wie geht's dir? Hast du genügend Vorräte
für die nächste Zeit?«

Doch auch Maria reagierte nicht.

»Mama? Bist du noch da?«

»Es hat geklingelt, Moment. Ich muss kurz an die Tür«, hörte
Selma sie sagen. Ihr Atem kam schnaubend.

»Ist das Jakob? Du kriegst doch jetzt keinen Besuch …«

»Ein Nachbar hat freundlicherweise für mich eingekauft. Ich
hole nur die Taschen rein.« Obwohl der Hörer zugehalten wurde,
drang ein gedämpfter Wortwechsel durch. Selma versuchte einmal mehr, nicht hinzuhören. Doch im nächsten Moment meldete
sich ihre Mutter schon wieder und entschuldigte sich, es würde
ein wenig länger dauern. »Ganz kurz noch: Hast du deinen Vater erreicht?«

»Ich habe ihm geschrieben.«

»Mail oder SMS?

»Einen Brief«, sagte Selma trotzig. Vielleicht war das feige von
ihr, aber sie hatte seit so vielen Jahren immer nur abgemildert
und vermittelt, sie wollte nicht länger die Wolke der Familie sein.
Vor dem, was dann kam, hatte sie lange genug Angst gehabt.

»Mama …?«, beschloss sie, das noch klarstellen. Doch ihre
Mutter war beschäftigt und verabschiedete sich auf ihre kurz an-
gebundene Art, als gäbe es Wichtigeres. Einen Moment stand Selma da, allein mit ihrer Wut und ihren Worten. Dann fiel ihr der
Kater wieder ein, und sie sah sich nach ihm um wie nach einem
Verbündeten. Zu spät. Er war so lautlos verschwunden, wie er gekommen war.

Ihr blieb nichts anderes übrig, als den Brief zur Post zu bringen.

Bevor sie das Haus verließ, horchte sie noch an der Tür ihres Großvaters. Eintreten kam nicht infrage, auch wenn er nichts davon merken würde. Seine Schlafkammer war seit jeher tabu. Gerade weil zwischen den geweißten, bilderlosen Wänden nur ein Bett und ein Stuhl standen, hatte dieser kleinste und kargste aller Räume etwas Heiliges. Selma hielt die Luft an. Sie glaubte, ihren Großvater hinter der Tür atmen zu hören, kein Schnarchen, sondern ein leises, stoßweises Keuchen, aber regelmäßig und mit einem gewölbeähnlichen Widerhall. Gott schläft im Stein, erinnerte sie sich an eine seiner alten Redensarten und daran, wie sie sich als Kind immer gefragt hatte, in welchem.

Selma verließ das Haus durch die Hintertür, die sie nur anlehnte, damit der Kater rein und raus konnte. Dann ging sie weiter durch die Gartenpforte auf den Kirchweg und schaute noch einmal den Hügel hinab. Der See in der Senke lag jetzt still und unbewegt; die Wellen hatten aufgehört oder waren zu schwer geworden. Die Menschenleere der Landschaft schien vollkommen, von Kathi keine Spur. Nur ihr schwarzer Mercedes stand vor dem Pfarrhaus, halb auf der Straße, halb auf dem Gehsteig. Mit seinem Berliner Kennzeichen wirkte er reichlich protzig. Doch die meisten anderen Autos in den Einfahrten der Nachbarschaft waren eindeutig neuer und öfter gewaschen.

Auf dem teils ausgetretenen, teils eingesunkenen Kopfsteinpflaster wanderte Selma hinunter zum Ortskern. Nach ein paar Schlenkern ging es immer geradeaus. Die Häuser links und rechts kamen ihr kleiner und niedriger vor, dafür aber bunter als in ihrer Erinnerung. Die wenigen Läden, die sie wiedererkannte, waren verwaist. Der Bäcker an der Ecke hatte die Rollläden runter, eine Reihe von Lamellen war auf halber Höhe abgesackt. Der Zettel mit dem handschriftlichen Hinweis *Vorübergehend geschlossen* schien noch zu optimistisch. Der Frisiersalon drei Häuser weiter bestand

aus einer staubigen Schaufensterfront, durch die man in einen ent-
kernten Innenraum sah. Selma hoffte, dass es die Post noch gab.

Sie ging schneller. Es war kein Mensch zu sehen, doch sie fühlte sich beobachtet von den toten Augen der Fenster und der Leere
hinter den grauen Gardinen. Um nicht zu auffällig über die Schulter zu schauen, wechselte sie die Straßenseite und entdeckte dabei
aus den Augenwinkeln den schwarzen Kater. Scheinbar regungslos saß er vor einem eierschalenfarbenen Häusersockel und sah
in ihre Richtung, mit derselben Wachsamkeit und Strenge wie vorhin. Er musste ihr gefolgt sein. Als sie bei der nächsten Querstra-
ße pro forma nach links und rechts guckte – auf dem holprigen
Pflaster hörte man jedes Auto schon von Weitem –, war er ihr weiter nachgegangen und wechselte gerade auf ihre Seite der Straße.
Bevor sie sich fragen konnte, ob das Unglück brachte, hielt er inne
und leckte sich mitten auf der Fahrbahn die Pfote.

»Hey«, rief sie halblaut, nicht um ihn zu verscheuchen, sie hatte
nur keine Lust, in diesem Spiel die Maus zu sein. Ohne den Brief
in ihrer Hand wäre sie zurückgegangen und hätte noch einmal
versucht, ihn zu streicheln. Aus der Entfernung wirkte sein Fell
wie zerrupft. Irgendwie tat er ihr leid, dieser Kater von der trauri-
gen Gestalt, der die Vorräte ihres Großvaters plünderte und sich
mit toten Mäusen revanchierte. Selma überlegte kurz, was das
für ein Vorzeichen sein könnte. Dann dachte sie, dass Aberglaube
vermutlich einer der »religiösen Gründe« war, weshalb Richard
Haustiere ablehnte.

Der Jeep, der direkt vor ihr in den Kirchweg einbog, fuhr zu
schnell. Selma sah sich nach einem Schild um, obwohl hier ziemlich sicher Tempo dreißig galt. Ihren Warnruf hörte der Kater
nicht mehr. Wenn er wollte, konnte er sich anscheinend unsichtbar machen.

Selma bekreuzigte sich, Aberglaube auch das.

Die drei Linden auf dem Dorfplatz standen schon in vollem
Laub. Das verrußte, rote Backsteingebäude dahinter musste die

Post sein. Auf den Bänken vor den Bäumen saß die Dorfjugend, ein Mädchen, schätzungsweise siebzehn, weißblond mit pinken Strähnen, zwei Jungs, nicht viel älter, kurz geschoren, zu ihren Füßen Bierflaschen, Wodka, Billigwein im Tetrapak. Selma wäre lieber um den Platz herumgegangen statt an ihnen vorbei, aber die drei hatten sie längst gesichtet und feixten unverkennbar auf ihre Kosten. Der Kerl mit der größten Klappe rief irgendwas Dummdreistes, grinste und prostete ihr zu. Ihm fehlte ein Schneidezahn.

Einen Bogen um die Gruppe zu machen, wäre ein Zeichen von Schwäche gewesen, also lief Selma weiter in die eingeschlagene Richtung und versuchte, weder arrogant noch ängstlich zu wirken. Sie setzte ein ironisches Lächeln auf, von dem sie nicht wusste, ob es half.

»Wenn es in Berlin so toll ist, warum kommen die Bräute dann alle Nase lang her?«, pöbelte das Mädchen.

»Weil in Berlin alle schwul sind«, meinte der Schneidezahnlose, und sein Kumpel klatschte Beifall. Möglich, dass sich die Ankunft von Kathis schwarzem Mercedes herumgesprochen hatte, vielleicht war »Berlin« aber auch nur der Inbegriff alles Fremden und Verhassten.

Eine Mischung aus Wut und Scham überkam Selma, während sie weiterging, dieses Schulhofgefühl, aus dem sie herauswachsen wollte, seit sie es kannte. Selbstverständlich zog sie die Schultern nicht hoch und vermied es, den Blick zu senken, um nicht zum Opfer zu werden, doch im Grunde war sie es längst und wollte sich nur nicht den Anschein geben. Noch ein paar Schritte, dann befand sie sich mit der Gruppe auf einer Höhe und so nah, dass sie den Fusel riechen konnte, eine Dunstwolke aus Alkohol und versagendem Deo. Auf diese Situation war sie vorbereitet und hatte alle möglichen Verläufe immer wieder durchgespielt. Die Unbekannte in der Rechnung war sie selbst. Wie viele Demütigungen würde sie noch schlucken müssen, wie viele Selbstverteidigungskurse noch absolvieren, bevor sie zum Angriff überging? Zu ihrer

Überraschung verstummten die drei und ließen sie unbehelligt vorbeigehen. Sie glotzen nur blöd, aber nicht blöd genug, fand Selma, zuschauerblöd, nicht täterblöd. Erst in ihrem Rücken ging das Feixen wieder los.

»Bei uns hier sagt man Guten Tag, wenn man wo hinkommt«, keifte das Mädchen. »Kein Benehmen, und so was lebt in der Hauptstadt!« Das Einzige, was Selma dazu einfiel, war ein Tritt gegen die Knieschiebe plus ein paar gezielte Schläge in den Nacken, aber sie setzte weiter einen Fuß vor der anderen.

»Niemals ist die aus Berlin, die dreckige Polackin«, brummte der andere Junge wie nach näherer Betrachtung, seine Stimme klang etwas tiefer als die des Schneidezahnlosen. Selma überlegte, ob sie noch einmal zurückrennen und sich rächen sollte – dafür und für all die anderen Schulhofgänge. Doch da stand sie schon vor der Post.

Sie war die Einzige.

Der Eingang war mit Brettern und Sperrholzplatten vernagelt, vor denen sich allerlei Müll angesammelt hatte: Chipstüten, Getränkebecher, Plastikbeutel mit Hundekot. Die vergitterten Fenster im Erdgeschoss waren von innen mit Pappe und Zeitungspapier zugeklebt. Vergeblich suchte Selma in den Bildunterschriften und im Fettgedruckten nach einer Jahreszahl. So lange konnte es nicht her sein, dass sie als kleines Mädchen hier am Schalter in der Schlange gestanden hatte mit einem ganzen Stapel von Urlaubspostkarten, die sie verschicken wollte, die meisten von ihr – Jakob war kein Briefeschreiber – und alle mit demselben Motiv: der Kirche, den Bäumen, dem See. Doch selbst diese Erinnerung schien wie im Fotoalbum ihrer Kindheit verrutscht und aus dem Rahmen gefallen. Nichts davon fand sich wieder. Über ihr, auf dem Sandsteinfries des Portals, das für eine größere Zukunft gebaut worden war, stand *Postamt* in schwarzen, gusseisernen Lettern und einer Schnörkelschrift wie aus der Kaiserzeit. Die traurige Gegenwart war ein Briefkasten aus Hartplastik, verwittert und verwaschen gelb, mit wenig vertrauenerweckenden Leerzeiten. Nicht mal für einen Briefmarkenautomaten hatte es gereicht.

Der Umschlag, den sie ein bisschen zu fest gehalten hatte, war feucht von Handschweiß, Angstschweiß, Wutschweiß, was auch immer. An manchen Stellen hatten sich Knitterfalten gebildet und Flecken in Form ihrer Fingerabdrücke. Es war kein Brief, auf den man schreiben konnte: *Porto zahlt der Empfänger.*

Die Leerung war, wenn man daran glaubte, werktags um 18 h. Selma hatte noch eine knappe halbe Stunde, um einen Zeitschriftenkiosk mit Paketservice zu finden oder einen Tante-Emma-Laden, der auch Briefmarken verkaufte. Aber sie wusste nicht, wo sie suchen sollte. Auf ihre Erinnerung war kein Verlass. Das Dorf, in dem sie als Kind einen Großteil ihrer Sommerferien verbracht hatte, war nach und nach ausgetauscht worden. Das Eiscafé mit der grün-weiß gestreiften Markise, das als Einziges offen und einigermaßen belebt aussah, existierte in ihrem Gedächtnis nicht. Sonnenschirme, Plastikstühle, Tische draußen auf dem Dorfplatz, all das kam ihr so unwirklich vor – genauso unwirklich wie Kathi Kuhn, die in vorderster Reihe saß und einen Espresso trank.

»Hallo«, sagte sie.

»Hallo«, sagte Selma.

Kathi löffelte die letzten Tropfen Kaffeesud aus ihrer Tasse und stellte sie zurück auf den Tisch. Im Aschenbecher lag die zusammengeknüllte Packung ihrer Lieblingsmarke neben ein, zwei Kippen. Wie lange hat sie hier schon gesessen und mich beobachtet, fragte sich Selma und sah hinüber zu den Linden. Vom Café aus konnte man ihre drei Peiniger auf der anderen Seite kaum erkennen und zum Glück kein Wort verstehen. Vielleicht schwiegen sie auch gerade.

»Willst du dich nicht setzen?«

»Tut mir leid.« Selma hob kurz den Umschlag, froh über den Vorwand. »Ich muss diesen Brief bis sechs Uhr eingeworfen haben, und nirgends im Dorf gibt es Briefmarken.«

»Ich weiß«, Kathi rückte ihr einen Stuhl zurecht. »Ich kümmere mich um die Post.« Offenbar hatte sie ihren vergeblichen Moment vor dem Postamt mit angesehen. »Ich muss haufenweise Rezepte und Anträge rausschicken. Da kommt es auf einmal Porto mehr oder weniger nicht an.« Sie kramte in ihrer Handtasche, die über der Stuhllehne hing.

Selma zögerte, den Brief an ihren Vater in Kathis Hände zu geben. Doch eine Marke war ein Argument.

»Selbstklebend.« Kathi nahm ihr den Umschlag ab und frankierte ihn routinemäßig. »Sterben ist zu achtzig Prozent Bürokratie.« Sie steckte den Brief zu den anderen in ihre Tasche.

»Danke«, sagte Selma. Ihr wurde bewusst, dass sie noch immer stand.

»Du möchtest wirklich nichts? Keinen Kaffee, kein Eis? Auch nicht auf die Hand?« Kathis Blick war ruhig und forschend zugleich. »Dein Großvater wird vor zwanzig Uhr nicht ansprechbar sein. Wir können also in aller Seelenruhe hier sitzen und aufpassen, ob der Postkasten auch pünktlich geleert wird.«

»Ist das der Plan?«

»Nein, der Plan ist noch ein Espresso, ein doppelter. Wenn du Hunger hast: Hier gibt's bestimmt auch Pizza …«

Selma schüttelte den Kopf, aber sie setzte sich. Im selben Moment war von der anderen Seite des Platzes lautes Gebrüll zu hören. Das Besäufnis nahm seinen Lauf.

»Der schwarze Kater, der Richards Küche so verwüstet hat, du weißt schon …«, lenkte sie ab, »er ist mir vom Pfarrhaus bis hierher gefolgt. Mama meinte am Telefon – schöne Grüße übrigens –, wir sollten ihm einen festen Futterplatz einrichten, dann sei Schluss mit der Räuberei. Ich befürchte nur, Richard wird strikt dagegen sein. Vielleicht kannst du mit ihm reden?«

»Warum ich?«

»Auf dich als Ärztin hört er vielleicht …«

Kathi schlug ihre Beine in den engen schwarzen Hosen übereinander, strich im Zurücklehnen die Falten ihrer Bluse glatt und schien zu überlegen. »Ein schwarzer Kater? Ich mag Schwarz.«

»Er muss nicht mal ins Haus. Ein Körbchen und ein Futternapf im Schuppen würden reichen.« Allein die Vorstellung, den Kater in ihrer Nähe zu haben, tröstete Selma, nicht nur mit Blick auf die schweren Tage, die ihnen bevorstanden, sondern auch als Wiedergutmachung für all die abgewiesenen Haustiere ihrer Kindheit. »Wenn jemand den alten Herrn um den Finger wickeln kann, dann du.«

»Ich weiß ja nicht, was dir deine Mutter über mich erzählt hat«, sagte Kathi halb skeptisch, halb belustigt, »aber sie hat ganz sicher schamlos übertrieben, und wenn nicht, dann ist es lange her.«

»Bitte«, sagte Selma.

»Wenn du mir versprichst, wenigstens einmal pro Tag zu lächeln …«

»Wirke ich so ernst?«

»Für dein Alter …« Den Satz hatte Selma schon oft gehört.

»Vielleicht habe ich auch nur ein anderes Verständnis von Spaß«, sagte sie und sah hinüber zu den Linden. Eine Weile schwieg auch Kathi. Sie verpasste sogar den Moment, beim Kellner noch etwas zu bestellen.

»Was ist los mit dir, Selma?«, fragte sie stattdessen. »Warum bist du so wütend?«

»Mir geht's gut – abgesehen davon, dass mein Opa stirbt, meine Mutter in Quarantäne ist, mein Vater in der Psychiatrie und mein Bruder sich um gar nichts kümmert.« Das war keine Antwort, sondern eine Grenze, die sie zog. Selma wollte nicht über sich reden, schon gar nicht über ihr Dilemma, in dieser Familie so viel auffangen zu müssen und andererseits nicht richtig dazuzugehören. Sie hatte sich inzwischen damit abgefunden, die Normalste und zugleich die Außenseiterin zu sein unter all den Geistlichen, Ärzten, Musikern und Künstlern. Zum Entsetzen aller hatte sie sich entschieden, Wirtschaftswissenschaften zu studieren, noch dazu in ihrer unwissenschaftlichsten und primitivsten Form – BWL. Womöglich war das, was sie antrieb, Wut, doch sie nannte es Zukunft und dachte nur: Ihr werdet euch noch wundern!

»Du bist deiner Mutter so ähnlich. Entschuldige, wenn ich das sage. Das hört keine Tochter gern …«

Doch Selma überraschte es eher, zumal aus Kathis Mund, die ihre Mutter besser kannte als jede andere. Statt Ähnlichkeiten bekam Selma sonst nur Unterschiede vorgehalten: wie wenig karitativ und musisch sie veranlagt war, wie gleichgültig gegenüber religiösen oder weltanschaulichen Fragen. Sie hatte sich seit jeher mehr für Geld als für Ideologie interessiert; und womöglich bestand darin ihr größtes Dilemma: Sie wollte so gerne dazugehören, aber noch mehr wollte sie ihre Unabhängigkeit.

»Meine Mutter ist wütend? Worauf?«

»Vielleicht auf dasselbe wie du.«

»Ganz bestimmt nicht.« Das beste Beispiel war ihr Bruder: für sie der Inbegriff himmelschreiender Ungerechtigkeit, weil er alles durfte, sich alles herausnahm, ohne jemals die Erwartungen zu erfüllen, die sie regelmäßig übertraf. Trotzdem schienen sich sämtliche Verwandten in seinem Scheitern mehr wiederzuerkennen als in ihrer Zielstrebigkeit, allen voran ihre Mutter, die ihre schulischen und studentischen Bestleistungen für selbstverständlich hielt, aber Jakobs Versagen mit Liebe belohnte. Statt wütend zu werden, verzieh sie ihm alles.

»Deine Mutter kann es nur besser verbergen«, blieb Kathi dabei.

»Bist du sicher?« Selma lachte ungläubig, so als redeten sie nicht von derselben Person. »Meine diskussionsfreudige Familie würde an dieser Stelle erst mal die Begriffe klären. Aber ›Wut‹ und meine Mutter, tut mir leid, das kriege ich nicht zusammen. Womit ich nicht bestreiten will, dass auch meine Mutter ihre Geheimnisse hat wie jeder Mensch. Aber Wut ist es beim besten Willen nicht.«

Eine Pause entstand. Auch unter den Bäumen war es ruhig.

»Es gibt auch kalte Wut«, sagte Kathi dann, »und alte Wut, sehr alte.«

Ihr abwartender Blick brachte Selma für einen Moment aus dem Konzept. »Hast du nicht gerade gesagt, dass ich dir zu ernst bin? Und was bist du?« Dass sie ihr damit unrecht tat, wusste sie in dem Moment, als sie es ausgesprochen hatte. Doch Kathi ließ sich davon nicht provozieren.

»Ich habe zu viele Patienten erlebt, die meinten, ihre Wut ein Leben lang unterdrücken zu müssen, und manche haben sie mit ins Grab genommen.«

Wieder war es einen Augenblick still. Von den Feiernden kam jetzt ein leiser Singsang, betrunken, aber vorläufig friedlich.

»Sprichst du jetzt von Richard?« Selma gefiel dieses Gespräch immer weniger.

»Es klingt vielleicht seltsam, wenn ich das sage, aber die meisten Menschen versprechen sich vom Sterben zu viel. Sie hoffen, dass alles zu einem Ende kommt, was sie im Leben nicht geschafft haben, womit sie nicht fertiggeworden sind, das ganze Unerlöste. Glauben hilft manchmal. Aber, um ehrlich zu sein, ich würde deinen Großvater, Pfarrer hin oder her, nicht zu den Gläubigen rechnen.«

»Sag das hier im Dorf nicht zu laut«, sagte Selma und sah sich um.

»Ich gebe meinen Patienten keine Noten«, fuhr Kathi fort, »und verurteile niemanden, weder moralisch noch menschlich. Aber das ändert nichts daran, dass es am Ende zwei Arten von Sterbenden gibt, die Wütenden und die Schuldigen.«

»Und Richard, glaubst du, gehört zu der zweiten Art?«

Kathi schüttelte den Kopf. »Wenn es so einfach wäre … Aber Wut oder Schuld sind nicht so klar voneinander zu trennen. Es sind eben keine eindeutigen Diagnosen, sondern eher Dosierungen, Mischungsverhältnisse. Mal überwiegt das eine, mal das andere, dann kippt es wieder. Erst am Schluss, wenn alles zusammenkommt, das Unerledigte eines Lebens, die offene Rechnung, wenn du so willst, läuft es meistens auf eins von beiden hinaus.«

»Schuld?« Für Selma war das wie ein Schock. »Aber doch nicht Richard! Er ist wirklich der Letzte, von dem ich denken würde ...«
Sie wusste nicht weiter.

»Versteh mich nicht falsch. Ich will ihm nicht unterstellen, dass er irgendwas Schlimmes getan oder verbrochen hat. Schuld besteht nur zu einem kleinen, vielleicht sogar zum kleinsten Teil aus Täterschaft. Das eigentliche große Reich der Schuld erstreckt sich über all das, was man nicht getan hat.«

»Ja, aber wie lautet denn der Vorwurf?« Selma war entschlossen, ihren Großvater zu verteidigen. Nicht weil sie in seinen Augen mehr gewesen wäre als Jakobs unscheinbare kleine Schwester – sie fühlte sich von ihm genauso wenig gesehen wie vom Rest der Familie –, aber er war ein Stück ihrer Kindheit.

»Ich weiß es nicht«, sagte Kathi, sichtlich bemüht, dem Gespräch die Schärfe zu nehmen und es für heute gut sein zu lassen. »Aber den größten Vorwurf macht er sich wahrscheinlich selbst.«

Der Singsang vom Dorfplatz endete in Grölen und Gejohle. Selma merkte auf, als das Mädchen lauthals zu kreischen anfing. Auch Kathi hob den Blick, schien aber mehr ihren Gedanken zu folgen als dem schattenhaften Treiben unter den Linden. Nach allem, was man erkennen konnte, waren der Schneidezahnlose und das Mädchen in eine Art Knutsch-Ringkampf verwickelt, bei dem es darum ging, sich die Zunge in den Hals zu stecken und am Boden zu wälzen. Der Kumpeltyp stand daneben und beteiligte sich mit geistlosen Anfeuerungsrufen, die er unter halbwegs rhythmischem Klatschen wiederholte.

»Mit meinem Espresso wird das nichts mehr«, murmelte Kathi. Ein Blick aufs Handy bewies, dass sie recht hatte. Es war kurz vor sechs, höchste Zeit, die Briefe einzuwerfen. Die nächste

Leerung folgte erst in vierundzwanzig Stunden, angeblich. Ein Postauto war nicht in Sicht. Trotzdem stand sie auf, schulterte ihre Handtasche und ging ohne einen Kommentar oder auch nur ein Anzeichen von Verwunderung darüber, dass Selma nicht mitkam, sondern regungslos sitzen blieb.

Sie konnte nicht. Der Schneidezahnlose ließ sie beim Küssen und Betatschen dieses Körpers, der nicht ihrer war, keine Sekunde aus den Augen. Immer wieder warf er das Mädchen herum und drehte es so, dass er sie auf ihrem Stuhl im Café weiter anstarren konnte, während er sich zwischen die halb nackten Beine unter ihm zwängte. Die ganze Zeit war sie gemeint.

Obwohl Selma gelernt hatte, den Blick in solchen Situationen nie zu senken, sah sie auf die Tischplatte, den Aschenbecher, das angebrochene Zuckertütchen und die vielen kleinen weißen Kristalle, die um die Tasse verstreut lagen und glitzerten. Das Gefühl von Scham kehrte zurück. Selma spürte, wie sie rot wurde, und krümmte sich über den Tisch wie über einen Schmerz. Sie schaute erst wieder hoch, als sie auf einmal Kathis Stimme hörte – nicht vom Briefkasten her, sondern direkt von den Lindenbäumen. Die schwarze Lady stand vor dem am Boden liegenden Pärchen und dessen Kumpel, der verstummt war und die Arme hängen ließ.

Es war das Mädchen, das motzte und Kathi anblaffte, dass sie die Privatsphäre hier störe. Dabei setzte es sich auf, nestelte an seinem BH herum und zog sich den Sweater wieder über den Bauchnabel. Von dem darauffolgenden Wortwechsel verstand Selma nur Bruchstücke. Doch schon bald sagte das Mädchen nichts mehr, und die Jungs klangen erstaunlich kleinlaut, ohne dass Kathi ein einziges Mal die Stimme heben musste. Ihr Ton war durchweg freundlich, aber bestimmt.

Als sie aus dem Schatten der Bäume heraustrat, hatte sie eine Zigarette im Mundwinkel. Der Kumpel des Schneidezahnlosen kam ihr nach, aber nur um ihr Feuer zu geben, dann zog er wieder ab. Auf halbem Weg zum Postkasten drehte sich Kathi seitlich zu ihr und winkte mit etwas, das sie in der Hand hielt wie eine Trophäe. Erst auf den zweiten Blick erkannte Selma eine Zigarettenschachtel. Offenbar hatte sie die ganze Packung geschnorrt. Zum ersten Mal seit Beginn ihrer gemeinsamen Fahrt glaubte Selma, vergessen zu können, dass KK die Freundin ihrer Mutter und die Sterbebegleiterin ihres Großvaters war. Vielleicht konnten sie Freundinnen werden, trotz allem. Dann steckte Kathi die Packung weg, holte die Umschläge aus ihrer Handtasche und schob einen nach dem anderen durch den Briefschlitz, noch bevor Selma »halt!« schreien konnte.

Es war der Moment, in dem für sie zur Gewissheit wurde, dass sie ihrem Vater den falschen Brief geschrieben hatte.

# RICHARD

… hatte das Kreuz fast erreicht, indem er seine Finger den rauen Putz hinaufklettern ließ und mit den Nägeln immer wieder Halt fand an den körnigen Stellen, in den tieferen Poren und Rissen. Nur einmal stürzte seine Hand ab, fing sich aber in einer rettenden Hohlkehle und tastete sich dann eine Reihe von kleinen, unmerklichen Vorsprüngen hinauf, Unebenheiten, die ihm noch nie aufgefallen waren und die eher einem menschlichen Körper glichen, seinen Wölbungen und Wulsten, als einer Wand. Er sehnte sich sehr nach Stein, nach der Kühle von Steinen. Aber die Wand war warm wie Haut, fast klebrig auf einmal, als würde sie schwitzen. Sie roch alt. Er musste sich beeilen, um nicht stecken zu bleiben oder einzusinken oder mit ihr zu verschmelzen. Die Luft wurde knapp. Er atmete schwer in der Nähe zur Wand. Atmen war das Schwerste. Da war dieser Druck auf seinen Rippen, seiner Lunge, Druck von oben, über ihm, als läge die Wand auf seiner Brust. Er kletterte nicht mehr oder war sich nicht sicher, ob er kletterte oder nur noch kroch oder lag. Der Berg drückte ihn immer weiter zu Boden. Er konnte sich kaum bewegen und brauchte seine gesamte Kraft, um das Gewicht auszuhalten und die Luft aus den Falten und Grübchen der Steinhaut zu saugen, die süßlich schmeckte, aber schal, wie abgestandenes Wasser. Er behielt sie lange im Mund, bevor er sich überwinden konnte, sie hinunterzuschlucken. Aber es war zu wenig. Die Luft reichte nicht. Ihm wurde schwindelig, alles fing an, sich zu drehen. Er fand keinen Halt mehr und wurde an den Rand geschleudert, den äußersten, und dachte gleichzeitig bei sich und außer sich, das also ist der Rand des Bewusstseins! Er fand sogar noch Zeit, sich kurz umzuschauen, und staunte nicht schlecht, dass das Bewusstsein eine Scheibe war, von der man herunterfallen konnte wie von der Erde. Aber er schaffte es, noch im Taumel und Sog der Tiefe einen letzten Befehl abzusondern, einen Funkspruch an sich selbst, von dem er nicht wusste, ob er den Weg durch seinen Körper finden würde und die entfernten Stellen erreichte, für die er gedacht war. Vielleicht hörte ihn niemand. Vielleicht hatte sein Körper ihn schon verlassen und war eine andere Materie geworden, der er nichts mehr zu sagen hatte. Vielleicht war von ihm nichts weiter übrig als dieses letzte Signal, das sich im All verlor, in der Unendlichkeit, die nichts von ihm wusste, nicht einmal, dass er existierte, geschweige denn der Absender dieses elektrischen Impulses war, der als Gedanke begonnen hatte und jetzt von niemand zu niemand ging, nichts zu nichts. Alles, was blieb, war diese verschlüsselte Botschaft, die nur sein Körper dekodieren konnte, zu dem er in etwa so viel Verbindung hatte wie zu einem Glühwürmchen im Pfarrgarten. Ich sehe meinem letzten Gedanken beim Erlöschen zu, dachte Richard in großer Angst und noch größerer Verwunderung. Er wünschte seiner Botschaft alles erdenklich Gute und Glück auf den Weg, aber er glaubte nicht mehr daran. Ein Teil von ihm hatte sie schon vergessen, ein anderer verstand kaum noch, worum es ging. Aber es war keine Bitte, das stand fest, es war ein Befehl an seine Fingerspitzen, und er schrie: Krallt! Krallt euch fest! Werdet Krallen! Horn und Haken statt Fleisch und Blut! Macht, wofür ihr gemacht seid, und krallt euch! In den Stein, fest! Krallt, Krallen, krallt!!!

Und dann Stille, Totenstille. Nichts würden folgen, das wusste er. Der Feldherr auf dem Hügel war müde, sein Blick getrübt, die Stimme gebrochen. Eine Pause würde nicht helfen, aber er brauchte eine, wenigstens genügend Zeit, um o Gott zu seufzen. O Gott, seufzte er. Sekunden und Stunden vergingen. Was jetzt kam, lag nicht mehr in seiner Hand, auch nicht in der Gottes. Es lag in der

Kralle des Tiers. Krallt, Krallen, krallt, erinnerte sich das Echo zwischen den Schädelwänden, während seine Gedanken immer schwächer wurden und sich der Rand des Bewusstseins unter seinen Füßen zurückzog. Dahinter war Schwarz. Eine Schwärze, die taub machte. Erst taub, dann stumm, dann blind. Aber das machte nichts, auch das wusste er. Merkwürdigerweise kam ihm das alles bekannt vor, als würde er nicht zum ersten Mal sterben, als hätte das Sterben irgendwann angefangen, um einfach immer so weiterzugehen, ohne Ende und Unterlass. Doch das war nur mattes Gedankengeflacker am Rand der Scheibe des Bewusstseins, die zusehends kleiner wurde wie die Schlussblende am Ende eines alten Films und zusammenschnurrte auf einen winzigen Punkt am Firmament der Finsternis, der unermesslichen Sternenlosigkeit, Schwarz auf Schwarz. Und dann war das Denken verschwunden, und der Mensch lag im Dunkeln da wie eine Hülle, während das Tier seine Arbeit tat.

Alles, was jetzt geschah, hing von den Krallen ab.

Als er wieder zu sich kam, krallte das Tier immer noch. Es schien ihn nicht zu brauchen, weder sein Einverständnis noch die Kraft seines Willens. Es krallte sich an den Stein wie an sein Leben, mit animalischer Zähigkeit, verbissen ins Dasein, kein Zweifel, was zu tun war. Die Sache war die, dass er hing. An einem Felsvorsprung. Kopfüber.

Nicht runtergucken, zischte das Tier. Atmen! Mehr Luft!

Er gehorchte.

Mehr, mehr, trieb ihn das Tier an. Atme tiefer!

Er gehorchte aufs Wort.

Und jetzt Achtung, aufgepasst, schärfte das Tier ihm ein, der Punkt wird kommen, an dem einer von uns beiden zu viel ist und ich dich nicht mehr halten kann. Also wenn ich sage, spring, dann springst du, und zwar sofort, verstanden?

Richard nickte, nahm all seinen Mut zusammen und wappnete sich für den Sprung. Er hatte keine Angst vor der Höhe, er hatte Angst vor dem Tod, doch es gefiel ihm, dass es so einfach war. Er musste nur tun wie befohlen und dem Tier gehorchen, sich ihm ganz und gar unterordnen mit einer Hingabe, die an Liebe grenzte.

Das Tier indessen beachtete ihn nicht weiter, sondern krallte sich in den Felsüberhang. Stumm, unnachgiebig und verbissener denn je setzte es seine Arbeit fort und grub sich in die narbige Gebirgshaut. Kleine Bröckchen von Moos, Flechten, Vegetationsresten trudelten lautlos in die Tiefe; es schien sich, obwohl ins Bodenlose ragend, um eine Art Wetterseite des Berges zu handeln. Mehr und mehr löste sich unter dem Krallengriff des Tieres auch zermahlener Stein und rieselte in den Abgrund wie Sand oder Zeit, dachte er, stoppte den Gedanken aber schon im Entstehen. Schließlich musste er aufpassen, wachsam bleiben, sprungbereit!

Etliche Sanduhrfüllungen lang geschah nichts.

Geduld, dachte Richard, darum geht es, dass ich lerne, geduldig zu sein. Das ist der Befehl hinter allen Befehlen, der höhere Sinn: Geduld zu üben. Folglich biss er sich auf die Zunge und fragte nicht, wie lange noch oder wozu. Geduld war eine Übung in Zeitlosigkeit, die animalische Lektion! Es sei denn, ich springe einfach, dachte er, ließ diesen Gedanken aber sofort wieder fallen, zusammen mit ein paar Krallen Sand.

Der nicht mehr so fein war wie vorher. Der Sand hatte sich verändert, war gröber, kieseliger, steiniger geworden. Auch die Arbeit der Krallen schien nicht mehr dieselbe zu sein. Anfangs hatte es den Anschein gehabt, als würde sich das Tier den Felsvorsprung entlanghangeln, um aus der Horizontale in die Vertikale zu gelangen und den Berg auf diese Weise zu bezwingen – nicht in einer flüssig vorgetragenen Kletterbewegung, versteht sich, sondern durch eine ganz allmähliche, mit bloßem Auge kaum erkennbare Verschiebung, Kralle um Kralle, deren Nebenprodukt Sand war. Jetzt stellte sich heraus: Sand war die Hauptsache! So viel Sand wie möglich, Sand in rauen Mengen, nicht der feinste, sondern im Gegenteil der allergröbste, mit Steinen und Geröll durchmischte Schutt! Was er in seiner Ahnungslosigkeit als Festkrallen und Vortasten missdeutet hatte, war in Wirklichkeit ein Bohren gewesen, kein Kletterversuch, sondern eine Ausschachtung.

Angesichts dieser Erkenntnis vergaß Richard, tief Luft zu holen und überhaupt zu atmen, bis sein ganzer Körper nach Sauerstoff schrie. Schlimmer noch. Er war so abgelenkt, dass er im Ernstfall nicht nur den Befehl verpasst hätte zu springen, um ein Haar wäre er abgestürzt.

Doch es kam kein Kommando. Genau genommen lag der Sprungbefehl nie ferner, weil nicht nur unklar war, wann er springen sollte, sondern vor allem wohin. Sowohl unter ihm als auch über ihm in dem Felsen klaffte inzwischen ein beträchtliches Loch. Zudem rissen die Krallen mittlerweile immer größere Stücke aus dem Berg. Von Sand konnte nicht mehr die Rede sein. Es waren schieferartige Tafeln, Gesteinsplatten, Felsbrocken, erdrutschartige Geröllmassen, die ins Nichts rumpelten. Hatte ihn noch vor wenigen Augenblicken die vorzeitliche Langsamkeit des Tieres gequält, staunte er jetzt über das Tempo, mit dem es sich durch den Berg fraß. Richard konnte gar nicht so schnell gucken, wie die Dinge sich veränderten und vor seinen Augen Gestalt annahmen. Eine Himmelsleiter, dachte er in einem Moment, ein Höllentunnel, dachte er im nächsten. Er kam gar nicht mehr hinterher. Das Tier war ihm nicht nur im Berg weit voraus, es war ihm enteilt in die Zukunft und hatte ihn zurückgelassen in einer vergangenen, längst abgeschlossenen und verkapselten Zeit.

Für einen Sekundenbruchteil blitzte vor ihm die Möglichkeit auf, dass er träumte und dass dieser Traum, seltsam genug, gar nicht sein eigener war – ein Gedanke, den er im Moment nicht überblickte. Was aber daran stimmte, augenscheinlich, war die Tatsache, dass es in diesem Traum nicht um ihn ging. Er war unwichtig geworden oder schon immer gewesen, hatte ausgeträumt, ausgefürchtet, ausgehofft. Die Zukunft gehörte dem Tier. Es schlug seine Krallen in die Zeit, riss sie an sich und verwarf sie in einem Zug, in rasender Geschwindigkeit. Richard sah es sich nur an, wie er sich alles ansah, geduldig, weil er nicht anders konnte. Trotz seiner Bedeutungslosigkeit war er noch immer beseelt von dem Wunsch zu verstehen, einer rührend nostalgischen Sehnsucht zu wissen, was es damit auf sich hatte: Warum das alles, aus welchem Grund, falls es einen Grund gab – oder war es etwa das, was das Tier suchte? Suchten sie beide am Ende dasselbe, einen Grund, den Grund?!

Nein, sagte er sich, das kann nicht sein, und dachte dann: Doch! Doch, doch!

Er fasste sich an den Kopf, wie er sich beim Denken früher oft an den Kopf gefasst hatte, weil es so offensichtlich war: eine Suche, natürlich! Es suchte! Das Tier grub kein Wurmloch in die Zeit, keine Treppe zum Himmel und keine Höhle zur Hölle, es suchte nach etwas und durchwühlte den Fels wie eine Kleiderkiste, um es zu finden. Es suchte nach etwas im Stein – nach dem Gott, der im Stein schlief!

Und dann war es durch. Der Berg war durchbohrt, der Stein offen. Am anderen Ende der Himmelshöhle, Höllenleiter schimmerte Blau: blauer Himmel, blaues Wasser, Grundwasser, Gipfelklarheit. Kein Wind ging, kein Lüftchen, kein Atemzug, nur der Gesang des Lichts, das durch die Öffnung strömte, um die Finsternis zu streicheln, das Singen des Blaus und das Rauschen der Wellen, wie in einer toten Muschel, Tiefe und Höhe, beides ganz nah, ganz unmittelbar.

Das Tier streckte die Krallen aus – er verstand sofort, was es wollte –, es griff nach dem Kreuz, das hier irgendwo sein musste, auf dem Grund, auf dem Gipfel. Und die Krallen tasteten links, rechts, oben, unten, tasteten weiter und fanden nichts. Weder das Kreuz noch irgendein Kreuz. Es war nicht mehr da.

Der Berg war leer, das Gipfelkreuz verschwunden. Gott fehlte. Er hatte den Stein verlassen, die ganze ausgeräumte, ausgehöhlte Ewigkeit. Und so standen sie da auf dem Gipfel der Welt, am Ende von allem.

Auf die maßloseste Weise geschah nichts. Nicht einmal Sand rieselte aus den Krallen. Die Zeit war vorbei, die Suche vorüber.

Es gab Wind, irgendwann, jetzt auf einmal, eisigen Wind. Er pfiff durch Richards Hosenbeine, Ärmelöffnungen, Kragenschlitze, pfiff immer denselben Ton in den Höhlen der Bergruine und den Tälern der Wellen. Richard fragte sich nichts, aber er fror. Er schlang die Arme fest um seinen Körper, schlug sich damit auf Brust und Schultern, kreuzweise, dachte er. Er schlug noch ein paarmal und fror weiter. Er hätte jetzt gerne die Augen zugemacht.

Doch das Tier drehte sich noch einmal um und sprach zu ihm wie aus höchster Höhe herab, wie aus tiefster Tiefe herauf: Spring jetzt!

Spring!

Das war ein Befehl. Aber Richard zögerte und fragte trotzdem: Warum?

Vertrau mir!

Was keine Antwort war, sondern immer noch ein Befehl.

Aber wohin denn, fragte er. Er konnte nicht anders.

Vertrau auf Gott und spring, in Gottvertrauen!

Das war eine Antwort, aber ein Befehl nach wie vor.

Und als er noch nicht gehorchte, sondern stammelte: Aber das Kreuz, wo ist es …?, schrie Gott, das Tier: Du musst!

Und er wusste, es war die Wahrheit. Er hatte gelogen mit seinem Mut, seiner Bereitschaft, seiner Liebe. Er hatte sie angelogen, Gott, das Tier oder die Stimme von beidem. Sein Gehirn log. Es log sogar jetzt noch, während er zögerte, immer noch zögerte, selbst seine Taten schienen zu lügen. Er wollte nicht sterben. Und selbst wenn ich springe und sterbe, wird es eine Lüge sein, dachte Richard. Und sprang.

Im nächsten Moment saß er aufrecht im Bett. Richard spürte nichts, sein Körper war immer noch taub, auf samtige Weise, nachtschwarzer, schwerer Samt. Nur in seinen Händen steckte wie von fernher Empfindung, kein Schmerz, eher eine Art elektrische Spannung, ein sich ankündigender oder abklingender Krampf. Er warf einen Blick auf seine Fingerspitzen. Die Nägel waren kurz und unblutig, die Kuppen nicht aufgeschrammt. Er wagte es nicht, nach dem Kreuz an der Wand zu schauen.

Es war ein Traum gewesen, wirklicher als alles andere in letzter Zeit, aber ein Traum. Nur eben nicht sein Traum. Das war das Beunruhigende. Richard träumte selten, und wenn überhaupt, dann wiederkehrende und leicht durchschaubare Albträume, wie dass er zu spät zur Messe kam oder nackt auf der Kanzel stand oder seine Predigt unleserlich war – die üblichen Scham- und Versagensträume, die seit dem Ende seines Berufslebens ihren Schrecken verloren hatten. Doch dieser Traum war nicht nur anders, sondern noch dazu der Traum eines anderen und er nur der Traum-Empfänger, ein Gefühl, das anhielt. Auch jetzt kam es ihm vor, als würde er sich nicht in seinem eigenen Bett befinden, in der vertrauten Umgebung seiner Mönchszelle, sondern in der Traumkammer eines Fremden, umgeben von einem viel größeren Schlaf.

Womöglich war es auch nicht sein Erwachen.

Die Geräusche hinter der Tür waren anders als am Morgen, kein Scharren, kein Kratzen, sondern eine seltene Art von Geklapper, das Klappern von Tellern, Geschirr und Besteck. Es war nicht mehr dasselbe Haus, dieselbe Stille und Menschenleere. Er hörte Stimmen, muntere Stimmen, Frauenlachen, niemanden, den er kannte, nichts, was er vermisste. Und trotzdem fand er es tröstlich und weinte ein bisschen, weder aus Trauer um seine Frau noch vor Schmerzen, sondern einfach nur, weil es so tröstlich war.

Trost blieb Trost.

Die Bilder vor seinen Augen verschwammen, die Maße und Winkel verzogen und bogen sich wie zu einer Kuppel, einem Gewölbe. Doch wer auch immer diesen Raum gerade träumte, besaß eine große Liebe zum Detail. Sogar an den Reisewecker hatte er gedacht und ihn auf verblüffende Weise nachempfunden. Der Traum-Absender – wer es auch sein mochte – meinte es nicht schlecht mit ihm. Doch seine Macht war grenzenlos.

Zuerst hatte Richard an die schwarze Nonne gedacht, die im Pfarrgarten aufgetaucht war, um nach ihm zu sehen. Wie sie hieß, hatte er sich nicht merken können, er war zu sehr damit beschäftigt gewesen, ihrem prüfenden Blick standzuhalten. Der Name des Tischtennismädchens war ihm bekannt vorgekommen, genauso wie dessen Schwächen im Stellungsspiel und bei der Rückhand, doch all das tat nichts zur Sache. Es waren Erinnerungen, Traumreste, Symptome, nicht die Ursache. Er musste herausfinden, wer ihm die Träume schickte. Leider war der Name, den er aufgeschnappt hatte, keine große Hilfe, sondern wie alles andere auch reine Erfindung: *Fentanyl*. Das hieß nichts. Doch es bestätigte seinen Verdacht, dass es sich nicht um seine Träume handelte.

Richard drehte das Wort ein paar Mal im Mund und murmelte »Fentanyl« vor sich hin wie eine Zauberformel, so als könnte er damit den Urheber oder Geist hinter all dem heraufbeschwören. Dann bemerkte er den Fehler. Er brach mitten im Wort ab und starrte auf die Stelle zwischen den Staubrändern, die keine Leerstelle mehr war. Das Kreuz hing wieder da, das richtige Kreuz, das Unauffindbare, es war zurück, so als hätte sein Vorgänger es nie abgenommen.

Offenbar hatte das Gehirn, das ihn träumte, die Zeiten vertauscht.

Langsam ging die Tür auf. Das Tischtennismädchen steckte den Kopf herein. Es stand immer zu nah – zu nah an der Platte, zu nah am Kreuz, zu nah an seinem Bett –, doch es war auf einmal eine junge Frau. Sie flüsterte etwas, leise, beinahe liebevoll. Ihre Stimme erinnerte ihn an jemanden oder an einen Traum von sich. Richard hörte nicht genau, was sie sagte, er sah nur, wie sie die Lippen bewegte und der Zeiger des Reiseweckers ruckte. Das letzte Wort klang nach Abendrot, Abendbrot. Wieder wechselten die Zeiten. Es war Nacht. In dem Traum, der nicht aufhörte, schlief sein Körper wie ein Stein und ließ sich nicht wecken.

Er war der Stein.

Die schwarze Nonne kam, stand plötzlich vor ihm und sagte so etwas wie: »Aufstehen!« Richard versuchte, sich tot zu stellen, doch sie zog ihn hoch. Die Tischtennisspielerin sprang auf die andere Seite, zu nah wiederum, und packte ihn an Ellbogen und Oberarm. Ihr Griff war gar nicht mädchenhaft, sondern fest wie eine Schraubzwinge, das konnte er sehen, ohne etwas zu fühlen. Zu dritt schafften sie es irgendwie durch die Tür.

Als sein Körper wieder die Augen aufmachte, saß er am Küchentisch. Die Tischplatte mit ihren Kerbungen und Verfärbungen erkannte er wieder, das graue, gemaserte Holz. Es war sein Tisch, kein Zweifel, aber nicht seine Küche. Nie, nicht einmal bei seinem Einzug, hatte sie so ausgesehen. Spüle und Herd waren viel geräumiger, glänzend und leer. In den Regalen standen lauter Sachen, die ihm nicht gehörten.

Richard trank Wasser in kleinen Schlucken. Essen konnte er nicht. Es roch. Er konnte es riechen. In Gerüchen hatte er noch nie geträumt, nur in Bildern und Geräuschen, zu denen er sich manchmal Gerüche gedacht hatte. Aber wirklich riechen konnte er in diesem fremden Traum zum ersten Mal. Es roch keineswegs angebrannt oder nach Gewürzen, die ihn anwiderten, nur ungewohnt und zu nah. Natürlich war es das Tischtennismädchen, das eine Schale Suppe vor ihn hinstellte. Hühnerbrühe.

Beide rochen nach Haut, viel zu süßer, weißer Haut.

Er konnte sich darauf verlassen, dass sein Magen leer war, sonst hätte er sich übergeben.

»Stellen Sie sich vor, es wäre eine Kochshow im Fernsehen«, sagte die Nonne, als wüsste sie, was in ihm vorging, und rückte die

Suppenschale von ihm ab, außer Reich- und Riechweite, an die gegenüberliegende Seite des Tisches. Er hatte sie gleich in Verdacht gehabt, eine Gedankenleserin zu sein, vom ersten Augenblick an, so wie sie ihn unter die Lupe genommen hatte und er sich gegen sie abschotten musste. Er hörte auch jetzt nicht, was sie sagte, sondern versuchte, sich undurchsichtig zu machen und ein Gesicht aufzusetzen, das eine Maske war, ohne dass sie es merkte. Die Chancen standen nicht gut. Die Nonne schien jede seiner Regungen aus den Augenwinkeln zu verfolgen, wenn nicht gar vorauszuahnen. Ihr entging nichts. Sie war keine Traumgestalt unter vielen, sondern eine Stellvertreterin, anders konnte es nicht sein. Die Frage war nur: von welchem Gott?

Am liebsten hätte er sie das direkt gefragt, um zu sehen, ob sie sich verriet. Doch wahrscheinlich hatte sie auch diese Frage schon unter seinen Gedanken ausgespäht und sich eine Antwort zurechtgelegt. Besser, er nahm es nicht mit ihr auf. Ihre Überlegenheit war zu groß.

Dann setzten sich die beiden Frauen an den Tisch und aßen. Löffelten die Suppe mit einer Ruhe und Selbstverständlichkeit, als säßen sie hier jeden Abend, jede Nacht. Wäre das Gespräch nicht gewesen, er hätte nicht an einen Traum geglaubt. Aber es drehte sich um das Tier.

Offenbar kannten die Frauen seinen Traum. Während sie darüber sprachen, kamen die Bilder zurück, der Anblick der Krallen, der Kampf mit dem Fels. Er hatte das Tier nie in Gänze gesehen, sich aber immer einen Adler vorgestellt, einen Steinadler oder den Vogel Greif. Die Frauen hingegen redeten von einem Kater. Aber vielleicht war auch das nur ein Trick.

Er beschloss zu schweigen.

Um für die Nonne kein offenes Buch zu sein, wandte er sich dem Mädchen zu, das eine junge Frau war und ein altes Kind. Beides zeigte sich in dem runden Gesicht in verschiedenen Schichten, von denen sich mal die eine, mal die andere in den Vordergrund schob. Mitunter geschah das in einem Satz. Die Frau fing an, wagte sich ein paar Worte vor, wechselte dann für eine Nebenbemerkung zum Kind und wieder zurück. Wenn sie lächelte oder lachte, ging es noch schneller, dann changierten die Gesichter. Richard fragte sich, ob er sie nicht unterschätzt hatte.

Und dabei aß sie ihre Suppe.

Ihre Blicke trafen sich. Der Löffel hielt auf halber Höhe inne. Die Frau flüsterte etwas, das Kind sah ihn an. Und er verstand. Er wusste auf einmal, warum sie da war und wohin sie führte. Ihre Gabe war das Gedächtnis. Der Klang ihrer Stimme, wenn sie leise sprach, hatte ihn zunächst an seine Mutter erinnert, doch das war nur eine weitere Lüge seines Gehirns. In Wahrheit klang sie wie die Frau, die nie wirklich Mutter geworden war, seine Frau. Als ihr Sohn das erste Mal Luft holte auf dieser Welt und schrie, war sie schon tot. Die Geburt, die sie zur Mutter machen sollte, hatte sie nicht überlebt. Er wurde Vater und Witwer.

»Wie geht es dir?«, fragte die Stimme etwas lauter.

Richard sah die junge Frau an, die der Verstorbenen ähnelte in ihrer Besorgnis, so als hätte sie großen Kummer um seinetwillen. »Opa, hörst du mich?«, redete auf einmal wieder das Kind. Er sah erst jetzt, dass er es kannte. Es war das Kleinste, das Trostkind, das so oft seine Nähe gesucht hatte. »Wie geht es dir?«, wollte es wissen, immer noch.

»Was für eine Frage«, antwortete er. Er hatte nicht mehr lange zu leben, und die Frau, die er liebte, war tot.

Das Kind sah ihn mit runden Augen an. »Du bist uns doch nicht böse …?«

Oder war es die Frau, die das fragte? Wollte sie wissen, ob er ihr vorwarf, dass sie ihn verlassen hatte? Ob er noch wütend auf sie war, weil er alleine zurechtkommen musste mit dem Jungen, all die Jahre?

Richard hob müde die Hand. Er hätte ihr sagen können, dass die Zeit nie vorbeiging, sondern zunahm, Jahr für Jahr, weil es keine Vergangenheit gab. Es war alles noch da, angesammelt und aufgetürmt bis unters Dach. Der Speicher war immer voller geworden und das Leben immer leerer unter dem ganzen Gerümpel, zu viel und zu wenig, um die Summe zu sein. Niemand hatte ihn gewarnt, dass die Vergangenheit die Zukunft sein würde und der Speicher kein Speicher, sondern der Traum und Raum, in dem er den Rest seiner Tage verbringen musste, gefangen in dieser Enge, in der er sich an allem stieß und jede Bewegung, jeder Gedanke Schmerz bedeutete. Doch es war die Art von Warnung, die man erst verstand, wenn es zu spät war.

»Selma«, hörte er sich sagen wie von fernher. Der Name fand sich auf dem Speicher, auf Fotos, Briefen, Postkarten, hundertfach. »Meine kleine Selma«, so lange schien das alles her zu sein, »keine Sorge, bis du heiratest, ist alles wieder gut.«

»Und wenn ich nie heirate?«, fragte das Kind. Auch das war wie in seiner Erinnerung. Oder es war seine Erinnerung.

»Dann heilt es von allein.«

Was spielte es für eine Rolle, wann etwas war. Wurde Trost nicht sogar tröstlicher mit der Zeit? War es nicht das, was man auf dem Speicher suchte, zwischen all dem Schmerz und Verlust, den ältesten Trost überhaupt?

Doch das Kind sah ihn weiter so fragend an, als bräuchte es keinen, als hätte es ihn nie gebraucht, auch darin hatte sein Gehirn gelogen. Nicht das Trostkind, sondern er selbst hatte Trost nötig, mehr als jeder andere, so wie er sein Amt nötig gehabt hatte nach dem Tod seiner Frau. Nicht für den Glauben, die Liebe, die Hoffnung, sondern für den Trost. Alles, sein ganzer Einsatz, seine Predigten, seine Seelsorge, war Selbsttrost gewesen und würde es immer sein.

»Die Betäubung müsste inzwischen nachgelassen haben«, mischte die Nonne sich ein. Ihre Stimme klang rau und verraucht. »Kribbelt es in den Armen und Beinen? Das kann ein wenig unangenehm sein …«

Richard zuckte mit den Achseln. Er war ganz froh, dass die Schwarzgekleidete wieder übernahm anstelle der jungen Frau mit dem Totengesicht.

»Übelkeit? Oder vielleicht doch ein bisschen Appetit …?« Die Nonne legte ihre Hand auf die seine und musterte ihn so ungeniert, dass er sich hinter keinem Gesicht verstecken konnte. Er senkte den Blick und sah, dass auch ihre Suppe bereits Erinnerung war. Nur seine Schale stand noch unberührt an der gegenüberliegenden Seite des Tisches, als warte sie auf irgendwen.

»Das Wichtigste ist die Atmung«, redete die Nonne weiter. »Hatten Sie Mühe beim Luftholen? Zu großen Druck auf der Brust?« Natürlich kannte sie auch die Befehle des Tiers.

Anstatt zu antworten, atmete Richard ein paarmal betont ein und aus, wie um es ihr oder dem Tier recht zu machen. Auf keinen Fall wollte er ihr mehr verraten, als sie ohnehin wusste. Erst musste klar sein, für wen sie hier war, für welchen Gott.

Ihre Hand lag noch immer auf seinem Unterarm. Richard konnte sich nicht erinnern, wann ihn das letzte Mal jemand so lange berührt hatte. Dass ihre Nägel lackiert waren, bemerkte er jetzt erst. Desgleichen, dass sie einen Ring trug, zwei sogar, am kleinen Finger und am Daumen. Ungewöhnlich für eine Nonne. Doch das hieß nicht, dass sie keine Stellvertreterin war.

Mit einem Seufzer stand die junge Frau auf und räumte den Tisch ab. Nur seine Schüssel blieb stehen. Er war jetzt sicher, dass noch jemand kommen würde. »Also du musst schon sagen, wie es dir ergangen ist, hörst du?« Ihre Stimme verband sich wieder mit dem Klirren des Geschirrs. »Frau Dr. Kuhn ist wirklich eine Koryphäe auf ihrem Gebiet, aber sie kann nicht hellsehen.«

»Und was ist ihr Gebiet?«, stellte er die Gegenfrage.

Die beiden Frauen wechselten einen Blick. »Ich fange da an«, sagte die ältere dann, »wo meine Kollegen die Behandlung einstellen. Sie können übrigens ruhig Kathi zu mir sagen. Alle nennen mich so.«

Er sagte nichts, ließ sie aber nicht aus den Augen. Dass die Nonne eine Ärztin sein sollte, hörte er nicht zum ersten Mal, hatte es aber bisher nicht geglaubt. Jetzt stellte sie demonstrativ ihren Arztkoffer auf den Tisch und ließ die Schnallen aufschnappen. Ihr Gesicht verschwand zur Hälfte hinter dem schwarzledernen Kofferdeckel. Zwischen ihren Brauen entstand eine Falte, als müsste sie überlegen, auf welche Reise sie ihn als Nächstes schicken sollte. Er war der Lösung des Rätsels ganz nah, das spürte er, der Antwort auf die Frage, von wem die Träume kamen.

»Es ist in der Tat sehr wichtig«, sagte die Frau, ohne dass er ihren Mund sehen konnte, »dass Sie mir etwaige Nebenwirkungen beschreiben, insbesondere Luftnot und Atemdepression, aber auch Bewusstseinsstörungen. Es ist alles eine Frage der Dosierung. Richtig eingestellt, geht nichts über Fentanyl.«

Auch wenn sie vielleicht keine Nonne war, wusste er jetzt, wem sie diente. »Fentanyl …«, wiederholte er das Zauberwort und starrte auf den Kofferdeckel, als wollte er durch ihn hindurchsehen. »Und wer oder was verbirgt sich hinter Fentanyl?«

»Ein synthetisches Opioid«, antwortete die Ärztin in Schwarz, »hundertzwanzigmal stärker als Morphium.«

Morpheus, der Gott der Träume, das hätte er sich denken können.

»Aus dem Grund«, erklärte sie weiter, »fängt man mit Kleinstmengen an und nähert sich langsam der richtigen Dosis und Darreichungsform. Ich gebe nicht gerne Spritzen, außer in Notfällen. Bei chronischen Schmerzen empfiehlt sich eine andere Medikamentengabe, kein Fluten und Verebben, sondern ein stetiger Pegel. Sind es denn einzelne Schmerzspitzen, die Sie spüren, oder mehr ein permanentes Schmerzgeschehen?«

»Permanent«, sagte Richard. Er dachte an den Speicher, die Enge, das unentwegte Sich-Stoßen an allen Dingen, bei jedem Gedanken. Er brauchte nichts gegen die Schmerzen, sondern etwas gegen die Erinnerung.

»Haben Sie schon mal Erfahrungen mit einem Schmerzpflaster gemacht?«, fragte sie, wartete aber kaum sein Kopfschütteln ab, sondern fand in ihrem Koffer, was sie suchte. Ihre Stirnfalte glättete sich.

»Wollt ihr nicht langsam mal Du sagen?«, fragte das Kind.

»Richard«, sagte er, »Kathi«, sie. Doch davon ließ er sich nicht ablenken, es gab nur einen Namen von Bedeutung: Morpheus, der Traumgott, der jede Gestalt annehmen konnte, meist aber als Fledermaus aus der Schwärze der Nacht über die Schlafenden kam. Im Traum hatte sich Richard noch gewundert, warum er über Kopf an dem Felsvorsprung hing, kopfüber in der Felsenhöhle! Die ganze Zeit war es Morpheus gewesen und der Traum einer Fledermaus.

»Ich schlage Folgendes vor«, sagte seine Stellvertreterin mit dem Koffer voller Fentanyl. »Erst fühle ich noch einmal Ihren Puls – deinen, wenn du nichts dagegen hast«, verbesserte sie sich, ihre Finger gruben sich schon in sein Handgelenk. »Dann gehen wir kurz ein paar Schritte in den Garten, frische Luft schnappen, und für die Nacht probieren wir das Fentanyl-Pflaster. Hältst du es so lange aus?«

Sie kannte die Antwort.

Das Kind hörte das Geräusch als Erstes. Richard sah in Selmas weit aufgerissene Augen, dann hörte er es auch, hinter der Tür, das Kratzen, Schaben, Scharren. Obwohl es ihn so oft geweckt, so oft in den Schlaf begleitet hatte, erkannte er es nicht gleich. Diesmal kam es nicht aus der Küche, sondern von der anderen Seite der Tür.

»Puls etwa sechzig«, verkündete Kathi ein bisschen zu laut, »das ist im grünen Bereich.« Sie hatte auf die Uhr geschaut und gezählt. Jetzt legte auch sie den Kopf schräg und lauschte.

Eine Weile saßen sie schweigend am Tisch und horchten zu dritt auf das Geräusch, seine kleinen Veränderungen und Verschiebungen, als warteten sie auf eine große Verwandlung. Um sie herum wuchs die Stille des Hauses, von der er nie geglaubt hatte, sie könne andere Menschen miteinschließen, lebende, nicht die Toten.

»Darf ich ihn reinlassen?« Die Stimme des Kindes hatte einen bettelnden Tonfall. Gleichzeitig nahm das Geräusch weiter Formen an, bekam einen Körper und stemmte sich mit seinem ganzen Gewicht gegen die Tür. Richard dachte an den Gott und wunderte sich, dass er keinen anderen Weg wählte.

»Du hast was gegen Haustiere, heißt es, von Berufs wegen?«, erkundigte sich Kathi scheinbar arglos. »Also ich kenne ja eine Reihe medizinischer Gründe gegen Tiere in menschlichen Behausungen, aber religiöse?«

»Er muss gar nicht ins Haus«, bettelte Selma weiter, »es reicht ein fester Futterplatz im Schuppen …«

Richard hörte weg. Er hatte dieses Gespräch schon so geführt – mit seinem Sohn, seinen Enkelkindern, mit sich selbst. Ihm fehlte die Kraft, länger Nein zu sagen. Nicht aus Überzeugung, sondern aus Erschöpfung gab er Selma den Wink, die Tür aufzumachen. Damit endlich Ruhe war.

Der Kater kam nicht herein, sondern verharrte auf der Schwelle und musterte sie alle drei, als würde er es sich noch überlegen. Dann stolzierte er dicht an der Wand entlang mit einer Gelassenheit und Arroganz, die in krassem Kontrast zu seiner abgemagerten Erscheinung stand. Das struppige Fell spannte sich um jeden einzelnen Rippenbogen. Seine Taille war ein schmaler Trichter, die Hüftknochen stachen heraus, links, rechts, bei jedem Schritt. Vielleicht ist er krank, dachte Richard, der sich nicht erinnern konnte, ihn so ausgehungert gesehen zu haben. Von einem Gott hatte er nichts, und seine Ähnlichkeit mit einer Fledermaus beschränkte sich auf die sehr spitzen Ohren, bei denen rechts ein Eckchen fehlte.

Selma konnte nur mit Mühe der Versuchung widerstehen, ihn zu sich zu locken und zu streicheln, während der Kater den

Tisch umkreiste. Aber sie hielt sich zurück. Schließlich sollte er kein Haustier sein, nur ein Kostgänger. Das allerdings schien bitter nötig.

»Nun gib ihm schon was«, sagte Richard mürrisch. Er ging davon aus, dass Selma sich längst einen Futterplatz überlegt und etwas zu fressen besorgt hatte. Doch sie klopfte nur mit der flachen Hand auf den leeren vierten Küchenstuhl und angelte ein Stück Hühnerfleisch aus Richards unberührter Suppenschale. Augenblicklich sprang das Tier auf den Sitz und fraß – fraß ihr aus der Hand unter dem Zuspruch der Kinderstimme und Kathis wohlwollendem Blick.

Richard seufzte. Er hatte sich nicht getäuscht. Ein weiterer Gast war erwartet worden und gekommen. Sprachlos sah er zu, wie der Kater ein Stückchen Hühnerfleisch nach dem anderen verschlang. Im Gegensatz zu seinem lässig-herablassenden Gang fraß er gierig und war sich auch nicht zu fein für die heruntergefallenen Hühnerhautfetzen und Fleischfasern auf der Sitzfläche. Als kein Nachschub mehr kam, verfiel er in eine statuenhafte Erwartungsstarre und ließ Selma nicht aus den Augen. Doch entweder war die Schale leer gefischt, oder sie hatte die begründete Sorge, er könnte sich überfressen, jedenfalls war sie zu keinen weiteren Zugeständnissen bereit und hielt das tatsächlich länger durch als das Tier seinen kataleptischen Zustand. Irgendwann rollte sich der Kater auf dem Stuhl zusammen, ohne dass man seinem unterernährten Körper ansah, wo all das Hühnerfleisch geblieben war. Er wirkte mickriger denn je, so wie er dalag, eine Herbstkatze. Selmas Hand, die durch die Fütterung das Recht erworben hatte, ihn zu streicheln, bedeckte ihn beinahe ganz. Dabei war es eine Kinderhand. Die drei Erwachsenen am Küchentisch sahen in Schweigen versunken zu, wie der Kater mehrmals die Augen zusammenkniff und gerade noch so am Zufallen hinderte. Dann gab das Tier einen schweren, seufzenden Atemzug von sich und schlief unter Selmas Streichelhand ein.

»Wir sollten ihn Morpheus nennen«, sagte Richard in die Stille.

»Morpheus?« Selma stockte kurz und schaute ihn an. Es war nicht schwer zu erraten, dass ihr ein anderer Name vorschwebte. »Du meinst, weil er so süß in Morpheus' Armen schläft?«

»Nicht weil er schläft, sondern weil er träumt.« Richard sah die Ärztin in Schwarz an, für die dieser Name eigentlich gedacht war, für ihren Gott und ihren Koffer. »Gefällt Ihnen Morpheus?«

Kathi erwiderte seinen Blick mehr zustimmend als ablehnend. Falls sie überrascht war, zeigte sie es nicht.

»Gott schläft im Stein«, zitierte Richard, »atmet in der Pflanze, träumt im Tier und erwacht im Menschen.«

»Das steht aber nicht in der Bibel, oder?« Ihre Stirnfalte kehrte zurück, doch sie lächelte. »Klingt so buddhistisch …«

»Indisch. Ich habe es ein paarmal in meine Predigten eingebaut. In der Gemeinde ist das niemandem aufgefallen.« Wobei zur Wahrheit gehörte, dass ihm nicht viele Leute zugehört hatten.

»Und glauben Sie daran?«

»Ans Schlafen und Träumen schon«, sagte er leise, »nur nicht ans Erwachen.«

»Das spricht ja eher für die Tiere.«

»Ich habe nie gesagt, die Tiere seien das Problem.«

Einen Moment musterten sie sich gegenseitig, Richard und die Hüterin der Träume, von der eine Wärme ausging, wie er sie lange nicht mehr erlebt hatte. »Wenn es nicht die Tiere sind«, fragte Kathi, »was dann?«

Auch das Kind, das nach seiner verstorbenen Frau *Selma* hieß, schaute bei der Frage von dem schlafenden Kater auf. Richard zögerte mit seiner Antwort. Er schob sie schon so lange vor sich her, länger als sein halbes Leben.

»Nach ihrem Tod – dem Tod meiner Frau – und dem ersten Trauerjahr«, sagte er schließlich, »habe ich mir geschworen: nie wieder! Nie wieder will ich ein geliebtes Wesen überleben, kein

Familienmitglied, kein Haustier, nichts. Ich kann kein Überlebender mehr sein.« Richard amtete schwer vor sich hin, dann wandte er sich an Kathi. »Vielleicht ist das ein religiöser Grund, vielleicht auch nicht. Doch wenn ich Ihre Anwesenheit richtig deute, besteht inzwischen nicht mehr die Gefahr, dass ich älter werde als irgendjemand, der mir etwas bedeutet.«

»Geben Sie nicht zu viel auf das, was die Ärzte sagen«, sagte die Ärztin. Jetzt, da der Tod ein Stück näher gerückt zu sein schien, siezten sie sich wieder.

»Und woran glauben Sie?«, fragte er und schaute auf die lackierten Fingernägel der Traumhüterin über dem schwarzledernen Koffer.

»Ich glaube«, antwortete sie und klappte ihn zu, »wir sollten nach draußen in den Garten gehen, zu den Pflanzen, und atmen.«

## »JAKOB ...«

»Ilvy ...«, hauchte er ihr zurück ins Ohr, ließ sein Kinn auf ihre nackte Schulter sinken und biss sich auf die Unterlippe, um es weiter hinauszuzögern. Das war das Gute im Bett, dass er ihren Körper so genau kannte und seinen Körper im Zusammenspiel mit ihr. Er wusste, wie fest er zubeißen musste, um rechtzeitig zu bremsen.

»Jakob«, stöhnte sie, »schneller!«

Oder auch zu beschleunigen, ohne dass es zu schnell ging. Für die nächsten Takte konzentrierte er sich auf den leichten Krampf in seinem Fuß, der ihm die Sohle höhlte. Das erlaubte eine Temposteigerung, bei der sich Lust und Schmerz die Waage hielten. *Ma non troppo*, weil er gewohnt war, sein Gesicht mit dem Unterlippenbiss in ihrer Halsbeuge zu vergraben, inmitten der warmen, weiblichen Gerüche und Ausdünstungen irgendwelcher Drüsen, dieser einzigartigen, unverwechselbaren, Ilvy-mäßigen Pheromon-Mischung, die perfekt zu ihm passte.

»Ilvy ...«

»Noch schneller!«

Die flaumig dunklen Löckchen in ihrem Nacken waren schweißnass, verklebt und schmeckten salzig nach Muscheln oder Meeresfrüchten. Er mochte es, wenn sie so schwitzte und verschwitzt war, doch das weckte auch Assoziationen der unweigerlichen Art. Er musste dringend an etwas anderes denken. Jakob riss die Augen auf und fokussierte in der Stoßbewegung das IKEA-Regal mit Ilvys neuesten Projekten an der Stirnseite des Betts. In leicht verwackeltem Zustand beäugte er eine Reihe von Granit- und

Gips-Miniaturen, teils Modelle für größere Arbeiten, teils im Maßstab eins zu eins, allesamt »angemeißelt«, wie sie es nannte, seitdem sie ihr Material nur so weit und so wenig bearbeitete, dass kaum mehr als ein erster grober Umriss des eigentlichen Objekts erkennbar wurde – und Schluss. Keine weitere Ausgestaltung, keine Feinheiten, es blieb bei der Andeutung. Und das Unglaublichste daran war, dass Ilvy bei ihren Professoren mit dieser Masche durchkam! Niemand hinterfragte auch nur vorsichtig Ilvys scheinheiligen und kunstgewerblichen Claim, ihre Skulpturen wollten nicht aus dem Stein herausgemeißelt werden, sondern in den Stein zurück.

»Jakob!«

»Entschuldige ...«

Er war kurz aus dem Takt gekommen, weil es ihn störte, dieses vorlaute und viel zu frühe »Fertig!«, das ihm Ilvys Anmeißelungen zuriefen, so ein neckisches, hämisches, Hase-und-Igel-artiges »Bin schon da!« mit rausgestreckter Zunge. Ihre vermeintliche Philosophie vom Stein als Heim und der Skulptur auf dem Nachhauseweg erschien ihm als Freibrief, den Meißel jederzeit sinken lassen und jeglichen noch so verunglückten Anfang zum Werk zu erklären. Das war geschummelt, fand er, mehr als das, es war Verrat, nicht nur an der Kunst, sondern auch an ihm als Meisterschüler von Frau Professor Strauss-Kutschera, die genau das gegenteilige Prinzip vertrat, wenn nicht sogar verkörperte. Milena wurde nie fertig und setzte damit ein Zeichen gegen die Verkäuflichkeit von Kunst und die Schnelllebigkeit einer Konsumkultur, in der Vollendung nichts mehr galt, während Ilvy offensichtlich darauf aus war, einen Kunstmarkt zu bedienen, der nach leicht wiedererkennbaren Methoden und Mätzchen gierte.

»Jakob, was ist denn?!«

»Krampf«, sagte er nur, was immerhin ein bisschen stimmte. Er drehte sich in und mit ihr zusammen auf die Seite, ein ziemlich abrupter Stellungswechsel, aber die einzige Möglichkeit, Ilvys

Anmeißelungen auszublenden. Jakob lag jetzt mit dem Gesicht zur Wand und der Nase direkt über ihrem Scheitel, der – wie eine andere Person und zugleich wie immer – nach Butter und Zucker roch. Er atmete tief ein und zog sie eng an sich heran, Haut an Haut, Hüfte an Hüfte. So uneins sie sich künstlerisch waren, so einig waren sie sich körperlich. Auch darin, dachte er, war Ilvy das genaue Gegenteil von Milena.

»Geht's?«, fragte sie besorgt, schlang hilfsbereit ein Bein um ihn und gab seinem Hintern Halt, indem sie ihn zwischen Schenkel und Wade einklemmte.

Er nickte. Es ging sogar besser als gedacht. Bisher hatten sie mit der Büroklammer-Stellung eher mittelschöne Erfahrungen gemacht. Insofern ignorierte er den Krampf, dem er gerade noch nachgespürt hatte, und verdoppelte seine Anstrengungen, die verlorene Lust wiedereinzuholen. Doch auch wenn es sich so anfühlte wie Falschrum-die-Rolltreppe-Hochlaufen oder der Versuch, in einem abwärtssausenden Fahrstuhl nach oben zu springen, kam er voran. Mit jedem Ruck, den er sich und ihr gab, kam der Punkt kurz vor dem Höhepunkt, an dem sie schon gewesen waren, wieder in Reichweite. Sein eingeklemmter Arm, das Taubheitsgefühl in den Fingern und der anatomisch ungünstige Winkel waren bald weniger Hindernisse als willkommene Widerstände, die halfen, das Vergnügen zu verlängern. Und Jakob musste sich eingestehen, dass er mit keiner anderen Frau, nicht einmal mit Milena Strauss-Kutschera, in seinen kühnsten Träumen so harmonierte wie mit Ilvys gelenkigem Körper. Der Reiz des Vertrauten übertraf den Reiz des Neuen, besonders nach der Trennung, seit das Vertraute nicht mehr selbstverständlich war, sondern zurückerobert werden musste.

»So geht's nicht«, sagte sie.

»Augenblick …« Er verschob sie und sein Becken und nutzte die Gewichtsverlagerung, um seinen eingeschlafenen Arm zu befreien. »So besser?«

»Ich spür nichts.«

»Gar nichts?«

»Keine Verbesserung.«

Er fand, dass sie mal wieder – genau wie beim Meißeln – zu früh aufgab, aber es hatte keinen Sinn, darüber zu streiten. Beim Beischlaf hatten immer beide recht.

»So besser?« Er schob sich halbseitig unter sie in eine Art Büroklammer-Kippe oder -Wippe. Das hatten sie noch nie gemacht.

Ilvy schüttelte den Kopf und sah zur Seite, als würde sie auf die Uhr gucken.

»Und wie ist das?«, insistierte er trotzig und holte zu weiten, rollenden Schwüngen aus, so weit, wie es ging in der Klemme zwischen Ilvys hervorstehenden Hüftknochen und ihrer harten Matratze. Er hatte jetzt zwei Körper zu heben, das war Schwerstarbeit. Doch er kämpfte verbissen, um ihr zu beweisen, dass man nicht »fertig« sagen konnte, bevor man wirklich fertig war, dass man zu Ende meißeln musste, was man angefangen hatte, weil es so etwas wie Vollendung gab, auch wenn man sie nie wirklich erreichte.

»Lass«, sagte sie unbeeindruckt und entzog sich ihm fast völlig – typisch Ilvy, Studentin der schnellen Erfolge, Bildhauerin auf dem Weg des geringsten Widerstands.

Er wusste, was jetzt kam. Das war der Nachteil beim Reiz des Vertrauten, es gab keine Überraschungen. Wenn es nach ihr ging, lief es am Ende immer auf dasselbe hinaus. Und es ging nach ihr, seit der Trennung sowieso. Das wussten sie beide, auch wenn Ilvy ihn freundlicherweise ein Stück weit in sich behielt, während sie ihn auf den Rücken drehte und seine Lenden mit dem Druck ihrer Schenkel zurechtrückte. Seine Niederlage war komplett, obwohl sie so tat, als wollte sie nur mit ihm spielen. Scheinbar gedankenverloren ließ sie die Hüften in halber Höhe kreisen, schlug mal die eine, mal die andere Richtung ein und fütterte ihn mit ihren klebrigen Fingern. Doch das war Vorgeplänkel. Die Fakten schuf sie, indem sie sich rittlings und unwiderruflich auf ihn setzte, in Reiterstellung, ihrer Lieblingsnummer, bei der er Statist war.

»Okay für dich?«, fragte sie.

»Mhhhmmm«, macht er nur. Was sollte er auch sagen? Versöhnungssex hieß in diesem Fall vor allem, dass er sie mit sich versöhnen musste, nachdem er vor ihrer Wohnungstür zu Kreuze gekrochen war und alle Schuld auf sich genommen hatte. Er war nicht in der Position, Forderungen zu stellen, sondern konnte von Glück reden, wenn er einen Schlafplatz bekam für die Nacht und in ihr Bett durfte, zu ihren Bedingungen.

Angesichts der fortlaufenden Auf- und Abrechnung, zu der ihre Beziehung geworden war, schien es nicht weiter verwunderlich, dass er in sich nicht die Großzügigkeit fand, ihr diesen Ausritt einfach zu schenken und sich mit der Rolle als Zuschauer zu begnügen, Voyeur ihrer Lust aus der Froschperspektive.

»Jakob«, rief sie mit Entzücken.

»Ilvy«, rief er zurück, als befände er sich mit ihr zusammen im Galopp, während er sie in Gedanken ziehen ließ und sich vorstellte, aus dem Kissen, in das er seinen Hinterkopf drückte, spräche eine andere Stimme zu ihm, ganz nah an seinem Ohr: Jaaakooom.

»Jakob«, schrie Ilvy, während er beschloss, ab jetzt lieber keine Namen mehr zu benutzen. Er malte sich Milena aus, in allen möglichen Situationen und Positionen. Dafür brauchte er die Augen nicht zu schließen, so allgegenwärtig war sie im Arsenal seiner Phantasie. Er sah sie vor sich, Milena mit dem Fleischbogen unter dem Kinn, mit dem Pinsel hinter dem Ohr, mit der blauen Seidenbluse offen bis zum Nabel …

»So, ja! So ist gut«, lobte sie, schlug ihm mit der einen Hand auf die Hinterbacken und krallte sich mit der anderen in seinen Bauch. »Hopp, hopp!«

Merkwürdigerweise machte es ihm überhaupt nichts aus, von Milena Strauss-Kutschera geritten zu werden. Er musste sich nur konzentrieren und in der Galerie seiner Onanievorlagen das eine Bild finden, das sich ihm öffnete, in das er eintauchen und sich verströmen konnte: Milena im Hörsaal nach der Vorlesung, Milena am Schreibtisch während der Sprechstunde, Milena auf dem Schreibtisch … Er konnte aus dem Vollen schöpfen und warf einen letzten Blick auf Ilvy, die ihm weit weg und unwirklich vorkam, ihr hocherhobenes Kinn, die geblähten Nasenflügel, die zuckenden Pupillen hinter den gewölbten Lidern. Unmöglich zu sagen, wovon sie träumte, mit wem sie ihn in Gedanken betrog. Doch was kümmerte es ihn. Er machte einfach die Augen zu, knipste sie aus. Und da war es, intuitiv und unverhofft: Milenas Gemälde, sein Penis, überlebensgroß.

Jakob prallte zurück und riss die Augen auf wie unter Schock. So hatte er noch nie danebengegriffen! Er starrte an die Decke, starrte Löcher in die Luft, aber das Bild verschwand nicht, sondern schwebte weiter vor ihm, schwebte ihm weiter vor: sein Penis in Pink, aber nicht Pop-Art-Pink, nicht Jeff-Koons-kitschig, sondern Barbie-Pink-&-Pretty. Es war entsetzlich. Mehr als entsetzlich. Es war das schlimmste Dickpic aller Zeiten: eine farbliche Kastration.

»Bist du?«, hörte er Ilvys Stimme.

»Was …?«

»Ob du gekommen bist.«

»Und du?«, fragte er schwach.

»So gut wie.«

»Ich auch.« Er schluckte.

»Ganz schön spät schon«, stellte Ilvy fest. Sie guckte wieder auf die Uhr, machte ihr Zeichen für Pause und ging pinkeln.

Von dem Reiz des Vertrauten waren nur die Geräusche übrig, das nächtlich-melancholische Strullern eines Mittelstrahls, das durch zwei geschlossene Türen drang und sang. Jakob drehte sich zur Wand, zog die Knie an und verharrte in Embryonalhaltung.

Es dauerte, bis sie zurückkam.

Gut möglich, dass er zwischendurch eingedöst war. Vage erinnerte er sich, einem nicht enden wollenden Wortwechsel in der Küche gelauscht zu haben, Ilvys Stimme im Zwiegespräch mit ihrem neuen Mitbewohner, von dem aber nur blubbernde Laute gekommen waren. Dass sich der Nachmieter, der schon sein Zimmer belegte, auch noch zu so später Stunde in der Gemeinschaftsküche breitmachte, zeugte nicht gerade von Zurückhaltung. Doch Ilvy hatte von einem »Austauschstudenten« gesprochen, insofern litt er vielleicht an Jetlag. Aus irgendeinem Grund stellte Jakob sich ihn als Südamerikaner vor, mit blauschwarzen Locken und bunten Freundschaftsarmbändern ums dunkel behaarte Handgelenk, nebst einem Kettchen mit seinem Namen – Paolo oder M-i-g-u-e-l – in Einzelbuchstaben. Doch selbst wenn es sich bei Don Paolo Miguel um den größten Latin Lover aller Zeiten handeln sollte, blieb ihm als Ehemaligem immerhin der kleine Triumph, dass er heute in Ilvys Bettchen schlafen durfte. Hier, zwischen ihren süß-salzigen Laken, lag man besser als auf der muffigen alten Rosshaarmatratze nebenan.

Südamerika, dachte er dann, befühlte seine Pigmentstörung mit den Fingerspitzen und stieß einen letzten Seufzer aus, weil er wohl nie eine Gelegenheit erhalten würde, Milena zu beweisen, dass es kein Muttermal war.

Was ihm blieb, war der Schlaf.

Doch darauf schien Ilvy keine Rücksicht zu nehmen. Sie drückte die Tür hinter sich zu, ohne die Klinke zu benutzen, rannte wie wild im Zimmer umher, kramte in diversen Schubladen nach diversem Krimskrams. Dann fuhr sie ihren PC hoch, dessen Lüftung sich anhörte wie ein Ferienflieger beim Take-off, warf sich in ihren Schreibtischstuhl und redete mit ihrem Grafikprogramm, wobei sie hauptsächlich Flüche und Verwünschungen ausstieß, neuerdings auf Spanisch.

Natürlich fragte er nicht, wann sie ins Bett kommen würde oder ob sie nicht etwas leiser sein könnte. Darauf wartete sie nur.

Offensichtlich wollte Ilvy ihm zeigen, wie kreativ sie sein konnte, rund um die Uhr, und was für ein Schlappschwanz er war. Während er zweieinhalb Meter entfernt in postkoitaler Ermattung dahindämmerte, konzipierte sie vermutlich gerade eine bahnbrechend neue Serie angemeißelter Objekte. Allein die Art, wie sie tippte! Er hatte sie immer dafür bewundert, dass sie mit zehn Fingern schreiben konnte, jetzt hämmerte sie auf jeden Buchstaben einzeln ein, als müsste sie ihn in die Tischplatte dreschen, mit einem Furor, der sicher nicht nur bildhauerisch war. Die Wut, die sie an ihrer Tastatur ausließ, hatte sich in zwei Jahren eheähnlicher Beziehung aufgestaut. Und jeder Anschlag war ein Anschlag gegen ihn.

Dazu sagte er am besten nichts. Anstatt sich wach zu ärgern, beschloss er vielmehr, sich auf die andere Seite zu drehen und es positiv zu sehen, dass er in einem warmen Bett lag und nicht einsam in der Küche saß wie Paolo Miguel. Er hatte sich gerade an das Tastengewitter im Hintergrund gewöhnt und war kurz vorm Entschlummern, da hörte es plötzlich auf.

Jakob hielt die Luft an in gespannter Erwartung, aber es kam nichts mehr, nicht mal die Leertaste. Stattdessen klickte ein Feuerzeug. Auf ein paar Paff- und Schmatzlaute folgte ein tiefer Lungenzug, dann – mit leichter Verzögerung – ein dünner, fast unaufhörlicher Luftstrom. Der Raum füllte sich mit dem harzig-süßen Geruch von Räucherstäbchen, Weihrauch, Hanf. Jakob linste durch seine Wimpern. Doch er wusste, ohne hinzusehen, dass Ilvy wieder angefangen hatte, und das wog schwerer als ein bisschen Psychoterror zu später Stunde.

Kiffen war Verrat.

Wenn es in ihrer Geschichte etwas gab, worauf er stolz sein konnte, dann war es die Tatsache, dass er ihr das Kiffen abgewöhnt hatte. Es war ein langer Kampf gewesen, ein gemeinsamer, einer der wenigen, den sie beide gewonnen hatten, und der beste Beweis, dass er einen positiven Einfluss auf Menschen haben konnte. Als Ilvy auf der ersten Semesterabschlussparty an seiner Seite die Bong zurückwies und auch beim Eimerrauchen Nein sagte, war er so glücklich gewesen; er hätte ihr fast einen Antrag gemacht. Belehrungen und Bekehrungen waren nicht sein Ding, und doch war es ihm gelungen, ihr zu vermitteln, dass Drogen nicht zu ihr passten, wobei ein wesentlicher Grund dafür war, dass er fand, Henk würde nicht zu ihr passen, jedenfalls nicht so gut wie er. Henk de Witt, der Alleswisser in Kunstgeschichte, war sechs Semester über ihm gewesen und vertickte dank seiner holländischen Connections seinerzeit das beste Dope der Fakultät. Vielleicht hätte Jakob mehr davon probiert, wären sie nicht in ein und dieselbe Kommilitonin verliebt gewesen, die damals noch mit Henk ging. So aber wurde aus seinem Kampf gegen Drogen der Kampf mit seinem Rivalen um Ilvy. Und umgekehrt.

Es war Rivalität auf den ersten Blick gewesen. Als Henk ihn und die anderen Studienanfänger zum Einstand mit dem schwarzen Afghanen aus Amsterdam-Walletjes bekannt machen wollte und auf mögliche Risiken und Nebenwirkungen hinwies, war Jakob cool geblieben. Sein Problem, hatte er nur gesagt – in Ilvys Beisein, versteht sich –, sei die Hauptwirkung.

Das war nicht gelogen. Wer wie er einen Vater in der Psychiatrie hatte, der wusste einen klaren Kopf zu schätzen und verzichtete nicht freiwillig auf die Kontrolle über seine Gedanken. In diesem Sinne fußte Jakobs Selbstverständnis als Künstler oder Kunststudent auf der Überzeugung, dass es beim kreativen Akt nicht um Bewusstseinserweiterung ging, sondern um Konzentration. Es ging darum, das erweiterte Bewusstsein, das ein Künstler per se haben sollte, auf den konkretesten aller möglichen Punkte zu bringen. Ziel der Kunst – aus seiner Sicht – war Klarheit. Die wattigen Nebel von White Widow oder das diffuse Delirium von Strawberry Haze waren genau das Gegenteil.

Leider schienen Ilvy und er im Augenblick von Klarheit weit entfernt.

Das Zeug, das sie rauchte, hing schwer zwischen den Zimmerwänden, in milchgrauen, bauchigen Schwaden. Unauffällig, mit der für Ilvy nicht sichtbaren Hand, hielt Jakob sich den untersten Zipfel des Kopfkissens vor Mund und Nase, um wenigstens ein bisschen THC aus der Luft zu filtern. Ob das etwas nützte, bezweifelte er.

Selbst wenn er in der Position gewesen wäre, sich zu beklagen, er hätte gar nicht gewusst, wo er anfangen sollte. Ganz oben auf seiner Liste stand ein Punkt, der sicherlich weit nach unten gehörte, doch seltsamerweise regte er sich darüber am meisten auf. In den zwei Jahren ihres Zusammenseins hatte Ilvy seinen Lieblingsspruch übernommen und wie ein Papagei bei jeder Gelegenheit wiederholt: Nein, sie brauche keine Drogen, sie sei »naturstoned«. Diese Formulierung hatte sie erst neulich auf einer Podiumsdiskussion zweckentfremdet, als sie gefragt wurde, wie sie denn auf ihre unglaublich tollen Konzepte fürs Anmeißeln komme.

Von wegen »naturstoned«! Erstens hatte sie dieses unglaublich tolle Konzept von ihm geklaut. Und zweitens war es gelogen. Doch was würde es ihm nützen, von ihr zu verlangen, dass sie auf jeden weiteren Gebrauch von »naturstoned« verzichtete, wenn er in kürzester Zeit »ko-stoned« war und durch Passiv-Kiffen sein Gehirn vergiftete. Er konnte nicht fassen, dass Ilvy so weit ging, so viele Grenzen überschritt, um ihn loszuwerden – mit Gewalt und, streng genommen, durch Gewalt. Zwei Jahre lang, jeden Tag, hatte er sich ihr gegenüber als der schlechtere Mensch gefühlt – egoistisch, rücksichtslos, unsensibel und so weiter. Jeden Tag, zwei Jahre lang, hatte er vergeblich versucht, ein wenig wiedergutzumachen von der Schuld seines Geschlechts. Diesmal war er das Opfer. Dieses Mal war er moralisch überlegen.

»Ich liebe dich«, sagte er.

»Jakob …« Natürlich sagte sie nicht: Ich dich auch. »Das passt jetzt gerade leider gar nicht.«

»Dann merk es dir für später«, gab er sich nicht so schnell geschlagen. Doch sie sah nur durch ihn hindurch mit leerem Blick. Dann spitzte sie die Lippen, zog an dem Joint und behielt den Rauch so lange in sich, dass er nicht als Wolke oder Dampfstrahl aus Mund und Nase kam, sondern allmählich ausgedünstet wurde. Niemand, der gerade erst wieder angefangen hatte, konnte das, ohne zu husten. Offenbar rauchte Ilvy schon seit Monaten regelmäßig hinter seinem Rücken.

Jakob drehte sich zur Wand.

»Manchmal würde ich gerne mit dir tauschen ...« Sie zog noch einmal an dem Joint, verschlang den Rauch und tippte dann mit einer Hand ein paar Buchstaben weiter. »Morgen um zwölf ist Abgabe. Satzspiegel und Grafik stehen, es geht praktisch gleich in Druck, und du weißt, wie schwer ich mich mit Texten tue. Worte sind so was von tot ...«

»Wie weit bist du denn?«, sagte er zur Raufasertapete.

»Ich stoße immerzu an diese gläserne ... an diese Glasglocke und breche einfach nicht durch. Kennst du das, dieses Gefühl von Panzerglas?« Jakob wandte den Kopf. Ihr Joint war schon so kurz, dass sie ihn nur noch mit den Fingernägeln hielt. »Ich meine nicht nur, dass du nicht durchdringst zu dem, was du sagen willst, sondern dass alles, was du sagen kannst, alle Worte wie auf der einen Seite der Glasscheibe sind, und das, was du sagen willst, ist dahinter, verstehst du? Und je mehr du schreibst, je mehr Worte du anhäufst auf dieser Seite, desto undeutlicher und obskurer werden die Dinge auf der anderen, desto weiter entfernst du dich von deiner Materie oder deine Materie von dir ...«

Darüber musste er einen Moment nachdenken. »Das geht doch jedem so«, sagte er dann.

»Echt?«

»Ständig«, bestätigte er ihr, falls das ein Trost war.

Ilvy ließ die Hände auf die Tastatur sinken, mutlos und unglücklich, die Augen gerötet von Dope und Übermüdung. Ihre

Haut im bläulichen Widerschein des Bildschirms sah ungesund aus. »Ich hatte so gehofft, wenn ich mit dir schlafe, dann lockert oder löst sich was, dann öffnet sich irgendein Horizont, und die Glasscheibe zerbricht. Aber das Gegenteil ist der Fall!«

»Wenn ich dir sonst irgendwie helfen kann …«, sagte er bitter-süß, obwohl er bei ihr mit Ironie noch nie etwas erreicht hatte. Es blieb ihm ein Rätsel, wie er zwei ganze Jahre mit einer Frau zusammenleben konnte, die komplett ironiefrei war.

»Ja, du kannst mir helfen, allerdings«, nahm sie ihn beim Wort. Das hatte er nun davon. Ilvy stieß sich vom Schreibtisch ab, dreh-te auf ihrem Stuhl eine Runde um sich selbst und rollte dann in seine Richtung. »Hilf mir«, sagte sie, »indem du dir selbst hilfst. Ich meine es ernst. Das zieht so wahnsinnig Energie, Jakob, glaub mir, Energie, die ich dringend brauche!«

»Aber ich mach doch gar nichts«, protestierte er.

»Eben, du bist so passiv! Weißt du, wie viel Kraft das kostet, dieses Gefühl, nicht nur sich selbst motivieren zu müssen, son-dern auch seinen Partner. Wie anstrengend das für mich ist, die Motivationsmaschine zu sein für uns beide? Ich arbeite, und du schläfst, so ist es immer!«

»Ja, aber …« Er setzte sich im Bett auf. »Weißt du, wie spät es ist?«

»Sag du's mir, Jakob. Sag, was hast du vor mit deiner Zeit?«, nahm sie ihn wiederum beim Wort, auf ihre Art. »Wie ist dein Zeitplan?«

»Ilvy, es ist mitten in der Nacht, es ist …« Der Wecker stand nicht mehr da, wo er immer stand, und sein Handy steckte in seinem Rucksack.

»Und morgen? Was hast du morgen vor, morgen früh?« Das Gespräch nahm eine Wendung, die ihm ganz und gar nicht be-hagte. »Hast du deinen Vater besucht?«

Er starrte sie an. Was hatte das mit ihr zu tun, mit ihrer Schreib-blockade, ihrer »Energie«?

»Du wolltest deinen Vater besuchen, für deine Abschlussprä-
sentation. Die Prüfung ist doch bald …«

»Aber was hat das denn damit zu tun, mit dir, mit –«

»Du wolltest deinen Vater malen!«, unterbrach sie ihn schroff.
»Jeder andere hätte längst mit ihm und der Klinik gesprochen,
seine Erlaubnis eingeholt, einen Besuchstermin vereinbart. Und
du? Was machst du, Jakob? Nichts. Mach einfach mal was!«

»Ich habe ja was gemacht!«, verteidigte er sich. »Mein Konzept. Es ist fertig!«

»Dein Konzept, mein Lieber, war schon fertig, als wir das letzte Mal darüber geredet haben. Das war vor vier Wochen!«

»Nicht alles, was man fertig nennt, ist wirklich fertig«, ging er
ein Stück weit zum Gegenangriff über, auch wenn die Chance
minimal war, dass sie die Anspielung auf ihre Arbeit verstand.

»Und? Was ist jetzt fertiger als vorher?«

»Der Titel.« Er musste ihr wohl kaum erklären, wie wichtig
Titel waren. Ihr »Werk« bestand im Grunde nur daraus.

Ilvy rollte auf ihrem Schreibtischstuhl von ihm weg und lehnte sich zurück, die Hände hinter dem Kopf verschränkt. »Na, da
bin ich ja mal gespannt …«

»Wenn ich ihn dir jetzt sage, klingt das bescheuert.« Das Gan-
ze kam ihm vor wie ein Examen oder Verhör auf der Bettkante.
Leider schien Ilvy keinerlei Sinn zu haben für die Absurdität der
Situation.

»Aber du bist dir bei dem Titel sicher, oder nennst du ihn nur
fertig, ohne dass er wirklich fertig ist?«

»Also gut.« Auf ihre Spielchen hatte er keine Lust mehr. »Er
lautet: ›Vatermale‹.«

»Vatermale?« Ilvy stutzte. Vielleicht war sie beeindruckt, vielleicht auch nur erschrocken.

»Im Gegensatz zu ›Muttermale‹, richtig«, fügte er hinzu, »und
in Anlehnung an das historische Motiv der Wundmale aus der
christlichen Kirchenmalerei, von den ersten Stigmata bis zu den

Altarbildern von Hieronymus Bosch. Ich habe auch schon mit diversen Profs darüber gesprochen, also speziell mit Strauss-Kutschera«, ergänzte er einigermaßen wahrheitsgemäß, schließlich war es zwischen Milena und ihm nicht nur um seinen Penis gegangen, sondern auch um das Mal an seiner Schläfe. »Sie schien sehr interessiert.«

Er rechnete mit einem Kommentar, allein schon wegen Strauss-Kutschera. Bei Ilvys Attacken schwang immer ein bisschen Eifersucht auf seine Professorin mit, was ihm sehr guttat. Irgendwie hielt sie für möglich, worauf er kaum zu hoffen wagte.

»Und dein Vater, was sagt er dazu?« Leider drückte sich Ilvys Eifersucht nie so direkt aus.

»Ich habe ihn nicht persönlich erwischt, nur die Klinikzentrale in Berlin-Buch.« Er hatte eine Mail geschrieben, doch das kam aufs selbe hinaus. »Es ist im Moment schwierig mit der Erreichbarkeit, aus epidemiologischen Gründen. Die offiziellen Besuchszeiten sind bis auf Weiteres ausgesetzt. Ausnahmegenehmigungen sind nur in Härtefällen und unter strikten Hygieneauflagen möglich.«

»Und dass der Vater deines Vater im Sterben liegt, gilt nicht als Härte?«

»Daran habe ich in dem Moment ehrlich gesagt nicht gedacht«, gestand er kleinlaut. Es war eine automatische Mailantwort gewesen.

Ilvy ließ Kopf und Schultern hängen. Sie wirkte auf einmal völlig erschöpft, ausgebrannt und irgendwie untröstlich, dabei hatte sie wieder mal gewonnen. Sie gewann eigentlich immer, beruflich wie privat. Nur schien es sie nicht glücklich zu machen. Im Gegenteil, sie wurde trauriger von Sieg zu Sieg. In ihrem ganzen Überfliegertum, diesem ständigen Druck und Ehrgeiz, die Erste zu sein, tat sie ihm leid.

Jakob streckte die Arme aus, ergriff ihre Hände und zog sie auf ihrem Drehstuhl an sich heran. Zärtlich strich er ihr das

Haar aus der Stirn. »Ruh dich aus, Ilvy. Schlaf ein Stündchen oder zwei. Im Schlaf arbeitet dein Gehirn von selber weiter, du wirst sehen. Es löst Probleme und findet Wege, von denen du nicht mal zu träumen wagst …« Er versuchte, ihr in die Augen zu sehen. Sie sah zu Boden.

»Was mich betrifft …« Er drückte den Rücken durch und nahm so weit wie möglich Haltung an. »Ich pack's, Ilvy, ich packe es an, das verspreche ich dir. Wenn du willst, melde ich mich gleich morgen bei der Klinik und mache es dringend, was es ja auch ist, im Hinblick auf meinen Großvater, eine Frage von Leben und Tod!«

»Nicht, wenn ich will …«, sagte sie leise.

»Was?«

Sie zog ihre Hände zurück und rollte davon, zurück an den Schreibtisch. »Du hast gesagt: ›Wenn du willst …‹ Und ich sage: ›Nicht, wenn *ich* will …‹ Das ist genau das, was ich meine: *Du* musst es wollen, nicht ich. Wobei es nicht ums Müssen geht, sondern ums Wollen. Es geht um das, was du willst, Jakob. Was willst du wirklich?«

Da waren sie also wieder, ein weiteres Mal an immer demselben Punkt.

»Ich will dich nicht verlieren«, entgegnete er schwach.

Doch Ilvy schüttelte den Kopf. »Du willst, dass sich nichts ändert«, sagte sie. »Aber das ist das Gegenteil von Wollen. Das ist Bequemlichkeit. Tut mir leid, Jakob. Es ist wirklich nicht böse gemeint, aber du musst jetzt gehen.«

Sie wandte sich wieder dem Bildschirm zu und kehrte ihm den Rücken.

Seltsamerweise, obwohl ihre Trennung schon so oft stattgefunden hatte und er im Grunde wusste, was kam, traf es ihn jedes Mal. Jakob stand auf und zog sich an. Wie immer geriet er bei einem Turnschuh aus dem Gleichgewicht, wie immer war es der rechte. Er hüpfte und hinkte mit Schlagseite durchs Zimmer, fing sich dann aber und schulterte seinen Rucksack. Auch die Bewegung hatte er schon tausendmal gemacht.

Als er zur Tür ging, musste er sich kurz an der Klinke festhalten. Ihm wurde schwindelig, sein Kreislauf spielte verrückt. Vielleicht war er zu schnell aufgestanden oder unterzuckert. Er hatte plötzlich wahnsinnigen Hunger. Doch wahrscheinlich waren das Hungergefühl und der Schwindel eine Nebenwirkung seines unfreiwilligen Drogenkonsums. Die Trennung von Ilvy erfüllte alle Kriterien eines Flashbacks.

In der Tür drehte er sich noch einmal um. Sie hatte schon wieder angefangen zu tippen. Ihre Blockade schien sich zu lösen. Die Leere in ihm nahm zu. »Ich glaube, ich muss noch was essen«, sagte er.

Doch Ilvy starrte auf den Bildschirm und hörte ihn schon nicht mehr. Für sie war er längst gegangen. Sie schrieb mit zehn Fingern.

Was Jakob an Hasch hasste, war die Ungewissheit, wo die Rauscherwartung aufhörte und der echte Rausch begann. Er fühlte sich angekifft, doch anders als beim Angetrunkensein betrat er keine Schwelle wie zwischen Schwips und Vollrausch, sondern ein uferloses Zwischenreich der Einbildung und Selbstbeobachtung. Der Flur erschien ihm gelber als sonst, fast apricotfarben und in den Winkeln fischaugenartig verzerrt. Der Klarlack der Toilettentür war nass wie fließendes Wasser und fühlte sich auch so an. Von dem Spiegel über dem Waschbecken wollte er nichts wissen. Er ertrug sein Gesicht nicht, wenn er breit war, falls er breit war – eine Umschreibung, die aufhören würde, eine Metapher zu sein, sobald er sich aus geweiteten Wunderpupillen anglotzte. Ihm reichte das dumme Gefühl, eine Visage zu haben wie ein Pfannkuchen und ein Grinsen an der Grenze zur Körperverletzung.

Aus Rache pinkelte er im Stehen. Die Kloschüssel hatte die Form einer Acht. Dafür spülte er zweimal. Dann ging er in die

Küche zum Kühlschrank, um seinen unverschuldeten Hunger zu stillen und das Hasch-Phantasma auf dem Verdauungsweg hinter sich zu lassen.

Am Küchentisch saß Don Miguel Paolo aus Südamerika und war Henk de Witt.

»*Buenas!*«, sagte er.

Im ersten Moment fragte sich Jakob, ob er nicht richtig hörte oder nicht richtig sah.

»Sag bloß, du kennst mich nicht mehr …« Henks Stimme, kein Zweifel.

Eine Welle kalter, käsiger Luft schwappte über Jakobs Gesicht. Er murmelte einen Gruß in den Kühlschrank und machte ihn zu.

»Dicke Luft da drinnen?« Henk meinte vermutlich seinen Rausschmiss aus Ilvys Zimmer; natürlich wusste er Bescheid. Vor ihm auf dem Tisch stand eine Küchenwaage, auf der er die Pieces abwog, die er sorgfältig von einem Haschfladen abteilte und in Stanniolpapier wickelte. Einen Haufen silberglänzender Eigenbedarfspäckchen hatte er schon fertig.

»Wohnst du jetzt hier?«, fragte Jakob hinreichend unfreundlich.

»Seit ich aus Barcelona zurück bin«, Henk nickte mit einem süffisanten Lächeln. »*El Museu d'Art Contemporani está cerrado*, ganz Spanien ist zu, Ausgangssperre. Ich bin mit einem der letzten Züge über die Pyrenäen nach Frankreich, allein mit zwei amerikanischen Touristen in sieben Waggons, und dann nach einem Zwischenstop in Amsterdam hierher. *Tiempos locos!*«

Spanien also, dachte Jakob, nicht Südamerika. Er erinnerte sich vage an das Gerücht, Henk habe nach ein, zwei Auslandssemestern eine Stelle am Museum für zeitgenössische Kunst in Barcelona bekommen, dank seiner guten Beziehungen und Drogen. Insofern war der Neue weder Student noch im Austausch. Der einzige Student, der ausgetauscht wurde, war er selbst.

»Ich bin eigentlich schon weg«, sagte Jakob, »ich brauch nur was zu essen.«

»Frühstück ist die wichtigste Mahlzeit des Tages«, sagte Henk mit großer Geste und räumte den Tisch. Er besaß eine gewisse Virtuosität im Zusammenpacken seiner Ware und genügend Taschen in seinem Jackett.

Gerne hätte Jakob nachgebohrt und ihn gefragt, ob er nicht nur der Nachfolger in seinem Bett sei, sondern auch in Ilvys – nicht um Streit anzufangen, bloß um zu sehen, wie er sich aus der Affäre ziehen würde. Doch für Henk schien das Gespräch zu Ende. Er drückte mit der Waage unterm Arm die Tür zu seinem Zimmer auf.

»Vorsicht!«, wollte Jakob noch rufen, weil sie klemmte, ließ es dann aber und guckte zu, wie Henk stecken blieb. Auf einmal wirkte es wie weise Voraussicht, dass er die Tür nicht repariert hatte und auch nicht den Lattenrost vom Bett, der an zwei Stellen gebrochen war. Doch es passierte nichts. Henk fluchte nur kurz – auf Spanisch – und verschwand dann genau wie das Lächeln in Jakobs Gesicht.

Einen Moment stand er da und starrte auf die Tür seines verflossenen Zimmers. Die Rosshaarmatratze auf den morschen Latten war seine letzte Zuflucht gewesen. Jetzt konnte er nirgends mehr hin.

Heißhunger auf etwas Salziges, Fettiges überkam ihn, Döner oder Pizza am liebsten. Doch statt ans Tiefkühlfach ging er zur Brottrommel. Eine Stulle mit Butter und Salz musste reichen. Leider blieb auch das Wunschdenken. Unter dem Blechdeckel fand sich nur labbriger, schwitzender Toast in Plastik, aber nicht mal ein Brotkanten oder ein Brötchen von gestern. Nur ganz am Rand lag eine kleine weiße Papiertüte mit der Aufschrift *para ti*, das i-Tüpfelchen in Herzform. Damit war sicher nicht er gemeint, das machte ihn neugierig. In der Tüte waren Kekse, selbst gebacken, aber wohl kaum von Ilvy, die Backen in etwa so hasste wie Töpfern, vielleicht ein Geschenk oder das Überbleibsel einer Weihnachtsfeier. Jakob probierte, erst vorsichtig knabbernd, dann – als er keinen Schimmel schmeckte – biss er hinein. Der Keks war okay, knusprig am Rand, mit einer leicht muffigen Mitte und einem orientalischen Nachgeschmack, süß wie türkischer Honig und genauso gut gefettet und geölt.

Er nahm die Tüte, klappte die Brottrommel zu und setzte sich. Ihm war immer noch schwindelig, aber so langsam fand er Gefallen daran. Kauen wurde mehr und mehr zu einer Sinfonie in seinem Kopf, einem Soundtrack voller Explosionen, Fluten, Wirbelstürme. Meine Phantasie ist ein Film von Roland Emmerich, stellte er mit einer gewissen Verwunderung fest. Dann sah er den Stapel von Flyern am anderen Ende des Küchentischs.

Jakob schnappte sich einen zweiten Keks und eins der auf Kuvertgröße gefalteten Flugblätter. Es war gutes Papier, kein billiger Hochglanz-Verschnitt, auf der Vorderseite eine Abbildung, die er bei näherem Hinsehen als evolvierende Skulptur erkannte, Ilvys erste Anmeißelung überhaupt: *Stone Zero.* Darunter stand in großen Lettern: *Zurück zum Stein.* Jakob schluckte hart. Was er hier in Händen hielt, war die Einladung zu einer Einzelausstellung von Ilvy Wagner! Auf den Faltseiten folgten Skizzen von Figuren, die zurück in Steine krochen, Steine, die sich Figuren wieder einverleibten, und schließlich auf der Rückseite, fett gedruckt, der Hinweis auf einen ausführlichen Ausstellungskatalog mit einem Werkstattbericht der Künstlerin, einem Grußwort von Ai Weiwei und einer ISBN-Nummer.

Es handelte sich nicht um eine Uni-interne Präsentation, sondern um eine internationale Ausstellungstournee mit Stationen in Brüssel, Paris, Barcelona. Und sie hatte ihm nichts davon gesagt.

Jakob war der Appetit vergangen. Er ließ die Tüte mit den Keksen unauffällig in seinen Rucksack gleiten, stand auf und ging zur Tür.

Der Weg zur U-Bahn erschien ihm merkwürdig weit und verworren. Die Temperatur schwankte sehr. Mal konnte er in der Kühle des anbrechenden Morgens seinen Atem als Wolke vor sich sehen, dann wieder überkamen ihn Hitzeschauer und Wallungen, die unter seiner Kopfhaut begannen und in allen Haarwurzeln juckten. Er schwitzte. Womöglich war es nur der Morgentau, doch gefühlt hatte er Schweißperlen auf der Stirn. Als er sich links und rechts über die Schläfe fuhr, war da auf einmal ein dunkler Fleck in seiner Hand. Jakob blieb stehen. Er hatte gerade Südamerika abgewischt. Mein Vatermal, dachte er.

Er musste sich setzen und fand eine Bank. Das Schwindelgefühl war in etwas umfassend Fluides übergegangen. Mit zittrigen Fingern öffnete er den Reißverschluss seines Rucksacks und kramte nach der Tüte. Vielleicht halfen Zucker und Kohlenhydrate. Doch an dem Keks, den er herausfischte, klebte ein Zettel, angebacken oder an die Glasur gepappt und beschriftet mit der gleichen *para-ti*-Widmung samt Herzchen.

Jakob löste das durchfettete Papier, faltete es auf und hielt den Zettel gegens Licht. Das Schriftbild war in Öl verlaufen. Er musste näher an die Straßenlaterne, kletterte auf die Bank und noch höher die Lehne hinauf, wobei er sich zur Sicherheit bei dem Laternenpfahl einhakte. Das Papier hielt er mit beiden Händen fest, er zitterte so.

Entsprechend lange brauchte er fürs Lesen. Einmal hatte er die Zeilen fast er.tziffert, dann drehte sich alles in seinem Kopf, und er musste kurz absteigen und wieder von vorne anfangen. Im Grunde handelte es sich bloß um einen Satz, wenn man von der blumigen Anrede an Ilvy und Henks Liebesgruß am Ende absah. Es war der wohlmeinende Hinweis, von den Keksen, die er für sie gebacken hatte, nicht mehr als einen auf einmal zu essen. Nur dass er sie nicht Kekse nannte, sondern »Space-Cakes«.

Jakob fiel nicht, er rutschte ganz langsam den Laternenpfahl hinunter.

Die verschiedensten Gefühle – große, kleine, feine und gemeine – gingen in ihm durcheinander, weil er Hunger hatte und ihm schlecht war, weil er nie einen Liebesbrief an Ilvy geschrieben hatte, sondern immer nur SMS, weil Henk im Gegensatz zu ihm für sie buk, ihr Geschenke machte, sich als ihr Dealer, ihr Gönner und Liebhaber aufspielte, als Ratgeber und Begleiter ihrer Drogenreisen … Doch am wütendsten von allem machte ihn die Tatsache, dass Henk die Warnung vor einer Überdosis erst am dritten Haschkeks der Tüte befestigt hatte, was in etwa so heimtückisch und bösartig war, wie mögliche Risiken und Nebenwirkungen nicht auf die Packungsbeilage zu schreiben, sondern auf den Boden des Medikamentenröhrchens, wenn es zu spät war.

Jakobs heißer Wunsch, Henk dafür büßen zu lassen, scheiterte jedoch schon an der extremen Verlangsamung, in die er geraten war, wobei es sich um keine lustig-federleichte Ich-glaub-ich-spür-was-Einbildung mehr handelte, sondern um knallharte Rauschrealität. Die Luft war Gelee, der Asphalt weich. Bei jedem Schritt sank er ein wie in Sand und bekam schubweise Angst, es während der Ampelphasen nicht rechtzeitig über die Straße zu schaffen. Und das war erst der Anfang seines Horrortrips durch Berlin, das so menschenleer wirkte, als sei eine Neutronenbombe auf Kreuzberg gefallen und hätte es in Wilmersdorf verwandelt. Sogar der Falafelstand war zu.

Er musste dringend irgendwo unterkommen, bevor die Space Cakes voll durchschlugen und ihn wer weiß wohin katapultierten, wobei es in der ganzen Stadt nur noch einen Ort gab, der ihm blieb: die Couch im Atelier des Künstlerhauses. Milena hatte zwar nicht Ja gesagt, als er sie um Erlaubnis gebeten hatte, aber auch nicht Nein.

Seine Beine kannten den Weg, darauf vertraute er und landete in einer viel zu gelben U-Bahn mit spiegelblanken Scheiben, in denen sein Gesicht die Farbe seines Mageninhalts hatte. Allerdings war Südamerika wieder zurück an seiner Schläfe, sogar doppelt, wie übereinandergespiegelt und leicht verschoben. Jakob sah Dinge, die er noch nie gesehen hatte, endlose Weiten, die sich auftaten zwischen Buchstaben, Wörtern und dem Brandenburger-Tor-Logo, das überall klebte und so oft auf links gedreht und auf den Kopf gestellt war, dass er eine geheime Verbindung spürte zwischen den Grafikdesignern der BVG und seinem momentanen Zustand. Mittlerweile besaßen seine Pupillen ein solches Fassungsvermögen, dass es ihm schwerfiel, in den Wimmelbildern der Bahnsteige die Namen der Haltestellen zu entdecken. Sie verschwanden immer schon, bevor er fündig wurde. Insofern fuhr er eine Station zu weit und musste die Hälfte der Strecke zurücklaufen. Die Schwerkraft nahm zu, seine Schuhe reagierten magnetisch. Doch er musste weiter, um nicht in die Ritzen zwischen den Gehwegplatten gezogen zu werden. Dann stand er plötzlich vor dem Eingang zum Künstlerhaus.

Natürlich brannte kein Licht in den Fenstern von Milenas Hochschulatelier oben. Sie arbeitete nie vor zwölf Uhr morgens. Es war sinnlos zu klingeln, aber er kannte den Türcode und hatte ihn sich groß aufs Handgelenk gemalt, um ihn unter keinen Umständen zu vergessen, komme, was wolle. Es war das Letzte gewesen, was er getan hatte, auch wenn er sich nicht mehr erinnerte, wann.

*Falsche Eingabe!*, blinkte die Digitalanzeige.

Das konnte nicht sein. Er versuchte es wieder, zweimal, dreimal und hielt sein Handgelenk direkt neben die Tasten wie zum Beweis. Das Gerät blieb bei seiner Meinung. Es dauerte, bis er begriff, dass es die richtigen Zahlen waren, aber nicht in der richtigen Zeit. Bevor er zur letzten Ziffer kam, war die Eingabefrist bereits Vergangenheit. Er tippte, mit anderen Worten, zu langsam. Doch alle Versuche, sein Eingabetempo zu steigern, führten zu nichts.

Erschöpft sank Jakob auf die Treppen des Hauseingangs und lehnte seine Stirn gegen den massiven Sandsteinsockel des Portals, der schön kühl war und saugfähig. Sein Schweiß verschwand im Stein. Es gab also doch noch einen Ort für ihn, Ilvy hatte mal wieder recht gehabt. Schade nur, dass sie nicht da war, um zu sehen, wie fraglos er ihrem Faltblatt folgte, mit geschlossenen Augen, Stirn voran, auf dem Weg zurück zum Stein.

# »MARIA

… ist wirklich ein schöner Name«, empfing sie der Rabbi. Es war ihr sehr unangenehm, gegen die Quarantäne-Auflagen zu verstoßen und tags drauf schon wieder vor seiner Tür zu stehen. Doch zur strikten Kontaktvermeidung war sie nicht imstande gewesen, als er gestern bei ihr geklopft hatte, um noch ein Päckchen Bohnenkaffee vorbeizubringen, selbst gekauft, und sie für heute zu seiner Lieblingskaffeespezialität einzuladen. Ihre Verlegenheit wurde nicht kleiner dadurch, dass er ihr auch noch Vorräte für mindestens eine Woche hatte besorgen lassen. Gleich hinter der Wohnungstür lehnten zwei prall gefüllte Einkaufstaschen mit Hamsterkäufen an der Wand. So erwartungsgemäß, wie sie sich weigerte, bestand er darauf, dass sie das alles an- und mitnahm. »Für einen alten Mann allein ist es doch viel zu viel«, setzte er mit einem schelmischen Grinsen hinzu.

»Also gut«, gab Maria ihren Widerstand auf. »Was bekommen Sie?«

»Toilettenpapier«, sagte er und deutete auf einen in Plastik eingeschweißten Zwölferpack, der neben den beiden Taschen stand. »Sagen wir die Hälfte. Es gab in ganz Berlin angeblich nur noch dieses eine Paket.«

»Ich meine Ihre Auslagen, wie viel …« Sie lächelte unsicher. Der Rabbi lächelte zurück. »Von Geld reden wir nicht. Ich stehe in Ihrer Schuld.« Gegen das Wort »Schuld« in diesem Zusammenhang wollte Maria etwas einwenden, doch er hob beschwichtigend die Hände, die noch immer in den weiten Ärmeln seines Hausmantels steckten. »Alles Weitere bereden wir, während Sie meinen Kaffee probieren. Waren Sie schon mal hier oben? Schauen Sie sich ruhig ein bisschen um …« Er trat zwei Schritte zurück und wies mit einem seiner Zauberärmel auf den von Märzsonne durchfluteten Wohn- und Esszimmerbereich, in dem es keine Wände zu geben schien, nur Glas und einen Panorama-Ausblick auf die Dächer der Stadt.

Doch Maria blieb vor der Tür stehen. »Sie sind wirklich der liebenswürdigste Nachbar seit dem Dachausbau hier oben. Insofern hat es Ihre Waschmaschine nur gut gemeint, als sie uns miteinander bekannt gemacht hat. Dafür möchte ich mich bedanken.« Sie hielt ihm den Teller mit Plätzchen hin, den sie bisher hinter ihrem Rücken versteckt hatte. »Ich bin keine Köchin, sondern Anästhesistin und hoffe, es schmeckt nicht zu sehr nach Weihnachtsgebäck. Aber es ist das Rezept meiner Großmutter, das Einzige, was ich von ihr geerbt habe, und koscher.«

Während er sich mit einer kleinen Verbeugung bedankte und den Teller entgegennahm, hatte Maria schon die BZ-Schlagzeile vor Augen: »Deutsche Ärztin vergiftet Rabbi des israelischen Botschafters in Berlin mit Corona-Keksen!« Doch wahrscheinlicher als eine Schmierinfektion mit Covid-19 durch die von ihr verunreinigte Telleroberfläche war die Alternativschlagzeile in der taz: »Deutsche Ärztin diskriminiert Rabbi des israelischen Botschafters, Würdenträger wie Aussätziger behandelt!« Wenn sie wählen musste zwischen einer Verletzung der Hygienevorschriften und antisemitischem Verhalten, brauchte sie nicht lange zu überlegen: Sie war lieber eine schlechte Ärztin als ein schlechter Mensch.

»Eine höhere Ahnung sagt mir, dass die Plätzchen von Ihrer Großmutter ganz wunderbar zu meinem Kaffee passen«, sagte der Rabbi. »Wenn mich nicht alles täuscht, ist das Mandel …« Er schwenkte den Teller auf Kinnhöhe, atmete tief ein und nickte zufrieden. Die Plätzchen kamen direkt aus dem Backofen, insofern waren sie – nach derzeitigem Stand der Forschung – als Träger für Viren zu heiß.

»Wenn Sie die Wahl hätten, Rabbi«, entschied sich Maria, ihn direkt zu fragen, »zwischen der Gefährdung der Gesundheit eines Menschen und der Verletzung seiner Gefühle, was würden Sie tun?«

Der Rabbi musterte sie einen Moment. »Das käme ganz darauf an. Bei Mandelgebäck, möchte ich meinen, ist die Gesundheit zweitrangig.«

Maria schmunzelte kurz und traurig, dann holte sie notgedrungen Luft. »Ich fürchte, ich muss Ihnen etwas beichten – spät, aber hoffentlich nicht zu spät …«

»Beichten?« Der Rabbi legte den Kopf schräg und blinzelte wie eine Puppe, der man auf den Rücken geklopft hatte.

»Ich befinde mich in Quarantäne wegen eines Covid-Falls auf unserer Station«, ging sie darüber hinweg. »Wenn die Sintflut in meinem Badezimmer nicht gewesen wäre, hätte ich die eigenen vier Wände nie verlassen, das zu meiner Entschuldigung. Aber ich sollte hier gar nicht stehen.«

Der Rabbi machte ein Gesicht, als würde er sich wundern, warum die Leute mit ihren seltsamen Sorgen und Nöten immer zu ihm kamen.

»Im Übrigen handelt es sich um eine reine Vorsichtsmaßnahme zum Infektionsschutz. Ich habe keinerlei Symptome, keine sonstigen Kontakte«, entschuldigte Maria sich weiter. »Nur wenn jetzt das Gesundheitsamt kontrolliert oder die Charité Stichproben bei ihren Beschäftigten durchführt, dann …«

»… dann sollten Sie schleunigst reinkommen«, beendete er ihren Satz.

Maria schüttelte den Kopf. »Es geht nicht nur um das faktische Ansteckungsrisiko. Als Ärztin habe ich eine Vorbildfunktion und muss mich an die Regeln halten. Mir ist bloß wichtig klarzustellen, dass der Abstand, den ich einnehme, nichts mit Ihnen zu tun hat. Ich bin das Problem.«

»Was für ein Problem?«

»Die Aussätzige sozusagen. Jedenfalls haben Sie nicht nur das Recht, mich dementsprechend zu behandeln, sondern gewissermaßen auch die Pflicht.« Maria senkte den Blick. »Wir sehen uns in vierzehn Tagen, bei hoffentlich bester Gesundheit und mit gutem Gewissen.« In ihrer Verlegenheit machte sie einen kleinen Knicks, wagte aber nicht zu gehen, ohne dass er sie entließ.

»Wollen Sie die Meinung eines alten Rabbis gar nicht hören?«

»Doch, doch, aber …« Sie stellte fest, dass er Filzpantoffeln trug, barfuß und mit blau geäderten Knöcheln. Er sah ganz und gar nicht aus wie ein Reisender, sondern als hätte er die Wohnung seit Monaten nicht verlassen.

»In meinem Leben hatte ich viel mit Aussätzigen zu tun und habe es noch«, sagte er sanft, beinahe zärtlich. »Wenn es darum gehen würde, sie zu meiden, wäre ich nicht Rabbiner geworden und Sie vermutlich nicht Ärztin.«

»›Aussätzige‹ im übertragenen Sinn …«

»Aussätzig ist man immer auch im übertragenen Sinn.«

»Ich meine …«, wich sie einen Schritt zurück.

»Sie meinen die Hygieneregeln und Kontaktverbote.« Aus dem Mund des Rabbi hatten die Maßnahmen einen unguten Klang. »Und ich sage: Wer sich isoliert, isoliert auch andere. Machen Sie sich keine Sorgen, Maria: Falls eine Kontrolle kommt, werde ich mich vor Sie stellen und die freundlichen deutschen Behördenvertreter fragen, ob sie einem alten Juden wirklich vorschreiben wollen, wie er hierzulande überlebt.«

Sie wollte noch entgegnen, dass sie die Vorschriften medizinisch für durchaus sinnvoll halte, doch der Rabbi ging schon voran durch den Flur in den gläsernen Wohn- und Esszimmerbereich für eine kleine Besichtigungstour. Das ganze Penthouse wirkte wie das Musterapartment eines Airbnb-Portals mit Dachbalkonen zu beiden Seiten: einem kleineren zum Frühstücken nach Osten raus, einem großen mit Grill fürs abendliche Zusammensitzen Richtung Westen. Maria staunte gegen ihren Wil-

len. Die Wohnung war dreimal so groß wie ihre, mit zwei Schlaf-
und Arbeitszimmern, einem kleinen Gästetrakt und wechselnden
Oberlichtern und Atelierfenstern, die den Himmel immer wieder neu auffächerten. In diesem postmodernen Glashaus konnte
eine ganze Yuppie-WG selig werden. Es war nur überhaupt kein
Ort für einen Rabbi.

Wer durch die Fenster hereinsah, musste den alten Mann in dem
fadenscheinigen Hausmantel und den ausgelatschten Filzpantof-
feln für ein Gespenst halten, übrig geblieben aus der Zeit, als das
Penthouse noch ein mit Spinnweben verhangener Dachboden ge-
wesen war. Nichts deutete darauf hin, dass er hier wirklich lebte:
keine Straßenschuhe im Flur, kein schmutziges Geschirr in der
Spüle, nicht mal eine zerlesene Zeitung zwischen den Clubsesseln.
Auch das Debakel mit der Waschmaschine war wie nie gewesen.
Offenbar hatte der Rabbi nicht gezögert, die Wunderhotline der
Leibwächter anzurufen und ein paar Tatortreiniger zu bestellen.

»Was ist mit Ihrem Koffer? Hat man ihn wiedergefunden?
Wurde er Ihnen schon geliefert?« Auf eine Art war sie enttäuscht,
weil sie so gar nicht fand, wonach sie suchte. Doch erst beim Blick
auf den antiken zweiarmigen Kerzenständer, der den Esstisch
dominierte, wurde ihr klar, was sie eigentlich vermisste: Es gab
in der ganzen Wohnung nichts Jüdisches.

»Entschuldigung, der Wasserkocher ...« Der Rabbi stellte ihn
aus und hantierte weiter in der offenen Küche. »Was wollten Sie
wissen?«

»Nichts, nichts«, winkte Maria ab. Sie traute sich nicht, die
Frage nach dem Koffer zu wiederholen. Stattdessen sah sie dem
alten Mann dabei zu, wie er das kochende Wasser in zwei dick-
wandige Gläser goss und mit einem Tablett in den Händen zum
Esstisch geschlurft kam. Vielleicht hatte er deshalb seinen Hausmantel und seine Pantoffeln im Handgepäck, um überall auf der
Welt in kürzester Zeit zu Hause zu sein und genauso schnell wieder zu verschwinden.

»Kaffee-Botz«, sagte er. »›Schlammkaffee‹ kann man auch sagen. Einen halben Löffel ›Kaffee Türki‹ ins Glas, dazu kochendes Wasser, Milch und Zucker nach Belieben. Dann ein Weilchen warten, bis sich der Kaffee am Boden absetzt und die Temperatur stimmt. Ganz einfach. Ich hoffe, ich höre mich nicht zu sehr an wie Ihre Großmutter.« Mit einem verschmitzten Grinsen stellte er die Mandelplätzchen auf den Tisch.

»Ich kann mich kaum noch an sie erinnern«, sagte Maria. »Die meisten Erinnerungen sind in Anekdoten übergegangen und umgekehrt.«

Der Rabbi nahm ein Plätzchen, tunkte es in seinen Kaffee und probierte, sagte aber nichts, sondern schloss nur die Augen in stillem Genuss. Maria zögerte einen Moment. Dann tat sie es ihm gleich.

Es war nicht das erste Mal, dass sie mit einem Geistlichen zusammensaß und plauderte. Mit Richard hatte sie sich viele Abende lang unterhalten, nicht selten bis spät in die Nacht, Schwiegervater und Schwiegertochter, der protestantische Pfarrer und die polnische Katholikin. Er hatte nie versucht, sie zu »reformieren«. Wenn es um religiöse Themen ging – und irgendwann kam das Gespräch beinahe zwangsläufig darauf –, nahm keiner von beiden die Auseinandersetzung so bitterernst, er, wie es schien, noch weniger als sie. Und jedes Mal beschlich sie der Verdacht, dass Richard im Grunde gar nicht an Gott glaubte, weder im evangelischen noch im katholischen Sinne, so als wäre da, wo sie sich ihren Kinderglauben bewahrt hatte, bei ihm vernarbtes Gewebe. Dennoch war Richard kein Zyniker. Er glaubte an das, was er tat. Und er tat als Pfarrer, was er tun konnte, glaubte sie.

»Und Ihre Familie kommt aus Warschau?«, fragte der Rabbi, nachdem sie ihm von Richards Seitenhieben auf den polnischen Katholizismus erzählt hatte. »Oder aus welcher Gegend von Polen stammen Sie?«

»Aus der Nähe von Danzig, aber wo genau …« Maria zuckte

mangels Ahnung mit den Achseln. »Meine Mutter wurde in den Wirren am Ende des Kriegs geboren, auf der Flucht. Ich selbst kenne Polen nur aus den alten Geschichten.«

»Sie sind nie dort hingefahren, auf Spurensuche?« Der Rabbi ließ den Rest seines Schlammkaffees ein bisschen kreisen, dann trank er ihn aus bis auf den Sud.

»Von Spuren kann man nicht wirklich sprechen, höchstens von abgebrochenen Brücken. Wenn ich als junges Mädchen etwas von früher wissen wollte, hat meine Mutter immer gesagt: ›Unser Leben ist hier.‹ Was man so Leben nennt. Sie hat ununterbrochen gearbeitet. Ich kannte sie nicht anders, sie konnte nicht anders, musste Geld verdienen, ihre Mutter versorgen, ihre Tochter großziehen, alles ohne Mann. Ihr Traum war immer, irgendwann einmal Ärztin zu werden, aber sie ist Altenpflegerin geblieben bis zu ihrem Tod. Am Ende waren die Patienten, um die sie sich gekümmert hat, zum Teil jünger als sie.«

»Und dann haben Sie den Traum ihrer Mutter erfüllt und Medizin studiert …«

»Es war auch mein Traum, immer schon. Meine Mutter hat ihn nur bezahlt – mit noch mehr Überstunden.« Maria war es gar nicht unlieb, vom Rabbi ausgefragt zu werden. Irgendwie konnte sie ihm alles erzählen. Es fühlte sich ein bisschen an wie eine Beichte ohne Buße. »An Ihren Kaffee könnte ich mich wirklich gewöhnen, aber ich sollte jetzt besser gehen.«

»Ich mache Ihnen gerne noch einen«, sagte der Rabbi, »und mir sowieso.«

»Sind Sie etwa auch kaffeesüchtig?«

Der Rabbi schmunzelte. »Kaffee ist kein Suchtmittel, sondern eine Art zu denken.«

»Sind das nicht alle Drogen?« Maria schmunzelte zurück, dann wurde sie wieder ernst. »Ich muss runter. Es reicht ein Kontrollanruf übers Festnetz. Wenn ich zu Hause nicht ans Telefon gehe, wirft das Fragen auf. Möchten Sie noch das Anstandsstückchen, meiner Großmutter zuliebe?« Sie hielt ihm den Teller mit dem letzten Plätzchen hin.

»Wenn Sie mir so lange Gesellschaft leisten …« Er nahm einen extrakleinen Bissen, als wollte er ewig daran knabbern.

»Dann verraten Sie mir, warum Sie hier sind.« Bisher hatte er all ihre Fragen elegant in Gegenfragen verwandelt und zurückgespielt. »Also was führt Sie nach Berlin, verbliebene Spuren oder abgebrochene Brücken?«

»Auch abgebrochene Brücken, Maria, sind bleibende Spuren.«

Sie war sich nicht sicher, ob er ihr nur auswich oder ob es seine Art war, in Gleichnissen zu reden. »Und der Botschafter? Ist er eine Brücke, die steht, oder dürfen Sie nicht darüber reden?«

»Eher das rettende Ufer für einen Gestrandeten.« Er blinzelte ihr zu und hob dann eine Hand gegen das weiße, überhelle Licht der Märzsonne. »Der Gestrandete bin ich. Eigentlich wollte ich gar nicht nach Berlin, sondern nach Hamburg und von dort aus mit dem Schiff nach New York.«

»Eine Kreuzfahrt?«

»Eine Passage, ohne Rückkehr.« Er stand auf und ging zu einem Schaltkasten an der Fensterfront, wo er ein paar Knöpfe drückte. »Verzeihung, aber bevor wir uns hier mit tränenden Augen gegenübersitzen …« Jalousien fuhren herunter, Schattengitter senkten sich in den lichtdurchfluteten Raum. »Vor einem halben Jahr, als ich die Überfahrt geplant habe, war alles kein Problem. Jetzt gibt es nichts, was kein Problem ist: das Visum, die Schließung der US-Grenzen für Reisende aus Europa, Kreuzfahrtschiffe, die in den Häfen dümpeln, ohne dass jemand von Bord gehen darf, Quarantäne im schlimmsten Sinn. – So besser oder zu dunkel?«

Sie winkte die Rückfrage durch. Von ihr aus konnte es stockfinster sein, wenn ihm das beim Reden half.

»Es ist die schlechteste aller möglichen Zeiten, um auf Spurensuche zu gehen.« Der Rabbi kam als Schatten an den Tisch zurück, setzte sich und knabberte weiter an dem halben Plätzchen, das er übrig gelassen hatte. »Ursprünglich wollte ich letztes Jahr fahren, musste aber länger ins Krankenhaus. Und jetzt, wo ich wieder raus und gesund bin, ist die Welt krank.«

Maria stellte die Frage nach dem Grund kein weiteres Mal, er beantwortete sie von selbst. »Meine Großeltern haben diese Reise gemacht, auch auf der Flucht, aber nicht wie Ihre Großmutter am Ende des Kriegs, sondern ein halbes Jahr vor Kriegsbeginn, im März '39. Spät muss man sagen, fast zu spät. Mein Großvater hat an Deutschland geglaubt wie an eine zweite Religion, trotz allem – allem trotzend. Politisch hatte er die Braunen von Anfang an als Judenhasser durchschaut, er konnte lesen. Doch er hat sie nicht abgelehnt, weil Adolf Hitler ein fanatischer Antisemit war wie viele andere auch, sondern aus Patriotismus. Für meinen Großvater waren die Nazis keine richtigen Deutschen. Als überzeugter Anhänger der Zentrumspartei hat er sich als Mitte der Gesellschaft gesehen und den Führer als Randerscheinung, so wie das Pendel mal ins Extrem ausschlägt, um dann wieder zur Mitte zurückzuschwingen, zu ihm. Also hielt er seiner Heimat die Treue, auf Gedeih und Verderb, bis zur Reichspogromnacht. Erst danach hat er seine Flucht über den Atlantik geplant, zu den ›Barbaren‹, womit er die Amerikaner meinte.«

Der Rabbi schwieg und ließ eine Stille einkehren, die er vielleicht gar nicht wahrnahm, so weit weg schien er in Gedanken. Maria wartete eine Weile, bevor sie fragte, ob er nur gekommen sei, um von Deutschland Abschied zu nehmen und den Spuren seines Großvaters nachzureisen.

»Meine Großeltern sind damals von Bremerhaven aus gestartet«, antwortete er, als wäre er dankbar für die Frage, »auf der ›Europa‹, einem der großen Passagierschiffe der Transatlantikroute. Heutzutage fahren von Bremerhaven aus nur noch Frachter. Mir ist vollkommen bewusst, dass es nicht dieselbe Fahrt ist, eine ganz andere Zeit und in gewisser Weise auch ein anderer

Ozean. Trotzdem verspreche ich mir etwas davon. Manche machen auf ihre alten Tage eine Weltreise, ich mache eine Zeitreise oder versuche es wenigstens. Und wer hätte gedacht, dass die amerikanische Einwanderungsbehörde mitspielt und so wie damals selektiert ...«

Einen Moment lang hing er seinen Worten nach, dann wandte er sich ihr wieder zu. »Waren Sie schon mal mit einem Schiff unterwegs, auf offener See, auf einer richtigen Seereise?«

»Ich war jedenfalls schon mal richtig seekrank, falls Sie das meinen.« Streng genommen antwortete sie wieder auf eine Gegenfrage, doch der Rabbi schien Zuspruch nötig zu haben. So wie er dasaß, erinnerte er tatsächlich an einen Gestrandeten oder Schiffbrüchigen ohne Koffer. »Meine Tante hat mich einmal auf eine Kreuzfahrt mitgenommen. Es war schrecklich. Was sicher nicht nur an der Kreuzfahrt lag, sondern auch an meiner Tante.« Sie lachte zögerlich, um Leichtigkeit bemüht. Der Rabbi starrte ins Dunkle.

»Sie war die ältere Schwester und so ziemlich das Gegenteil meiner Mutter«, fuhr Maria fort, »was man schon allein daran sehen kann, dass meine Tante sich Kreuzfahrten leisten konnte, von denen meine Mutter nicht mal Zeit hatte zu träumen. Im Jiddischen würde man vermutlich von einer ›Schickse‹ sprechen, oder wie nennen Sie eine Frau, deren Lebensentwurf sich darauf beschränkt, durch Scheidungen reich zu werden? Über die Toten nichts Böses, versteht sich«, setzte sie hinzu. »Aber meine Tante hat immerhin länger gelebt als alle anderen.«

»Dann würde ich sie eine Überlebende nennen«, sagte der Rabbi.

»Sie haben recht, ich bin parteiisch«, beichtete Maria jetzt gewissermaßen doch. »Meine Mutter hat von ihrem Mann nichts bekommen, nur mich. Meine Tante hat sich jede ihrer Trennungen vergolden lassen und ist kinderlos geblieben. Unterschiedlicher können zwei Schwestern kaum sein.«

Der Rabbi tupfte ein paar mikroskopisch kleine Mandelkeks-krümel von dem leeren Teller. »Nicht doch noch einen Schlamm-kaffee? Einen letzten?«

Es war eine Bitte, die sie ihm nicht abschlagen konnte. »Ich helfe Ihnen«, sagte Maria und räumte die Gläser aufs Tablett. »Dann lerne ich gleich, wie man ihn macht, Ihren Kaffee-Botz.«

»Da gibt es für Sie nichts zu lernen.« Der Rabbi raffte sich auf und folgte ihr in die dunkle, von Sonnenlichtstreifen durch-schnittene Küche. Die Jalousien wieder aufzuziehen oder gar Licht anzuschalten, hielt er offenbar für unnötig. Kaffeepulver und Was-serkocher standen bereit. Maria fand sich im Halbdunkel zurecht und hantierte unter seiner Aufsicht.

»Verstehen Sie mich nicht falsch. Meine Tante hat mir auch leidgetan, durchaus, zumal nach ihrer dritten Ehe klar war, dass nun nicht mehr viel kommen würde. Auf eine seltsame Art moch-ten wir uns. Ich glaube, ich war für sie immer die Tochter, die sie nicht hatte, und sie für mich die Frau, die ich nie sein durfte. Je-denfalls hatte meine Mutter ihr Veto eingelegt, als sie mein Stu-dium finanzieren wollte, und konnte mir die Kreuzfahrt nach meinem Physikum nicht mehr verbieten. Also sind wir zusam-men in See gestochen, meine Tante und ich, übrigens auch von Hamburg aus seinerzeit. Schon bei der Elbausfahrt wurde ich seekrank.«

Sie wusch den Kaffeesatz aus den Gläsern; das Wasser kochte bereits wieder.

»Was ich nicht wusste: Die Fahrt war weniger eine Belohnung für meine Studienleistungen als eine Tour zum Trost nach ihrer dritten Trennung. Ich sollte ihre Aufmunterung sein für die trüben Stunden auf See und in den glamourösen Momenten der Lock-vogel zwecks Anbahnung neuer Bekanntschaften. Ja, meine Tan-te verstand sich auf eine ziemlich raffinierte Mischung aus Trau-er und Flirt. Nie gab sie sich als geschiedene Frau aus, sondern immer als Witwe, eine sehr lustige Witwe, nebenbei bemerkt.«

Der Rabbi hatte recht. Es war ganz einfach. Maria machte diesen Kaffee, als hätte sie ihn immer schon gemacht. »Ich hoffe, das klingt nicht gehässig. Alles, was ich ihr vorwerfe, muss ich auch mir selbst anlasten, schließlich war ich ihre Komplizin bei den kleinen Lügen und Rollenspielchen, der ganzen Camouflage, die zu einer Kreuzfahrt gehört. Ich hätte auch sagen können, dass ich nicht ihre Cousine bin und erst recht nicht ihre kleine Schwester, wenn sie mich älter gemacht hat und sich deutlich jünger, je nach Urteilsvermögen der fraglichen Herren. Aber für mich war es eine Art Karneval: keine Welt, in der ich hätte leben wollen, doch nach drei Tagen Seekrankheit in der abgedunkelten Kabine eine willkommene Abwechslung.«

»Vielleicht«, sagte der Rabbi, grau vor Schatten, »hat sie nur versucht, die Schuld des Lebens einzutreiben.«

Für einen Moment war Maria sprachlos. »Meine Tante? Die Schuld des Lebens? Wie meinen Sie das?«

Doch er sagte nichts weiter, sondern ging mit seinem Kaffeeglas voran – vorbei an dem Esstisch, so als würde er sich nie zweimal auf denselben Platz setzen, nie zweimal von demselben Teller essen, aus Prinzip. Stattdessen ließ er sich am anderen Ende des Raumes in einem Clubsessel nieder und bot ihr die Ledercouch an. Sie saßen jetzt fast wie in der gläsernen Panorama-Lounge eines Kreuzfahrers. Vor ihnen dampfte der Kaffee in unzähligen feinen Tröpfchen durch Balken von Tageslicht.

»Wenn ihre Mutter am Ende des Krieges geboren wurde, war ihre Tante bei der Flucht schon auf der Welt und – wie alt? – zwei Jahre oder drei …«

»Dreieinhalb.«

»Dann musste sie um ihr Leben laufen.«

Maria überlegte und nickte zaghaft. Darüber hatten sie nie gesprochen.

»Vielleicht fing es in dem Moment an, sie zu leiten; vielleicht hatte es schon davor von ihr Besitz ergriffen, vor ihrer Flucht: das mächtigste Gefühl der Welt, mächtiger als die Liebe …« Der Rabbi machte eine kurze Pause, pustete und trieb den Wasserdampf wie eine kleine Wolke vor sich her ins Unsichtbare. »Ich rede von der Gier zu überleben.«

Er holte Luft und pustete noch einmal. Maria sah den Wirbeln und Dunstschleiern hinterher auf ihrem Weg durch das gebrochene Licht. Es war, als würden sie fahren oder schwanken wie auf hoher See.

»Gier und Begierde sind oft nicht leicht zu unterscheiden, genauso wie Überleben und Leben. Doch die Gier ist immer das Erste und mit ihr der Glaube aller Hungrigen, dass ihnen das Leben etwas schuldet, Brot oder Glück oder Reichtum …«

»Kann einem das Leben etwas schulden, was man nie besessen hat?«

»Eine offene Forderung ist auch eine Form von Schuld.«

Der Rabbi nippte an seinem Glas, seine Züge entspannten sich. Es schien noch so viel ungesagt, doch er machte keine Miene zu reden. Auch sie probierte, auf die Gefahr hin, sich die Zunge zu verbrennen. Der zweite Kaffee schmeckte fast noch besser als der erste.

Sie tranken ihn stumm und im Dunkeln, während Maria in sich hineinhorchte und prüfte, inwieweit all das, was der alte Mann gesagt hatte, auch auf sie zutraf. Sie spürte ihr Herz. Es pochte so heftig, dass sie meinte, man könnte es hören in der Stille. Normalerweise vertrug sie Kaffee zu jeder Tages- und Nachtzeit, doch vielleicht hatte sie zu viel Schlamm geschluckt.

»Darf ich Sie noch etwas fragen, Maria?« Der Rabbi stellte sein Glas auf den Couchtisch. »Verzeihen Sie meine Neugier, aber Sie haben so viel von den Frauen in ihrer Familie erzählt, wo sind die Männer?«

Er war nicht der Erste, der diese Frage stellte, und sie hatte nicht die geringste Lust, darauf zu antworten. »Das müssen Sie die Männer fragen, die sich aus dem Staub gemacht haben. Von uns Frauen hat sie niemand vermisst, außer vielleicht meine Tante, als Zuschauer und zahlendes Publikum. Doch in dem Punkt halte ich es ganz mit meiner Mutter und ihrer Überzeugung, dass wir keinen Mann brauchen, weder zu unserem Glück noch zu unserem Unglück. Männer sind für uns, wenn Sie so wollen, keine offene Forderung.« Sie redete lauter als nötig, um ihr rasendes Herz zu übertönen. »Und nach allem, was ich weiß, waren sie in der Vergangenheit beim Überleben nicht sonderlich hilfreich.«

Der Rabbi schien darauf zu warten, dass sie weitersprach. Doch Maria wollte sich keine Blöße mehr geben. »Haben Sie Familie?«, versuchte sie es mit einer Gegenfrage.

»Jeder Mensch hat eine Familie«, sagte er und sah sie unverändert an.

Einen Moment lang erwiderte sie seinen Blick, dann lenkte sie ein. »Also gut, die Geschichte mit der Kreuzfahrt ist nicht zu Ende, und, ja, es kommen Männer darin vor. Aber wenn ich Sie langweile, haben Sie sich das selbst zuzuschreiben.« Sie hätte am liebsten die Beine hochgelegt und sich auf der Couch ausgestreckt, wenn sie nun schon erzählte, doch sie zog nur unauffällig die Schuhe aus. Der Flokati unter ihren Füßen war flauschig und weich. »Für eine Frau in ihren besten Jahren ist der ideale Trost nach einer Trennung natürlich keine Freundin, erst recht keine jüngere und schon gar nicht aus der eigenen Verwandtschaft, sondern ein neuer Mann. Im Fall meiner Tante wäre es Gatte Nummer vier gewesen, insofern hatte die Kreuzfahrt für sie den Hafen der Ehe zum Ziel. Nur, bis dahin war es eine lange Reise, und es galt zunächst mal, unter den wohlhabenden älteren Herren an Bord den geeigneten Kandidaten zu finden. – Wollen Sie das wirklich hören, Rabbi?«

Er neigte seinen grauen Kopf; leider war das ein Ja. Maria zog die Beine zu sich und schlang die Arme um ihre angewinkelten Knie.

»Ich will mich nicht über meine Tante und ihren Lebenshunger lustig machen oder die ›Glücksschuld‹, die sie eintreiben wollte. Sie war damals eine sehr attraktive Frau um die fünfzig, auffallend prächtiges Haar und sehr sichtbar, was ihre Figur anbelangt. Ich hatte den Überblick über ihre diversen Bordschatten bald verloren; es waren mindestens drei. Insofern war ich wieder viel allein in unserer Kabine und fing an, die Vorträge zu besuchen, die im Begleitprogramm angeboten wurden, besonders an den Seetagen ohne Landgang oder auch nur Land in Sicht. Es ist mir bis heute ein Rätsel, warum meine Tante zur Aufheiterung eine Reise an den Polarkreis gebucht hatte, wo nach den Färöer Inseln nur noch Grau kommt, graue See, grauer Himmel und Vulkangestein. Island, Spitzbergen, das ist nichts als erkaltete Lava, Gletscher, Eis und Schnee. Aber vielleicht wollte sie aus einer Laune heraus ans Ende der Welt und die Nordlichter sehen. Vielleicht war es auch ihre Art, die Nacht zum Tag zu machen, indem sie dorthin fuhr, wo die Sonne nicht unterging, sondern nur kurz ins Meer dippte. Jedenfalls war es sehr hell und sehr tot. Also tat ich das, was ich von der Uni gewöhnt war, setzte mich ins Auditorium und lauschte jedem Vortrag, zu welchem Thema auch immer. Das Bordentertainment steckte damals noch in den Kinderschuhen, nichts mit Powerpoint, Video und 3-D-Animation. Es waren Lichtbildvorträge alter Schule, noch richtig mit Diaprojektor, zur Geologie, Meeresbiologie, Ökologie der Moose und Flechten. Wussten Sie, dass ein ganz normaler Schössling in der Kälte und Kargheit der Polarlandschaft drei Jahre braucht, um so viel zu wachsen wie bei uns in drei Wochen, sofern er nicht von den Moonboots eines Touristen zertreten wird? Jedenfalls gehörte ich bald zu dem Häuflein der Interessierten, die den Dozenten und seine Dias sehnlichst erwarteten – die Dozenten, heißt das, es gab zwei: einen älteren, immer leicht transpirierenden Herrn mit über die Stirnglatze gekämmtem Seitenscheitel, der mit allen Volkshochschulwassern gewaschen war, und einen jungen Meeresbiologen, frisch diplomiert von der Uni, der die Tour zum ersten Mal mitmachte. Während die Witze des einen so alt waren wie seine Jacketts, hatte der andere einen geradezu heiligen Ernst und ließ sich durch Nachfragen zu wilden Exkursen hinreißen, aus denen ihn nur die Tücken des Diaprojektors zurückholten oder das Mittagsgeläut der Schiffsglocke.«

»Und ihn haben Sie geheiratet«, sagte der Rabbi.

Maria sah ihn verblüfft an. »Woher wissen Sie das?«

»Ich weiß es nicht, ich vermute es nur.«

Erst hatte sie die Geschichte nicht erzählen wollen, jetzt fühlte sie sich um die Erinnerung betrogen. »Ja, das ist die Ironie des Schicksals, dass meine Tante mit mir ausgezogen war, um sich einen Mann zu angeln, und ich mit meinem Zukünftigen zurückgekommen bin. Auch wenn es nicht für immer war.«

Ihr Herz hörte auf zu rasen. Es schlug langsamer und leiser.

Der Rabbi neigte ihr wieder den Kopf zu und flüsterte fast: »Verzeihung, ich wollte Sie nicht unterbrechen, es ist nur, dass ich Sie gut verstehen kann, Ihre Liebe zum heiligen Ernst und zu Pflanzen, die Zeit brauchen.«

»Dann verstehen Sie mich besser als ich mich selbst«, sagte sie. »Damals habe ich geglaubt, dass wir füreinander bestimmt sind, der junge Herr Dozent und ich. Heute halte ich es für Zufall. Er war auf dieser Reise genauso fehl am Platz wie ich. Nur leider ergibt zweimal falsch nicht unbedingt richtig.«

Sie sagte nicht die ganze Wahrheit und hoffte sehr, der Rabbi würde es nicht merken. Auf jener Reise war sie nicht die Einzige gewesen, die für den jungen Wissenschaftler mit der sanften Stimme geschwärmt hatte. Die meisten Damen seiner überwiegend weiblichen Zuhörerschaft träumten von ihm auf die eine oder andere Art und hingen nicht nur aus Wissensdurst an seinen Lippen. Maria nahm sich da nicht aus. Doch das war die übliche Mischung von Romantik und Langeweile: Gefühle, die aufkamen wie Pflanzen, die Zeit brauchten – die es überhaupt nur gab, weil es Zeit gab. Wenn der Alltag zurückkam und mit ihm die Hektik, wurden sie platt getrampelt.

Verliebt hatte sie sich in den Diplom-Meeresbiologen Holger Thomann nicht wegen seiner leidenschaftlichen Vorträge oder seiner Unbeholfenheit im Umgang mit dem Projektor, den Dias und der unberechenbaren Fernbedienung. Der Augenblick, in dem sie anfing, ihn und ihre Gefühle für ihn ernst zu nehmen, hatte nichts mit seiner Rolle als Dozent zu tun. Es war der Moment, als sie ihn zum ersten Mal mit einer Waffe sah.

Wie genau es dazu gekommen war, dass er als Wächter aufgestellt wurde – ob die Mannschaft aus gegebenem Anlass Verstärkung brauchte oder ob er für einen Krankheitsfall einspringen musste –, hatte sie nie erfahren. Holgers Erklärung, dass er schon immer ein guter Schütze gewesen sei, es aber als Wehrdienstverweigerer nie zeigen durfte, erschien ihr seit jeher fragwürdig. Doch was sie nie vergessen würde, war der Anblick des Eisbären am Tag davor. Sie hatte wie so oft vor dem Frühstück einen kleinen Spaziergang an Deck gemacht und dabei in dem vagen, gleichförmigen Grauweiß der Eisflächen aus dem Augenwinkel eine Bewegung wahrgenommen, Weiß auf Weiß, deswegen war sie sich nicht ganz sicher. Doch beinahe zeitgleich schrie jemand unterhalb der Brücke: »Eisbär, Eisbär, steuerbord!« Und in derselben Sekunde sah sie ihn auch auf allen Vieren die Packeiskante entlangstreifen, mit einer angesichts seiner Masse erstaunlichen Geschmeidigkeit und Geschwindigkeit. In kürzester Zeit stand alles an der Reling, was schon auf den Beinen war, Passagiere im Morgenmantel, mit umgebundenen Frühstücksservietten, mit oder ohne Frisur, dazu Crewmitglieder und Stewards, die Feldstecher verteilten, beim Fotografieren assistierten oder einfach nur das Kellnern sein ließen. Alle wollten den Eisbären sehen. Dass das Schiff keine Schlagseite bekam und kenterte, sprach für seine Stabilität. Der Eisbär indessen ließ sich von der Aufmerksamkeit, die er erregte, nicht beirren, hob vielleicht zwei-, dreimal den Kopf, und nachdem er eine Zeit lang parallel zum Schiff seiner Wege getrottet war, verschwand er schließlich hinter einer Schneekuppe ins Innere der weißen Wüste.

Der Vortrag am nächsten Morgen war so voll wie nie zuvor und nie wieder auf der Reise. Er galt als landeskundliche Vorbereitung für all jene, die auf Ny-Ålesund das nördlichste Postamt der Welt besuchen wollten, nicht weiter vom Nordpol entfernt als Hamburg von München. Aber natürlich ging es hauptsächlich um den gesichteten Eisbären und die Wahrscheinlichkeit, ihn beim Landgang zum Briefkasten noch einmal aus nächster Nähe zu sehen – eine Begegnung, deren voraussichtlicher Verlauf darin bestehen würde, erst getötet und dann aufgefressen zu werden oder umgekehrt. Die Wissenschaft und Holger Thomann traten somit in den Hintergrund. Stattdessen ließ sein älterer Kollege die Stimme der Erfahrung sprechen und malte den Teufel im Eisbärenfell an die Wand. Es handle sich um reißende Bestien, ausgehungert durch den arktischen Winter, voller Wut und Hass auf die Zivilisation, die sie bedroht. Wer an Land gehen wolle, um sie mit Essensresten anzulocken, Fleisch- und Wurstwaren insbesondere, wer vorhabe, sich von der Gruppe zu entfernen, außer Sicht der Eisbärenwächter und der Reichweite ihrer Gewehre, der begebe sich in höchste Lebensgefahr. Seine Warnungen krönte er als Unterhaltungsroutinier mit der Horrorgeschichte – nach einer wahren Begebenheit oder auch nicht – über das gewaltsame Ende eines pensionierten Lehrerpärchens aus Remscheid, das die Faszination für die flauschigen Pelztiere mit seiner nahezu restlosen Zerstückelung bezahlt hatte. Ihre in Remscheid verbliebenen Angehörigen erhielten bei der Überführung nur einzelne Fingerglieder samt Ehering und die ungenießbareren Knochen retour. »Eisbären sind die größten und gefährlichsten Landraubtiere auf diesem Planeten«, beschwor der Seniordozent sein in Ehrfurcht und Schaudern gebanntes Publikum, während Holger – zu diesem Zeitpunkt nannten sie sich schon beim Vornamen – stumm danebenstehen musste, zum Schweigen verurteilt, und sich in geistigen Krämpfen wand.

Beim Verlassen des Auditoriums sollte er ihr ins Ohr sagen: »Das gefährlichste Landraubtier auf dem Planeten ist der Mensch.«

Maria verstand ihn oder glaubte, ihn zu verstehen. Nicht nur, weil er es besser wusste und dieses Wissen gerne mit den Damen – und ausnahmsweise auch Herren – im Saal geteilt hätte. Nicht nur wegen der Qual, gute Miene machen zu müssen zu dem groben Unfug, den sein geschwätziger Vielfahrer-Kollege von sich gab, der seinen Vortrag mit dem Appell an alle Tierfreunde im Saal beendete, sich nur einmal vorzustellen, was die Eisbären mit den Menschen machen würden, wenn sie die Oberhand hätten. Es war, was Holger betraf, etwas Tieferes, eine tiefere Verletzung als die seiner wissenschaftlichen Integrität, eine tiefere Empörung als die aller Naturschützer nach normal empathischen Maßstäben. Doch wie tief es wirklich ging, das konnte Maria nur erahnen angesichts der Tatsache, dass er über den Schatten seiner Gewissensgründe gegen den Dienst an der Waffe sprang: Holger, der bekennende Pazifist, ließ sich bei minus zweiundzwanzig Grad Celsius mit einem schweren Repetiergewehr als Kontrollaußenposten hinter das nördlichste Postamt der Welt stellen.

»Es war vor allem die Liebe zu Tieren, mehr noch als zu Pflanzen, die uns verbunden hat, besonders unsere Faszination für Eisbären«, sagte Maria und tauchte aus der Erinnerung auf. »Ganz abgesehen davon, dass wir keine Wahl hatten, weil es auf Spitzbergen weit und breit nichts Grünes gab, nur geröllhaldenartige, schneegeäderte Hügel, graubraune Flechten und welkes Moos. Damals habe ich geglaubt, dass uns das immer verbinden wird, die Liebe zur Kreatur, der Respekt vor der Schöpfung. Ich hätte nie gedacht, dass Liebe auch trennen kann und dass es im Mitgefühl eine Einsamkeit gibt, aus der kein Weg zurückführt.« Sie sah diesen Worten nach und ihrer Wirkung auf den Rabbi. Wenn er sie so gut verstand, würde er vielleicht auch das verstehen. Doch er verharrte nur reaktionslos in ein und derselben Haltung, den Kopf ihr zugeneigt, als würde er zuhören. Dabei hatte sie so viel geschwiegen wie lange nicht mehr im Beisein eines anderen Menschen.

»Womit ich nicht sagen will, dass uns nicht auch die Pflanzen leidgetan hätten, die nichtgrünen und kümmerlichen am Wegesrand, als wir in Ny-Ålesund an Land gegangen sind, zusammen mit einer alles zertrampelnden Horde von gut hundertachtzig dick eingepackten Touristen in schiffseigenen Daunenjacken. Wir haben uns schuldig gefühlt und gleichzeitig mitgelitten mit jedem farblosen Grashalm, jedem dürren Zweig, der eine halbe Ewigkeit gebraucht hatte, um das zu werden, was er war, und der nach der Kurzinvasion der Kreuzfahrer noch einmal so lange brauchen würde, um wieder nachzuwachsen. Holger, mein Zukünftiger und Ehemaliger, war als Eisbärenwächter eingeteilt mit Feldstecher und Flinte, doch statt seinen Posten zu beziehen, blieb er am Ortsrand vor dem Zwinger mit den Schlittenhunden stehen, einem behelfsmäßigen Bretterverschlag aus Schiffspaletten und Maschendraht. Die Huskys waren bei unserer Ankunft in ein Wahnsinnsgeheul ausgebrochen. Ich hatte nicht gewusst, dass Hunde so heulen können, in so vielen Tonlagen und so laut. Auch der Geruch war, gelinde gesagt, intensiv. Die meisten Touristen sind schnell weitergeeilt. Nur Holger hat sich nicht vom Fleck gerührt und gewartet, bis sie ruhig wurden. Habe ich schon erzählt, dass er als Kind keine Haustiere haben durfte, nicht mal einen Goldfisch? Sein Pfarrer-Vater war dagegen, aus religiösen Gründen, die meines Wissens in keiner Weltreligion zu finden sind. Vielleicht war seine Tierliebe deswegen so kindlich groß und unerfüllt. Jedenfalls stand Holger vor diesem Käfig wie ein kleiner Junge, der nichts so sehr wollte wie den Hund, den er nie kriegen würde, ganz verloren. Obwohl er die Waffe hatte, hatte ich das Gefühl, ihn beschützen zu müssen.«

Wieder sah sie den Rabbi an, in Erwartung irgendeiner Reaktion. Doch sie blieb mit ihrem Lächeln allein.

»Der Ort selbst war völlig unansehnlich«, fuhr sie fort, »ein paar Häuser und Hütten, Baracken und Parabolspiegel, Forschungsstationen und Wohncontainer, die von verschiedenen Firmen aus verschiedenen Ländern aufgestellt worden waren auf der Suche nach Bodenschätzen in der Einöde. Alles gottverlassen und menschenleer, zumindest konnte ich niemanden entdecken, der nicht vom Schiff kam und wieder aufs Schiff wollte. Womöglich verkrochen sich die Einwohner in ihren Behausungen, wann immer die Touristen einmarschierten. Dicht gedrängt stand etwa eine Hundertschaft mit mehr oder weniger identischen Ansichtskarten vor dem nördlichsten Postamt der Welt, das nicht größer war als eine Skihütte, und schoss die obligatorischen Fotos. Es war das Einzige, was man tun konnte, außer abreisen. Eine Führung entfiel, es gab nicht viel zu sehen und zu sagen. Ich folgte meinem Lieblingsdozenten auf die andere Seite des Posthäuschens, das von hinten wie eine Filmkulisse wirkte. Im Umkreis von etwa zweihundert Metern waren Abfangzäune gesteckt, teils mit Stacheldraht, teils mit Netzen. Ob sie im Ernstfall einen Eisbären daran hindern konnten, über eine Touristenmenge herzufallen, lag im Auge des Betrachters. Ich hielt mich an Holger und sein Gewehr. Meine Tante war nicht mitgekommen, sie nutzte die Abwesenheit einiger ihrer Verehrer, um sich anderen ganz besonders zu widmen. Die Eisbärenwächter standen auf kleineren oder größeren Erhebungen, mal einem Schneehügel, mal einer podestartigen Holzkonstruktion, in Sichtweite voneinander. Holger stellte sich auf einen etwas wackligen Schutthaufen, ich mich neben ihn. Wir redeten nicht, hauptsächlich wegen der Kälte, doch womöglich war es auch verboten, weil es ablenkte oder die Eisbären anlockte. Lange geschah nichts. Aus dem Ort und vom Schiff her wehte in Windstößen Stimmengewirr wie aus einer anderen Welt. Von einem Dach in der Nähe lösten sich in schöner Unregelmäßigkeit Schneelawinen, anscheinend heizte drinnen jemand kräftig durch. Ich dachte sicher nicht als Einzige an einen warmen

Ofen und daran, wie es wäre, dicht davorzusitzen, statt in der Kälte zu stehen. Dann gab uns Holgers Nebenmann drei Häuser weiter ein Zeichen. Ein paar schwer angetrunkene ältere Herren in marineblauen Bordjacken hatten sich den Hinterhof des nördlichsten Postamts der Welt ausgesucht, um ihre Blasen zu entleeren. Einem von ihnen war das offenbar zu nah an der Zivilisation, er torkelte weiter auf die Schutzzäune zu, um dort zu pinkeln. Der Wächter neben uns rief ›stop!‹ und ›halt!‹ in mehreren Sprachen. Doch der Mann beeilte sich nur noch mehr. Die anderen stolperten ihm hinterher, als wollten sie Jagd auf ihn machen. Sie kamen nicht weit. Der Schnee wurde schnell tiefer, einer nach dem anderen blieben sie auf halbem Weg zum Sperrzaun stecken und fielen um. Vier betrunkene Männer, vollkommen wehrlos, wie kugelrunde Robben im Schnee. Holger nahm das Gewehr von der Schulter, die rechte Hand am Kolben, den Zeigefinger in der Nähe des Abzugs, zu allem entschlossen. Doch ich sah in seinen Augen, dass er das Grüppchen nicht mit der Alarmiertheit des Aufpassers verfolgte, sondern mit dem Blick eines Jägers auf seine Beute, so als würde er fieberhaft überlegen, wie lange ein Eisbär oder eine Eisbärenfamilie von diesen wohlgenährten, alkoholisierten Männern leben konnte und wie viele Robben dafür verschont blieben. Ich dachte dasselbe wie er.«

Maria spürte, dass ihr Herz wieder anfing zu hämmern, obwohl es so lange her war. Im Grunde sprach sie, wenn sie von sich redete, nicht mehr von derselben Person. Aber sie schämte sich und redete schneller. »Danach ging es Schlag auf Schlag. Die Männer lachten sich erst noch kaputt, dann versuchten sie immer verzweifelter, aus dem Schnee wieder hochzukommen. Einer von ihnen taumelte seitwärts in eine größere Schneewehe. Im nächsten Moment stob eine weiße Wolke auf, feinster Pulverschnee, und ein wildes Geheul ging los. Holger und sein Nebenmann legten an. Aber es war kein Eisbär, der dort gelauert hatte, und auch kein Polarfuchs mit Tollwut, sondern ein junger Husky, der aus dem Zwinger ausgerissen war und jetzt jaulend und jammernd zu seinem Rudel zurücklief, das ihm auf der Stelle mit einem vielstimmigen Heulchor antwortete. Es fiel kein Schuss, niemand hatte voreilig abgedrückt, weder Holger noch sein Nebenmann, doch ihr Ziel war auch nicht dasselbe. Während der andere die Schneewehe im Visier gehabt hatte und dem davonlaufenden Husky im Fadenkreuz weiter folgte, zeigte Holgers Lauf noch für einen Sekundenbruchteil auf den anderen Schützen. Ich nehme an, dass er ihm das Gewehr aus der Hand schießen wollte. Doch ich bin sicher, wenn es darum gegangen wäre, einen Eisbären zu retten, hätte er seinen Nebenmann auch getötet. In dieser Nacht habe ich das erste Mal mit ihm geschlafen.«

Unten in ihrer Wohnung klingelte das Telefon. Durch die Zimmerdecke hindurch hörte Maria in der plötzlichen Stille zwischen dem Rabbi und ihr die unverkennbare Tonfolge. Sie war zu lange geblieben, ihr Fehler.

»Jetzt ist es doch eine Beichte geworden«, konstatierte sie mit einem brüchigen Lächeln. »Tut mir leid, dass ich Ihnen keine unschuldige Liebesgeschichte erzählen konnte, aber dafür erwarte ich von Ihnen auch keine Absolution.«

Obwohl es vielleicht das war, wonach sie sich am allermeisten sehnte.

Mit einem Ruck kam Maria von der Couch hoch, sammelte die Kaffeegläser ein und brachte sie in die Küche. Der Rabbi in seinem Sessel rührte sich nicht. Er machte nur eine trudelnde Handbewegung, die entfernt an ein Segenszeichen erinnerte, als sie sich vor ihn stellte und sagte, sie müsse jetzt gehen.

»Dann war es seine Wut, in die sie sich verliebt haben?«, fragte er in ihren Rücken, bevor sie den Raum verlassen konnte.

Maria ließ die Schultern sinken. Sie wusste nicht, ob »Wut« das richtige Wort war; sie hatte so lange nicht mehr daran gedacht. »Kann man sich in die Wut eines Menschen verlieben?«

»Man kann sich in ihr erkennen.«

»In der Wut eines anderen?« Sie war so aufgewühlt.

»Wie in einem Spiegel, einem zerbrochenen.«

»Vielleicht …«, sagte sie leise und drehte sich noch einmal um. Ihr Herz pochte weiterhin schnell. Jahre später, als ihre Ehe mit Holger schon auseinanderging, hatten sie offen über die Geschehnisse vor ihrer ersten Nacht gesprochen, und Maria war so weit gegangen, ihm zu gestehen, was sie dem Rabbi gestanden hatte, in der Hoffnung, den Ausgangspunkt wiederzufinden, eine gemeinsame Liebe, einen gemeinsamen Hass oder eine Wut, die sie teilten. Doch Holger bestritt, jemals die Waffe auf einen Menschen gerichtet zu haben. »Der einzige Mensch, auf den ich schießen würde«, hatte er damals behauptet, »bin ich selbst.« Das widersprach allem, was sie als den Beginn ihrer Liebe empfunden hatte. Doch auf seine stille, beharrliche Art war er der Wahrheit näher gewesen als sie.

»Ich muss mich jetzt wirklich verabschieden«, sagte sie wie zu sich selbst.

»Auf einigen Spiegelscherben und Splittern«, verfolgte der Rabbi den Gedanken unbeirrt, »erkenne ich mich auch in Ihrer Wut.« Er stand auf und ging an ihr vorbei zu dem Schaltkasten, um die Jalousien wieder hochzufahren.

Maria wusste nicht, worüber sie sich mehr wundern sollte: über die Wut, die er ihr unterstellte, oder darüber, dass er meinte, so wütend zu sein wie sie – in seinem Alter, als der Würdenträger, der er war.

»Es ist nicht allein meine Wut. Sie ist älter als ich, viel älter«, sprach er weiter, während die Hebevorrichtung summte. »Aber sie ist der Grund meiner Reise.«

Sonnenlicht flutete den Raum, unwirklich weiß und erbarmungslos hell. Kaum zu glauben, fand Maria, dass Tag war. Sie wollte ein letztes Mal über die Dächer schauen, aber ihre Augen waren zu sehr ans Dunkel gewöhnt.

Der Rabbi stoppte die Lamellen auf Dreiviertelhöhe. Sein Gesicht blieb im Schatten. »Es war am Ende der Überfahrt, am letzten Tag auf See, bevor meine Großeltern New York erreichten. Manchmal bilde ich mir ein, dass sie ihr Ziel am Horizont schon sehen konnten, die Freiheitsstatue und die Skyline von Manhattan im Morgengrauen über dem Atlantik. Dieses Bild habe ich immer vor Augen, leicht verwackelt und schwankend, von der Reling aus betrachtet. Aber das ist natürlich Unsinn. Ich war noch lange nicht geboren und mein Vater noch nicht lange auf der Welt, ein kleiner Junge von elf Jahren. Sie sind von Bord gesprungen, vom Zwischendeck, fünfundzwanzig Meter ins Meer, der deutsch-jüdische Patriot und Zentrumswähler Hand in Hand mit seiner Frau, die Eltern meines Vaters, damit er eine Zukunft hat und die US-Behörden ihn nicht zurückschicken, ein minderjähriges Kind und Vollwaise.«

Eine Zeit lang stand Maria still in dem schneidenden Licht. »Und diese Reise, die Sie vorhaben … Ist sie eine der Wut oder der Trauer?«, fragte sie dann.

»Beides. Zwei Reisen, eine Fahrt, mit ein und demselben Ziel.«

»Um zu verstehen?«

»Um vergeben zu können«, sagte der Rabbi. »So wie alle Religionen letzten Endes ein und dasselbe versprechen: Vergebung.«

Maria konnte und wollte so schnell nicht folgen. »Ich glaube nicht, dass es möglich ist, sich in die Zeit und Situation damals hineinzuversetzen. Kein Mensch kann ermessen, geschweige denn nachfühlen, wie verzweifelt Ihre Großeltern waren –«

»Nein, nein, es geht nicht um meine Großeltern«, unterbrach sie der Rabbi. »Den Toten haben wir nichts zu vergeben. Es geht immer um die Lebenden, um Vergebung für uns, die wir am Leben sind.«

Warum er um Vergebung bitten musste für den Suizid seiner Großeltern, leuchtete ihr nicht ein. Doch noch befremdlicher fand sie, wie katholisch das klang. »Wollen Sie damit etwa sagen: Leben bedeutet Schuld?«

»Nicht Leben«, sagte er, »aber Überleben.« Damit ging er zur Tür.

Als er aufschloss und die Klinke herunterdrückte, legte sie ihre Hand auf seine. »Eine Frage noch, wenn Sie erlauben ...« Maria nahm ihren ganzen Mut zusammen, dann hörte sie Schritte im Treppenhaus, die immer weiter die Stufen heraufkamen, bis kurz vor den obersten Stock. Sie konnte erst fragen, als es endgültig still war. »Ich hoffe, dass es nicht vermessen klingt oder verletzend, aber, Rabbi, warum glauben Sie, dass Ihre Wut etwas mit meiner zu tun hat? In welcher – wie sagten Sie? – Spiegelscherbe erkennen Sie sich?«

»Wenn ich zum Abschied wiederholen darf, was ich zur Begrüßung gesagt habe ...« Der Rabbi fand zu einem Lächeln zurück. »Maria ist ein schöner Name, ein schöner jüdischer Name, das ist den wenigsten Christen klar. Vielleicht sagen Sie das Ihrem protestantischen Schwiegervater nächstes Mal, wenn er Sie wegen Ihres Glaubens aufzieht.«

Er reichte ihr die Einkaufstaschen.

»Danke«, sagte Maria verblüfft und auf so vielen Ebenen überrumpelt. Bevor sie sich sortieren konnte, stand sie schon schwer bepackt im Treppenhaus vor verschlossener Tür. Einen Moment blieb sie stehen und lauschte: keine Schritte mehr, keine knarrenden Stufen.

Es war wirklich und unwirklich still.

So lautlos wie möglich stieg sie die Treppe zu ihrer Wohnung hinab. Unter der Fußmatte steckte, halb sichtbar, ein Zettel, der noch nicht dagewesen sein konnte, als sie zum Rabbi hinaufgegangen war – lang schien das her zu sein. Maria fühlte sich, als würde sie von einer weiten Reise zurückkommen. Das Papier sah nicht nach einer offiziellen Mitteilung aus. Zudem war ihre Fußmatte wohl kaum der Ort, wo jemand vom Gesundheitsamt oder der Hausverwaltung eine Nachricht für sie hinterlassen würde. Trotzdem klopfte ihr wieder das Herz.

Es handelte sich um eine nette handschriftliche Notiz von Ilvy, die ihr angeblich »Quarantäne-Proviant« vor die Tür gestellt hatte, vor allem natürlich Fairtrade-Kaffee aus Guatemala, in der Hoffnung, baldmöglichst wieder mit ihr von Angesicht zu Angesicht »kaffeesieren« zu können. Zweierlei war daran seltsam: Maria hatte Ilvy nicht darum gebeten, und es stand keine Einkaufstasche da.

Reflexartig schaute Maria sich um und warf einen Blick übers Treppengeländer. Nicht auszuschließen, dass sich ein anderer Bewohner oder Besucher des Hauses Ilvys Einkauf unter den Nagel gerissen hatte, doch es war niemand zu sehen. Dann hörte sie Bonnie Tyler, ihre unverwechselbar rauchige Stimme in *Total Eclipse of the Heart*, einem ihrer Allzeit-Lieblingslieder. Die Musik kam aus ihrer Wohnung. Maria stellte die Vorräte ab und stand ratlos da. Ilvy konnte das nicht sein, sie besaß keinen Schlüssel. Der Hausmeister hatte Zutritt und wegen des Wasserschadens sogar einen Grund, würde aber nicht Bonnie Tyler hören. Und Kathi, für die sie am Abend vor der Fahrt die Best-of-CD eingelegt hatte, war bei Richard auf dem Land …

Die Musik stoppte, noch bevor Maria auf die Idee kam, bei sich anzurufen und ihr eigenes Festnetztelefon klingeln zu lassen. Sie ging inzwischen davon aus, dass der Eindringling in ihrer Wohnung es vorhin versucht hatte, um festzustellen, ob sie zu Hause war. Unwahrscheinlich, dass er nun seinerseits ans Telefon ging. Aber sie konnte ihm damit wenigstens einen Schrecken einjagen.

Schon nach dem dritten Klingeln nahm jemand den Hörer ab. »Mama?«, fragte die Stimme. Es war Jakob.

Sie legte sofort auf.

So lautlos, wie sie die Treppe hinuntergestiegen war, stieg sie die Stufen wieder hinauf. In weniger als einer Minute stand sie einmal mehr auf der Matte des Rabbi, die Einkaufstaschen in beiden Händen, das Klopapier unterm Arm. Und in weniger als zehn

Sekunden, nachdem sie den Klingelknopf gedrückt hatte, öffnete er ihr die Tür.

»Entschuldigung, ich bin's noch mal«, sagte Maria. »Ich hätte doch noch eine Frage. Wenn es keine Umstände macht: Kann ich bei Ihnen wohnen?«

# TEIL II

# SELMA UND ILVY

… lachten zusammen über das Video von Morpheus, Ilvy, weil sie den Kater, von dem sie schon so viel gehört hatte, endlich auf ihrem Rechner sehen konnte, und Selma, weil sie sich vorstellte, wie Ilvy ihn sah. *Morpheus spielt Murmeln* hieß der Clip, in dem der Kater Kiesel jagte.

»Wie die über die Fliesen flitzen!«, lachte Ilvy in ihrem Zimmer in Berlin. »Die Steine sehen richtig lebendig aus.«

»Zumindest aus der Katerperspektive«, pflichtete Selma ihr bei, ohne Bild, an Opas Telefon. Im Pfarrhaus gab es weder WLAN noch Empfang. Aber sie lachte noch ein bisschen mit, um Ilvy am anderen Ende Gesellschaft zu leisten. Über die Entfernung verstanden sie sich besser denn je, und seit Ilvy nicht mehr Jakobs Freundin war, hatte Selma nicht mehr ständig das Gefühl, Jakobs Schwester zu sein. »Es gibt noch einen zweiten Teil, *Morpheus on Ice*, wo er über die Dielen schlittert wie auf Kufen. Aber das war einer zu viel fürs Netz.« Noch vor zwei Wochen hätten sie beide nicht gedacht, dass sie sich jemals die Zeit mit Katzenvideos vertreiben würden.

»Niedlich.« Ilvy hörte auf zu lachen.

»Das täuscht.«

»Du findest ihn nicht niedlich?«

»Morpheus ist nicht mehr der Jüngste«, sagte Selma. »Man sieht es nur nicht gleich, weil er so klein und mickrig ist.«

Ilvy seufzte. »Also, wenn ich dein Haustier wäre, würde ich Komplexe kriegen. Redest du immer so über ihn?«

»Keine Sorge, er kann mich nicht hören.« Selma guckte unter Richards Schreibtisch, nur zur Sicherheit. Manchmal hatte sie das Gefühl, dass Morpheus irgendwo im Verborgenen um sie herumschlich, und manchmal schlich er auch um sie herum. »Richard und Kathi gehen gerade mit ihm …«

»Gassi?«

»Spazieren. Um den See. Er läuft Richard immer nach oder voraus.«

»Genau das nennt man Gassi.«

Selma zuckte mit den Achseln und hielt den Hörer ans andere Ohr. Vom Fenster aus war unten am Seeufer niemand zu erkennen, weder Mensch noch Kater »Jedenfalls weicht er nicht von Richards Seite, auch nachts nicht. Ich habe ihm im Schuppen ein Körbchen eingerichtet, direkt neben dem Futternapf, aber er …«

»Sag nicht, er schläft mit im Bett!«

»Nein, nein, das nicht! Aber er legt sich jede Nacht vor Richards Zimmertür. Du kriegst ihn da nicht weg. Ein paarmal habe ich ihn in sein Körbchen getragen, vergebens. So schnell kannst du gar nicht gucken, wie er wieder bei Richard auf der Schwelle hockt, als müsste er ihn bewachen und beschützen.«

»Wenn du mich fragst, kurze Ferndiagnose: Euer Kater hat eine Identitätskrise und denkt, er sei ein Hund.«

»Oder er ist einfach nur Richards Kater«, sagte Selma und versuchte, nicht so traurig zu klingen. Dass sich Morpheus am meisten zu dem Menschen hingezogen fühlte, der ihn am wenigsten gewollt hatte, war irgendwie kränkend. Doch Richards Einstellung hatte sich komplett gewandelt. Die beiden waren mittlerweile nicht nur unzertrennlich, sie wurden einander auch immer ähnlicher, so wie Hund und Herrchen, in ihrer etwas mürrischen Art, dem staksigen, hüftsteifen Gang, ihrem leicht abwesenden Blick. »Ich mache mir bloß Sorgen«, fuhr sie fort. »Morpheus plündert zwar nicht mehr die Küche, aber er frisst auch sonst kaum noch. Das Video, das ich dir geschickt habe, ist elf oder zwölf Tage alt. Du müsstest ihn jetzt mal sehen, nichts als Fell und Knochen! Dafür geht es Richard immer besser. Er blüht richtig auf und überlebt ein ärztliches Todesurteil nach dem anderen. Was allerdings auch an Kathi liegen kann und ihrer Eins-zu-Eins-Betreuung.«

In den ersten Tagen des Lockdowns war KK sehr unruhig gewesen wegen ihrer anderen Patienten in Berlin, die sie nun länger nicht besuchen konnte. Alle ein bis zwei Stunden hatte sie das Pfarrhaus-Funkloch verlassen und war zur Kirche hinaufgestiefelt, dem höchsten Punkt des Dorfs, um wenigstens bruchstückhaft telefonieren zu können. Doch ihr guter Wille stieß an Grenzen. Als sie beim Gesundheitsamt nach FFP2-Masken für sich und ihre engsten Mitarbeiter fragte, kam eine SMS zurück mit einem Link zum Selberbasteln, den sie nicht öffnen konnte. Ihre Telefongespräche wurden seltener, ihr Handy verlor an Bedeutung und blieb manchmal tagelang stumm. Mittlerweile schien sich der schwarze Engel damit abgefunden zu haben, für niemanden mehr etwas tun zu können außer für Richard.

»Hast du die Ärztin eingeweiht?«, kam Ilvy zur Sache. »Was sagt sie zu unserm Plan?«

»Kathi? An ihr soll's nicht scheitern. Allerdings …« Selma reckte den Kopf. Hinter dem Gartenzaun waren Stimmen von mehreren Leuten zu hören, die sie nicht sehen konnte. »Ich fürchte, wir sind nicht die Einzigen, die ins Internet wollen.«

Während KK kaum noch im »Out-of-Home-Office« arbeitete, wie sie den Hügel nannte, stiegen von Tag zu Tag mehr Dorfbewohner mit ihren Smartphones zur Kirche hinauf. Daraus war eine regelrechte Prozession geworden, seit die Kirchenoberen des Sprengels veranlasst hatten, dass der WLAN-Anschluss in der Sakristei verstärkt und freigeschaltet wurde, damit die vom Netz abgeschnittenen Gemeindemitglieder die digitalen Glaubensangebote nutzen konnten: Seelsorge-Foren, virtuelle Bibelkreise, Podcasts und Live-Streamings von Andachten, Messen etc. Selma wusste selbst nicht so recht, ob freies WLAN für alle nun ein se-

gensreicher Coup der evangelischen Kirche war oder ein verzwei-
felter letzter Versuch der Anbiederung und Profanierung. Das
Passwort, angeschlagen an der Seitentür zur Sakristei, lautete:
*Gott-verbindet.*

»Natürlich sind wir nicht die Einzigen im Netz. Das ist ja der
Sinn …«, wurde Ilvy ungeduldig. Es war vor allem ihre Idee gewesen, Richard von der Kirche aus über eine Videoplattform mit
Holger in der Klinik zusammenzuschalten. Auf diese Weise konnten Vater und Sohn sich noch einmal sehen, ohne sich zu treffen.
Doch so gut der Plan als solcher schien, Selma war nicht wohl
dabei.

»Ich rede nicht von ein paar verlorenen Seelen, Ilvy. So viele
Leute sind hier ewig nicht mehr zur Kirche gegangen. Das wird
ein Volksauflauf da oben!« Bisher hatte Selma sich zu nachtschla-
fender Zeit aus dem Haus geschlichen und eingeloggt, um ein bisschen Uni-Kram zu erledigen und mit Ilvy einen Probelauf auf
Zoom machen. Es ruckelte, aber es ging, Gott hatte sie verbunden.
Nur war sie dabei weitgehend allein gewesen. »Es ist ja nicht nur
die technische Frage, ob der Router das schafft. Ich weiß nicht,
wie Richard reagiert, wenn er sieht, dass sich seine Kirche in eine
Art Mekka für digitale Pilger verwandelt hat.«

»Aber er weiß Bescheid?«, vergewisserte sich Ilvy.

»Er weiß, dass wir uns treffen, um fünf, ja. Aber dass heute so
viel los sein würde, wusste keiner.« Natürlich hatte sie ihm nicht
gesagt, dass die Sakristei, in der er sich dreißig Jahre lang im Stillen auf seine Predigten vorbereitet hatte, neuerdings ein Hotspot
war. »Jedenfalls wird das Wiedersehen für ihn nicht gerade leichter, wenn ringsum das halbe Dorf versammelt ist und mit einem
Ohr mithört. Ich meine, es ist doch ein Unterschied, ob ich mir
ein BWL-Tutorial reinziehe oder mit jemandem über die persön-
lichsten und letzten Dinge spreche, sozusagen auf dem virtuellen
Sterbebett!«

»Du willst aufgeben?«

»Auf keinen Fall!«, wehrte sich Selma gegen den Verdacht, der leider berechtigt war. »Ich überlege nur, ob es klüger ist, das Ganze noch mal zu verschieben …«

»Verschieben und aufgeben sind dasselbe«, blieb Ilvy hart.

»Aber wenn wir Richard auf dem Kirchplatz vor mein Laptop setzen wie ins Internetcafé, versteht er doch die Welt nicht mehr. Unter den Umständen können sich die beiden doch nie und nimmer aussprechen!«

»Andere Umstände gibt es nicht«, kam es zurück. Eine seltsam feindselige Pause entstand, so als würden sie sich im Schweigen weiterstreiten, ob die Diskussion damit beendet war oder nicht.

»Ilvy, wirklich, mir widerstrebt das wie dir«, unternahm Selma einen letzten Versuch. »Ich bin im Gegensatz zu meinem Bruder keine Freundin der langen Bank. Aber warum warten wir nicht zwei, drei Wochen, bis Corona vorbei ist und man sich wieder ganz normal besuchen kann? So gut, wie Richard durchhält, überlebt er auch noch den April. Kathi sagt immer: Aus ärztlicher Sicht ist er tot, aber asymptomatisch …«

Wiederum Schweigen am anderen Ende, dazu ein Rauschen in der Leitung, als wollte sich die Entfernung zwischen dem Pfarrhaus und Ilvys Berliner Wohnung in Erinnerung bringen. Selma horchte noch einmal zum Kirchweg hinüber. Vielleicht war der Andrang der WLAN-Suchenden, die sich um die Kirche scharten, doch nicht so groß. Sie wollte gerade vorschlagen, sich ein Bild von der Lage zu machen und dann gemeinsam weiterzusehen. Doch Ilvy kam ihr zuvor.

»Wenn du nicht wie Jakob bist, dann sehen wir uns um fünf auf Zoom«, sagte sie und legte auf.

Was Selma jetzt brauchte, war eine Zigarette.

# RICHARD UND KATHI

… waren jetzt schon so lange mit Morpheus beim Tierarzt. Anfangs hatte Richard noch die eine oder andere Bemerkung beigesteuert, doch als das Gespräch über den Gesundheitszustand des Katers immer medizinischer wurde, war er verstummt. Er verstand nicht alles, was Kathi und der Tierarzt sagten, aber zu viel, um es zu ertragen. Als sie Morpheus sedierten, hatte er sich verabschiedet und ihm leise auf Wiedersehen gesagt. Erst in dem kleinen, stickigen Wartezimmer, in dem er ausharrte, kam ihm der Gedanke, dass es womöglich ein Abschied für immer war.

Er konnte und wollte bei der Operation nicht dabei sein.

Die ganze Nacht hatte Richard bei dem Kater gesessen und Wache gehalten. Er hatte die Matratze von seiner Mönchspritsche gezogen und sich zu Morpheus auf den Boden gelegt, neben die Schwelle seiner Kammer, bei offener Tür. Der Kater war so schwach gewesen, sein Blick fiebrig und trüb. Auf Ansprache reagierte er gar nicht, auf Berührung nur wenig. Wenn man ihn am Kopf kraulte, zwischen den Ohren und an seiner Lieblingsstelle unterm Kinn, machte er für einen Moment den Hals lang und fiel dann wieder in sich zusammen. Wenn er einatmete, flach und unregelmäßig, fiepte es. »Polypen«, meinte der Tierarzt dazu, für Richard hatte es wie eine Maus geklungen. Das Ausatmen machte gar kein Geräusch, die Luft entwich einfach. Der Kater lag dann so platt und ausgepumpt da, als wäre er nur noch seine eigene Hülle. Es waren diese toten Sekunden gewesen, in denen Richard auf das Mäusefiepen gewartet und dafür gebetet hatte, in Gedanken. Aber er hatte nicht daran geglaubt.

Zum Glück war er weder Arzt noch Orakel. Die Zeichen, die er sah, waren Vorboten von nichts und folgenlos. Je näher der Morgen gekommen war, desto mehr hatte sich Morpheus' Atmung verstetigt. Richard selbst war in einen leichten Schlaf geglitten. Als er die Augen wieder aufschlug, sah ihn der Kater an, reglos, aber hellwach, so als hätte er die ganze Nacht auf ihn aufgepasst. Nur der Ausfluss seiner Augen verriet, dass er krank war. Er putzte sich nicht. Richard hob ganz langsam die Hand, ließ ihn an seinen Fingern schnuppern und wischte dann behutsam seine Augenwinkel aus. Es blieb ein feuchter Glanz, mehr Schweiß als Tränenflüssigkeit.

Nach dem Mittagessen, bei dem sie beide nichts zu sich nahmen, hatte Richard seine Sorgen Kathi anvertraut. Viel musste er nicht sagen, sie wusste gleich Bescheid und telefonierte mit dem Tierarzt, der gerade zu einem Notfall unterwegs war, am Nachmittag aber in seiner Praxis sein würde, ein paar Straßen weiter. Selma durfte erst mal nichts davon wissen. Sie hätte sich nur noch größere Sorgen gemacht und alle möglichen Vorwürfe, nicht zuletzt, weil Richard ihretwegen seinen Haustier-Zölibat gebrochen hatte. Wenn der Kater jetzt sterben sollte, war es wie gegen die Abmachung. Aber es war nicht ihre Schuld. Es gab nichts zu bereuen.

Richard hätte nicht einen einzigen Tag mit Morpheus missen wollen, wie auch immer die Operation ausging.

Er hielt den Atem an und lauschte. Aus dem Behandlungszimmer drang keinerlei Geräusch. Doch Richard wusste, dass es auf der anderen Hofseite bei den Ställen weitere Praxisräume gab, von denen vermutlich nichts zu hören sein würde, selbst wenn dort Rinder verröchelten und Ferkel schrien. Wie aus großer Entfernung erhob sich Stimmengewirr, lautes Rufen und Geschrei vom Kirchweg her, doch nichts, was an die Stille dieses Wartezimmers rührte.

Es war auf eine Weise totenstill.

Der holzgetäfelte Raum mit der niedrigen Decke war die alte Gesindestube des Bauernhauses, das der Tierarzt nach der Wende gekauft hatte, um sich fast zeitgleich mit ihm hier niederzulassen. Die Sanierung war in dreißig Jahren Stückwerk geblieben und hatte vor dem Wartezimmer haltgemacht. An der Wand standen ein paar Stühle und in der Mitte ein kleiner Tisch, der nicht dazu passte. Er war leer. Wer etwas lesen wollte, musste es sich mitbringen. Der Veterinär hatte meist vor Ort in den Ställen und Schlachthöfen zu tun, Haustierbesitzer kamen nur selten, und noch seltener nahmen sie Geld in die Hand, um den natürlichen Gang der Dinge mit medizinischen Mitteln aufzuhalten. Vieh ohne Nutzen hatte auf dem Land eine andere Bedeutung als in der Stadt. Die Bedeutung, die Morpheus für Richard hatte, war – das wusste er – maßlos.

Der Kater schien für heute der letzte Patient zu sein und ein schwerer Fall. Normalerweise hätte der Eingriff längst beendet sein müssen. Richard versuchte, nicht daran zu denken, welche Komplikationen aufgetreten sein könnten, was es hieß, dass er noch immer hier saß und ihn niemand nach Hause schickte: War es ein schlechtes oder ein ganz schlechtes Omen, dass er so lange warten musste? Bestand ein Rest Hoffnung, weil die Ärzte noch nicht aufgegeben hatten? Und ab wann, nach wie vielen Minuten, bedeuteten das Warten und die Ungewissheit Morpheus' Tod?

Genau das waren die Fragen, die einen verrückt machten.

»Maßlos«, sagte Richard zu sich selbst mit einer ärgerlichen Handbewegung. Es war maßlos von ihm, nur seine eigene Sorge zu sehen, auch das wusste er. Jeder Kummer hielt sich für das einzig Wichtige und Wirkliche auf der Welt. Dabei konnte ebenso gut alles ganz anders sein. Vielleicht ging es da drinnen gar nicht um den Kater. Vielleicht, sehr wahrscheinlich sogar, nahm sich der Tierarzt nur seiner Kollegin wegen so viel Zeit und opferte seinen Feierabend ihr zuliebe. Wann hatte er schon mal Gelegenheit, mit einer Akademikerin zu sprechen, noch dazu einer

Frau wie Kathi, die im Dorf alle Blicke auf sich zog? Schon bei ihrer Begrüßung war zu spüren gewesen, dass sich das Interesse des Veterinärs nicht auf seinen Patienten mit den vier Pfoten beschränkte. Die Gerüchteküche schien zu brodeln angesichts dieser Ärztin in Schwarz, die im Pfarrhaus wohnte und deren Künste einen Totgesagten über jede Frist hinaus am Leben hielten. Welcher alleinstehende ältere Herr hätte da nicht aufgemerkt und sich ins Zeug gelegt, um eine Weile mit ihr ungestört zu sein?

Ein bisschen belustigte Richard dieses allzu menschliche Spiel, aus dem er sich nicht erst verabschiedet hatte, als der Krebs kam. Mit dem Tod seiner Frau waren seine Träume, auch die erotischen, keineswegs erloschen. Mitten in der tiefsten Trauer hatten sie ihn heimgesucht, so schamlos und erschütternd real, dass er oft aus dem Schlaf geschreckt war, außer sich vor Lust und Verlust. Doch auch die wildesten Träume hatten sich abgenutzt und waren alt geworden mit der Zeit, keine Wunschträume mehr, reine Erinnerung. Immer seltener handelten sie von Menschen, die noch lebten, und irgendwann auch nicht mehr von ihm. Doch Richard vermisste nichts, am wenigsten den Mann, der er einmal gewesen war. Von allem, was dem Tod vorausging, empfand er das Absterben seines Verlangens als das Angenehmste, eine Erleichterung. Sex hatte ihm nie viel bedeutet. Jetzt war es, als hätte es ihn nie gegeben.

In ein paar Tagen, wenn die Lage es zuließ, würde Kathi sich in ihren Wagen setzen und fahren, ob er nun starb oder nicht. Ihre Berliner Patienten brauchten sie dringender. Das Gerede der Leute im Dorf würde sich anderen Themen zuwenden und sie vergessen. Es würde wieder still werden um ihn, einen alten Mann von vielen in einem leeren Haus hinter grauen Gardinen. Nach ihrer Abreise erwartete er nur noch einen letzten Besuch. Wenn dann der Tod kam, würde es sicher Momente der Hilflosigkeit und des Schmerzes geben, in denen er wünschte, sie wäre da. Doch all das konnte er tragen und ertragen, solange ihm der Kater blieb.

Nicht die Nonne und das Mädchen hatten die Einsamkeit aufgehoben, die ihn seit dem Tod seiner Frau umgab, sondern Morpheus. Er war der mickrigste Kater weit und breit, doch Richard zog ihn jeder anderen Gesellschaft vor. Manchmal konnte er es kaum erwarten, mit ihm allein zu sein.

Es war ein Fehler gewesen, sich hier in dieses stille Zimmer zu setzen und zu warten, während sein kleiner Körper nebenan auf dem Operationstisch lag. Hoffentlich, dachte Richard, wird ihm nicht kalt auf dem Stahl.

Sein Blick fiel auf die Standuhr in der Ecke. Schwer zu sagen, ob sie richtig ging. Ihr Ticken war so sehr eins mit dem Mief des Wartezimmers und seiner drückenden Atmosphäre, dass es zu kommen und zu gehen schien. Der kleine Zeiger zeigte oder hing herunter, der große stand ein Stück über der Zwölf, ohne irgendein Schlagen, Läuten oder Rasseln ausgelöst zu haben, so als wäre er zwischen die Stunden geraten. Richard hatte jedes Zeitgefühl verloren. Dabei erinnerte er sich widerwillig, dass ausgerechnet heute, anders als an all den anderen Tagen, etwas anstand, ein Termin um fünf, um den Selma ein großes Geheimnis gemacht hatte. Nach dem Blick in den Himmel zu urteilen, musste es bald so weit sein.

Steif und ungelenk stand Richard auf und humpelte zum Fenster. Sein linkes Bein war eingeschlafen; die durchwachte Nacht steckte ihm in den Knochen. Er musste sich bücken, um durch den kleinen, rechteckigen Fensterausschnitt auf die Koppel hinauszusehen, die verlassen dalag, ein Flickenteppich aus verblichenem Gras, Sträuchern und Brennnesseln. In seinen Anfängen hatte der Tierarzt das kranke Vieh von den Höfen ringsum bei sich aufgenommen, Pferde vor dem Abdecker gerettet, Kühe und Schweine vor der Notschlachtung und ein paar Hühner vor dem Keulen. Doch noch bevor er sich einen Namen als Dr. Doolittle der Uckermark machen konnte, waren die meisten von ihnen eingegangen. Nur ein zotteliges Pony hatte sich länger gehalten und – sehr zum

Missvergnügen der Nachbarn – ein Hahn, der irgendwann unter mysteriösen Umständen zu Tode kam. Dass das Pony noch lebte, war sehr unwahrscheinlich.

Es ging um seinen Sohn, so viel hatte ihm Selma verraten. Das Ferngespräch heute um fünf war offenbar mit Holgers Klinik von langer Hand geplant worden, ein gut gemeinter Vorstoß, dem er sich nicht verschließen wollte, obwohl er die Notwendigkeit einer Aussprache nicht sah. Zwischen Holger und ihm war alles gesagt, das meiste mehr als einmal. Die Fronten waren verhärtet, und Richard hatte wenig Hoffnung, dass sich daran etwas ändern würde. Doch da es Selma ein solches Anliegen zu sein schien, hatte er sich dazu bereit erklärt und versprochen, rechtzeitig wieder zu Hause zu sein. Dass der Besuch beim Tierarzt sich so lange hinzog, tat ihm leid, aber sicher würde Selma für alles Verständnis haben, wenn sie erfuhr, wie es um Morpheus stand.

Dass Kathi so lange nichts verlauten ließ, konnte nur heißen, dass sie in der Stille hinter den Türen um sein Leben kämpfte.

Kathis Koffer kam ihm in den Sinn, ihr schwarzlederner Arztkoffer, der so viel Traum und Betäubung enthielt. Richard trat von dem Fenster zurück, sah sich im Wartezimmer um und dann in der Garderobe im Flur. Sie hatte ihn auch hierhin mitgenommen, glaubte sich Richard zu erinnern, doch ganz sicher war er nicht. Sein Interesse an dem Koffer hatte nachgelassen in den letzten Tagen, seit er fast komplett auf Fentanyl verzichtete. Erst hatte er die Pflaster heimlich entfernt und unter seinem Bett versteckt, später gar nicht mehr angelegt, um einen klaren Kopf zu behalten. Heute überkam ihn zum ersten Mal wieder das Gefühl, eine Dosis zu brauchen – nicht weil er die Schmerzen nicht aushielt, sondern zur Betäubung der Angst.

Vielleicht sollte er sich ein gebrauchtes Pflaster von zu Hause holen? Darum bitten und Fragen beantworten wollte er nicht.

»Du willst gehen?« Er hatte seinen Mantel gerade vom Haken genommen, um sich auf den Weg zu machen, da betrat der

Tierarzt den Flur. Wie ertappt blieb Richard stehen und forschte in dem breiten Gesicht mit den eng stehenden Augen, ob es ganz schlechte Nachrichten gab.

»Hajo«, bemühte er sich, ruhig zu bleiben, »wie sieht's aus?«

Der große, stämmige Mann wirkte müde, die Stirn zerfurcht, die Augenränder gerötet. So kam kein Veterinär auf Freiersfüßen daher. »Wir tun alles Menschenmögliche«, antwortete er, als müsste er dem Schweigen jede Silbe abtrotzen. In Richards Ohren klang das immerhin, als wäre der Kater noch am Leben.

»Kann ich zu ihm?«

»Das willst du nicht sehen.«

# SELMA LEGTE DEN BRIEF
## IHRES VATERS

… gleich wieder beiseite und suchte weiter nach den Zigaretten, die sie von Kathi geschnorrt und in ihrem Nachttisch versteckt hatte. Im Grunde war es lächerlich, dass sie noch immer mit dem Status der Gelegenheitsraucherin kokettierte, obwohl sie längst darüber hinaus war und alle es wussten. Trotzdem weigerte sie sich, welche zu kaufen. Keine eigenen Zigaretten zu haben, war eine Art Symbol dafür, dass sie einen Rest Willensstärke besaß und noch nicht wieder angefangen hatte. Dafür stand sie jetzt ohne da.

Es gab in einem Pfarrhaus im Lockdown keine große Auswahl an Sünden.

Selma knallte die Nachttischschublade zu, riss den Kleiderschrank auf und griff sich ein Paar Jeans und eine frische Bluse. Lustlos erledigte sie das Nötigste vor dem Spiegel in ihrer Dachkammer, vor dem sie nicht ganz aufrecht stehen konnte wegen der Schräge. Ihre schon wieder fettigen Haare knotete sie zu einem strammen Pferdeschwanz. Sie hasste sich und ihr Gesicht ein bisschen, versuchte aber, darüber hinwegzusehen. Dass sie sich fertig machte, um unter Leute zu gehen, bedeutete nicht, dass sie alles tun würde, was Ilvy sagte, denn auch das hieße Jakob kopieren, der sich gegen Ilvy nie durchsetzen konnte, außer durch Versagen.

Noch hatte sie nicht entschieden, ob sie jetzt zur Kirche gehen und alles vorbereiten oder einfach nur Zigaretten holen sollte.

Ihr Blick fiel wieder auf den Brief ihres Vaters, der in den Falten der Tagesdecke auf ihrem Bett halb lag, halb steckte. Selma hatte ihn nicht nur aus Rücksicht auf Richard unter Verschluss gehalten, sondern auch um nicht ständig vor Augen zu haben, dass auf ihre wenigen, oberflächlichen Postkartensätze eine sechs Seiten lange Antwort von ihrem Vater im Briefkasten des Pfarrhauses gelandet war – nur drei Tage später. Er musste die ganze Zeit darauf gewartet haben, sich jemandem mitteilen zu können. Allein der Umfang und die winzig kleine Schrift schienen zu sagen: Warum hast du dich so lange nicht gemeldet?

Andererseits kam sie selbst bis auf die Anrede in keiner Zeile vor. Nicht einmal ihr Tischtennismatch mit dem Todkranken fand Erwähnung, geschweige denn die Tatsache, dass sie sich um Richard kümmerte. Auf immer enger beschriebenen Seiten setzte sich ihr Vater vor allem mit seinem Vater auseinander und mit seiner geschiedenen Frau – den Namen Maria vermied er. Als er dann auch noch Jakob zwei ganze Absätze widmete, bevor er dazu überging, einzelne Therapeuten, Psychiater und ihre »Irrlehren und Dogmen« zu kritisieren, hatte Selma sich zwingen müssen weiterzulesen. Sie war einmal mehr nur die Wolke, der Puffer und Speicher, in dem ihr Vater all das ablegte, was er sich von seiner kranken Seele schreiben musste. Als sie Ilvy nach der Lektüre am Telefon erzählt hatte, dass der Brief ihres Vaters sich eigentlich an alle in der Familie richte außer an sie, war das die Initialzündung für den Plan einer letzten Aussprache per Video gewesen. Vielleicht, dachte Selma, hätte ich nie davon anfangen sollen.

Klarer als je zuvor sah sie, dass es nicht ihre Entscheidung war. Wenn sie nicht länger die Wolke sein wollte, musste sie Richard diese viel zu vielen Seiten zumuten, egal, wie krank er war, egal, wie krank ihn dieser Brief machen würde. Sie musste ihm überlassen, ob er das lesen wollte, um dann zu entscheiden, ob eine Aussprache mit seinem Sohn noch nötig oder möglich war.

Während sie den Brief die Treppe hinuntertrug, horchte sie auf die Schritte draußen vor der Toreinfahrt und hoffte auf das Kratzen von Morpheus an der Tür. Doch es war nur ein einzelner Fußgänger, der im Laufschritt vorbeieilte. Richard und Kathi blieben länger weg als sonst. Eine Viertelstunde gab sie ihnen noch, dann würde sie den beiden auf ihrem Spazierweg um den See entgegengehen. Sie betrat das Arbeitszimmer und legte den Brief, Seite für Seite, auf Richards Schreibtisch. Das Schriftbild, das sich ihr bot, glich einem Schwarm von Wörtern, die immer kleiner und spitzer wurden. Wie Pfeile, dachte Selma, oder Fische.

Sie überflog das Ganze noch einmal und las sich in der Auseinandersetzung ihres Vaters mit den Koryphäen der Psychiatrie unfreiwillig fest. Seine gesammelten Einwände gegen die verschiedenen Therapeuten und Therapien hatte sie beim ersten Mal nur gestreift und nach Namen von Menschen gesucht, die sie kannte und die sie etwas angingen. Jetzt staunte sie über die Genauigkeit und Schärfe, mit der ihr Vater die Säulenheiligen der Wissenschaft attackierte. Seine Kritik war vollkommen schlüssig und in dem fachlich souveränen Ton einer akademischen Streitschrift formuliert mit ironischen Randbemerkungen hier und da. Nirgends gab er sich als Objekt oder Opfer gewisser Behandlungsmethoden zu erkennen. Doch gerade das war in Selmas Augen das Tragische: dass ihr Vater alles wusste und vieles offensichtlich besser als diejenigen, die ihm helfen sollten. Nach bald zehn Jahren in den unterschiedlichsten Einrichtungen kannte er jeden Ansatz, konnte er jede Diagnose vorhersagen, jede Maßnahme antizipieren. Er durchschaute das alles, durchschaute sogar sich selbst, doch es nützte ihm nichts. Sein Wissen war machtlos.

Im Grunde war er wie Richard: ein Patient, der sich mit den vorhandenen Mitteln und Methoden nicht heilen ließ. Auch er war *austherapiert*.

Noch einmal Schritte auf dem Kirchweg, langsamere, bedächtige. Endlich, seufzte Selma und stellte sich an das Erkerfenster des Arbeitszimmers. Sie konnte es kaum erwarten, Richard diesen Brief zu zeigen und die Last auf ihren Schultern los zu sein. Mit einem Ruck zog sie die Gardinen beiseite, öffnete das Fenster und lehnte sich hinaus. Doch die schwankende Gestalt, die den Hügel hinaufstolperte, war nur der Saufkumpan des Schneidezahnlosen mit einer Flasche Sternburger in der Hand. Ihre Enttäuschung gönnte sie ihm nicht, sie hatte nicht vergessen, dass er sie eine »dreckige Polackin« genannt hatte. Insofern wollte sie von ihm nichts wissen, auch nicht, was heute bei der Kirche los war, sie wollte es ihm heimzahlen. Als er sie wiedererkannte, grinste er.

Sag es, dachte sie, sag das noch mal!

Doch er blieb bei seinem dummdreisten Grinsen und machte den Mund nicht auf. Stattdessen folgte ihm im bauchfreien T-Shirt das Mädchen, das sich auf dem Dorfplatz hatte nehmen lassen, und zeigte ihr den Stinkefinger. Selma trat unwillkürlich einen Schritt zurück und ärgerte sich dann, weil es so aussah, als würde sie sich verstecken.

Mit einer Mischung aus Wut und Hilflosigkeit sah sie den Dorfjugendlichen nach. Sie wäre ihnen gern hinterhergerannt, um die beiden zur Rede zu stellen, zu beschimpfen und ihnen noch lieber ins Gesicht zu schlagen. Doch am allermeisten, wenn sie ehrlich war, wollte sie mit ihnen tauschen und sich für nichts verantwortlich fühlen.

Sie ging zurück zum Schreibtisch und suchte in der Schublade nach Streichhölzern – ohne Erfolg. Wenn sie sich ihre eigene Packung kaufte, dann am besten auch ein Feuerzeug. In Gedanken stand sie schon an der Supermarktkasse, als ihr Blick noch einmal die letzte Seite des Briefes streifte, der zum Schluss so abstrus und düster wurde, dass sie ihn ganz hinten in ihre Nachttischschublade gestopft hatte. Weder verstand sie, noch wollte sie verstehen, warum ihr Vater nach all den klaren und klugen Gedanken ins Apokalyptische abdriftete und zuletzt nur noch von schmelzenden Gletschern und elendig verhungernden Eisbären schrieb. Doch gerade weil sie nicht las, sondern nur draufschaute, ging ihr plötzlich auf, warum sein allerletztes Wort ganz unten auf der Seite eine Datierung war: *Ny-Ålesund 1994*. Der Schwarm schwamm rückwärts. Der ganze Brief schien sich in umgekehrter Richtung durch die Zeit zu bewegen, weshalb die Fische immer kleiner wurden und die Zeilen sich verjüngten. Ihr Vater schrieb sich Seite für Seite in die Vergangenheit, hin zu dem wahnsinnigsten aller Gedanken, dass das Ende der Welt schon war. Der Tod stand am Anfang, am Ausgangspunkt der Reise. Der Weg, der in die Gegenwart führte, war nur ein toter Ast der Zeit, die Abschiedstour eines Planeten, der nicht mehr zu retten war, bevölkert von Milliarden von Menschen, die ihre Zukunft hinter sich hatten, ohne es zu wissen.

Selma brauchte jetzt ganz dringend Nikotin.

In ihrer Aufregung – sie war mit einem Mal so aufgeregt! – stürmte sie ins Gästezimmer mit lauter guten Gründen, warum sie sich an Kathis Zigarettenvorrat vergriff, ohne zu fragen. Zum Glück musste sie nicht lange suchen. Eine frisch angebrochene Stange, duty-free, lag auf dem Sekretär, auf dem Kathi immer ihren Arztkoffer abstellte. Nur der Koffer war nicht da. Sie täuschte sich nicht. Selma schaute noch einmal, schaute sich um, sah sogar unter dem Bett nach: Der Arztkoffer fehlte.

Schnell steckte sie sich eine Packung Zigaretten in die Hosentasche und fand sogar ein Feuerzeug, war aber zu unruhig, um sich eine anzuzünden. Stattdessen rannte Selma zum Fenster und überzeugte sich davon, dass Kathis schwarzer Mercedes noch in der Einfahrt stand. Was der Fall war. Sie konnte also nicht weit sein. Doch das hieß auch, dass Kathi nicht samt Koffer zu einem plötzlichen Einsatz gefahren war. Und da es keinen Grund gab, warum sie damit spazieren gehen sollte, ließ sich nicht ausschließen, dass der Koffer in falsche Hände geraten war.

Selma beschloss, Kathi und Richard zu suchen, stopfte ihren Laptop in den Rucksack und stieß auf die Flasche Prosecco, die sie gekauft hatte, um am Ende des Tages die gelungene Video-schalte zu feiern. Das erschien ihr sehr optimistisch, aber vielleicht, wenn sie sich beeilte, ging doch noch alles gut.

Ohne abzuschließen, rannte sie aus der Hintertür durch den Pfarrgarten und weiter mit großen Schritten einen Trampelpfad hinunter zum See. Der Rucksack dengelte hin und her. Er war schwerer als gedacht und hämmerte ihr bei jedem Sprung ins Kreuz, aber sie wollte nicht langsamer werden. Erst als sie den Uferweg erreicht hatte und ihr aus dem Schilf die Kühle des Was-sers entgegenstieg, beruhigte sie sich etwas. Sie ging an den stro-higen Binsen und Lampenputzern vorbei zum Steg zwischen den Schwarzerlen. Von hier aus sah man über den ganzen See. Auf der windstillen, glatten Spiegelfläche schwamm das Aprillicht wie Eis. Selma kniff die Augen zusammen. Es war an der Zeit, sich einzugestehen, dass sie nicht nur auf der Suche nach Kathi und Richard war, sondern auch auf der Flucht.

Den Schneidezahnlosen sah sie erst, als er direkt vor ihr stand.

»Du willst abhauen?«, fragte er und deutete mit einer Kopf-bewegung auf ihren Rucksack.

Selma fing sich sofort. »Was geht dich das an?«

Er grinste und ließ seine Zahnlücke sehen. Natürlich trug er keine Maske. »Ich hab dich gesehen, wie du aus dem Haus bist«, sagte er und deutete an, woher er gekommen war. Von den Baum-kronen halb verdeckt, erhob sich hinter ihm der Hügel mit dem Kirchturm, um den das halbe Dorf versammelt schien. Der An-blick flimmerte zwischen den Blättern, wie in weite Ferne gerückt.

»Dann hast du ja sehr gute Augen …«

»Ich musste dich wiedersehen, damit du kein falsches Bild von mir hast.« Er grinste noch breiter.

»Warum sollte ich ein Bild von dir haben?« Selma wollte weiter.

»Ich heiße Olli«, rückte er heraus und stellte sich ihr in den Weg. An seiner Unbeholfenheit merkte sie deutlich, dass sie vier, fünf Jahre älter war. »Das heißt, eigentlich Oliver.«

Er sah sie erwartungsvoll an. Offenbar rechnete er damit, dass sie ihm im Gegenzug ihren Namen verriet, doch so weit ging die Liebe nicht. »Schön, Olli. Und was ist mit deinen Zähnen passiert?«

»Die Lücke hab ich seit meiner Geburt.«

Selma verzichtete auf den Hinweis, dass er bei seiner Geburt sehr wahrscheinlich gar keine Zähne gehabt hatte.

Er trat näher. »Was dagegen, wenn ich dich begleite?«

»Ja«, antwortete sie, obwohl es weniger eine Frage war als eine Drohung.

»Das liegt daran, dass du mich nicht kennst.« Er kam noch weiter auf sie zu. Selma spannte ihre Muskeln an und war zum Gegenschlag bereit.

»Wir leben in zwei verschiedenen Haushalten und Welten, Olli. Von daher gilt die Abstandsregel.« Wachsam, aber in aller Ruhe drehte sie sich um und ging. Ob es ihr wirklich gelungen war, eine rote Linie zu ziehen, bezweifelte sie. Doch vorerst blieb der Schneidezahnlose auf Distanz und trottete zwei, drei Schritte hinter ihr her.

Die Sonne war ein Stück gewandert und stand schon über den Windrädern und Strommasten jenseits der Getreidesilos im Westen. Es musste bald fünf sein, doch Selma verbot sich, auf die Uhr zu gucken, wie alles, was gehetzt wirken konnte. Wahrscheinlich war es klüger, keine Runde um den See zu laufen, um nicht noch mehr Zeit zu verlieren. Sie wollte Ilvy nicht versetzen, sondern sich wenigstens vernünftig bei ihr und allen Beteiligten abmelden, insbesondere bei ihrem Vater. Das war sie ihm schuldig. Sie würde die Situation erklären, die Enttäuschung auffangen und ein letztes Mal die Wolke der Familie sein. Nur durfte sie dafür nicht zu spät kommen.

Hätte Selma den Schneidezahnlosen nicht im Rücken gehabt, wäre sie umgekehrt und zurückgerannt. So aber musste sie eine Abkürzung nehmen, stieg über einen hüfthohen Elektrozaun und überquerte eine Wiese aus bräunlichen Grasbuckeln. Auf dem Teil des Uferwegs, den sie ansteuerte, war niemand zu sehen. Nur zwei Angler in Tarnanzügen saßen links und rechts vor einem grünen Armeezelt am Wasser, die Ellbogen auf die Knie gestützt. Richard und Kathi mussten ihren Spaziergang längst beendet haben.

»Sie sind in die andere Richtung, den Kirchweg runter …«, hörte Selma den Schneidezahnlosen hinter sich keuchen. Sie war jetzt doch ins Laufen gekommen und stoppte.

»Wer?«

»Der Pfarrer und seine Pflegerin, falls du sie suchst.«

»Sie ist keine Pflegekraft, sondern Ärztin und auch nicht aus Polen, genauso wenig wie ich, sondern aus Kreuzberg«, erklärte Selma gereizt. »Sag das auch deinem Kumpel!«

»Ich meine ja nur«, Olli blieb stehen, als hätte er sich plötzlich an den einzuhaltenden Abstand erinnert. »Sie bringen den Kater wieder zurück, also den schwarzen.«

Selma wurde schlagartig kalt. »Zurück zu wem?«

»Zum Tierarzt.«

»Der Kater gehört dem Tierarzt?«, rief sie so laut, dass die Angler die Köpfe hoben. Auch Oliver schien überrascht von der Heftigkeit ihrer Reaktion und zuckte mit den Schultern. »Ich weiß nicht, ob er ihm wirklich gehört«, druckste er herum. »Der Doktor hat ihn aus irgendeinem Heim. Die Besitzerin ist, glaube ich, gestorben.«

Selma starrte ihn an, als hätte sie gerade vom Tod eines nahen Angehörigen erfahren. Erst wollte sie noch etwas sagen, sich irgendwie Luft machen, doch sie fand keine Worte und rannte nun doch einfach los, rannte das letzte Stück Uferweg entlang und dann hügelan.

# RICHARD FIEL AUF,
## DASS DER TIERARZT

… keinen Kittel trug, sondern nur eine gewachste Schürze wie ein Fleischer. Unwillkürlich hielt er nach Blutspritzern und Schmierspuren Ausschau, wie um den Verlauf der OP daran abzulesen, senkte dann aber den Blick. Ein kurzes Schweigen entstand zwischen den beiden alten Männern an den entgegengesetzten Enden des Flurs. Ein Viehdoktor und ein ausgedienter Pfarrer, dachte Richard, die beide nicht in dieses Dorf gehörten und den Zeitpunkt verpasst hatten, Freunde zu werden. Dann holte sein Gegenüber zu einer einladenden Geste aus.

»Komm, ich mach uns einen Kaffee. Oder musst du los?«

»Nein, nein, ich wollte nur nach meiner Enkeltochter sehen, Selma, falls es noch länger dauert. Sie fühlt sich verantwortlich, weil sie glaubt, Morpheus sei ihr Kater, ihr zugelaufen. Dabei war er längst im Haus, lange bevor sie kam und sich ihn gewünscht hat.« Richard wusste selbst nicht, warum er das sagte, und brach ab. Schweigend hängte er seinen Mantel zurück an die Garderobe und hielt sich selbst mit einer Hand am Haken fest. Dann stellte er die einzige echte Frage: »Stirbt er?«

»Er braucht eine Pause«, sagte der Arzt.

Richard schwieg und erwartete den Befund wie ein Gottesurteil.

»Der Organismus ist erschöpft, das Herz schwach. Wir mussten ihn stark sedieren. Und, ja, er hat viel Blut verloren.« Der Tierarzt schaute an sich herunter. Seine Schürze war, soweit Richard sehen konnte, weiß.

»Aber er atmet?«

Der Arzt nickte langsam. »Also was ist mit dem Kaffee?«, erneuerte er seine Einladung und hielt die niedrige Tür zum Wartezimmer auf. Richard folgte ihm zurück an den Ort seiner Qual. Doch sie setzten sich nicht, sondern durchquerten die niedrige Stube und gelangten durch eine Seitentür in die Küche, die vollgestellt war mit Kühlschränken und Tiefkühltruhen. Außer Kaffee wurde hier anscheinend nicht viel gekocht.

»Ich habe leider nur Löslichen«, sagte Hajo und holte zwei angeschlagene Becher aus einem Hängeschrank.

»Was ist mit der Dame im OP?«, fragte Richard, auch um herauszufinden, hinter welcher Tür sich der Saal seiner Ängste befand.

»Sie möchte nichts.«

Der Wasserkocher sprang an. Mit den vielen, nicht mehr ganz weißen Kühlvorrichtungen und ein, zwei Mikrowellen wirkte der Raum wie ein altes Labor. Dass eine Küche noch trostloser aussehen konnte als seine, erstaunte Richard. Doch vielleicht war der Unterschied auch nicht so groß. Morpheus landete offenbar immer wieder bei alten Männern mit kalten, unwirtlichen Küchen.

»Ich war mir absolut sicher, dass ich vor ihm sterbe«, sagte Richard, nachdem er auf dem einzigen Stuhl am Küchentisch Platz genommen hatte. »Deswegen, dachte ich, ist der Kater überhaupt zu mir gekommen: weil ich der Nächste bin.« Er breitete seine Hände auf der resopalbeschichteten Tischplatte aus, um sie gleich wieder zurückzuziehen. In seinem Rücken klimperte Hajo wortlos mit einem Löffel und goss heißes Wasser auf. Dann stellte er die beiden dampfenden Becher auf den Tisch.

»Soll bei dir noch was rein?«

Richard lehnte dankend ab, doch Milch und Zucker waren nicht gemeint. Stattdessen holte der Arzt eine bauchige Flasche aus demselben Schrank und goss sich einen Fingerbreit Cognac dazu. Die Flasche stellte er offen in die Mitte des Tischs. »Zum Nachwürzen.« Dann nahm er sich einen Hocker, zog seinen Becher zu sich heran und trank auf die Gesundheit ihres vierbeinigen Freunds.

Richard hob seinen Kaffee nur pro forma, um zu pusten. »Erinnerst du dich an die Sterbekatze vom Seniorenheim Seehausen? Zwölf, dreizehn Jahre muss das her sein …« Er wartete einen Moment, bevor er weitersprach. »Diese Katze konnte den Tod kommen sehen, sogar ihren eigenen. Sie hat sich vor die Türen der Heimbewohner gelegt und zu guter Letzt vor ihr eigenes Körbchen, als es so weit war. Im Gegensatz zu mir hat sie sich nie getäuscht.«

»Hab ich die damals aufgemacht?« Der Tierarzt nahm einen zweiten Schluck und füllte den Becher mit Cognac auf.

Richard nickte. »Sie hatte Krebs wie ihre verstorbene Besitzerin und ein Gespür dafür, wann er tötet. Im Heim hieß sie nur ›das Omen‹. Als Morpheus auf einmal vor meiner Tür stand, war ich davon überzeugt, das ist ein Zeichen.«

»Wohl eher ein Zeichen dafür, dass er nicht bei mir bleiben wollte. Weder Tiere noch Frauen halten es hier länger aus«, meinte der Arzt mit einem schiefen Grinsen und trank. »Aber ja, ich erinnere mich, die Sterbekatze, große Geschichte. Sie haben sogar ein Foto von ihr gebracht im Lokalteil«, fiel es ihm wieder ein, als würde mit dem Kaffee-Cognac sein Gedächtnis erwachen. »Das arme Tier war total verkrebst. Schon beim ersten Schnitt kam mir alles entgegen. Ganz so schlimm ist es Gott sei Dank nicht.«

Jetzt verglich er Morpheus mit ihr. Richard schluckte. »Aber die Sterbekatze war doch schon tot. Du hast sie damals nicht operiert, sondern – wie sagt man? – obduziert.«

»Stimmt, noch ein Unterschied.« Der Tierarzt umfasste seinen Becher mit beiden Händen. Richard merkte, wie seine Finger zitterten, und tat es ihm gleich. Eine Weile starrten sie auf den Wasserdampf. In dieser Küche war es kalt wie in einem Kühlhaus und genauso tot. Über dem eintönigen Summen der Geräte machte sich nur immer mal wieder eine Art Schaben oder Scharren bemerkbar. Richard musste an das Geräusch denken, das er beim Einschlafen und Aufwachen immer gehört hatte, als Morpheus noch ein Geist in seiner Küche war. Doch hier kam es wohl tatsächlich von einer altersschwachen Lüftung.

»Was war denn eigentlich mit seiner Besitzerin, Hajo, hatte sie auch Krebs? Oder warum hast du Morpheus mit zu dir genommen?«

»Es gab keine Besitzerin«, sagte der Arzt langsam, fast schwerfällig, »nur einen Besitzer, und der war vergleichsweise jung, ein junger Mann ganz ohne Krebs.«

»Und warum hat er den Kater weggegeben?«

»Der Fall liegt ein bisschen anders. Flecki – oder ›Morpheus‹, wie ihr ihn nennt – kommt aus einem Reha-Zentrum bei Berlin-Buch. Dort arbeiten sie viel mit Therapietieren, Hunden und Katzen natürlich, aber nicht nur. Pferde und Kühe gibt es auch, gerade Kühe haben eine verblüffend heilsame Wirkung aufs Gemüt und erzielen manchmal den größten Therapieerfolg. Natürlich gibt es umgekehrt auch Tiere, die depressiv werden oder krank, da komme ich dann ins Spiel. Aber insgesamt muss man sich Fleckis frühere Umgebung wie eine große Farm vorstellen mit vielen Tieren und schrägen Typen. Also eigentlich genau wie bei uns.«

Richard nippte stumm an seinem Kaffee. Noch hatte er nicht erfahren, was mit dem Besitzer des Katers war.

»Er hat sich erhängt. Im Kuhstall. Flecki saß mehr oder weniger zu seinen baumelnden Füßen. Danach wollte ihn keiner mehr haben.«

Wieder schwiegen sie beide, doch das Kratzen und Scharren schien lauter geworden zu sein. Dann setzte es kurz aus, nur um an anderer Stelle wieder anzufangen. Richard dachte an seinen Sohn, an die verpasste Verabredung und das Gespräch, das er mit ihm hätte führen sollen.

»Weißt du irgendwas über den Verstorbenen und seine Gründe?« Sicher handelte es sich bei dem Suizid um eine ganz andere Tat aus ganz anderen Motiven, nichts, was mit Holger zu tun hatte. Jede Verbindung wäre ein unglaublicher Zufall gewesen.

Der Tierarzt schüttelte erwartungsgemäß den Kopf. Selbst wenn er etwas gewusst hätte, hätte er nichts gesagt. Allen im Dorf war bekannt, dass der Sohn des Pfarrers versucht hatte, sich das Leben zu nehmen. Doch keiner sprach davon in seiner Gegenwart, so als wäre es ein Verbrechen oder eine schwere Verfehlung.

Richard hätte jetzt gerne mit Holger geredet, am liebsten über Tiere. Vielleicht, dachte er, war es noch nicht zu spät.

Das Scharren wurde lauter, unregelmäßiger. So klang keine Maschine. Vielmehr hörte es sich an wie Krallen, die an der Tür zum Operationsraum kratzten, so als wäre Morpheus dahinter gefangen und würde verzweifelt versuchen, freizukommen. Doch bevor Richard danach fragen konnte, öffnete Hajo ohne jede Hast die Tür zur Speisekammer, zog eine Lebendfalle hervor und stellte sie auf den Tisch. In dem Käfig saß, ängstlich mit den Pfoten scharrend, eine Maus.

»Der Kater ist dir zugelaufen, also muss ich die Mäuse hier selbst fangen.« Hajo schenkte sich nach, Richard wollte noch immer nichts, sondern beugte sich über den Tisch zu dem Tier in der Falle. Es war eine kleine, noch nicht ausgewachsene Brandmaus mit einem schnurgeraden schwarzen Rückenstreifen und haselnussbraunem Fell. Was ihn jedoch am meisten faszinierte, war nicht ihre Schönheit, sondern die Tatsache, dass sie lebte.

Hajo warf eine Packung Studentenfutter auf den Tisch, leerte seinen Becher und zerdrückte die Nüsse mit dem Daumen. Die einzelnen Nusssplitter steckte er durch die Gitterstäbe. »Na, komm, hol's dir«, ermunterte er die Maus, die hin- und hergerissen zwischen Hunger und Angst in der äußersten Käfigecke kauerte. Ihre Schnurrhaare bebten. Unter dem glatten Fell pumpten und puckerten Atmung und Herzschlag wie wild. Schließlich siegte der

Hunger. Hastig schnappte sie sich das nächstliegende Nussstückchen mit den Vorderpfoten und knabberte los.

»Hauptsache, es schmeckt«, sagte Hajo zufrieden und sah Richard an.

»Was passiert jetzt mit ihr?«

»Wenn sie zu Abend gegessen hat, bringe ich sie ans äußerste Ende der Koppel zu ihrer Verwandtschaft, spendiere eine Runde Nüsse für alle, und in ein paar Tagen kommt sie wieder zu Besuch oder, je nachdem, ein Cousin oder eine Cousine aus ihrer weitverzweigten Familie.«

Zum ersten Mal seit Langem sah Richard den Tierarzt lächeln.

Sicher würde Holger einwenden, wenn er ihm das erzählte, dass Hajo früher viel gelacht habe und auch kein Trinker gewesen sei. Tierarzt war eine Zeit lang Holgers Traumberuf gewesen. Als Junge hatte er mit eifriger Bewunderung zu Hajo aufgeschaut und gleich nach dem Abitur gegen jeden väterlichen Rat ein Praktikum bei ihm begonnen, in dem naiven Glauben, Tiere retten und ihnen helfen zu können. Aus Richards Sicht war das zum Scheitern verurteilt. Er hatte damit gerechnet, dass Holger es nicht länger als einen Tag an der Seite des Veterinärs aushalten würde. Doch der Junge erwies sich als hartnäckig und erstaunlich zäh. Er stand die ersten zwei Wochen an verschiedenen Schlachthöfen durch und half auch tapfer bei der Inspektion eines großen Geflügelbetriebs. Erst etliche Tierleichen später, als er mitten in der Nacht aus dem Bett geholt wurde, um bei der Geburt eines Kalbs mit Hand anzulegen, war Holger zusammengebrochen.

Er hatte seinem Sohn nie ein Haustier erlaubt, weil er wusste, dass es ihm zu viel bedeuten würde. Die Nähe zur Kreatur war ihnen beiden gemeinsam, eine größere Nähe als zu irgendwem, allein das erschien Richard auf eine Weise blasphemisch. Vielleicht liebten sie Tiere zu sehr, vielleicht wollten sie zu sehr von ihnen geliebt werden. So oder so fehlte das Maß. Also blieb er hart, aus Liebe und weil er es für seine Pflicht hielt, den Jungen vor dem Unvermeidlichen zu beschützen. Er musste. Auch wenn am Ende keine Härte half, weil der Junge Tiere nicht nur maßlos liebte, sondern auch maßlos mit ihnen litt.

»Wie du siehst«, sagte Hajo mit einem wohlwollenden Blick auf die Maus, die sich den nächsten Nusssplitter holte, »es gibt ein Leben nach der Katze.«

»Was meinst du damit?«, fragte Richard, auf Anhieb alarmiert.

»Du hast mich gefragt, ob er stirbt, dein Kater. Dabei kennst du die Antwort. Natürlich stirbt er, alle sterben, das ist der Gang der Dinge. Nur sind wir uns nicht einig, Frau Dr. Kuhn und ich, bei allem Respekt, ob wir ihn sterben lassen sollen. Und ich fürchte, wir haben einen Punkt erreicht, an dem diese Frage unsere Kompetenzen übersteigt. Wir brauchen eine Entscheidung, Richard, keine medizinische, verstehst du, sondern eine moralische.« Hajo hob seine grobschlächtigen Hände halb bedauernd, halb so, als wollte er ihm die Angelegenheit übergeben.

»Was für eine Entscheidung?«

»Ich sage es dir ganz offen: Fleckis Überlebenschancen stehen vielleicht bei zwanzig Prozent, optimistisch gerechnet, wahrscheinlich nur bei zehn, was ich nicht pessimistisch nennen würde, sondern realistisch, aber darüber lässt sich, wie gesagt, streiten. In jedem Fall wird er nach dieser Operation nicht mehr der Alte sein, hundertprozentig. Es wird nie wieder so werden wie früher.« Der Tierarzt rückte seinen Hocker zurecht und langte nach der Cognacflasche, ließ sie dann aber stehen.

Richard schwieg tiefer, als er denken konnte.

»Wenn du mich fragst, ich würde ihn einschläfern lassen«, sagte Hajo auf seine schwerfällige und unmissverständliche Art. »Nicht nur weil ich glaube, wir kriegen ihn nicht wieder hin, sondern vor allem weil er aufgegeben hat. Sein kleines Herz, Richard, hat aufgegeben. Da ist kein Lebenswille mehr. Man kann mir viel vorwerfen, als Mediziner und als Mensch, aber ich bin lange genug dabei, um das zu beurteilen. Wenn irgendwo noch ein Funken Lebenswille ist, dann spüre ich das unter den Händen.«

»Sein Besitzer hat Selbstmord begangen, sagtest du. Könnte das nicht der Grund sein?«, fragte Richard und knüpfte daran eine Art von Hoffnung. »Ich meine, vielleicht kehrt sein Wille zum Leben ja wieder, wenn die Umstände andere sind und wir ihm Mut machen, Kraft spenden, wenn …« Er wusste nicht weiter.

»Sein Besitzer zurzeit bist du, und ihr beide habt Krebs im Endstadium.«

»Aber …«, Richard suchte verzweifelt nach einem Ausweg. »Aber ich bin doch nicht allein! Da ist Selma, ein patentes, liebes Mädchen, das sich rührend um ihn kümmert. Da ist Kathi, mit deren Hilfe ich sozusagen über den Tod hinaus …«

»Ja, da ist Kathi – Frau Dr. Kuhn«, kam Hajo dem Verstummen zuvor, »und sie rät dir zum Weiteroperieren. Zwei Ärzte, zwei Meinungen, auch das gehört dazu. Natürlich hat sie wenig Erfahrung mit Tieren, aber mit Krebs kennt sie sich aus, das muss man ihr lassen. Sie ist eine hervorragende Onkologin, und sie glaubt, sie schafft es, zu fünfzig Prozent. Der Rest liegt bei dir, deine Entscheidung.«

Richard schaute kurz zu dem großen Mann auf dem Hocker, dann starrte er auf die Maus.

»Verkehrt, nicht wahr? Verkehrte Welt: eine Palliativmedizinerin, die um das Leben eines kleinen Katers kämpft, koste es, was es wolle, und ein Tierarzt, der dafür ist, ihn einzuschläfern, möglichst schmerzlos …« Hajo hob noch einmal die Hände und ließ sie leer auf den Tisch fallen. Die Maus erschrak und starrte Richard an. »Ich möchte nicht in deiner Haut stecken, mein Freund. Aber wenn ich du wäre, würde ich nicht auf mich hören. Warum einem alten Sack glauben, statt einer solchen Frau und Lebensretterin? Ich fürchte nur, dass nicht mehr viel zu retten ist.«

Die letzten Sätze hatte Hajo über ihn hinweggesprochen. Als Richard sich umdrehte, sah er, dass Kathi in der Tür in seinem

Rücken stand, hinter der er den OP-Tisch mit Morpheus vermutete. Der Raum lag im Halbdunkel. Kein Strahler, keine Halogenleuchte brannte im Hintergrund. Die Lichter waren aus.

Zu spät, durchzuckte es Richard, er hatte zu lange gewartet, länger offenbar, als Morpheus warten konnte. Doch das Erste, was er nach dieser Schrecksekunde spürte, war weder Schmerz noch Trauer, sondern Erleichterung, eine große, beschämende Erleichterung darüber, dass ihm der Tod, wie es schien, zuvorgekommen war und die Entscheidung abgenommen hatte. Dabei wusste er es besser, und das schon so lange, all die Tage und Jahre, seit er Witwer geworden war: Entscheidungen konnten einem abgenommen werden, nicht aber die Schuld. Die eigentliche Katastrophe war zu überleben.

# SELMA WAND SICH IM SLALOM DURCH DIE GRUPPEN

… und Grüppchen, die auf dem Kirchplatz zusammenstanden. Sie hatte schon lange nicht mehr so viele Menschen auf einen Haufen gesehen. Die meisten machten nicht den Eindruck, als würde ihnen zu ihrem Glück nichts fehlen außer schnellem Internet. Irgendeine Versammlung oder Kundgebung schien sich zu formieren oder war im Gange. Über den Köpfen in Sakristei-Nähe hingen mehrere Lautsprecher. Von der anderen Seite des Kirchenschiffs hörte Selma die einsame Tröte irgendeiner längst vergangenen Fußball-WM. Dann stieß sie mit dem anderen Mädchen zusammen.

Sie fiel nicht, sie flog.

Bevor sie aufschlug, gelang es ihr noch, sich so zu drehen, dass sie nicht frontal mit dem Gesicht aufs Pflaster knallte. Abstützen konnte sie sich nicht, ihre Hände klemmten fest unter den Riemen. Der Aufprall war hart und heftig. Im ersten Moment hatte Selma auf der rechten Seite ab der Schulter kein Gefühl mehr. Doch ihr Verstand blieb scharf und registrierte sofort, dass die Flasche zersprungen war. Geistesgegenwärtig riss sie sich den Rucksack runter, riss ihn auf und holte ihren Laptop heraus, bevor der Prosecco die Schutzhülle durchnässte. Das meiste war Schaum und Scherben. Der Rechner selbst schien den Sturz ganz gut überstanden zu haben; vor allem wirkte er trocken. Sie klappte den Bildschirm auf und schaltete ein. Bloß eine kurze Mail an Ilvy, zwei Zeilen Entschuldigung, weil alles zusammenkam, das musste reichen, und dann nichts wie weiter zum Tierarzt, zu Morpheus …

»Sag mal, geht's noch?!«, wurde sie von dem Mädchen ange-pampt, das neben ihr auf dem Hosenboden saß und sich die Knie rieb. Es war nicht Ollis Freundin vom Dorfplatz, aber ein ähn-licher Typ mit Partnerlook-Frisur, weißblond mit Strähnchen, nur dass ihre nicht pink waren, sondern mangamäßig neonblau.

»Pass doch auf, wo du hintrittst, du Kalb!« Ollis Freundin mit den pinken Strähnen stand keine zwei Meter entfernt und schimpf-te im ortsüblichen Tonfall. Sein Saufkumpan klebte an ihrer Seite, eine Hand auf dem Hüftspeck unter ihrem bauchfreien Top, und lachte.

»Er hat mich geschubst«, zankte die Mangablaue zurück, die sich mit ausgelacht fühlte, und trat im Sitzen nach dem Übeltä-ter, ohne ihn zu treffen. Selma bezweifelte keine Sekunde, dass er an dem Zusammenprall schuld war. Vermutlich wollte er sie – »die Polackin« – am Boden sehen, wütend oder in Tränen. Doch den Triumph gönnte Selma ihm nicht, sie schaute weg auf den Bildschirm. Das Programm fuhr viel zu langsam hoch.

»Probleme?« Ein älterer Mann mit gelber Weste und Stoppel-frisur baute sich vor ihnen auf, ein Ordner oder Aufpasser von einem Sicherheitsdienst. Jedenfalls sah er nicht aus, als wäre er bei der Kirche angestellt. Das Mädchen mit den zerschrammten Knien stand auf und beschwerte sich noch mal, geschubst wor-den zu sein. Ollis Kumpel wartete, bis er an der Reihe war, tat aber so, als ginge es weder um das neonblaue noch um das pink gesträhnte Mädchen. »Sie ist Journalistin«, behauptete er stattdes-sen, »und wollte sich bei uns einschleichen.« Er hatte die Hand von der nackten Hüfte genommen und zeigte mit dem Finger auf sie.

Selma starrte bestürzt auf ihren Laptop. In der Bildschirm-mitte drehte sich noch immer ein regenbogenbunter Kreis. Das Programm hatte sich aufgehängt. Der Ordner trat einen Schritt näher und beugte sich zu ihr herunter wie zur Kontrolle, was sie da schrieb.

»Das geht sie nichts an!« Reflexartig klappte Selma den Bildschirm herunter und rückte ein, zwei Meter weg, um ihn auf Distanz zu halten.

»Ausweis«, verlangte der Mann von der Sicherheit, »und Presseausweis.«

»Ich bin nicht von der Presse. Ich will nur kurz einer Freundin schreiben, rein privat«, bemühte sie sich, ruhig zu bleiben.

»Und dafür kommt sie extra mit einem schwarzen Mercedes aus Berlin«, spottete Olivers Kumpel so hämisch laut, dass sich die Leute nach ihnen umdrehten. Selma senkte ihre Stimme, um nicht noch mehr Aufsehen zu erregen. »Ich will nur ins WLAN, wie alle hier.«

»Das hat Zeit«, entschied der Ordner und nahm ihr den Laptop weg, ohne dass sie sich dagegen wehren konnte. Keiner der Umstehenden war auf Selmas Seite. »Nach der Versammlung gibt's das Ding zurück«, verfügte er unwidersprochen, damit war die Sache für den Sicherheitsmann erledigt. Ihren Rechner drückte er Ollis Kumpel in die Hand, klopfte ihm auf die Schulter und verschwand in der Menge.

»Für wen arbeitest 'n du?«, fragte die Neonblaue, die sich bei ihrer Freundin eingehakt hatte.

»Fürs System, wen denn sonst«, fuhr ihr die Pinke übers Maul.

»Gib mir den Laptop«, sagte Selma leise. Mit einer Hand hob sie ihren Rucksack kurz an und stellte ihn neben sich. Er tropfte noch aus allen Nähten und hinterließ eine traurige Pfütze aus Schaumwein. »Gib mir das Ding zurück«, wiederholte sie müde. »Es funktioniert im Moment sowieso nicht, und ich werde hier nicht alt.«

Doch mit dem Rechner unterm Arm fühlte sich der Halbstarke offensichtlich wie der Held und wollte seinen Triumph weiter auskosten. »So läuft das nicht«, sagte er wichtig und sah sich in der Runde der Gleichgesinnten um. »Es sei denn«, machte er sich noch wichtiger, »du beweist uns, dass du zu uns gehörst.«

Bei den Mädchen entstand augenblicklich eine gespannte Erwartung, offenbar wussten sie, was kommen würde. Doch Selma hatte keine Lust auf Spielchen und winkte ab. So wichtig war ihr das nicht, Morpheus war wichtiger, und Ilvy konnte sie zur Not über Handy absagen.

»Einer von uns zu werden, ist gar nicht so schwer. Man muss es nur wollen.« Er packte ihren Arm, um sie am Weggehen zu hindern. »Oder hältst du dich für was Besseres, nur weil du eine Uni besuchst und dich von irgendwelchen Professoren ins Hirn ficken lässt?«

Mit einer schnellen, gekonnten Bewegung befreite sich Selma aus der Umklammerung, machte aber nicht weiter mit den Faustschlag-Fußtritt-Kombinationen, die sie so oft trainiert hatte. Sie stoppte, atmete durch und zwang sich zur Ruhe, während ihr die verschiedenen Gewaltszenarien durch den Kopf rauschten. Vermutlich wollte er sie provozieren, damit alle Anwesenden einen Grund hatten, über sie herzufallen. Sie hatte hier keine Freunde.

»Tschüs«, sagte sie nur.

Er hob ihren Rucksack hoch und schüttelte die letzten Tropfen aus. »Sekt ist alle. Aber wir haben was ganz Leckeres für dich: den Geschmack der Zone! Keine Angst, da mussten wir alle durch, die meisten von uns schon als Kind. Hat uns nicht geschadet, stimmt's, Mädels?« Die Neonblaue nickte und klatschte, die Pinke rollte die Augen.

»Goldkrone.« Er zog eine 0,7er-Flasche aus seiner Jackentasche und hielt sie Selma vor die Nase.

»Sag bloß, du hast unsere gute alte Goldkrone noch nie probiert? Dann wird's aber Zeit!« Er schraubte den Verschluss auf, roch daran und hielt ihr die Flasche unter die Nase, neugierig, ob sie das Gesicht verziehen würde. Selma spürte die Blicke, bot ihnen aber keine Angriffsfläche. Es roch nach braunem, vergorenem Fusel.

»Der beste Weinbrandverschnitt der DDR und unverändert

billig. Damit wurden wir getauft. Bedaure, der Enkelin unseres Westpfarrers das mitteilen zu müssen: Wir taufen hier von innen ... Trink!«

Er reichte ihr die Flasche. Selma nahm sie. Die Mädchen kicherten schon schadenfroh und gafften. »Aber nicht wieder ausspucken!«, spielte er sich als Schiedsrichter auf. »Wenn du es schaffst – drei kräftige Schlucke, ohne Husten und Kotzen –, bist du aufgenommen in die Gemeinschaft und kriegst deinen Laptop zurück, deinen Rucksack, alles, was das Herz begehrt.« Damit gab er ihr das Startzeichen.

Selma holte tief Luft und setzte die Flasche an. Schummeln, das wusste sie, hatte keinen Zweck. Sie trank einen Mundvoll. Niemand sollte sagen können, dass es kein kräftiger Schluck war. Doch noch während sie das Zeug hinunterwürgte, umklammerte sie der Junge von hinten, hielt ihr die Nase zu und schob ihr die Flasche tief in den Rachen. Statt zu atmen, musste sie trinken, um nicht am Weinbrand zu ersticken. Die Mädels johlten, feuerten sie an. Die Umstehenden wandten die Köpfe, aber die meisten schienen das Ritual zu kennen und fanden nichts dabei.

»Ohne Husten und Kotzen!«, keuchte er hinter ihr, dicht an ihrem Ohr, in ihren Haaren. Selma riss die Augen weit auf, schluckte und schluckte. Die Flasche leerte sich viel zu langsam. Sie konnte das braune Zeug neben dem Etikett blubbern und brodeln sehen, die Schrift stand Kopf. Sie hatte gerade mal die Hälfte. Ihr Körper schrie nach Sauerstoff. Zwei, drei Verteidigungsgriffe und Schlagabfolgen blitzen in ihrem Hinterkopf auf. Sie hatte genau diese Stellung immer wieder geübt: ein Kinderspiel, ihren Peiniger aufs Kreuz zu legen und kampfunfähig zu machen! Aber was dann?

»Aufhören! Sofort aufhören! Aus!«, hörte sie Olivers Stimme, gerade als sie beide Ellbogen mit voller Wucht nach hinten rammte. Selma riss den Mund auf. Die Flasche war raus. Sie bekam wieder Luft, nicht genug, aber mehr und mehr.

Olli rief ihr etwas zu, das sie nicht verstand, doch er kam näher und tauchte im nächsten Moment vor ihr auf, ohne seine Zahnlücke zu zeigen, das Gesicht wutverzerrt, was nicht gegen sie ging. Die Mädels brachen in lautes Zetern aus, weil er sich einmischte. Sein Kumpel stöhnte und fluchte, mit einem Ellbogen hatte sie ihn erwischt. Die Schnapsflasche war – ohne dass sie wusste, wie – in ihren Händen gelandet. Selma kreuzte die Arme und drückte sie an die Brust. Über ihre Lippen floss Blut. Im Eifer des Gefechts musste sie mit dem Flaschenhals einen heftigen Schlag gegen die Zähne bekommen haben und auf die Unterlippe. Es war alles sehr schnell gegangen.

»Aber sie hat doch bestanden, Mann! Was willst du mehr?« Ollis Kumpel wich einem Fußtritt aus, den er ihm nachschleuderte, und humpelte davon, gekrümmt und beide Hände auf die Seite gepresst, in Höhe der Leber, seiner anscheinend empfindlichsten Stelle. Die Mädels hatten sich mit ein paar Sprüchen abgewandt wie von einem Unfall ohne Tote und Verletzte, taten oder waren gelangweilt. Selma sah das alles, stand und schwankte. Dann war Olli bei ihr, stützte sie und nahm ihr die Flasche ab, bevor es noch mehr Scherben gab.

»Mehr als die Hälfte«, sagte er anerkennend und machte auf Höhe des Pegelstands mit dem Daumennagel eine Kerbe in das Goldkrone-Etikett, als wäre das eine wichtige Marke. Selma lächelte ein bisschen blöd und stolz, konnte es aber nicht ändern. Der Weinbrand ging durch sie hindurch wie ein Gong. Sie war nicht betrunken, nur benommen wie von einem dumpfen, dröhnenden Schlag, der durch ihre Eingeweide wummerte. In ihren Ohren brauste es heiß. So viel Blut, dachte sie und leckte sich die Lippen. Ihre Zunge fühlte sich dick an. Sie wollte nichts sagen aus Angst, sinnlos zu lallen.

Olli legte den Arm um sie, als wüsste er genau, wie sie sich fühlte. »Du wirst es überleben«, flüsterte er ihr ins Ohr und drückte sie an sich. Sie lachte so blöd, wie sie grinste, und schämte sich dafür. Dann erst begriff sie, dass dies die »Geburt« war: Auf diese Weise hatte er seine Zahnlücke bekommen und war der Schneidezahnlose geworden. Alle hier hatten das hinter sich – und sie jetzt auch.

Auf eine seltsame Art war sie dankbar.

# RICHARD ERKANNTE KATHI
## KAUM WIEDER. SIE WAR

… nicht mehr der schwarze Engel. Zum ersten Mal trug sie Weiß. Von ihrem Gesicht konnte er nicht viel sehen, Mund und Nase waren mit einer OP-Maske bedeckt. Ihre Augen über dem Maskensaum wirkten größer und geweitet. Der orientalisch-kunstvolle Schwung ihrer Brauen war ihm noch nie aufgefallen. Durch die Haube über ihrem Haar lag ihre Stirn frei, die so rund und glatt war wie ein Stein. Auf eine befremdende, fast unheimliche Art war sie schön.

»Sein Zustand ist stabil«, sagte sie hinter der Filtermembran, die vibrierte. Sogar ihre sonst so vertraute Stimme klang anders. Vielleicht war sie auch einfach erschöpft. »Kannst du Selma bitte sagen, dass wir mit der OP nicht warten konnten, weil es sehr spät war, fast zu spät. Aber wir konnten ihn stabilisieren.«

»Um es in Zahlen auszudrücken: Die Chancen, dass es fünfzig zu fünfzig stehen würde, standen bei zwanzig Prozent«, mischte der Tierarzt sich ein. Kathi quittierte das mit einem Lächeln hinter der Maske und in den Augenwinkeln, aber nur kurz. Sie war wirklich erschöpft.

Richard sah sie an. Selbst wenn die Nachrichten nur halb so gut waren und hauptsächlich Selma beruhigen sollten, waren sie viel besser, als er zu hoffen gewagt hatte. Doch die beste Nachricht schien ihm, dass Kathi die Entscheidung über Morpheus' Leben und Sterben für ihn getroffen hatte.

»Ich sage nicht, dass er über den Berg ist. Bis zum Befund der Gewebeproben kann es jede Menge böser Überraschungen geben. Also mach ihr nicht zu große Hoffnungen.« Mit dem Handgelenk tupfte Kathi ihre Stirn ab und sprach dann weiter in ihre Maske. »Aber unser kleiner Streuner ist sehr tapfer – und zäh, unglaublich zäh. Das Leben hängt stets mehr am Leben, als man denkt«, fügte sie mit einem vielsagenden Blick auf den Tierarzt hinzu.

»Das sehe ich ein bisschen anders. Doch ich habe unserem Freund hier gerade den Rat gegeben: Hör nicht auf mich, hör auf die Frau Doktor, Schönheit vor Alter, Leben vor Tod!«

»Wir können weitermachen«, ließ Kathi das Kompliment an sich abperlen und wandte sich wieder an Richard. »Wenn du dich beeilst, schaffst du es rechtzeitig bis fünf und kannst anschließend Selma ein bisschen beistehen. Hier wird es noch länger dauern.«

Zu mehr als einem Nicken sah sich Richard außerstande, so überwältigt war er von dem Engel in Weiß.

»Na dann«, gehorchte auch Hajo, klatschte sich auf die Schenkel und kam von seinem Hocker hoch. »Strafen wir mich Lügen. Für jede Maus, die Flecki nach der OP noch anschleppt, geb ich einen aus!« Er hob zwei Finger zum Schwur, dann zog er seine Maske auf.

Richard war mit aufgestanden und folgte den beiden Ärzten, ohne gemeint oder befugt zu sein. Im Halbdunkel hinter der Tür befand sich kein OP-Saal, wie er jetzt sah, sondern eine Mischung aus Büro und Abstellraum. Die langen Regale waren vollgestopft mit Akten und Beständen von Papiertüchern, Verbandsmaterialien, Kanistern mit Ethanol und destilliertem Wasser. Der Schreibtisch vor den Fensterluken auf der anderen Seite wirkte verstaubt und wie das Telefon nebst Stempelkarussell ausrangiert. An der Schmalseite des schlauchförmigen Raumes hingen mehrere weiße Kittel wie an einer Wäscheleine. Rechts neben der Tür, die zum Behandlungszimmer führte, war ein Spender mit Desinfektionsmittel angebracht. Auf einem Beistelltisch stand ein Karton mit Gummihandschuhen. Ohne dass er hätte sagen können, wann und warum, überkam Richard das Gefühl, schon einmal hier gewesen zu sein.

Kathi und Hajo verrieben die Desinfektionsflüssigkeit bis zu den Ellbogen, dann zogen sie sich gegenseitig die Handschuhe über, nicht die ersten heute, offensichtlich. Der kleine Mülleimer in der Ecke war voll. Wie kaputte Luftballons hingen ein paar Latexfinger über den Rand. Das Blut darauf war unwirklich rot und bildete filigrane Muster.

Schon ihre Vorbereitungsroutine machte deutlich, dass die Ärzte bei dem, was jetzt kam, keine Zuschauer gebrauchen konnten. Doch bevor Kathi die Tür zum OP aufschob, machte Richard sich noch einmal bemerkbar.

»Ich würde gerne hier warten, wenn's recht ist«, sagte er kleinlaut. Er konnte jetzt nicht weg, zu keiner Verabredung, auch nicht Selma zuliebe. Aber selbst das wollte er nicht entscheiden, er bat Kathi darum.

Sie sah ihn mit hochgezogenen Brauen an; offenbar musste sie einen Moment überlegen. Dann wurde ihre Stirn wieder glatt. »Also gut, ruf Selma an, und sag ihr Bescheid. Am besten meldest du dich auch persönlich bei der Klinik und bittest um Verständnis. Es ist schließlich ein Notfall.« Dabei deutete sie mit dem Ellbogen auf den Schreibtisch mit dem Telefonapparat, den er für totes Inventar gehalten hatte.

Richard nickte und sah zu Boden. Die Erleichterung, die er verspürte, ging mit einer Traurigkeit einher, von der er selbst nicht wusste, wo sie herkam. Er hätte Kathi gerne noch viel Glück gewünscht und eine ruhige Hand oder was auch immer man bei einem Eingriff wünschte. Doch sie war schon im OP verschwunden, und Hajo schloss die Tür so leise wie möglich.

Auf einmal war es still. Eine eigenartige Stille.

Richard ließ die Schultern sinken. Jetzt, da Kathi den Raum verlassen hatte, war plötzlich alle Zuversicht verpufft. Ohne sie glaubte er an nichts mehr, obwohl das genauso unvernünftig war, wie auf alles zu hoffen. Doch Richard fühlte sich alleingelassen und verloren in einer Weise, die er sich nicht erklären konnte, außer durch den Umstand, dass er eigentlich gar nicht hier war, nicht in diesem Raum, in dieser Praxis, sondern auf dem Speicher, inmitten von allem Gewesenen, auf seinem tiefsten Grund, dem Ort, wo die Zeit aufgehoben war und die Vergangenheit nie verging.

Es war der Geruch, derselbe Geruch von Desinfektionsmittel und Latex wie damals. Noch ehe er sagen konnte, was ihm so gefährlich vertraut vorkam, hatte sein Körper ihn wiedererkannt, diesen Hygiene-Äther und seine klinisch-aseptische Schärfe. Es musste genau dasselbe Mittel sein, eine chemische Verbindung, so unvergesslich wie der Geruch von Tod. Bevor Richard zurückweichen konnte, schloss sich der Speicher um ihn, und die Erinnerung nahm ihn gefangen. Das Gefühl, schon einmal hier gewesen zu sein, täuschte: Er hatte den Speicher nie verlassen.

Die Gegenwart glich der Vergangenheit.

Das Telefon auf der gummierten Schreibtischunterlage war ein grauer Apparat mit Wählscheibe. Richard zog ihn zu sich heran, als er sich setzte, Kathis Anweisung im Ohr wie einen Befehl. Er gehorchte einmal mehr und dachte an Selma und was er ihr sagen sollte. Dann nahm er den Hörer, zupfte das graue Spiralkabel zurecht und ließ einen Finger über der Wählscheibe kreisen. Er wollte alles richtig machen, stockte aber beim Blick auf das kleine, runde Einsteckschild mit den Notrufnummern. Welche Rettung gab es? Welchen Arzt konnte man von hier noch rufen, auf dem Speicher, wo das Schlimmste immer schon geschehen war? Über diesem Rätsel verging eine Weile, ohne dass Richard aus dem Operationsraum etwas hörte.

Die Vergangenheit glich der Gegenwart.

Langsam führte er den Hörer ans Ohr. Das Freizeichen traf sein Trommelfell überlaut, ein lang gezogener Pfeifton, durchdringend und viel zu hoch. Der Herzschlag hatte ausgesetzt. Seine

Frau war gestorben. Das war die Nachricht. Es war der Sinn dieses Telefons, dass der Tod ihn erreichte.

Er legte auf. Der Ton blieb.

»Nichts zu machen«, flüsterte Richard vor sich hin. Um ihn herum zerrann die Zeit und fiel in Tropfen auf den Grund der Stille.

Wie aus der Tiefe hob er den Blick und sah hinüber zur Tür des OP, hinter der sich sein Schicksal abspielte oder abgespielt hatte, hinter der Entscheidungen fielen und gefallen waren, die über sein Leben bestimmten: was davon blieb und was für immer eine Illusion gewesen sein würde.

Er hatte niemanden mehr.

Aber so musste es kommen, wieder und wieder. Erstaunlich war nur, dass er es nie kommen sah, trotz der Zwangsläufigkeit des Todes, trotz all der Zeichen und Warnhinweise auf seinem Weg. Immer wieder hatte er das Gefühl, nur am Rande des Schicksals zu stehen: Er war der Hilfspfleger zu Hause, der seiner Frau die Stirn tupfte, als das Fieber hochging, der Trittbrettfahrer im Rettungswagen, während sie schrie, der Nachzügler in der Notaufnahme, der den Stimmen, Rufen, Schreien hinterherlief, der Eckensteher im Kreißsaal, bevor es auf die Intensivstation ging und er vollends überflüssig wurde – so überflüssig, wie er von Anfang an gewesen war.

Seitdem war er Witwer, der überflüssigste aller Menschen.

Fieberhaft suchte Richard in dem Geschehenen nach der Lücke im Ablauf, der Sollbruchstelle, an der er hätte eingreifen können oder müssen, um das Unvermeidliche aufzuhalten, aber er fand den Punkt nicht. Das Schicksal hatte ihn nicht gefragt, zu keiner Zeit. Doch das änderte nichts: Die Entscheidung konnte einem abgenommen werden, nicht aber die Schuld.

Sein Kind zu opfern, war der älteste Glaubensbeweis. Dazu war er nicht bereit gewesen. Er hatte geglaubt, dass Gott ein solches Opfer nie von ihm verlangen würde, obwohl es in der Bibel stand, in so vielen Variationen vom Alten bis zum Neuen Testament, dass sich die Heilige Schrift wie ein Buch der Sohnesopfer las. Nur nicht für ihn, hatte Richard gehofft, Gott würde eine Ausnahme mit ihm machen, auch wenn die Ausnahmen, die Gott machte, sich selten glücklich schätzen konnten. Doch das galt für die großen Geschichten. Er dagegen war zu unbedeutend, um von Gott geprüft zu werden, ein kleiner Geistlicher in Kreuzberg. Insofern hoffte er, davonzukommen, ohne Opfer und mit allem. Er wollte Frau und Kind zu seinem Glück, beides, gleichermaßen, und hatte nichts entschieden, nichts gesagt oder getan, um sie zu retten.

Das Maß seiner Liebe war das Maß seiner Schuld.

Mehr kam nicht. Nach dem Tod seiner Frau strafte Gott ihn nicht weiter, sondern zog die Hand zurück aus seinem Leben. Nichts rührte ihn mehr an. Seine Gebete gingen ins Leere, seine Predigten klangen hohl. Richard nannte sich weiterhin Pfarrer, versah Jahr für Jahr seinen Dienst und beantragte nach dem Mauerfall – in der Hoffnung auf eine persönliche Wende zum Besseren – seine Versetzung in die Uckermark. Doch Gott, das spürte er, war nicht mit ihm, sondern hatte ihn fallen gelassen. Er war und blieb der überflüssigste Mensch.

Vielleicht bestand darin die Strafe, in dem Entzug von Sinn. Und dennoch empfand Richard niemals die Nähe eines rächenden Gotts, sondern die äußerste Gottesferne. Die Gläubigen, die sich an ihn wandten, suchten nicht wirklich ihn, sondern einen geistigen Vater. Der Junge brauchte ihn nicht wirklich, sondern seine Mutter. Er war nur ein schlechter Ersatz: ein Mensch, den Gott nicht an den richtigen Platz gestellt hatte, sondern in eine Leere, die er nicht ausfüllen konnte. Er genügte nie. Mehr als jede Strafe, jeden Schmerz spürte Richard die Bedeutungslosigkeit, in die er sich hatte flüchten wollen. Er fühlte sich nicht einmal von Gottes Zorn gemeint.

Das Maß seiner Liebe war das Maß seiner Schuld. Aber auch das füllte er nicht aus.

Er konnte nicht einmal mehr beten.

Richard legte beide Hände flach auf den Tisch, auf die Schreibtischunterlage, die angenehm kühl war. Dann ließ er den Kopf
langsam sinken wie für eine Verneigung, wie niedergedrückt, bis
seine Stirn das Telefon berührte.

# SELMA KLAMMERTE SICH FEST

… an Ollis Arm. »Geht's?«, fragte er. Ihre Knie gaben nach, aber sie konnte sich bei ihm anlehnen und fühlte sich sicher, während sie die ersten Schritte zusammen machten. »Um deinen Laptop und Rucksack kümmer ich mich später«, sagte er, »jetzt bringen wir dich erst mal nach Hause.«

Sie hatte das, was sie sagen wollte, schon fix und fertig im Kopf, doch es dauerte lange, bis sie es einigermaßen verständlich herausbrachte und ihm erklärt hatte, dass sie zum Tierarzt musste, um Morpheus zurückzuholen. Olli lächelte lieb und zeigte ihr wieder die Zahnlücke, die ihn jetzt mit ihr und ihrer geschwollenen Lippe verband. Aber er blieb dabei, dass sie ins Bett gehörte.

Mit Ollis Hilfe hatte sie es fast über den Kirchplatz geschafft, vorbei an all den Menschen in der WLAN-Zone, als ihr wieder einfiel, dass sie ja noch Ilvy Bescheid geben musste. Selma blieb stehen, um ihr Handy hervorzukramen, doch entweder hatte ihr jemand heimlich die Hosentaschen zugenäht, oder die Jeans waren zu eng geworden. Für ihre schwere Zunge schämte sie sich nicht mehr so, Olli war ein guter Zuhörer und wusste, was sie meinte. Nur dass sie ihr Handy nicht aus der Hose bekam, war ihr peinlich.

Als es ihr runterfiel, hob er es auf.

»Soll ich für dich schreiben?«, bot er ihr an. Eine SMS war das Klügste. Sie nickte, was ein ungutes Schwappen hinter ihrer Stirn verursachte. Vor den vielen kleinen Buchstaben graute ihr. Es war alles so mühsam und ermüdend, sie hätte sich am liebsten hingelegt, egal wo, bloß sofort. Immer wenn sie die Augen zumachte, sei es auch nur, um zu blinzeln, kippte sie zur Seite weg. Oliver hatte alle Hände voll zu tun, sie auf den Beinen zu halten. Damit er wenigstens einhändig simsen konnte, ließ sie sich in ihn fallen, ließ zu, dass er ihren Daumenabdruck nahm zum Entsperren, und parkte ihr Kinn auf seiner Schulter. Ihre Lippe blutete nicht mehr und tat auch nicht weh, fühlte sich aber an wie ein Ballon.

Irgendetwas wollte sie einwenden, als er ihr anbot, auch kurz noch den Tierarzt anzurufen, um Bescheid zu sagen, dass alles in Ordnung war und er sich um sie kümmerte. Doch er wählte nur und sagte nichts. Offenbar war besetzt oder keiner mehr da.

»Komm«, gab er ihr einen Ruck, »noch ein Selfie zur Feier des Tages!« So schnell, wie er sie herumwirbelte und den Arm um ihre Taille schlang, konnte Selma gar nicht sagen, dass sie kein Foto wollte. Gnadenlos hielt er ihr das Kamera-Display vors Gesicht und schob sich breit grinsend neben sie, ganz der Schneidezahnlose, während sie vage mit den Händen herumfuchtelte, um sich zum Verschwinden zu bringen.

»Sag mal ›Spaghetti‹«, animierte er sie zum Mitmachen und fing ihre Handgelenke. Es war klar, dass er nicht lockerlassen würde, bis er das Bild bekommen hatte, das er wollte. Doch Selma sagte nichts. Sie musste sich voll darauf konzentrieren, nicht dumm zu gucken oder zu kotzen. Es kam ihr vor, als würde er hundert Fotos von ihr machen oder ein endlos langes Video.

Als er dann auch noch ihr Handy einsteckte, war der Punkt gekommen: Selma packte ihn am Arm, fester, als sie es sich zugetraut hätte, ein Automatismus vom Training, der auch im Vollrausch funktionierte. Nach den Gesetzen der Hebelwirkung hatte sie jetzt die Wahl zwischen Schulterwurf und Polizeigriff. Doch Olli las ihr offenbar jede Wut von den Augen ab. »Ich bewahr's für dich auf, wenn du willst«, sagte er sanft, »falls Ilvy zurücktextet. Ich habe ihr zwar geschrieben, dass was dazwischengekommen ist und du gerade nicht kannst. Aber wer weiß, ob sie sich damit zufriedengibt.«

Selma löste ihren Griff und ließ sich weiter von ihm führen. Doch bei ihr hatten die Alarmglocken geschrillt, sie war jetzt vor Olli gewarnt. Gehen ging besser; ihre Knie hielten. Bis zum Pfarrhaus war es nur ein kurzer Weg bergab.

»Ich komme allein zurecht«, sagte sie dann auf den letzten Metern den Gartenzaun entlang. Falls Kathi und Richard vom Tierarzt zurück waren, wollte sie auf keinen Fall mit Olli zusammen aufkreuzen, falls nicht, war es auch keine gute Idee, ihn mit ins leere Haus zu lassen.

Er musterte sie schräg von der Seite, als würde er bezweifeln, dass sie konnte, wie sie wollte. Eine ganz andere Frage war ihr Misstrauen und ob er es bemerkte. Doch anstatt ihr seine Hilfe aufzudrängen und darauf zu bestehen, dass er sie ins Bett brachte, murmelte er bloß: »Wenn du meinst, dass du das schaffst …«

Als sie nickte, nickte er auch. Dann ließ er sie los.

Selma nahm sich gar nicht erst vor, eine gerade Linie zu laufen für die wenigen Schritte bis zum Gartentor. Sie hielt sich mit einer Hand am Zaun fest, manchmal auch mit zweien. Garten und Terrasse sahen verwaist aus. Die Hintertür, die sonst immer offen stand, war zu, ein klares Zeichen, dass niemand zu Hause war, wie befürchtet, wie gehofft. Sie wollte Kathi und Richard so nicht unter die Augen treten. Doch sie vermisste Morpheus und wünschte sich nichts mehr, als dass er dem Tierarzt noch einmal entwischt war und sich hierher zurückgeschlichen hatte – zu ihr, zu dem Schuppen, in dem sie ihn fütterte, zu der Türschwelle, auf der er sich so gern im letzten Licht des Tages wärmte und streicheln ließ, ganz ohne Scheu.

Die Abenddämmerung war da, der Kater fehlte. Selma wurde schwindelig.

»Uppsala«, rief Olli und war sofort bei ihr, fasste sie aber nicht an. Einen Moment lang warteten beide darauf, dass sich das Karussell in ihrem Kopf langsamer drehte. Es schien mehr als fraglich, ob sie sich so lange halten konnte, aber Selma stand. Sie stand das durch und ging dann sogar freihändig weiter wie auf dem Schwebebalken. Oliver öffnete ihr das Gartentor. Dass er sich um gute Manieren bemühte, nahm sie zur Kenntnis, hielt aber nicht an. »Tschö«, sagte sie nur, ohne sich umzudrehen.

»Du hast was vergessen …«, hörte sie seine Stimme in ihrem Rücken und Schritte auf dem Kies. Vorsichtig schaute sie über die Schulter. Olli kam ihr nach in den Garten, lief schnell auf sie zu. Augenblicklich war sie wieder in Alarmbereitschaft. Doch er wedelte nur mit ihrem Handy und gab es ihr zurück. Dass es so leicht sein würde, hätte sie selbst nicht gedacht.

»Danke«, brachte sie hervor, »danke für alles.« Einen Augenblick zögerte sie. Vielleicht hatte sie ihm doch Unrecht getan. Irgendetwas wollte sie hinzufügen, etwas Persönliches, aber ihr fiel nichts ein.

»Rauchen wir noch eine zusammen?«, schlug er vor. »Draußen natürlich …« Er blinzelte in die letzten Sonnenstrahlen wie Morpheus, wenn er beim Streicheln den Kopf hob. Sie standen schon vor der Terrasse. Auf der Steinbank lag ein warmer Schimmer.

»Eine«, willigte sie ein.

Olli zückte sein Zippo und ließ es mit einer lässigen Bewegung aus dem Handgelenk aufflammen. »Feuer hab ich, hast du Fluppen?« Selma seufzte. Bei dem Gedanken an das Gefummel mit ihren Hosentaschen verlor sie schon wieder die Lust. Doch offenbar war ihm die Zigarettenschachtel in ihrer engen Jeans gleich aufgefallen, und er hatte es genau darauf abgesehen.

»Darf ich?« Seine Hand beantwortete die Frage eigenmächtig und strich über ihren Hintern. Daumen und Zeigefinger schoben sich in die Gesäßtasche, die anderen Finger spreizten sich in Tuchfühlung mit ihrem Po. Doch bevor Selma ihm das Knie in den Unterleib rammen konnte, hatte er sich die Packung schon geschnappt und entfernte das Zellophan. Dann zündete er eine

Zigarette für sie an und rückte ihr in Gentleman-Manier ein paar Kissen auf der Bank zurecht. Sie versuchte, nachzurechnen, wie viele Stunden sie nicht mehr geraucht hatte, und jieperte dem ersten Zug entgegen. Doch anstatt ihr die Zigarette zu geben, drehte er ihr plötzlich den Arm auf den Rücken, drückte seine Lippen auf ihre und blies den Rauch von Mund zu Mund. Selma hustete, wand und wehrte sich, verlor aber das Gleichgewicht und taumelte rückwärts. Ihr Versuch, ihn mit umzureißen und zuunterst zu wuchten, schlug fehl. Sie wurde auf die Bank gedrängt, wo er sich breitbeinig auf sie setzte und ihren Oberkörper eng an die Steinwand presste. Im Zurückweichen schlug sie mit dem Hinterkopf gegen das Gemäuer, ein Schwappen auch das, aber eins, das nicht nachließ. Obwohl sie sich kaum noch bewegen konnte und ihr Körper fixiert war, hatte sie das Gefühl, ins Bodenlose zu fallen.

»Wir wollten doch zusammen eine rauchen«, raunte Olli beschwörend und holte sie mit einem Biss ins Ohrläppchen zurück. »Wenn du dich nicht wehrst, tut es nicht weh.«

Als sie die Augen aufriss, sah sie das Ende seiner Zigarette aufglimmen, nur wenige Zentimeter vor ihrer Stirn. Nach einem langen, tiefen Zug näherte er sich wieder ihren Lippen. Selma versuchte, sich wegzudrehen, warf ihren Kopf nach rechts und links, vergeblich. Er küsste sie so hart auf den Mund, dass sie noch mal gegen die Wand schwappte. An dem Kribbeln merkte sie, dass ihre Lippe wieder aufgeplatzt war. Was sich warm anfühlte auf der Zunge, war nicht Rauch, sondern Blut. Ein Nikotinstrom folgte. Selma hielt die Luft an. Der Druck in ihrer Lunge nahm zu, der Hustenreiz auch. In ihrer Not wusste sie keinen anderen Ausweg, als ihren Widerstand aufzugeben und sich nicht mehr gegen ihn zu stemmen, sondern mitzugehen in die Richtung, die er vorgab, noch fester gegen die Wand, in den Stein hinein.

Dann sank sie um, sank zur Seite. Selma bekam wieder Luft, Mund und Nase waren frei geworden. Sie landete weich, Morpheus-weich, in ihrer Erschöpfung. Zu spät wurde ihr klar, dass sie ihm nicht entwischt war, sondern nur umkippen konnte, weil er es so wollte. Es war kein Ausweg, sondern eine Falle, genau der Fehler, den sie nicht machen durfte, so hatte sie es im Training eingebläut bekommen: nie zu Boden gehen, nie unten sein, immer, um jeden Preis, oben bleiben! Jetzt war er über ihr, ihr über. Aber egal, dachte sie, während sein Gesicht auf sie herabblickte, groß, erbarmungslos, und sie mit ansehen musste, wie er den nächsten, tiefen Zug nahm. Egal, egal, dass er sie jetzt genau da hatte, wo er sie haben wollte, ganz egal. Lange konnte diese Zigarette nicht mehr brennen. Bis dahin ging sie ihren Ausweg weiter, immer weiter in den Stein, die Steinplatten am Boden, das letzte Ende des Wegs, von dem er nichts wusste, nichts wissen konnte, zu der geheimen Schwelle, die sie überschreiten musste, um Stein zu werden, seine Kälte anzunehmen, seine Härte und Geduld. Sie musste sich verwandeln.

Sein Mund stieß wieder zu und traf ihre Lippen, die wie Wolken waren, Blutwolken, aber es tat nicht weh. Blut betraf sie nicht länger, sondern floss über den Stein, der sie war, ohne einzusickern oder vorzudringen ins Innere ihrer Versteinerung.

Es ging sie nichts an.

Endlich sah sie aus den Augenwinkeln, wie etwas durch die Luft flog, etwas Rotes, Glimmendes, Glühwürmchengroßes. Er hatte die Zigarette weggeschnippt, in hohem Bogen, in den Himmel. Es hätte vorbei sein müssen, aber er machte weiter, ohne Rauch. Das Warme, Wulstige, das sich ihr jetzt aufdrängte, war er selbst. Der Schneidezahnlose hatte den Mund weit aufgerissen. Seine Zahnlücke saugte an ihren Lippen. Sie spürte den knorpelharten Gaumen und die Spitze seiner Zunge, die immer wieder durch die Lücke stieß, als wollte sie bei ihr anklopfen. Selma biss die Zähne zusammen und suchte nach dem festesten Punkt in sich, dem Kern der Unzerstörbarkeit. Doch seine Finger, die nach Rauch rochen, krallten sich in ihre Wangen und drückten ihr die Kiefer auseinander. Der Stein zerbrach. Ihr Kinn klappte runter, ihr Mund ging auf. Doch sie konnte nicht schreien, seine Zunge war schon da und bohrte sich tiefer, während sie durch den Stein fiel, durch loses Geröll, ohne Halt. Seine Zunge war überall.

Und dann biss sie zu, biss die Zähne zusammen, so fest sie konnte. Sie spürte, wie ihre Schneidezähne durch Fleisch gingen, zartes, warmes Fleisch, einfach so. Es war unglaublich weich, eine weiche, erdbeergroße Zungenspitze, die langsam in ihren Rachen rutschte, begleitet von Blut, einem Schwall, der sie überströmte, nicht nur ihre Lippen, ihr Kinn, ihr Gesicht. Viel Blut, aber nicht ihres. Ihr Blut war das wenigste, und der Schrei, den sie schrie, nicht der lauteste.

# RICHARD SCHRECKTE VON
# EINEM DUMPFEN RÜTTELN

… und Rumoren auf. Als er den Kopf hob, klingelte das Telefon. Schnell nahm er Haltung an, setzte sich aufrecht an den Schreibtisch, die Hände ordentlich zu beiden Seiten, und starrte vor sich auf den Apparat. Aber er dachte nicht daran, den Hörer abzunehmen. Kein Mensch wusste, dass er hier war, und der Tierarzt hatte Wichtigeres zu tun. Die Tür, hinter der sich sein Schicksal entschied, blieb geschlossen.

Nach dem letzten Klingeln war es stiller als zuvor.

Richard wartete noch einen Moment, um sicherzugehen, dass der Anrufer, wer immer es war, aufgegeben hatte. Dann nahm er sich einen Kugelschreiber und schrieb aus dem Gedächtnis drei Nummern auf einen vergilbten Briefumschlag: zuerst die von Holgers Klinik in Berlin-Buch, sofern er sich richtig erinnerte, als zweites seine eigene, um mit Selma zu sprechen, und zu guter Letzt seine persönliche Notfallnummer, die einzige, die er regelmäßig anrief: Marias Nummer in Berlin.

Er war nur kurz und traumlos weggenickt, fühlte sich aber frischer als sonst nach ein paar Stunden Schlaf. Wie über Nacht hatte sich für ihn herauskristallisiert, was als Erstes zu tun war. Eine Aussprache würde die Dinge nicht besser machen, das stand für ihn fest, aber es gab einen Weg, sich mit Holger wieder zu versöhnen: Morpheus. Kein Wort, keine Geste konnte mehr bedeuten, als wenn der Junge von ihm am Ende seines Lebens ein Haustier bekam. Deswegen – und nicht um sich zu entschuldigen – wollte er in der Klinik anrufen. Holger musste das wissen. Sollte Kathi tatsächlich mit guten Nachrichten aus dieser Tür kommen und Morpheus die Operation überleben, dann würde er ihn erben. Das war mehr als ein Versprechen, es war sein letzter Wille. Und dieser Wille zählte vielleicht auch, wenn Kathi schlechte Nachrichten hatte.

Richard warf noch einen prüfenden Blick auf die Tür zum OP. Dann wählte er die Nummer der Klinik, die er notiert hatte, selbst überrascht, wie geläufig sie ihm war. Der Ruf ging sofort durch.

Er war entschlossen, nicht aufzulegen, bevor er mit seinem Sohn gesprochen hatte. Das Tier, das gerade um sein Leben kämpfte, war das Wertvollste, was er besaß, und der Gedanke, Morpheus wegzugeben, unerträglich. Doch wenn Holger ihn nur ein wenig ins Herz schloss, dann konnte ihm der Therapiekater, der sein Herrchen verloren hatte, vielleicht zurück ins Leben helfen. Damit wäre nicht alles wieder gut; das Tier war nur der kleinste Teil seiner Schuld. Aber der einzige, den er begleichen konnte.

Mehr Versöhnung war nicht möglich.

Er wartete eine Weile, doch niemand nahm ab. Das Rufzeichen tutete gleichmäßig und monoton, der Apparat funktionierte; normalerweise musste in der Klinik immer jemand erreichbar sein, in Berlin-Buch besonders. Mehr verwundert als verärgert drückte Richard die Gabel herunter und wählte dieselbe Zahlenfolge noch einmal. Dann fiel ihm der Fehler auf. Die Nummer, an die er sich so unauslöschlich erinnerte, war über fünfundvierzig Jahre alt und gehörte zu dem Krankenhaus in Kreuzberg, in dem seine Frau gestorben war.

»Falsch verbunden«, sagte Richard zu sich selbst.

Trotz seiner ganzen Routine im Trauern und Ertragen brauchte er einen Moment, um darüber hinwegzukommen.

Dann wählte er die zweite Nummer, seine eigene. Es gab leichtere Gespräche, als Selma erklären zu müssen, dass sie den Kater nicht bekommen würde, nachdem sie sich so um ihn gekümmert hatte. Sie war vernünftig, keine Frage, und von allen Kindern, die er kannte, das ruhigste, einsichtigste, sein Trostkind. Doch so wie sie ihm immer ein bisschen zu nah kam, war sie auch Morpheus zu nah. Er wollte ihr nicht das Herz brechen, aber er musste sie bitten, es nicht nur zu verstehen, sondern auch für ihn zu tun und Morpheus an ihren Vater abzugeben.

Während die Wählscheibe durchlief, dachte er zum ersten Mal, dass alles einfacher wäre, wenn der Kater nicht überlebte.

In dem Moment sah er den Koffer.

Er legte eine Hand auf die Scheibe, stoppte sie und blieb genauso sitzen, wie er saß. Den Koffer sah er nicht direkt an, wie um die Gedanken von sich fernzuhalten, die bei seinem Anblick aufkamen. Doch er konnte ihn nicht ignorieren. Kathis schwarzlederner Arztkoffer stand in einer Nische neben der Tür bei den Arztkitteln, von denen sie einen angezogen hatte, um als weißer Engel weiterzugehen und den Koffer mit dem Fentanyl hier stehen zu lassen, in einem Raum mit ihm.

Richard kam aus dem Stuhl hoch und betrachtete ihn aus der Nähe. Sicher, dachte er, hatte Kathi den Koffer deshalb mitgenommen, weil sie immer mit Fentanyl arbeitete und so die richtige Dosis am besten einschätzen konnte, um den Kater zu sedieren. Doch es gab ihr auch die Macht, Morpheus, dem Gott der Träume, einen letzten Traum zu schicken, aus dem es kein Erwachen gab.

Es war nicht schwer zu erkennen, dass sie auf ihre eigenen Vorräte oder Utensilien zurückgegriffen hatte. Der Kofferdeckel war nur angelehnt, die Zahlenschlösser entriegelt und die Schnallen aufgeklappt. Noch nie hatte Kathi ihr Heiligtum offen und unbeaufsichtigt gelassen. Die Möglichkeit, die sich ihm bot, traf Richard wie ein Beil.

Alles wäre einfacher, wenn Morpheus nicht überlebte. Doch am einfachsten würde es sein, wenn er selbst endlich starb. Davon trennten ihn nur ein paar Handgriffe.

Richard konnte sich auf nichts besinnen, was ihn davon abhalten sollte.

Er ballte die Hände zu Fäusten und versuchte, Haltung anzunehmen. Den Kofferdeckel klappte er nicht auf. Luft war jetzt das Wichtigste, Luft zum Atmen, er brauchte einen klaren Kopf und ging die wenigen Schritte zur nächsten Fensternische. Die Luke ließ sich nur ein wenig kippen, doch der Spalt war groß genug. Richard hielt sein Gesicht in den Luftzug und streckte die Nase aus dem Dunst von Desinfektionsmittel und Ethanol, den er mittlerweile kaum noch roch, aber im Rachen spürte. Er atmete tief ein, erst mit geschlossenen Augen, dann schaute er an dem eisernen Kreuz aus Fensterstreben vorbei ins Freie, ohne weiter über seine Form und Bedeutung nachzudenken. Er musste aufhören, überall Zeichen zu sehen.

Viel Aussicht war nicht. Draußen, drei, vier Meter über den betonierten Hinterhof, stand ein Stallgebäude mit grauem Kratzputz und eingesunkenen Schindeln, ausgestorben, wie es schien. Aus den fensterlosen Bögen starrte die Dunkelheit. Richard öffnete eine zweite Luke. Dann ging er zum Telefon und wählte Marias Nummer im Stehen.

Er hatte ihre Hilfe schon oft gebraucht, aber noch nie so wie jetzt. Mehr als alles andere wünschte er, sie wäre hier, in diesem Moment, im Angesicht dieser Möglichkeit. Was sie besaß wie niemand sonst, war ein fester Glaube. Maria glaubte unbeirrbar. Damit hatte er sie oft aufgezogen, in dem mal verdeckten, mal offenen Glaubensstreit zwischen ihnen, der nie ganz verstummte. Doch auch wenn er dabei die Beichte als Ablass mit anderen Mitteln kritisierte und als alles entsorgende »Schuldabfuhr« oder Maria namentlich mit dem Marienkult ärgerte: In Wahrheit beneidete er sie für ihre Festigkeit.

Und dafür, dass sie glaubte und er – in Wahrheit – nicht.

Richard nahm nicht wieder Platz, sondern stützte sich nur mit einer Hand auf den Schreibtisch, während er den Rufzeichen nachlauschte und dem sporadischen Geknister in der Leitung. Wenn er sich setzte, würde er sich wie auf dem Beichtstuhl fühlen, befürchtete er. Dabei war es das, wonach er sich am allermeisten sehnte: Er wollte Maria alles beichten und nichts zurückhalten, auch nicht seinen Wunsch nach Nichtsein.

Wieder ließ er es lange klingeln, in der Leitung dasselbe Tuten wie aus der Vergangenheit. Doch bei Maria konnte er sicher sein, dass die Nummer stimmte und sie zu Hause war. Sie musste. Kathi und Selma hatten heute früh erst von ihrer Quarantäne gesprochen und davon, dass die zwei Wochen der Isolation noch immer nicht ganz vorbei waren.

»Thomann?« Die Stimme kam wie aus dem Nichts.

Im ersten Moment fühlte Richard sich gemeint und war verwirrt. »Maria?« Sie hatte den Familiennamen nach ihrer Scheidung behalten, meldete sich damit aber sonst nie. »Bist du das, Maria? Hier ist Richard, ich rufe nicht von zu Hause aus an, sondern vom Arzt, vom Tierarzt. Bist du am Apparat?«

Statt einer Antwort legte sich raschelnd eine Hand auf die Sprechmuschel und hielt sie zu. Vielleicht hatte es »bei Thomann« heißen sollen, doch bei ihr in der Wohnung durfte niemand sein. »Ist alles in Ordnung, Maria?«

»Alles in Ordnung.« Es war ein Mann, der sprach, ein junger Mann. »Sag bloß, du erkennst mich nicht!«

Richard sagte nichts. Die Stimme kam ihm tatsächlich bekannt vor, aber es schien so lange her, dass er tief in den Speicher hinabsteigen musste. Der Mann am anderen Ende war sehr jung.

»Du weißt wirklich nicht, wer ich bin, oder? Gib's zu.« Das leise Knistern und Rascheln ging in ein diffuses Kichern über.

»Holger?« Es war die Stimme seines Sohnes, nur jünger, so wie damals, als er versucht hatte, sich das Leben zu nehmen. »Holger, wo bist du?«

Das Kichern hörte nicht auf, sondern wurde lauter. Es lachte ihn aus, doch das geschah ihm recht. Schließlich wusste er, wo sie waren: im Speicher. Nur dass er nicht die Erinnerung gesucht und gefunden hatte, sondern sie ihn.

Richard ließ den Hörer sinken. Die Vergangenheit war nicht vergangen und zog ihn immer tiefer hinein und hinunter bis auf den Grund. Als er die Nachricht von Holgers Suizidversuch erhalten hatte, hatte er sich zum ersten Mal in seinem Sohn wiedererkannt, nicht in seiner Traurigkeit, sondern in seinem Todeswunsch und der Idee des Opfers. Holger war dazu bereit gewesen. Dieser mitleidige, überempfindliche Junge, der aufheulte, wenn man eine Fliege erschlug, besaß mehr Mut als sein Vater. Was er getan hatte, sollte kein Selbstmord sein, sondern ein Selbstopfer, ihm zuliebe, das Sohnesopfer, vor dem er zurückgeschreckt war. Das Kind hatte es geahnt, der Junge es verstanden, der Sohn spiegelte den Vater. Richards Entsetzen darüber, dass sich sein eigen Fleisch und Blut das Leben nehmen wollte, war vor allem ein Entsetzen über sich.

Er stieß sich vom Schreibtisch ab und wankte zum Fenster zurück. Vor dem Kreuz senkte er den Kopf, er wollte es nicht sehen, sondern beugte sich vor mit geschlossenen Augen und fühlte die Dämmerung fallen. »Gott träumt im Tier und erwacht im Menschen«, wiederholte er tonlos das Mantra so vieler seiner Predigten. Ein böses Erwachen, dachte er bitter. Gott hätte besser daran getan, für immer im Tier zu träumen, in der Pflanze zu atmen und im Stein zu ruhen. Stein zu sein und Gottes Schlaf zu schlafen, schien ihm der einzige Trost.

Richard ging in die Knie und klappte den Arztkoffer auf. Er hatte Kathi nur selten über die Schulter sehen können, wenn sie ihre Vorbereitungen traf. In den vielen Fächern, Klappen, Seitentaschen fand er nicht gleich, was er suchte. Seine Finger zitterten wie die eines Süchtigen, doch die Erregung, die sich seiner bemächtigte, hatte weniger mit Gier zu tun als mit dem Gefühl, eine Grenze zu überschreiten, die Grenze aller Grenzen.

Mit den Fentanyl-Pflastern, die zuoberst lagen, konnte er nichts anfangen, sie wirkten nicht schnell und nicht stark genug. Die Ampullen mussten gesondert verstaut sein, sofern Kathi sie nicht mit zur OP genommen hatte. Richard sah noch einmal nach der Tür und zog dann eine milchige Plastikbox hervor, die sich merkwürdig kalt anfühlte. Als er sie öffnete, kam eine Art Gefrierbeutel mit undefinierbarem Inhalt zum Vorschein. Das Geschwür erkannte er erst im Licht der Schreibtischlampe. Es sah aus wie ein Stück Darm oder Gehirn, musste sich aber um die Gewebeprobe handeln, die Kathi für eine Laboruntersuchung des Tumors genommen hatte. Die Wucherung lief eigenartig spitz zu und bildete zur Seite hin ein schwarzes Dreieck wie einen kleinen Flügel oder Felllappen, den Richard nicht zuordnen konnte, bis er den Beutel senkrecht hielt und die Spitze sich aufstellte. Es war ein Ohr, ein Katzenohr, an dem ein Zacken fehlte. Die Haut an den Rändern schimmerte rötlich, fast rosa.

Der Tierarzt hatte ihn vorgewarnt, dass Morpheus nach der OP nicht mehr der Alte sein würde. Dass ihm ein Teil seines Kopfes fehlen würde, hatte er nicht gesagt.

Richard legte den Beutel zurück in die Box und die Box zurück in den Koffer. Das Zittern und die Aufregung waren schlagartig vorbei. Er war ganz ruhig auf einmal, leicht benommen wie nach einem Schlag, aber seelenruhig. Langsam stand er auf, verließ das Büro und ging in die Küche, wo die Lebendfalle noch auf dem Tisch stand. Die Maus huschte hinter den Gittern hin und her. Er nahm den Käfig mit ihr in die andere Hand, einfach nur weil sie lebte. Sie konnte bei ihm wohnen, in seiner Küche, auf seiner Terrasse, wie sie wollte. Er war bereit, der Natur alles zurückzugeben, seine Vorräte, sein Haus, seinen Körper. Das war der Traum, dem er folgte, während er die Küche verließ und weiterging durchs Wartezimmer, den Flur entlang, über den Seitenausgang hinaus ins Freie.

# JAKOB UND HENK

… sahen sich nach dem Anruf an, ratlos und entgeistert, wenn auch aus verschiedenen Gründen: Henk, weil er eine Erklärung erwartete, Jakob, weil er keine hatte. Stattdessen lief er in der Wohnung seiner Mutter hin und her und wiederholte immerzu, dass es der Wahnsinn sei, der reine Wahnsinn.

»Wieso? War ein Gespenst an der Strippe?«

Jakob blieb stehen. »Mein Großvater.«

»Und?«, murmelte Henk. »Was wollte er?«

»Meine Mutter sprechen, nehme ich an.«

»Klingt nicht besonders wahnsinnig, wenn du mich fragst.«

»Mann, ich dachte, er sei tot! Und so hat er sich auch angehört, wie eine Stimme aus dem Jenseits …« Jakob fasste sich an den Kopf. Wenn ihn nicht alles täuschte, hatte sein Großvater ihn für seinen Vater gehalten und »Holger« genannt.

Henk machte eine fatalistische Handbewegung. Er hatte ihn gewarnt, ans Telefon zu gehen. »Das gibt Ärger, wenn sich rumspricht, dass du dich hier breitgemacht hast.« Mit der Fußspitze schob er einen Stapel Pizzakartons von sich weg. »Wir sollten hier abhauen, bevor deine Mutter zurückkommt.«

»Nicht wir, du!« Jakob erinnerte immer wieder gerne daran, dass er in dieser Wohnung zu Hause war und Henk nur zu Gast.

»Erst will ich mein Geld.« Henk lehnte sich in seinen Sessel zurück und verschränkte die Hände hinter dem Kopf.

Damit waren sie wieder bei dem Thema, von dem Jakob so die Nase voll gehabt hatte, dass er lieber ans Telefon gegangen war.

Jetzt hatte er mit Richard noch eine Sorge mehr. Das war typisch. Sein ganzes Leben verlief in Teufelskreisen. Jedes Problem, dem er ausweichen wollte, kam als zwei Probleme zurück.

»Ich habe dir einen Job als Chauffeur angeboten«, fing Henk von vorne an, »nicht dein Traumjob vielleicht, aber eine verdammt gute Möglichkeit, deine Schulden zu bezahlen.«

»Du kriegst dein Geld schon noch.« Im Lockdown reichte es nicht, naturstoned zu sein, das hatte auch Jakob schnell gemerkt. Die Haschkekse waren schon nach zwei Tagen weg gewesen, um der Bewusstseinsschrumpfung in dieser Wohnung entgegenzuwirken. Blieb also nur Henk. Als Freund seiner Ex-Freundin war er einer der wenigen Horizonterweiterungslieferanten, bei dem Jakob Kredit hatte. Leider, wie sich zeigte, nicht unbegrenzt.

»Ich würde ja selbst fahren«, gab Henk sich wieder kumpelhaft, »aber mein Lappen ist weg, und Taxi fällt zu sehr auf.«

»Fahr doch Bahn. Einmal Amsterdam und zurück. Ist eh besser für die Umwelt.«

»Sag mal, bist du so blöd, oder tust du nur so?«

Wahrscheinlich hätte er besser zuhören sollen bei Henks komplizierten Erklärungen über Grenzschließungen im Schengen-Raum, Personenkontrollen in Zügen und Schleichwegen über die grüne Grenze. Doch Drogenschmuggel war so ganz und gar nicht sein Ding.

»Bedenkzeit«, murmelte Jakob, »gib mir Bedenkzeit.«

Einmal mehr schielte er aus den Augenwinkeln nach dem versteckten Tresor in der Wand und durchforstete sein Gedächtnis nach der richtigen Kombination. Welches Datum, das sie nie vergessen würde, welche denkwürdige Zahlenfolge hatte seine Mutter als Code gewählt? Bei dem Versuch, sich mnemotechnisch in sie hineinzuversetzen, hatte Jakob die Geburtstage fast aller Familienmitglieder ausprobiert, einschließlich seines eigenen. Die Tresortür hatte sich kein Stück bewegt.

»Du hast fünf Minuten«, sagte Henk.

»Fünf Minuten?!« Eigentlich hatte er an einen Tag oder wenigstens diese Nacht gedacht. Doch Jakob war klar, dass nur noch Resultate halfen, wenn er nicht in Angelegenheiten hineingezogen werden wollte, aus denen er nicht wieder herauskam. Dabei lag die Rettung so nah! Der Tresor seiner Mutter war praktisch in Reichweite. Nur ein Stahlgehäuse trennte ihn von der Lösung seiner Probleme. Und irgendwo im Dunkel seines Gedächtnisses schlummerte die Zahlenfolge, die »Sesam-öffne-Dich«-Formel, bei der die Tresortür aufsprang.

»Vier«, ließ Henk ihn wissen.

»Wärst du grundsätzlich einverstanden, wenn ich meine Schulden mit Medikamenten bezahle?«, fragte er zurück, um Zeit zu gewinnen. Die Wahrscheinlichkeit, dass seine Mutter Bargeld in ihrem Tresor hatte, war wie ihre Ersparnisse gering. Doch Jakob rechnete mit jeder Menge Pillen und Ampullen. Als mehr oder weniger Alleinerziehende hatte seine Mutter dafür sorgen müssen, dass ihre Palliativ-Apotheke, mit der sie Kathi Kuhn des Öfteren begleitete, kindersicher unter Verschluss war.

»Drogen gegen Drogen?« Henk musterte ihn misstrauisch. »Kommt darauf an …«

Demerol, Diazepam, Doxylamin, die lange Liste der Sedativa und Antidepressiva war Jakob von Haus aus so vertraut wie anderen Leuten Thymian und Rosmarin. Er hoffte nur, dass man die Herkunft der Medikamente nicht bis zu seiner Mutter zurückverfolgen konnte. Das würde sie ihm nie verzeihen.

»Wo hast du den Stoff?«

Henk den Tresor zu zeigen, erschien Jakob in mehrerer Hinsicht riskant. Nicht nur, weil die kriminelle Energie, die er damit auf den Plan rief, schwer zu kontrollieren sein würde. Der Tablettentresor seiner Mutter war auch eine Art Familientabu, an das man besser nicht rührte. Nur, was sollte er machen? Es war ein Notfall, kein medizinischer, aber genauso existenziell, wenn er nicht als Fahrer eines Drogentransports enden wollte.

»*Aquí*«, sagte Jakob. »Der Stoff ist hier in dieser Wohnung.«

Einen Augenblick schien Henk verdattert, dann lachte er laut und lange wie über einen guten Witz. »Und warum«, fragte er dann, »schluckst du nicht deinen eigenen Scheiß?«

»Weil …«, hob Jakob zu einer Erklärung an, unterbrach sich aber. Es war mal wieder so ein Teufelskreis, ein weiterer Fall von Problemvermehrung. Hätte er sich gleich nach den Space Cakes hingesetzt und in aller Ruhe die Kombination ausgetüftelt, wäre er Krösus im Reich der Morphine gewesen. Was für eine entspannte Zeit hätte er haben können, ohne Henk oder sonst irgendwen zu seinem Glück zu brauchen! Doch er war davor zurückgeschreckt, das Tresor-Tabu zu verletzen und seine Mutter zu beklauen. Keine zwölf Tage später hatte er Schulden, Zeitdruck und beklaute seine Mutter im Endeffekt doch, nur dass er jetzt voraussichtlich den Großteil seiner Beute abgeben musste und froh sein konnte, wenn noch etwas für ihn übrig blieb.

»Weil«, kam er auf die Frage zurück, »es gäbe da noch ein kleines Problem: den Safe.« Er glaubte, förmlich sehen zu können, wie Henks Augen sich verengten.

»Welchen Safe?«

»Meine Mutter ist Anästhesistin und hat das allerbeste Zeug, nur eben aus Sicherheitsgründen in einem Safe«, erklärte Jakob ganz ruhig und deutete dann auf die Wand zum Badezimmer. »Da.«

Henk starrte die Wand an und dann wieder ihn. »Kann ich mal sehen?«

»Er ist hinter dem Chagall-Poster.«

»Ich meine, den Inhalt.«

»Tja, also, die Sache ist die …« Jakob kam ein wenig ins Schwitzen. »Er ist zu.«

Henk stutzte und lachte aufs Neue, aber weniger herzlich. Dann meinte er: »Drei.«

»Moment, nicht so schnell! Noch reden wir doch, du und ich …«

Er suchte nach der richtigen Formulierung. »Also, ich dachte, wir beide, auch wenn es ein bisschen – na ja – krass klingt, wir könnten ihn knacken.«

»Den Safe?« Henk lachte nicht mehr, sondern beugte sich langsam zu ihm vor und machte ein ernstes Gesicht: »Bist du verrückt? Ich mach doch keinen Bruch und raube deine Mutter aus, nachdem ich in ihrer Wohnung übernachtet habe. Wie stellst du dir das vor?«

»Darüber ich mir schon Gedanken gemacht«, beeilte sich Jakob, die Dinge ins richtige Licht zu rücken. »Die Rückwand vom Tresor ist auf der Badezimmerseite, wo sich die Fliesen sowieso lösen und abgenommen werden müssen wegen des Wasserschadens. Wenn wir uns von dort aus an den Safe heranarbeiten und ihn sozusagen rückwärts rausziehen, geht das fast geräuschlos und fällt nach der Sanierung gar nicht auf. Den Safe als solchen können wir hier drin natürlich nicht sprengen oder aufbrechen, das wäre zu laut, jetzt, wo alle zu Hause hocken. Aber ein Kommilitone von mir macht Eisenskulpturen in einer Autowerkstatt in Neukölln. Der schweißt uns das Ding auf und wieder zu in Nullkommanichts, kein Problem –«

»Jakob«, unterbrach Henk, »entschuldige, aber du hast mich nicht richtig verstanden. Wie wir den Safe knacken, ist nicht der Punkt. Der Punkt ist«, wiederholte er eindringlich, »es ist illegal.«

»Illegal …?« Damit hatte Jakob nicht gerechnet. Wenn das illegal war, was waren dann Drogenschmuggel und Dealerei?

»Ich weiß, was du sagen willst.« Henk legte einen Finger auf seinen Mund. »Aber das sind zwei verschiedene *par de zapatos*. Berlin–Amsterdam–Paris–Barcelona, das ist nicht bloß Kunst- und Kulturförderung, es ist das Geschäft der Zukunft! So zukünftig, dass es die Behörden im Moment noch nicht gerne sehen, ja, aber es wird legalisiert werden, früher oder später, was man von Einbruch und Diebstahl nicht behaupten kann. Privateigentum wird es immer geben, das Betäubungsmittelgesetz nicht, das ist der Unterschied. Ich bin kein Verbrecher, ich gehe der Legalisierung voraus.« Jakob war sich nicht sicher, ob Henk wirklich glaubte, was er da sagte. »Also, Safe hin, Safe her, wenn du gegen die Gesetze verstoßen willst, ist das deine Sache, aber ohne mich. Ich bin nicht kriminell, sondern nur einen Schritt vor dem Gesetzgeber.«

Ungläubig und unglücklich sank Jakob auf die Couch. Eine zerknüllte Socke rollte von dem Klamottenberg neben ihm auf seinen Schoß. Aus Gewohnheit führte er sie kurz zur Nase, bevor er sie wegwarf, nur um feststellen zu müssen, dass seine Wäsche genauso muffig und schimmelig roch wie das Badezimmer, obwohl er sie gerade deswegen nicht in die Waschmaschine gestopft hatte. Problemvermeidung führte zu Problemvermehrung. Es war immer dasselbe Prinzip.

Henk stand auf, schob den Chagall mit zwei Fingern beiseite und nahm den Tresor samt Tastatur in Augenschein. Für einen Moment sah es so aus, als könnte er seine Meinung ändern. Vielleicht kannte er eine Schwachstelle des Fabrikats oder irgendeinen Trick, wie man der Tastatur den Code ablauschte. Doch er musterte den Safe nur, ohne eine Miene zu verziehen, und rückte das gerahmte Poster wieder an genau dieselbe Stelle.

»Ich will nicht behaupten, dass es den meisten meiner Kundinnen und Kunden um mehr geht als ein bisschen Flucht vor der Welt. Die einen brauchen es für ihre Arbeit, die anderen, um sich nicht zu Tode zu langweilen, und alle glauben, sie erleben was Besonderes. Doch wenn man so lange dabei ist wie ich, erkennt man irgendwann das Muster, die Matrix des Ganzen: Die Menschen halten ihr Leben immer weniger aus. Das Sein flieht das Bewusstsein und umgekehrt. Drogen, *amigo*, sind inzwischen die wichtigste Mahlzeit des Tages. Unseren täglichen Rausch gib uns heute! Und das sage ich nicht aus meinem Eigeninteresse als Inspirationsprovider für Kunst und Kultur, sondern als nicht mehr ganz so junger Postkommunist, der die Herren Anzugträger von der Pharmaindustrie früher immer verteufelt hat. Heute halte ich sie für die

Guten. Sie tun wirklich etwas für die Gemeinschaft. Denk mal darüber nach. Ohne Chemie, ohne die Massenproduktion an synthetischen Substanzen, die unser Gehirn besser versteht als jedes Bild oder Buch oder Kunstwerk, gibt es keinen Frieden. Ohne Chemie gerät die Scheiße in den Köpfen außer Kontrolle. Ohne Chemie fliegt uns die ganze Gesellschaft um die Ohren, quer durch alle Schichten und jede Schicht für sich. Chemie ist das Einzige, was den Laden zusammenhält, und deswegen bleibt den Regierungen gar nichts anderes übrig, als immer mehr Betäubungsmittel freizugeben und die Bevölkerung ruhigzustellen. Mit der Digitalisierung kommt die Legalisierung, glaub mir. Es wird immer weniger Arbeit geben und immer mehr Chemie. Willkommen im pharmazeutischen Zeitalter!«, sagte Henk mit Blick auf Chagalls kubistisch aufgebrochene Gestalten oder den Tresor dahinter.

Jakob hatte nur mit halbem Ohr zugehört. Ihm war ein Gedanke gekommen, ein sehr guter Gedanke. Not machte erfinderisch, darauf konnte er sich verlassen. Das war seine größte Stärke. Wenn es absolut keinen Ausweg gab und er mit dem Rücken zur Wand stand, war er am kreativsten, geistesgegenwärtigsten. Dann war er genial.

»Aus dem Weg!«, sagte er nur und peilte den Tresor an.

Doch Henk ließ sich nicht so einfach beiseiteschieben und sah mit einem überlegenen Grinsen auf ihn herab. Er war mehr als einen halben Kopf größer. »Bevor du dich unglücklich machst, *muchacho*, frag dich einmal kurz: Was ist das kleinere Übel, eine Spritztour ins gelobte Land der Coffeeshops oder schwere Sachbeschädigung, Diebstahl und Medikamentenmissbrauch in Berlin?«

»Ich weiß die Kombination«, sagte Jakob.

Henks Grinsen wechselte den Aggregatzustand und gefror. »Und warum sagst du das nicht gleich?«

»Ich hatte eine kleine Blockade.« Das war die Wahrheit, auch wenn seine Blockade schon sehr lange dauerte und eigentlich eine große war, vermutlich sogar die Blockade seines Lebens.

Henk sagte nichts mehr, sondern trat nur einen Schritt zur Seite. Er ging sogar ein bisschen in die Knie.

Mit zwei, drei Handgriffen nahm Jakob den Chagall ab, spreizte die Finger und beugte sich über die Tastatur. Als er die Rautetaste drückte, blinkte ein gelbes Licht auf. Über das Display lief in eckigen Buchstaben die Aufforderung: *Code eingeben!*

Selmas und seine Geburtsdaten hatte er in allen Variationen durchgespielt. Auch mit dem Geburtstag seiner Mutter hatte er es versucht und seine Annahme bestätigt gefunden, dass sie unter keinen Umständen, nicht mal bei ihrer Geheimzahl, zuerst an sich dachte. Nur ein einziges Familienmitglied hatte er bisher ausgespart: seinen Vater, dessen Geburtstag nie gefeiert wurde, weil es sich um den Todestag der Frau handelte, die ihre Oma geworden wäre, hätte sie überlebt. Doch es gab ein Datum, das weder seine Mutter noch irgendwer in der Familie je vergessen würde, weil es für sie alle einschneidender war als jeder Geburtstag, jedes andere Jubiläum: der Tag, an dem sein Vater versucht hatte, sich das Leben zu nehmen.

In seinem Rücken räusperte sich Henk, der langsam ungeduldig wurde. Doch Jakob ließ sich nicht verunsichern oder nervös machen. Je länger er darüber nachdachte, desto zuversichtlicher wurde er, desto mehr spürte er diese tiefe innere Wut und Wunde, die ihm den Weg wies, so unausweichlich wie die Frage jenes schlimmsten aller Tage: Warum hast du das getan?

Selma hatte ihn gefunden. Sie war wie immer als Erste nach Hause gekommen und hatte ihn im Badezimmer liegen sehen, auf den Fliesen, leblos. Er selbst war an diesem Tag bei Schulfreunden gewesen, doch Jakob erinnerte sich nur zu gut an den Anruf seiner Mutter und den Klang ihrer Stimme, als sie ihn bat, schnell nach Hause zu kommen. Er hatte sofort gewusst, dass etwas Furchtbares passiert war. Doch als er endlich in der Wohnung ankam – erst war er wie um sein Leben gerannt, dann immer langsamer gegangen –, hatte der Rettungsdienst seinen Vater schon mitgenommen gehabt. Es gab nichts mehr zu sehen. Ihm blieb nur die Vorstellung: das immer wiederkehrende und nie erblickte Bild seines Vaters am Boden vor dem Badezimmerschrank, sein Körper und die Kacheln. Das einzig Wirkliche war der Tresor. Seine Mutter hatte ihn kurz darauf angeschafft – nicht, wie die Sprachregelung lautete, um die Medikamente in der Wohnung vor ihren Kindern zu sichern, sondern vor ihrem Mann.

Jakob tippte, vertippte sich und musste noch mal von vorne beginnen, doch nicht aus Unsicherheit – er wusste genau, was er tat –, ihm zitterten die Finger vor Wut. Sie war zu groß für diese kleinen Tasten, und es kostete eine immense Kraft, dieses Beben, das ihn erschütterte, in ein paar Zahlen zu zwingen. Endlich hatte er sie in der richtigen Reihenfolge, verschnaufte kurz und wischte sich die Stirn. Er merkte erst jetzt, wie er schwitzte. Auch seine Hände waren nass. Er wischte sie an Hemd und Hose ab, kniff noch einmal die Augen zusammen, weil ihm Tropfen über die Brauen liefen. Dann bestätigte er die Eingabe. Ein lautes Fiepen ertönte. Das rote Lämpchen leuchtete auf.

Falsch, dachte er. Schon wieder.

»Jakob …«, hörte er Henk hinter sich, so betrübt wie sein Mathelehrer in der Schule, wenn er mal wieder ratlos ratend an der Tafel stand, »Jakob, Jakob …«

»Ich habe noch zwei«, murmelte er trotzig.

»Versuche?«

»Minuten.« Doch er glaubte selbst nicht mehr daran. Sein Kopf war leer, sein Blick verschleiert. Wahllos tippte er auf den Tasten herum. Fiepen folgte auf Fiepen. Das rote Lämpchen leuchtete ohne Unterlass. Aber er konnte nicht aufhören, hieb und hämmerte weiter auf die Tastatur ein, als wäre es sein ganzes Leben, als hätte er nie etwas anderes getan, als nach der richtigen Kombination zu suchen, dem passenden Schlüssel, um immer wieder zu hören: Falsche Eingabe! Code nicht akzeptiert! Versuchen Sie es erneut!

Er hielt das nicht mehr aus.

»Bist du sicher, dass von hier kein Alarm rausgeht an irgendeine Zentrale oder die Polizei?«, fing Henk allmählich an, sich Sorgen zu machen.

»Scheißding! Du verdammtes Scheißding! Ich bringe dich um! Ich bring dich um!«, schrie Jakob und schlug mit der Faust auf die Tasten, mit beiden Fäusten, immer fester. Das Fiepen ging über in einen ohrenbetäubenden Dauerton.

»Komm.« Henk legte ihm eine Hand auf die Schulter. »Lass uns abhauen.«

»Was?«, fuhr Jakob herum, die Fäuste erhoben, so kurz vorm Zuschlagen, dass er es schon bildlich vor sich sah. Doch Henk war schneller und verpasste ihm einen Nierenhaken, bei dem ihm die Luft wegblieb.

»Wir verschwinden«, kommandierte Henk über den hohen Pfeifton hinweg. »Jetzt sofort!«

Doch Jakob rührte sich nicht. Das Pfeifen drang und schwang in Sinuskurven durch seinen Kopf, es füllte ihn völlig aus. Er war zu nichts mehr imstande und kam auch nicht in Gang, als Henk ihn in den Hintern trat und anschrie, er solle schleunigst seine Sachen packen. Jakob hob nur ganz langsam die Hände und hielt sich die Ohren zu. Halb taub und regungslos beobachtete er Henk, der wie ein Irrwisch durch die Wohnung raste, seinen Rucksack vollstopfte, dann in den Flur rannte, im Mantel wieder zurückkam und ihm seine Jacke zuwarf.

»Null«, brüllte er, »null Sekunden! Raus hier!«

Ein Stück weit ließ Jakob sich durchs Wohnzimmer zerren, dann gab er seinen Widerstand auf und folgte Henk ins Treppenhaus. Keuchend kamen sie auf dem Treppenabsatz zum Stehen. Den Pfeifton hörte man durch die Tür.

»Hast du den Schlüssel?«, zischte Henk, das Treppenhaus hallte. »Schließ ab!«

Jakob kramte in seinen Hosentaschen und würde tatsächlich fündig, sperrte die Wohnungstür aber nicht zu, sondern auf und ging noch einmal zurück, dem Pfeifton entgegen. Als er vor dem Safe stand, bückte er sich, nahm den Chagall und hängte ihn wieder an seinen Platz. Es war eins der Lieblingsbilder seines Vaters gewesen. Einen Moment betrachtete er es wie lange nicht mehr, rückte den Rahmen zurecht und verließ dann den Raum. Der Ton wurde weder leiser noch lauter.

# RICHARD GING
## DEN GRASWELLEN NACH

… ins Offene. Es war noch nicht Nacht. Am Horizont, über der untergegangenen Sonne, schimmerte der Himmel hellblau. Diesseits der Straße und Toreinfahrt lag die Koppel, hinter der sich das Land dem See entgegensenkte. Der schiefe Zaun und ein paar knorrige, verwachsene Streuobstbäume hoben sich gegen die Dämmerung ab. Das Land war weit und leer. Vom See her kam ein kühler Abendhauch mit dem Geruch von Nebel.

Auch ohne seinen Mantel fröstelte Richard nicht, ihm wurde warm. Die Wiese, die so traumwandlerisch dalag, war knietief und schwer zu durchwaten. Seine Füße schwammen in den Schuhen. Stoßweise keuchte er in die taufechte Luft. Aber er machte nicht halt, bevor er den Zaun erreicht hatte und das Seeufer sah. Die Schwarzerlen standen über dem Wasser wie Rauch.

Holger hatte diesen Anblick geliebt. Als es das Pony noch gab, war er jeden Abend hier am Zaun gewesen, um es zu füttern, ihm Geschichten zu erzählen und Gesellschaft zu leisten, damit es keine Angst bekam im Dunkeln. Richard hatte dem Jungen verbieten müssen, im Stall zu schlafen, so unzertrennlich waren das Pony und er, so wenig wollte er es alleine lassen. Dabei ritt er nicht einmal. Holger wäre nie auf die Idee gekommen, sich auf das Pferd zu setzen, sondern stand einfach bei ihm oder saß auf dem Zaun, den Kopf des Ponys auf dem Schoß, und sah zu, wie der Himmel immer blauer wurde und schließlich schwarz.

Richard senkte den Blick und schaute auf seine nassen, mit Grassamen verklebten Schuhe. Es war kein Wunder geschehen, kein »Steh-auf-und-Wandle!«. Gott hatte nichts wiedergutgemacht an dem kleinen Kater und ihm kein Leid erspart. Doch Richard zürnte und haderte nicht. Darüber war er hinaus. Gottes Kälte überraschte ihn nicht mehr. Im Grunde hatte er immer gewusst, dass er keine Antwort bekommen würde, weil es keine gab. Wenn der Tod seiner Frau etwas bedeutete, dann das, nur das. Die höhere und höchste Gewalt, die herrschte, war die Gleichgültigkeit. Und ihm, als letzte Gegenwehr, blieb nur noch Mitleid. Maßloses Mitleid mit allem, was ohne Trost war.

So viel Mitleid konnte er von Gott nicht lernen, sondern nur von seinem Sohn. Ihn, nicht Gott, musste er um Vergebung bitten.

Von Geburt an war dieses Kind für Richard eine Wunde gewesen. Dass es so verletzlich war, tat ihm auf unbeschreibliche Weise weh, und daran änderte sich auch mit den Jahren nichts. Richard kannte weder Vaterstolz noch Zukunftspläne, er war der Vater dieses Schmerzes und spürte unentwegt den Drang, diese Wunde zu schließen, nicht nur um den Jungen zu beschützen und Leid von ihm fernzuhalten, er wollte, dass es aufhörte. Die Empfindsamkeit seines Sohnes war seine Schwäche. Und er glaubte, erst wieder Ruhe finden zu können, wenn der Junge nicht mehr litt und stark genug war, um in der Welt zu bestehen, ohne ihn. Im Gegensatz zu Gott wollte er einen Sohn, der überlebte.

Das hatte er mit aller Macht versucht. Mit einer Strenge, die einer Bestrafung glich.

Doch was nützte ein Haustierverbot, wenn Holger sämtliche Fliegen, die noch summten und zappelten, mit äußerster Vorsicht und schier unendlicher Geduld vom Honigleim der Klebefallen löste oder die in Marmeladengläsern eingesperrten Wespen heimlich wieder freiließ und ihnen Frühstück brachte. Sein Sohn litt mit allem, was lebte, zu seinem Nutzen oder Schaden, ohne Unterschied. Er litt maßlos. Und Richard war nur der alte Trost geblieben: Spätestens wenn der Junge heiratete, würde alles wieder gut werden. Es kam anders.

Er hatte ihn nicht verstanden. Sein Sohn war nicht die Wunde, sondern die Antwort, die einzige und letzte auf die Frage nach der Möglichkeit von Liebe: Mitleid. Grenzenloses Mitleid mit allem, was lebte und zugrunde ging. Es gab nichts anderes in der Gottverlassenheit.

Noch nie hatte er sich seinem Sohn so nah gefühlt.

Richard ließ sich langsam auf den starren Knien nieder; die Erde unter den Gräsern war trocken und hart. Er wusste, dass ihn nichts und niemand hörte, aber er betete trotzdem für Morpheus, seinen Kater ohne Ohr. Dann tat er, was Holger an seiner Stelle getan hätte, nahm sich den kleinen Käfig vor und entriegelte ihn. Die Maus sprang nicht sofort hinaus, sondern verharrte noch einen Moment in ihrem Gefängnis, bevor sie mit scharrenden Pfoten zum Sprung ansetzte und im Zickzack zwischen zwei Grasbüscheln verschwand. Richard wartete, bis sie aufgehört hatte zu rascheln und es ruhig wurde um ihn. Auch das hätte Holger getan. Dann weinte er regungslos, mehr aus Erschöpfung als aus Traurigkeit. Es hatte so lange gedauert, der Weg war so weit gewesen, nur um zu verstehen, was sein Sohn vom ersten Atemzug an gewusst hatte.

Vermutlich musste es so sein. Vermutlich musste der Vater den ganzen Weg gehen, um beim Ausgangspunkt anzukommen und wieder Sohn zu werden. Er musste durch den Sohn hindurchgehen, um zu sterben.

Jetzt war es nicht mehr weit.

Seltsam gefasst stand er wieder auf, streute die letzten Nusssplitter aus der Falle ins Gras und stellte sie leer auf einen Zaunpfahl, die Öffnung zuunterst, damit sich kein Tier in den Käfig verirrte. So hätte Holger es auch gemacht.

»Amen«, sagte er wie über sich selbst.

Dann nahm er den Koffer und machte sich auf den Weg, vorbei an dem Stallgebäude, obwohl die Müdigkeit in seinen Knochen ihn verlockte, sich einfach ins Heu zu legen und die Augen zu schließen. Als er den Kirchweg erreichte, kam die Menschenmenge in den Blick, die sich oben auf dem Hügel versammelt hatte. Richard blieb kurz stehen und umklammerte den Arztkoffer fester. So leuchtend rot hatte er den Ziegelturm und das Kirchenschiff nie gesehen. Im Licht der Fackeln und Lagerfeuer flackerte der Stein. Die Musik, die aus verschiedenen Richtungen widerhallte, nahm an Lautstärke zu, je weiter er hügelan stieg, und brach dann plötzlich ab. Eine Stille entstand, in der die Kameralichter der Handys über den Köpfen schwebten wie Kerzen, in Erwartung von etwas Gewaltigem. Schweigend wirkte die Menge noch größer.

Aus der Entfernung konnte Richard kaum jemanden erkennen, aber es waren sehr viele Leute, mehr als je zuvor bei seinen Predigten, Weihnachten und Ostern zusammengenommen, mehr, als die Kirche fasste. Sie kamen sicher nicht nur aus dem Ort, sondern mussten von überall aus der Gegend angereist sein. Er hatte sie nicht gerufen.

Schritt für Schritt stapfte er weiter den Kirchweg hinauf. Die Rede war für ihn nur bruchstückhaft zu verstehen. Nach allem, was Richard im Näherkommen aufschnappte, handelte es sich um die üblichen Parolen, die alte, unerlöste Wut. All die Jahre hatte er ihr zugehört, all die Jahre versucht, so damit umzugehen, wie er es selbst predigte: die Person zu sehen, nicht die Gesinnung. Doch er musste sich eingestehen, dass das Beklemmende für ihn weniger die hasserfüllten Reden waren als die Redner und all jene, die ihnen zustimmten. Angst, wirklich Angst machten ihm nicht die Meinungen, sondern die Menschen. Er war ihnen so fremd geblieben wie sie ihm.

Eine Frau mit scharfer, schneidender Stimme übernahm das Mikrofon und heizte der Menge tüchtig ein. Inzwischen verstand Richard fast jedes Wort. Es war ihm unbegreiflich, wie er jemals denken und sagen konnte, dass Gott im Menschen erwachte. Nach allem, was er hatte erwachen sehen, war das Göttlichste die Betäubung. Der Wut und der Empörung, die ans Licht kam, hatte er sich lange Zeit hilflos ausgeliefert gefühlt. Jetzt hatte er den Koffer.

Richard steuerte weiter auf den Kirchplatz zu. Dass er an seiner eigenen Haustür und dem Pfarrgarten vorbeigelaufen war, wurde ihm erst bewusst, als er in dem Gedränge zum Stehen kam und sich noch einmal umdrehte. Das Pfarrhaus lag in völligem Dunkel, auch in Selmas Fenster brannte kein Licht. Entweder war sie sehr früh ins Bett gegangen oder gar nicht zu Hause; vielleicht hatte sie sich auch unters Volk gemischt. Richard reckte den Kopf und konnte zum ersten Mal die Frau mit dem Mikrofon ausmachen. Sie stand nicht, wie er angenommen hatte, auf der höchsten Stufe des Portals, sondern neben der Sakristei auf der Ladefläche eines Kleinlasters, was plump und hemdsärmelig wirkte auf eine Weise, die nicht zu ihrer Stimme passte, und auf andere Weise doch.

Weiter nach Selma Ausschau zu halten, hatte in dem Gewimmel wenig Sinn. Richard nahm den Koffer unter den Arm und schob sich langsam und geduldig zwischen den Umstehenden hindurch zur anderen, unbelagerten Seite der Kirche. Bei dem kleinen Notausgang am Ende des Nordflügels war wie erhofft kein Mensch. Als Pfarrer a. D. hatte er sämtliche Schlüssel für das Portal und die Sakristei zurückgeben müssen, doch das rostige alte Schloss dieser Ausstiegstür war nie repariert worden. Richard sah sich noch einmal um, dann verpasste er dem klapprigen Bolzen einen kräftigen Ruck. Die Tür gab nicht bloß nach, sondern sprang krachend auf und schlug viel zu laut gegen den Sandstein der Grundmauern. Doch davon schien niemand Notiz zu nehmen. Ungesehen tauchte er in das Dunkel und stand wie ein Einbrecher an der Stätte, an der er fast dreißig Jahre gepredigt und gebetet hatte.

Es war das Gegenteil einer Rückkehr.

# JAKOB VERSTAND
# DIE FRAGE NICHT, WAS

… hieß hier »wo«? – »Wo zum Teufel stehst du?«, wiederholte Henk und lief wie aufgescheucht den Bürgersteig rauf und runter. Da er direkt neben ihm stand, wunderte Jakob sich weiter; die Frage schien von höherer oder tieferer Bedeutung zu sein. Er hörte das Pfeifen des Tresoralarms bis auf die Straße, drehte sich noch einmal um und schaute hinauf zu den Fenstern der Wohnung, in der er so lange unter Verschluss gewesen war, um zu sehen, ob er das Licht ausgemacht hatte.

»Zum letzten Mal, Jakob, wo steht dein verdammter Wagen?«

»Mein Wagen?« Er verstand immer noch nicht. »Ich habe keinen Wagen.«

»Und wie willst du mich nach Amsterdam fahren?!« Er konnte gar nicht so schnell antworten, wie Henk ihn am Kragen gepackt hatte. »Ilvy meinte, du wärst ein super Chauffeur!«

»Ilvy? Aber sie macht sich doch ständig über meine pazifistische Fahrweise lustig.« Der Kragen schnürte sich weiter zu. »Ehrlich, Henk! Ich habe sie nur durch die Gegend kutschiert, weil sie so aggressiv fährt und andauernd Radfahrer umnietet, aber der Wagen …«, brachte er noch hervor, »also unser Auto als solches ist ihrs.«

Auch die Jacke fühlte sich an, als wäre sie nicht seine, doch das lag vermutlich daran, dass er sie lange nicht mehr angehabt hatte. Henk zerrte ihn Richtung U-Bahn.

»Du willst doch jetzt nicht zu Ilvy?«, sperrte sich Jakob. »Das kannst du vergessen. Sie leiht dir ihr Auto nie!«

»Das ist auch nicht der Plan«, sagte Henk und zog ihn weiter die Treppe zum Bahnstieg hinunter. »Der Plan ist: Du leihst dir die Karre und fährst mich damit nach Amsterdam!«

Im gelben Tunnellicht am Gleis und in der viel zu leeren U-Bahn verendete ihre Unterhaltung. Jakob erging sich innerlich in Ausreden, die ihm nichts nützen würden. Wie er es auch drehte und wendete, Henk hatte ihn in der Hand. Schließlich besaß er keinen Cent mehr. Das Einzige, was er in seinen Taschen fand, war ein halber Schokoriegel, den er im bekifften Zustand ange-knabbert haben musste. Er schmeckte süß und traurig, vergli-chen mit den molekularen Erfahrungen und Geschmacksexplo-sionen der ersten Hälfte, an die er sich nicht mehr erinnern konnte. Jakob aß ihn trotzdem.

»Und wenn Ilvy Nein sagt und mir den Wagen nicht gibt?«, fragte er dann. Die Station, an der sie aussteigen mussten, war schon die übernächste.

»Dann hast du ein Problem«, sagte Henk. Sein Blick ruhte auf dem spiegelschwarzen Fensterausschnitt gegenüber, in dem ihre Gesichter schwebten wie Ballons.

»Aber sie hat mich rausgeschmissen!«

»Mich auch.«

»Das ist nicht dasselbe«, insistierte Jakob. »Du hast doch alles, Henk. Du –«

»Was ich habe, nur um das klarzustellen, sind Lieferschwierig-keiten und Nachschubausfälle in nie dagewesenem Ausmaß. Ich kann meine Kunden nicht mehr versorgen. Mein ganzes Netz-werk bricht zusammen!«

»Ja, sicher, nur, du könntest Ilvy immer noch ein paar Kekse mitbringen, zum Beispiel, oder einen Fladen hinterlegen als Si-cherheit, während ich … Ich habe nichts zu bieten, gar nichts!«

Henks Gesicht war aus dem Spiegelfenster verschwunden und tauchte dicht vor ihm auf. »Jetzt pass mal gut auf! Wenn du willst, dass alles glattgeht mit Amsterdam und deiner Entschuldung, lass mich aus dem Spiel. Kein Wort von mir, nicht mal meinen Namen!« Er sah sich um, bevor er weitersprach. »Die Sache ist die: Ilvy wird mir nichts schenken und nichts leihen, nicht für Geld und gute Drogen. Sie ist rasend eifersüchtig!«

»Wegen mir?«

Henk guckte leicht konsterniert. »Äh, nein.«

»Ich meine, weil du bei mir übernachtet hast, anstatt … Du weißt, was ich meine.«

»Davon weiß sie nichts, und dabei solltest du es auch belassen«, sagte Henk. »Ilvy denkt, ich hätte eine andere.«

»Wen?«

»Spielt keine Rolle. In Ilvys Welt bin ich rausgeflogen, weil ich sie mit einer anderen betrogen habe, und du bist rausgeflogen, weil sie dich mit mir betrogen hat. Unterm Strich also bin ich der Böse, und du hast etwas bei ihr gut.«

»Ja, aber du hast doch bei mir übernachtet, Henk, zweimal sogar, das kann ich bezeugen. Du hast ein Alibi!«

»Nicht von mir reden, Jakob, wehe!« Sie fuhren in die nächste Station ein. Die Türen öffneten automatisch. Niemand stieg zu. »Also noch mal ganz langsam«, übte Henk sich in Geduld: »Du stehst in meiner Schuld, ich stehe in ihrer Schuld und sie in deiner. So schließt sich der Kreis. Und wenn du dir was von ihr holst und es mir gibst, nicht wahr, sind wir quitt, wenigstens teilweise.«

»Und wenn sie meint, dass sie mir gar nichts schuldet?« Jakob war nicht wohl bei der Sache.

»Dann hast du zwei Probleme.«

Die Türen schlossen mit dem üblichen Alarmsignal, das auch deprimierend klang, wenn man den Zug nicht knapp verpasste, sondern drin saß. Es war der Proto-Sound der Niederlage. »Das Ganze ist keine gute Idee, Henk, meiner Meinung nach«, sagte Jakob. Vor der erneuten Konfrontation mit Ilvy graute ihm, da er sich vorwerfen lassen musste, sie nicht nur während ihrer Beziehung ausgenutzt zu haben, sondern auch darüber hinaus. Die

Lebensmitteleinkäufe, die in schöner Regelmäßigkeit vor der Wohnungstür seiner Mutter standen, waren unmissverständlich von ihr und ebenso unmissverständlich nicht für ihn. Trotzdem hatte Jakob sich darüber hergemacht, heimlich und in der Hoffnung, Ilvy würde ihn weiter beliefern. Dafür, dass sie nicht ein Wort des Dankes bekam, fütterte sie ihn ziemlich lange durch die Krise. Erst seit Kurzem war Schluss. Für sein Schuldenkonto hieß das nichts Gutes.

Henk war schon aufgestanden und zum Aussteigen bereit, während Jakob noch immer dasaß und seinen Fluchtphantasien nachhing. Leider fingen sie alle damit an, dass er Geld für ein Ticket hatte oder für einen Mietwagen. Das war nicht realistisch. Insofern blieb ihm nur die Flucht nach vorn. »Du, ich glaube, ich weiß jetzt, womit ich Ilvy kriege …« Im letzten Moment stolperte er Henk hinterher durch die sich schließenden Türen und entwischte dem BVG-Depressionsjingle. »Kunst! Künstlerisch hatten wir uns immer was zu sagen, Ilvy und ich. Ich konnte sogar Kritik an ihr üben, was im normalen Leben gar nicht ging. Manchmal denke ich, ganz ehrlich, Männer und Frauen sollten nicht so viel voneinander erwarten: statt Liebe oder Freundschaft einfach nur Kollegialität, künstlerisch und sexuell …«

Von Henk kam nicht mal ein Seitenblick, er suchte den Bürgersteig nach Hundehaufen ab. Doch Jakob sah so langsam einen Weg. »Sagt dir der Titel ›Vatermale‹ etwas? Vielleicht hat Ilvy das am Rande kurz erwähnt. ›Vatermale‹ – im Unterschied zu ›Muttermale‹ – heißt das Projekt, an dem ich arbeite, im Moment natürlich weniger, weil, wer im Lockdown kreativ ist, ist ein Heuchler. Aber irgendwo, nicht wahr, arbeitet es ja trotzdem immer weiter, das Unbewusste, Unterbewusste, Schöpferische – nenn es, wie du willst.« Dass sein Großvater ihn am Telefon mit seinem Vater verwechselt hatte, war im Grunde eine Bestätigung seiner Vatermal-Idee, wenn nicht sogar der Weckruf zum Weitermachen. »Jedenfalls werde ich Ilvy sagen, dass ich das Auto für mein Projekt brauche und auf ihre Unterstützung zähle, ihre Solidarität als Künstlerin. Das kann sie mir nicht abschlagen.«

»Gut«, sagte Henk und blieb stehen.

»Ja, sehr gut. Allerdings …« Jetzt, da er wusste, wie er an das Auto kommen würde, konnte er wieder verhandeln. »Ich muss auch wirklich dringend etwas dafür tun. Der Präsentationstermin ist zwar verschoben und wird wohl digital stattfinden, aber leider bin ich mit der Ausarbeitung in Verzug wegen Corona und kann es mir nicht leisten, mit leeren Händen dazustehen, weder vor meiner Professorin noch vor Ilvy.«

Henk schien das egal zu sein, er guckte auf sein Handy.

»Vielleicht magst du mich künstlerisch – als Vatermaler sozusagen – auch ein Stück weit unterstützen?«, wagte sich Jakob weiter vor. »Sagen wir: Ilvy gibt mir das Auto, ich gebe es dir, und du gibst mir die Zeit?

»*Qué dices*?« Unwillig sah Henk von seinem Display auf.

»Ich sagte, nur als Vorschlag: Ich kümmere mich um das Auto, und du … Du kümmerst dich um den Fahrer. Geht das?«

»Ich muss zu einem Kunden.« Henk steckte sein Handy weg und deutete mit dem Kinn ums Eck in die Seitenstraße.

»Klar.« Jakob schlug die Augen nieder. Am Gehwegrand lagen, in rote Plastikbeutel eingeknotet, zwei Hundehaufen nebeneinander. »Aber wenn es ein guter Kunde ist, nur mal angenommen, warum fährt er dich nicht?«

»Nach Amsterdam?«

»Von der Hauptstadt der Hundescheiße ins Wunderland der Coffeeshops … Ich meine, frag ihn doch einfach. Vielleicht hat er ja Lust?«

»›Er‹ ist eine Frau.«

»Vielleicht hat sie ja Lust.«

Wieder verfiel Henk in Schweigen, dachte aber immerhin darüber nach. »Und wenn sie einen Unfall baut?«, fragte er dann. »Mit Ilvys Wagen?«

»Warum sollte sie? Oder hast du etwa ein Problem mit einer Frau am Steuer?«

Henk grinste. Irgendetwas an der Vorstellung schien ihn zu amüsieren. »Also gut«, er streckte ihm die Hand hin. »Auf deine Verantwortung.«

»Jawohl. Das heißt ...«, zögerte Jakob nun doch. »Was heißt das?«

»Das heißt, du musst nicht fahren, besorgst aber den Wagen und übernimmst die Haftung.«

Jakob spürte, wie ihm flau wurde im Magen, und gleichzeitig erkannte er messerscharf, dass er Henk nicht nur nicht mochte, sondern von ganzem Herzen hasste. Nie, nie wieder würde er Drogen bei ihm kaufen oder Geschäfte mit ihm machen, schwor er sich und schlug ein.

»Wir treffen uns dahinten auf dem Parkplatz vor der Schule«, bestimmte Henk und zeigte die Seitenstraße hinunter, wo nach fünf, sechs Häuserblocks ein zurückgesetztes Backsteingebäude stand, gotischer Stil, mit einem größeren Parkplatz davor.

»Du hast Kunden in der Schule?« Zuzutrauen war es ihm.

»Du hast eine Viertelstunde, Jakob, dann stehst du da mit laufendem Motor. Dafür bekommst du einen Zahlungsaufschub von zwei Wochen.«

Jakob hasste Henk wirklich und gab sein Okay.

Mit nicht ganz demselben Schwung setzte er seinen Weg alleine fort. Als er in einiger Entfernung Ilvys alten Volvo-Kombi zwischen Hauseingang und Toreinfahrt entdeckte, wurde er noch langsamer. Er mochte sich nicht ausmalen, wie der Wagen aussehen würde, nachdem Henk damit durch Amsterdam gedengelt war, »auf seine Verantwortung«, mit einer Drogensüchtigen als Chauffeuse. Das sargähnliche Heck lag deutlich tiefer, als wären beide Hinterreifen platt. Überhaupt wirkte das Auto wie abgestellt und eingesunken. Jakob hoffte auf einen Defekt. Eine bessere Ausrede konnte ihm die Wirklichkeit nicht liefern. Doch als er durch die beschlagene Heckscheibe spähte, lag im Kofferraum eine Granit-platte, die gut und gerne eine halbe Tonne wog.

Zurück zum Stein, dachte er nur.

Mit hochgezogenen Schultern lief er über die Straße und sah hinauf zu Ilvys Wohnung. In ihren Fenstern brannte nur wenig Licht. Noch gab es eine minimale Chance, dass sie nicht zu Hause war, im Gegensatz zum Rest der Welt. Aus dem Innenhof hörte er ein lautes Krachen, Scheppern und Scherbengeklirr.

Jakob klingelte nicht, sondern überlistete den Bewegungsmel-der in der Toreinfahrt und drückte sich am Rand des Innenhofs entlang, zwischen Fahrradstellplätzen und Mülltonnen. Die Ge-bäuderückseite war eingerüstet bis zum Dach und von Fangnet-zen verhangen. In unregelmäßigen Abständen rumpelte und ras-selte Stein oder Keramik die Schuttrutsche herunter und landete auf einem Berg aus altem Putz und Ziegeln, der den Baucontai-ner überragte. Eine Staubwolke hing über allem und verbreitete den trockenen, scharfen Geruch von Zement.

In seiner ganzen Zeit als Ilvys Mitbewohner hatte er nicht eine Woche ohne Handwerker erlebt. Irgendwelche Bauarbeiten gab es immer – das hier waren keine. Kleinere Skulpturen und Gips-modelle flogen jetzt durch einen Schlitz in der Abhängung in den Container. Manche ähnelten auffallend dem besseren Kunstge-werbe in Ilvys Regalen. Jakob blieb stehen. Irgendwo hinter den Netzen geisterte die Erfinderin des Anmeißelns herum und warf ihre Werke auf den Müll.

Es gab günstigere Zeitpunkte, um sich von jemandem ein Auto zu leihen.

Mehrmals rief Jakob ihren Namen, die Hände zu einem Trich-ter geformt, zuerst stimmlos, dann so laut es ging, ohne die Nach-barn ans Fenster zu locken. Hier und da glaubte er ihren Schopf, ihre Schulterpartie zu erkennen; einmal blitzte kurz ein Arm von ihr auf. Doch Ilvy schien sich nicht zeigen zu wollen. Jakob rief sie ein letztes, lautestes Mal, dann trat er aus dem Häuserschatten und wedelte mit den Armen. Eine laokoonartige Miniatur aus gebranntem Ton zerschlug auf dem Pflaster des Innenhofs, keine zwei Meter vor seinen Füßen. Falls das Ilvys Antwort war, war sie deutlich.

Blieb nur die Frage, was Henk sagen würde, wenn er ohne fahrbaren Untersatz auf dem Schulparkplatz aufkreuzte.

Eine Weile stand Jakob da, den Kopf in den Nacken gelegt, und suchte mit den Augen den zweiten Stock des Baugerüstes ab, Fenster für Fenster, Nische für Nische. Doch Ilvy schien in ihre Wohnung zurückgeklettert zu sein. Er wollte schon wieder gehen, da hagelte es plötzlich in rascher Folge Bücher und alte Turnschuhe. Offenbar schaufelte sie jetzt seine Umzugskisten leer.

Im Näherkommen wehrte Jakob zwei, drei Reclam-Bändchen ab, wich einem vertrockneten Gummibaum aus und hatte die Leiter so gut wie erreicht, als ihn das Eisbärenkostüm traf. Es war nur eine Flokati-Fellwolke, muffig, weich und milbenreich, doch es tat weh aus anderen Gründen. Dieses Kostüm hatte er auf der Erstsemester-Fete getragen, auf der Ilvy und er sich zum ersten Mal nähergekommen waren. *University of Arts – Diversity der Arten*, erinnerte er sich an das Motto und das seltene Gefühl, genau das Richtige zu tun. Es war einer seiner glücklichsten Momente gewesen. Dieses Fell hatte er angehabt bei ihrem ersten Kuss. Und nachdem er es ausgezogen hatte, hatten sie zum ersten Mal miteinander geschlafen. Es durfte nicht auf dem Müll landen.

Er musste den Eisbären retten.

»Ilvy!«, rief er, während er sich durch die Netzbahnen boxte. Es war ihm jetzt egal, ob die Nachbarn ihn hörten. Mit dem Eisbärenpelz über der Schulter kraxelte er die schmale Leiter des Baugerüsts hoch und zwängte sich durch die Luke auf Höhe der ersten Etage. Er musste sie erwischen, bevor sie wieder in ihrer Wohnung verschwand. »Warte!« An der Luke zum zweiten Stock rumste er mit dem Kopf des Eisbären zusammen und knallte so hart gegen die Leitersprossen, dass er sich kurz schütteln musste, um dann unter Flüchen und Verwünschungen aus dem Loch zu klettern. Er hatte es gerade geschafft, als er ein Fenster zuschlagen hörte, doch das war irgendwo in der Nachbarschaft. Ilvys Fenster stand offen – mit einem Paar Hausschuhen auf der Fensterbank.

»Ilvy …?«

Sie saß halb verdeckt neben der Schuttrutsche, barfuß, mit angewinkelten Knien. Ihr Oberkörper wippte und wiegte sich, während sie nach unten auf den Container starrte, als wollte sie ihren Modellen und Miniaturen hinterherspringen. Jakob näherte sich langsam, den Eisbärenkopf unterm Arm. Sie hatte geweint, nicht seinetwegen, sicher, aber es berührte ihn trotzdem.

»Darf ich?«, fragte er vorsichtig und deutete auf den Gerüstabschnitt neben ihr. Ilvy hob schlaff die Hand, als könnte sie es nicht verhindern. Der Ärmel des viel zu großen Herrenhemds, in dem sie zu Hause am liebsten herumlief, war nass und klebte an ihrer Haut. Aber sie rückte ein Stück.

Er verstand das als Einladung.

Eine Weile saß er schweigend auf den Planken, mit nichts als einer Gerüststange zwischen sich und ihr. Gedankenverloren kraulte er den Eisbären auf seinem Schoß und starrte durch die Maschen des Fangnetzes in die Nacht, als stünde irgendwo über den Dächern das Zauberwort, das sie erlöste. Es war definitiv nicht der richtige Moment, um über Kunst zu reden und sich ein Auto zu leihen. Genauso unmöglich schien es zu fragen: »Wie geht's?« Dabei war es der einzige ehrliche Satz, der ihm in den Sinn kam. Jakob hob den Eisbärenkopf, suchte mit den schwarzen Murmelaugen ihren Blick und ließ den Bären die Frage stellen.

»Und selbst?«, fragte Ilvy zurück.

»Ganz schön frisch hier draußen«, brummte er bärenartig und entlockte ihr ein Lächeln. Dann verschwand ihr Gesicht wieder größtenteils hinter dem hochgeschlagenen Kragen des Herrenhemds.

»Wie wär's mit einem Heißgetränk?«, fuhr er fort, »Kaffee, Tee, Kakao?« Wenn er sogar in seiner dicken Jacke fröstelte, musste ihr in Hemd und Jogginghosen eiskalt sein. »Oder genehmigen wir uns einen Grog …?« Er knuffte Ilvy kumpelhaft mit der Tatze, doch das Lächeln kam nicht wieder.

»Du blutest«, sagte sie starr vor sich hin.

»Ich? Wo?«

»Südamerika.«

# RICHARDS SOHLEN KNIRSCHTEN

… auf dem Steinboden der leeren Kirche wie auf zertretenem Glas, so als würde die Stille, die in diesen Mauern herrschte, jeden Eindringling erkennen und verfolgen auf Schritt und Tritt. In den hohen Fenstern zerfloss das Flackerlicht des Feuers draußen zu Farbenspielen in Blau, Rot, Orange, ohne die Gewölbebögen zu erhellen. Unglaublich, dass er so viele Jahre oft bis spät in die Nacht in dieser Kirche zu tun gehabt hatte, ohne zu wissen, wie dunkel sie war.

Richard tastete sich zu einer der Bänke vor, setzte sich und faltete die Hände über dem Koffer auf seinen Knien. Aber er betete nicht, sondern wartete nur darauf, dass seine Augen sich an das Dunkel gewöhnten. Die Nische mit den Votivkerzen konnte nicht weit sein, falls sie nach seiner Verabschiedung nicht ausgeräumt worden war. Doch irgendetwas hielt ihn davon ab, sich eine der Kerzen zu nehmen und anzuzünden. Es war nicht das, was Holger getan hätte.

Mehr als alles andere wartete er darauf, dass die allmächtige Stille ihn aufnahm und sich mit ihm verband. Dass sie mit ihm ging bei dem Gang, den er gehen musste.

Die Stimme der Rednerin hinter den hohen Fenstern war nur noch ein Klirren. Die Glasscheiben summten im Chor; die Wut der Welt draußen sang. Richard hob den Kopf. Im vorderen Altarbereich konnte er jetzt die Wendeltreppe erkennen, die zur Kanzel führte. Darüber das schmucklose, wenig erhabene Schattenrund, von dem aus er Sonntag für Sonntag gesprochen hatte, mit

Blick auf die eingesunkenen Gestalten in den spärlich besetzten Reihen. Vielleicht sollte er die Pforten der Kirche doch noch einmal öffnen für die Gemeinde der Wütenden und Hasserfüllten und ein letztes Mal die Treppe zur Kanzel hinaufsteigen, nicht um zu predigen, sondern um zu widerrufen und zu sagen, dass es ihm leid tat. Es tat ihm leid. Alles.

Aber das sagte der Koffer schon. Er sagte, dass die Welt ein Schmerz war und heillos bis auf den Schritt zurück, die Zurücknahme des Lebens in den Traum. Seine frohe Botschaft war das Vergessen, seine Offenbarung die Dunkelheit, seine Kirche die Nacht. Er brachte das Gegenteil der Erkenntnis. Aber er nahm den Schmerz, nahm ihn auf und machte ihn taub. Seine Erlösung war wirklich.

Richard umschloss den Griff mit beiden Händen und trug den Koffer vor sich her wie eine Monstranz. Noch immer sah er in der leeren Kirche nur Umrisse, aber er fand sich zurecht und ging durch die Reihen, den Mittelgang hinunter zum Altar. Ohne sich zu bekreuzigen, stellte er den Koffer auf den Tisch des Herrn, so als wären nicht Brot und Wein, sondern Fentanyl und Morphium die Gaben der Verwandlung und die Ampullen und Kanülen Kelch und Krug bei seiner letzten Messe, die wie eine Tür war in einer endlos langen Mauer ohne Ausweg, eine Tür ins Nichts.

Lautlos begann er sein Gebet.

# JAKOB STAUNTE, WIE SCHÖN

… »Südamerika« klang, wenn Ilvy es sagte. Wie gut sie ihn kannte, wie vertraut sie ihm war. Ein Gefühl, von dem er wusste, dass Henk es nie verstehen, geschweige denn erleben würde. Dabei war es das Einzige, was zwischen Männern und Frauen Bestand hatte. Vorsichtig nahm Ilvy seine Hand und führte sie an seine Schläfe. Jetzt spürte er auch, dass er blutete, spürte die klebrige Flüssigkeit auf seiner Stirn und seinen Fingerspitzen. In dem diffusen Licht sah sie nicht rot aus, sondern schwarz wie Tinte.

»Ich nenne es inzwischen übrigens nicht mehr Südamerika, sondern mein ›Vatermal‹, frei nach dem Titel meiner Ausstellung. Du erinnerst dich?«

»Es gibt eine Ausstellung?«, fragte Ilvy.

»Erst nach der Präsentation in der Uni«, beeilte er sich hinzuzufügen, »und dem Abschlussgutachten von Strauss-Kutschera, die ja nie zufrieden ist. Aber mit den Bildern bin ich so weit fertig, dass die Logistik langsam losgeht: die Suche nach den richtigen Räumen, die Schlepperei, der Transport …«

Ilvy sah ins Leere. »Dann glaubst du noch daran?«

»Woran?«

»An dein Studium, an die Zukunft und die Kunst …«

Jakob ahnte, worauf sie hinauswollte, musste aber ganz woandershin. »Ich weiß gar nicht, ob es dabei um Glauben geht oder ums Machen. Einfach machen, so habe ich es von dir gelernt: Ich mache diese Ausstellung, egal, was kommt, und sei es auch nur ein Besucher täglich, nicht weil irgendjemand darauf wartet, sondern weil ich es will, Ilvy, wirklich will!«

»Aber es sieht ja keiner«, entgegnete sie traurig und sah abwärts auf den Trümmerhaufen ihres Schaffens, das damit in der Tat zum Stein zurückgekehrt war.

»Du bist enttäuscht, natürlich, und du hast allen Grund dazu.« Jakob rückte noch ein bisschen näher. »Das muss hart sein, wenn dir als Künstlerin der rote Teppich ausgerollt wird, weltweit, und dann, auf einen Schlag, ist alles zu, geschlossen. Nichts findet mehr statt, weder Paris noch Barcelona, nicht einmal Berlin oder wer weiß wo.«

»Brüssel«, sagte sie.

»Brüssel, richtig«, nickte er, »und Amsterdam. War Amsterdam nicht mit dabei?«

Doch Ilvy starrte nur hinunter auf das Steinpflaster des Innenhofs.

»Wie auch immer«, fuhr er fort, »das kulturelle schwarze Loch ist Tatsache und flächendeckend. Was tendenziell diejenigen härter trifft, die etwas zu verlieren haben oder hatten, als beispielsweise mich, der ich schon vor der Krise in der Krise war. Für mich war Runterfahren, zugegeben, kein besonders tiefer Fall, ich war ja im Prinzip am Boden. Aber jetzt, Ilvy, wo die Kultur auf null ist, sitzen wir wieder im selben Boot. Jetzt sind wir alle gleich unwichtig, gleich unsichtbar, gleich isoliert. Wenn wir uns jetzt zusammentun, uns gegenseitig helfen, ideell, materiell, solidarisch, dann können wir zeigen, dass es uns noch gibt, und unsere Relevanz zurückerobern mit Phantasie und Kreativität!«

Ilvy sah ihn an, die Lippen blau, der Unterkiefer zitternd. Ihr musste sehr kalt sein. Doch ihr Blick war kälter. »Das glaubst du doch wohl selber nicht.«

Sie kannte ihn wirklich gut.

»Ich will gar nicht so tun, als wäre ich nicht auch verzweifelt …« Einen kurzen Moment überlegte Jakob, ob er ihr einfach die Wahrheit sagen sollte, dann fuhr er fort: »Ehrlich, Ilvy, ich versuche doch nur, deinem Rat zu folgen und wieder ins Machen zu kommen, aktiv zu werden, produktiv et cetera. In dem Zusammenhang übrigens, wollte ich dich fragen, ob du mir dein Auto leihen kannst. Das wäre eine Riesenhilfe unter diesen extremen Bedingungen, sonst würde ich dich auch nicht darum bitten, nach allem, was war. Aber das Solidarische ist in der Krise nun einmal die –«

»Sag jetzt nicht ›Chance‹!«, unterbrach sie ihn scharf.

»Sicher, ›Chance‹ ist übertrieben, aber du weißt, was ich –«

»Jakob, ich warne dich! Komm mir nicht mit diesen Phrasen: ›zusammenhalten‹ und ›zu Hause bleiben‹, als wäre das kein Widerspruch. ›Es wird erst schlimmer, bevor es besser wird‹ – bis es noch schlimmer kommt. Und trotzdem heißt es munter weiter: ›Licht am Ende des Tunnels‹, ›Silberstreif am Horizont‹, ›gemeinsam gegen blablabla‹. Ich kann es nicht mehr hören!«

»Okay«, lenkte er ein, »machen wir uns nichts vor: So wie es war, wird es nie wieder. Aber es bleibt auch nicht immer wie jetzt, so freudlos und mit keinen anderen Themen als Gesundheit, Krankheit, Tod. Die Kultur wird zurückkommen, Ilvy, nicht so, wie sie war, aber anders, vielleicht sogar lustvoller, lebendiger, lebensbejahender –« Diesmal unterbrach sich Jakob selbst, weil er fand, dass er das so weit ganz gut gesagt hatte. Leider fand Ilvy das nicht.

»Nichts wird sich ändern«, sagte sie unbeeindruckt. »Das System ist, wie es immer war und immer sein wird, es zeigt nur sein wahres Gesicht. Rede dir nicht ein, Jakob, die Kunst hätte plötzlich an Bedeutung verloren, sie hatte nie welche. Kultur und Kultiviertheit waren immer nur eine Maske, Systemkosmetik, aber nie relevant. Abgeschminkt, im abgeschminkten Zustand sieht das System so aus wie jetzt. Mag sein, dass es bald wieder dick Kultur aufträgt und sich den Luxus einer neuen Maske leistet, aber niemand wird so schnell vergessen, was dahintersteckt und wie entbehrlich wir im Grunde sind.«

Jakob zögerte zu widersprechen. Normalerweise war das Positive Ilvys Part; ihm fehlte die Übung. »Es gibt auch Leute, die vermissen, was wir machen«, bemühte er sich, wenig überzeugend, »Leute, die uns nicht entbehrlich finden und denen die Kultur am Herzen liegt.« Mehr sagte er nicht, es kam ihm selbst erbärmlich vor.

Stumm schaute er zu, wie Ilvy hinter sich griff, ein klobiges Stück schwarzen Basalt in die Hand nahm und mit voller Wucht zu Boden schleuderte. Erst als es nicht kaputtging, erkannte Jakob darin ein Objekt aus ihrer Serie *Steine des Anstoßes*. Er hätte gerne etwas Aufbauendes zu ihr gesagt, irgendetwas, das sie von ihrer Selbstzerstörung abhielt, doch ihm fiel kein Argument dagegen ein. Insofern musste er mit ansehen, wie sie immer noch mehr Anstoßsteine hinterherwarf und obendrauf eine schwere Schieferplatte mit einem embryonal aussehenden Fossil, das Kunst war und zerbrach.

»Tut mir leid«, sagte er in die Stille danach und schwieg betreten. Er hoffte, dass Ilvy sich endlich beruhigt hatte oder wenigstens eine Pause einlegen würde. Rund um die Schuttrutsche lagen noch haufenweise nicht entsorgte Exponate früherer Präsentationen, darunter auch *Stone Zero*, Ilvys erste Anmeißelung überhaupt, das Herzstück ihrer *Zurück-zum-Stein*-Ausstellung, das auf allen Flyern und Plakaten abgebildet war. Ihr entging nicht, dass er es bemerkt hatte. Offenbar hatten sie beide ein Auge darauf.

»Darf ich?«, fragte er und schnappte sich das Ding, um ihr zuvorzukommen. »Ich bin zwar im Moment nicht flüssig, aber ich würde es dir gerne abkaufen.« Er beugte sich über den eher unförmigen Bruchstein, den er an sich nicht sonderlich eindrucksvoll fand. Doch er wusste, wie sehr sie daran hing. Irgendwann, später einmal, würde sie ihm dankbar sein für die Rettung.

»Abkaufen?«

Dass er nie Geld hatte, war kein Geheimnis, und seine Schulden bei Henk würden nicht gerade kleiner werden, wenn er ihn auf dem Parkplatz umsonst warten ließ, anstatt mit Ilvys Wagen vorzufahren. »Ich müsste die Summe natürlich erst zusammenkratzen beziehungsweise abstottern, wenn's geht, aber dieser Stein ist wichtig, ein bedeutendes Kunstwerk, meines Erachtens, und ich möchte es käuflich erwerben wie ein richtiger Sammler. Also bitte keinen Freundschaftspreis.« Er fasste sich an die Stirn, teils aus Verlegenheit, teils um zu sehen, ob er noch ausreichend blutete, um Henk weiszumachen, dass er einen Unfall gehabt hatte. Doch das Blut war schon krustig und zerkrümelte. Er würde sich auf eine Gehirnerschütterung herausreden müssen.

»Bist du verrückt? Gib das her!« Ilvy versuchte, *Stone Zero* zu fassen zu kriegen, doch Jakob krümmte sich schützend darüber und drehte sich weg.

»Nein, ehrlich jetzt«, ächzte er unter ihren Attacken und lachte, weil es kitzelte. »Was willst du dafür haben?«

»Was ich dafür haben will?« Ilvy ließ von ihm ab. »Du fragst mich, was ich dafür haben will?«

»Wie gesagt, momentan bin ich ein bisschen pleite, aber ich werde das Geld auftreiben, versprochen. Sag mir nur, was der Preis ist …«

»Mein Leben«, sagte sie und sah hinab. »Meine Arbeit. Die Menschen, die mir was bedeuten. Alles.«

Vorsichtig kam Jakob wieder aus der Deckung. »Das wird, Ilvy. Wird schon …« Er wagte nicht, sie anzufassen, obwohl ihm im Moment nichts Tröstlicher erschien, als sie zu trösten. Am liebsten hätte er sie in den Arm genommen, es schien so lange her zu sein. »Im Augenblick sieht es finster aus, und das ist es auch, weil wir mittendrin sind und es keine Fluchtwege gibt, nicht mal Urlaub oder eine Nacht im Club. Aber so kann es nicht ewig weitergehen, irgendwann gibt es Licht am Ende des T…«

Blitzartig fuhr Ilvy herum, riss ihm den Stein aus den Händen und schmiss ihn in den Schutt, dass es krachte. Eine Staubwolke stieg auf. Jakob starrte wie paralysiert auf die Stelle, es war alles so schnell gegangen.

Aber sie hatte ihn gewarnt.

Eine Weile saßen Ilvy und er einfach nur nebeneinander und sahen der Staubwolke beim Aufquellen und Schweben zu. Dann sahen sie zu, wie sich der Staub wieder legte. Ein bisschen kam es Jakob so vor, als würde ihm das Ende von *Stone Zero* mehr leidtun als ihr. Dann hörte auch das auf, und eine seltsame Art von Andacht stellte sich ein. Jakob konnte sich nicht erinnern, wann er das letzte Mal so einen Frieden verspürt hatte, eine solche Abwesenheit von Wut und Schuld, weder in Ilvys Beisein noch in Gegenwart eines anderen Menschen und auch nicht allein. Eine Spur von Traurigkeit lag über allem, dünn wie der Staub, der die Einschlagstelle von *Stone Zero* bedeckte.

Es war, als hätten sie gemeinsam etwas zu Grabe getragen. Jakob verwarf den Gedanken, dass es »die Kunst« war. Sie beerdigten hier weder Ilvys Werk noch ihr Künstlertum, sondern den Unterschied zwischen Erfolg und Misserfolg. Die Isolation hatte sie gleich gemacht.

Behutsam tastete er nach ihrer Hand, die neben der Gerüststange lag, eine offene Faust mit kräftigen, wenig damenhaften Fingern, die Nägel kurz wie immer. Ilvys sonst so vorspringende Adern verliefen schattenhaft und wie eingesunken unter der Haut. Sogar im Halbdunkel konnte man sehen, wie kalt ihr war. Er hätte sie gerne gewärmt, aber er berührte sie nicht.

»Zieh das an«, sagte er stattdessen und reichte ihr das Eisbärenkostüm.

# »HOLGER«, FLÜSTERTE RICHARD

... und hob seine Stimme, »komm. Komm näher.« Er konnte seinen Sohn nicht sehen, spürte aber seine Gegenwart und wusste, dass er in seinem Rücken stand, nicht wirklich, aber wirklicher als alles andere in dieser Kirche. Der Junge war aus dem Schatten der Mauern herausgetreten und kam zugleich als alter Mann zurück von einer weiten Reise. Auf eine Art waren sie verabredet. Auf eine andere Art hatten sie ihr Leben lang auf diese Begegnung gewartet. Auf eine wiederum andere Art, die der Wahrheit vielleicht am nächsten kam, war es das erste Mal, dass sie zueinanderfanden.

»Ich erwarte nicht, dass du mir verzeihst, niemand kann das. Ich will nur, dass du weißt: Ich kenne meine Schuld und habe keine Angst, sie mit ins Grab zu nehmen. Sie ist so alt, ich trage sie so lange schon mit mir herum, dass ich sie nicht mehr spüre und angefangen habe, sie zu sein. Ich wüsste nicht mal, wer ich wäre ohne sie.«

Richard lauschte auf das Echo seiner Stimme, das durch die Reihen der Kirchenbänke wanderte wie immer, doch er hörte vor allem die Dunkelheit. Die Stille hatte einen schweren Atem.

»Dass du lebst, war immer mein größter Wunsch, noch bevor es dich gab. Aber ich habe dir den Tod vererbt. Alles, was ich liebe, habe ich angesteckt mit Tod. Als wäre das mein Fluch, den Tod weiterzugeben, ohne dass er mich nimmt. Dabei war ich bereit. Mehr als alle, die gestorben sind, war ich bereit zu gehen. Aber der Tod ist durch mich hindurchgegangen. Ich habe nie verstanden, warum. Warum ich nicht? Ich habe mich das so oft gefragt. Erst jetzt wird mir klar, dass er immer schon da war und genau darin besteht: im Sterben der anderen und in der Stille.«

Richard holte unter dem Echo kurz Luft und fixierte dann den Koffer auf dem Altar. Er musste seinen ganzen Mut und alle Kraft zusammennehmen für das, was folgte. Seine letzte Messe ging an keinen Gott und keine Gemeinde, sondern an einen einzigen Menschen: seinen Sohn. Es war ein Gebet nur zwischen ihnen.

Der Junge, der zu früh zu alt geworden war, hatte geduldig im Schatten der Mauern gewartet. Er hatte ihm zugehört bei seinen Reden und Verrenkungen auf der Kanzel, all die Jahre, ohne sich von ihm täuschen zu lassen. Stumm hatte er am Rand gestanden oder in einer Ecke gegessen und ihn angeschaut mit schräg gelegtem Kopf, nicht zweifelnd, sondern wissend, dass sein Vater log. Er sah durch jedes Wort hindurch, sah still und unbeirrbar den Selbstbetrug des Predigers, der irgendwann den Glauben an Gott verloren hatte und schließlich auch an den Menschen.

Damit war Richard am Ende. Eine Mission ohne Gott war möglich, eine Mission ohne Menschen nicht. Es gab keine Botschaft, wenn es keinen Empfänger gab, keinen anderen Weg als hinter den Anfang zurück.

Es war das Ende einer langen, lebenslangen Reise, und sie hatte ihn an einen Punkt geführt, an dem sein Sohn schon immer war. Man hätte lachen oder den Kopf schütteln können über diesen wahnsinnigen Umweg und darüber, wie einig sie sich waren, Vater und Sohn, trotz allem, nach allem. Doch es machte Richard unendlich traurig, weil der Punkt, an dem sie sich getroffen hatten, der absolute Nullpunkt war: der Verlust allen Glaubens, ein Atheismus, der den Menschen einschloss.

Das einzige Stück Weg, das ihnen gemeinsam blieb, war der Abschied.

Er hatte diesen Weg nicht gesucht, sondern gemieden. Dass er da war und wartete im Schatten der Mauern, der verbotene Ausweg, hatte Richard immer gewusst. Irgendwann, auch das wusste er, würde ihm nichts anderes übrig bleiben als der Schritt ins Dunkel, dorthin, wo Holger stand. Es wäre der erste offene Schritt auf ihn zu, das erste Mal, dass er nicht vor ihm weglief. Vermutlich konnte man nichts Wahnsinnigeres und Wahreres über ihn als Vater sagen, als dass er die ganze Zeit versucht hatte, nicht so zu werden wie sein Sohn.

Es war die Ähnlichkeit, die sie trennte.

Bis zum Schluss hatte sich Richard geweigert, dem nachzugeben, auch als er schon lange nicht mehr glaubte. Er hielt es für seine Pflicht, gegen die Verzweiflung anzupredigen – gegen die seines Sohnes und seine eigene, die ein und dieselbe war. In seinen Ansprachen kam der Junge nicht vor, er nannte nie seinen Namen, doch alles, was er sagte, war an ihn gerichtet, all die vergeblichen Versuche, Mut und Zuversicht zu verbreiten. Er hatte ihn nicht erreicht.

Was sollte er machen als Vater eines Kindes, das in jedem Menschen den Tod sah?

Von allen Missionaren dieser Welt war er der traurigste und lächerlichste: der Mann, der sich bemühte, seinen Sohn zum Leben zu bekehren. Und es war hart, sehr hart für ihn, einsehen zu müssen, dass es sinnlos war.

Unwillkürlich sanken ihm die Hände. Richard starrte auf das Kreuz auf dem Altar. Es stand da, wo es immer gestanden hatte, bei jedem Gottesdienst, seit seiner ersten Predigt in dieser Kirche. Einen Moment lang vergaß er die Zeit. Dann wurde ihm bewusst, dass auch er den Kopf schräg gelegt hatte und durch alles hindurchsah. Kurzerhand nahm er das Altarkreuz und tat es in den Koffer. Die Leerstelle, die es hinterließ, schaute er nicht an.

# JAKOB LÄCHELTE
## EIN BISSCHEN VERLIEBT

… und sah Ilvy einen Augenblick länger an als erlaubt. »Irgendwie«, stellte er ungläubig fest, »ist einer von uns beiden immer der Eisbär.«

Das weiße Fell stand ihr gut; die Ärmel mit den Tatzen waren etwas zu lang und hingen bis zu ihren Knien herab, doch das machte sie als Eisbärin nur umso liebenswerter. Auch ohne dass sie den Kopf mit den Puschelohren und der zähnefletschenden Schnauze aufsetzte, wirkte Ilvy, als könnte sie sogar die arktischen Temperaturen einer Polarnacht überstehen. Ihr Blick wurde wärmer. Kaum hatte sie sich gesetzt, ließ sie auch schon ihre Hinterbeine über die Gerüstbretter baumeln. Das Lächeln, das sie ihm zurückschenkte, ermutigte Jakob, ihre Tatze zu nehmen.

Eine Weile hielten sie einfach nur Händchen und keiner ließ los.

»Wegen ›Vatermale‹ …«, sagte sie dann.

»Nicht so wichtig«, winkte er ab. Von ihm aus konnten sie ewig so weiterschweigen.

»Nur weil du gefragt hattest, ob ich etwas zu deiner Ausstellung beitragen kann …«, fuhr sie fort, obwohl Jakob dazwischenseufzte. »Ich habe mit deinem Vater gesprochen.«

»Was?« Er ließ ihre Tatze los. »Was … hattet ihr denn zu besprechen?«

»Das ist eine lange Geschichte«, sagte sie und hielt die Hinterpfoten still. »Ich wollte ihn mit deinem Opa zusammenbringen – zusammenschalten, besser gesagt, per Video. Damit sie sich noch einmal sehen und aussprechen können, bevor … Du weißt schon.«

»Mein Vater und mein Großvater hatten eine letzte Aussprache auf Zoom?« Jakob musste sich am Gestänge festhalten.

»Es hat nicht geklappt, aus verschiedenen Gründen«, kürzte Ilvy das ab und kratzte sich mit einer Kralle am Kopf. »Aber im Zuge der Vorbereitungen hatte ich dieses Gespräch mit ihm, also eigentlich nur ein Vorgespräch, wir wollten gar nicht in die Tiefe gehen. Es kam bloß so, weil er dermaßen wach war, hellwach und gnadenlos klar.«

»Hat er was über mich gesagt?«

»Über dich?« Ilvy guckte ihn an, als wäre das vollkommen abwegig.

»Oder über meine Mutter?« Jakob wurde noch unbehaglicher.

»Wir haben eigentlich überhaupt nicht über eure Familie gesprochen. Oder Menschen im Einzelnen.«

»Sondern?«

»Über Tiere«, sagte Ilvy mit der größten Selbstverständlichkeit.

Jakob rückte ein Stück von ihr ab, um zu sehen, ob sie Witze machte. Doch Ilvy schaute so ernst und treuherzig aus ihrem Eisbärenfell, als käme sie gar nicht auf die Idee, dass es seltsam klingen könnte. »Zuerst über Haustiere, dann über Wildtiere und am Ende über den ganzen Planeten.«

»Und wie geht es ihm? Meinem Vater, meine ich, nicht dem Planeten …«

»Ähnlich, würde ich sagen.« Ilvy musterte Jakob einen Augenblick, bevor sie weiterredete. »Wenn ich ehrlich bin, habe ich mich bei dem Gespräch die ganze Zeit gefragt: Was heißt eigentlich ›gesund‹, und was heißt ›krank‹? Welche Reaktion auf den Zustand der Welt ist die angemessene? Wir leben in einem kranken System, Jakob. Und wen das nicht krank macht, ist der ›gesund‹ oder nur auf systemkonforme Weise krank, und ist es das, was wir ›normal‹ nennen?«

Jakob fühlte sich unangenehm an die Gespräche früher am Abendbrottisch erinnert, bei denen sein Vater sich Sorgen um den Zustand des Planeten gemacht hatte und der Rest der Familie Sorgen um ihn. Damals waren ihm die endlosen Vorträge über Artensterben und Naturzerstörung immer dezent auf die Nerven gegangen.

»Die Frage ist«, fragte sie so rhetorisch, wie er es von seinem Vater kannte, »muss man sich betäuben, um zu überleben? Betäuben, um mitzutöten? Und was passiert mit denen, die sich nicht betäuben wollen? Die sich für den Schmerz entscheiden, fürs Wachsein und Wachbleiben? Werden sie weggesperrt und zwangsbetäubt, damit das Kranke des Systems nicht sichtbar wird und alle anderen ungestört weitermachen?«

Es war nicht seine Sache, Betäubungsmittel zu verteidigen und das pharmazeutische Zeitalter, wie Henk es nannte, aber er fing an zu verstehen, warum Ilvys Beziehung mit einem Szenedealer keine Zukunft hatte und ein bisschen auch, bei aller Liebe, warum Henk fremdgegangen war.

Ilvy nahm seine Hand in beide Tatzen, nahm sie auf ihren flauschigen, weiß bepelzten Schoß und hielt sie fest. »Ich habe viel darüber nachgedacht, über Empathie und Psychiatrie, den Sinn von Mitleid oder Mitgefühl und darüber, auf welcher Seite ich eigentlich stehe in dem ›Krieg‹. Allerdings würde ich es nicht so martialisch ausdrücken, trotz der vielen Toten, der Bilder von Leichen in Lazaretten, auf Militärlastern. Aber ich fürchte, dein Vater hat recht, wenn er sagt, dass wir uns im Krieg befinden, in einem Krieg mit der Natur, den wir mit allen Mitteln, aller Macht des Fortschritts führen. Vielleicht ist es wirklich der größte Irrtum unserer Zeit zu glauben, dass wir unsere Gesundheit verteidigen, während es in Wirklichkeit unsere Krankheit ist. Wir verteidigen die Krankheit des Systems, und das Virus ist nicht die Ursache der Krankheit, sondern die Wirkung, ein Produkt unserer kranken Methoden. Wir haben uns selbst infiziert und kämpfen gegen den Tod, den wir auf dem ganzen Planeten verbreiten, wir, Jakob, sind die Angreifer. Und dieser ›Krieg‹, den wir im Namen der Gesundheit führen, wird die Vernichtung nur beschleunigen, wird noch mehr Müll und Gift und Tod hervorbringen, noch toxischer sein in noch kürzerer Zeit …«

Auch wenn es nur Plastik war, schwarz angemaltes Plastik, streichelte er ihre Krallen wie zum Trost, glücklich einerseits, weil er bei ihr sein durfte, unglücklich andererseits, weil sie bei seinem Vater war. Sinnlos, ihr zu widersprechen, so wie er ihm nie widersprechen konnte, obwohl er immer das Gefühl hatte, schon von klein auf, dass an der Rechnung seines Vaters irgendwas nicht stimmte. Vielleicht hoffte er das bloß, vielleicht betrog ihn diese Hoffnung. Und trotzdem schien sie ihm nicht falsch. Hoffnung war kein Argument, das wusste er, doch in gewisser Weise hatte sie immer recht. Es war nur falsch, das zu sagen, weil alle Hoffnungswörter schon von anderen gesagt und für andere Zwecke missbraucht worden waren.

»Nicht traurig sein …« Ilvy entzog ihm ihre Krallen und legte ihren Arm um seine Schultern. Einen Moment lang spürte er der Wärme nach, die sich um seinen Nacken ausbreitete. Er hielt die Augen geschlossen, deswegen sah er den Kuss nicht kommen, aber sie küsste ihn tatsächlich auf die Schläfe, die nicht Südamerika war. Das ging über jede Hoffnung hinaus.

»Es gibt auch etwas Positives«, sagte sie dann und erhob sich, »eine gute Nachricht, eine sehr gute …« Jakob machte die Augen auf, um zu sehen, wie Ilvy das meinte. Doch sie blieb nicht stehen, sondern ging weiter zum Fenster ihrer Wohnung und zu den Pantoffeln, in die sie mit ihren Tatzen nicht passte. Erst im Fensterrahmen hielt sie inne. »Wir werden diesen Krieg verlieren, Jakob. Irgendwann werden wir alles um uns herum so zerstört haben, dass nichts mehr zwischen uns und unserer Selbstzerstörung steht.

Und dann wird es schnell gehen. Wir werden sterben, aussterben, und es wird ein verdammt schöner Tag sein für den Planeten oder das, was von ihm übrig ist.«

Damit verschwand sie und mit ihr das weiße Fell.

# RICHARD STACH MIT DER NADEL

… daneben beim ersten und zweiten Versuch. Dann rutschte ihm die Ampulle weg und fiel zurück in den Koffer. Er schaffte es nicht, das Fentanyl auf die Spritze zu ziehen. Seine Hände zitterten, als würde er frieren bis auf die Knochen. Dabei spürte er nichts und wunderte sich nur, wie sehr sein ganzer Körper bebte. Er musste sich setzen und ließ sich auf den Altarstufen nieder. Stillhalten, beschwor er seine tanzenden, krampfenden Finger, einfach stillhalten! Als es nicht besser wurde, presste er sie gegen seine Stirn und begrub das Gesicht in den Händen. So saß er da.

Er wartete nicht länger auf den Tod, sondern auf die Ruhe, die es brauchte, sich zu töten.

Seit er aufgehört hatte zu predigen, sehnte er das Ende seiner Überflüssigkeit herbei. Doch der Tod, den ihm die Ärzte versprochen hatten, war nie gekommen. Nichts kam, wie er es sich gedacht hatte: keine Heimsuchung, kein eisiger Schatten, kein Dämon im Schlaf. All die Bilder in seinem Kopf waren falsch. Der Tod kam nicht von außen, er wuchs aus ihm heraus wie der Krebs, der Morpheus befallen hatte, wie die Tumore der Sterbekatze, die ihr sechster Sinn geworden waren, wie die Wucherung am Kopf des Katers. Der Tod war ein Teil von ihm, deswegen starb er nicht: Er war das Sterben. Es ging von ihm aus.

Ihm wurde nun wirklich kalt auf den Steinstufen, unter dem Rieseln der Stille und der Dunkelheit. Doch er saß weiter da, die Hände vors Gesicht geschlagen, und sah sich gleichzeitig dasitzen mit den Augen seines Sohnes, unerlöst in seiner Schuld und der

Schuld aller. Am Ende lief das Missverständnis seines Lebens auf einen entscheidenden Irrtum hinaus: dass der Mensch nicht im Wesentlichen sterblich war, sondern tödlich.

Der Sterbliche brauchte eine Religion, der Tödliche eine Grenze.

Die Frage, der er seine Kraft und seinen Geist gewidmet hatte, war die falsche. Er hatte sich an der Endlichkeit des Lebens gestoßen und einen Sinn darüber hinaus gesucht, Dabei gehörte er wie alle zu einer tödlichen Gattung. Er tötete, indem er lebte, mal mehr, mal weniger, aber nicht anders als alle anderen auch. Der Unterschied war nur, dass er es die ganze Zeit gewusst hatte, dass er sich seiner Tödlichkeit bewusst gewesen war an jedem verdammten Tag seit der Geburt seines Kindes und dem Verlust seiner Frau. Er hatte es in den Augen seines Sohnes gesehen.

Es war der tiefste Spiegel, und er traute sich noch immer nicht hineinzublicken. Doch er wusste, dass der Moment gekommen war, auf die andere Seite zu wechseln. Er hatte sich immer gefürchtet, seinem Sohn zu tief in die Augen zu schauen aus Angst, sich selbst zu begegnen. Jetzt sah er, dass der Tod ein Tier war, kein schönes Tier, aber schwarz, tiefschwarz.

Richard konnte es sehen wie auf dem Grund des Spiegels. Zwischen ihnen war nichts, nur der Hauch aus seinem Mund und der kalte Atem des Todes. Er sah sein Gesicht und kein Gesicht und erkannte sich in beidem. Es gab nichts Trennendes zwischen Sein und Nichtsein. Der Tod war das Allervertrauteste, weder Offenbarung noch Gottesgericht, sondern die Wiederbegegnung und das Einswerden mit der Dunkelheit.

Vor dieser Grenze war er immer zurückgeschreckt, vor der Schwelle, die so groß schien wie die Ungewissheit. Dabei gab es sie gar nicht und auch keinen Todeskampf, keinen Widerstand, der ihn am Leben hielt. Es war unheimlich leicht. Auf dem Weg bis hierher war er seinem Sohn gefolgt. Überall, wo er hinkam auf diesem letzten Gang, schien Holger schon gewesen zu sein. Er hatte sich von ihm an die Hand genommen gefühlt, er, der Vater, vom Sohn. Jetzt ließ er die Hand des Jungen los und ging alleine weiter, ging über ihn hinaus.

Und war schon auf der anderen Seite, jenseits des Spiegels. Er musste nichts dafür tun, nur loslassen und dem Gedanken weiter folgen, der ihn hierhergeführt hatte. Der Tod war ein Tier wie er. Er brauchte nur darauf zuzugehen und wunderte sich über das Gefühl, schon einmal hier gewesen zu sein. Er wusste genau, was jetzt kam. Seine Angst wusste es für ihn. Richard hatte seinen Sohn hinter sich gelassen, doch er konnte sich seiner Angst anvertrauen, sie kannte den Weg zu dem Tier, dem er gleich war.

Gott war nur noch ein Wort.

Seine Angst war ihm vorausgeeilt und hatte die Gestalt gewechselt. Er fürchtete nichts mehr, weder einen strafenden Richter noch den Entzug des Segens und der Gnade. Inzwischen war ihm unbegreiflich, warum er bei der Suche nach Vergebung immer nach oben geblickt hatte statt unter oder neben sich. Als wäre es an den Vätern zu verzeihen, nicht an den Söhnen, als müssten höhere Mächte ihm vergeben und nicht die Machtlosen, an denen er schuldig geworden war.

Er war so blind vor Angst gewesen, anstatt durch sie hindurchzusehen.

Aber sie hatte sich verwandelt und war nun keine Todesangst mehr, sondern eine heilige Scheu von Tier zu Tier. Der Zölibat der Trauer und seine selbst verhängte Einsamkeit waren zu Ende. In der Kirche der Tiere war er nicht allein, sondern umgeben von den Opfern seiner Art. Wenn er gestorben war, würde er sein wie sie, wie alles Tote. Mehr gab es von ihm nicht zu sagen: Er war ein Tier gewesen, das von Gott geträumt hatte.

Richard nahm den Koffer mit dem Kreuz vom Altar, tastete mit der Hand daran vorbei und fand, was er suchte. Die Gewebeprobe vom Tumor des Katers war in der Dunkelheit schwer zu erkennen. Er wendete und drehte den Plastikbeutel so lange, bis er das kleine, spitze Dreieck vor sich hatte, Morpheus' Ohr, der Zacken fehlte noch immer. Einen Moment verlor sich Richard in der Suche nach Worten wie in einer toten Sprache. Er wusste nicht, wie er nach all dem um Vergebung bitten sollte, es tat ihm nur leid, unsagbar leid. Dann erst verstand er, dass es das bereits war: Vergebung war keine Errungenschaft, so sehr er sich auch darum bemüht hatte, sein Leben lang. Es ging darum, dass die Suche wahrhaftig war. Also sprach er in Morpheus' Ohr und redete sich in den Schlaf.

# JAKOB HOFFTE,
## DASS IHN DIE EISBÄRIN

… nicht verlassen hatte. Aus ihrer Wohnung kam kein Lebenszeichen, nichts, was darauf schließen ließ, dass sie zurückkehren würde. Doch Jakob wollte nicht durchs Fenster einsteigen und nachsehen, um nicht gleich wieder rauszufliegen. Stattdessen vergrub er seine Hände in den Jackentaschen, zog den Kopf ein und betrachtete den sternenlosen Himmel über sich, bis es langweilig wurde. Dann langweilte er sich mit Blick auf seine in der Luft hängenden Schuhspitzen und den Schuttcontainer mit *Stone Zero*. In irgendeiner Wohnung in den oberen Stockwerken lachte jemand vor dem Fernseher, drei-, viermal. Jakob fing an zu zählen. Bei elf hörte er wie aus großer Entfernung das Scharren und Schlappen von Ilvys Tatzen auf den Küchenfliesen. Der Esstisch schrammte über den Boden, und ein Stuhl fiel polternd um. Offenbar war sie mit ihren Eisbär-Proportionen noch nicht so vertraut.

Als er sich umdrehte, stand Ilvy am Fenster, einen Arm nach draußen gereckt, einen Menschenarm, den sie auf Achselhöhe durch ein Loch im Pelz gezwängt hatte. Die große Pranke daneben hing schlaff und wie versehrt herab. In der Hand hielt sie den Autoschlüssel. Offenbar hatte sie länger suchen müssen.

»Für deine Ausstellung«, sagte sie tonlos. »Ich brauch den Wagen nicht in nächster Zeit.« Und als Jakob nicht gleich aufsprang, fügte sie hinzu: »Du bist es deinem Vater schuldig.«

Das hatte er nun davon.

Jakob rappelte sich umständlich hoch, hielt sich an dem Gestänge fest und trat zu ihr ans Fenster. Bei der Schlüsselübergabe umfasste er ihr Handgelenk. Für einen Augenblick schien alles möglich, auch dass sie wieder zusammenkamen. Dann entzog sie ihm ihre Hand, zog ihren Arm in den Pelz zurück und stülpte sich, ehe er ihr auch nur einen Kuss auf die Wange geben konnte, den Eisbärenkopf über.

Nach all den Rausschmissen der letzten Zeit hatte Jakob den Eindruck, dass ihr der Abschied schwerer fiel als sonst.

»Und wenn wir uns noch eine Chance geben? – ›Chance‹ jetzt bitte nicht falsch verstehen …«, wagte er einen letzten Versuch. Gegenüber dem Eisbärenkopf fielen ihm Gefühlsäußerungen leichter, und Jakob fragte sich, ob er je so etwas wie Liebe zu einer Person empfunden hatte, die in größeren Schwierigkeiten steckte als er selbst. Bisher hatte er immer nur nach oben geliebt, immer nur stärkere Frauen, die ihr Leben im Griff hatten und meistens auch seins. Jetzt sehnte er sich nach dem Gegenteil. »Ich meine, danke für den Schlüssel und so weiter. Aber ›Vatermale‹ ist so eine große Sache, Ilvy, warum machen wir das nicht zusammen?«

»Es ist deine Ausstellung«, tönte es aus dem Hohlraum hinter der Schnauze.

»Um die Ausstellung geht es nur in zweiter Linie, ich …«, kam er nun doch ins Stottern. »Ich dachte, wir fahren erst mal in die Uckermark zu meinem Großvater und dem Rest der Familie, am besten heute Nacht noch, also jetzt gleich, wenn du – wenn wir wollen. Schließlich war es deine Idee, uns alle wieder zusammenzubringen. Und ich würde dich dem alten Herrn gerne vorstellen, solange er noch da ist.«

Die Eisbärin sah ihn an. Ihr großer Kopf wackelte leicht, doch es war schwer zu erkennen, ob sie ihn schüttelte oder nickte. Beim Reißzahn oben rechts war die Spitze abgebrochen.

»Er hat mich angerufen«, spielte Jakob seine letzte Karte. »Mein sterbender Großvater war plötzlich am Telefon, was eindeutig dir zu verdanken ist, deinen Bemühungen um eine Verständigung sozusagen zwischen den Generationen. Nur dass er eben nicht mit meinem Vater gesprochen hat, sondern mit mir, wie auch immer. Was zählt, ist der Anruf. Er ruft uns zu sich.«

Ilvy hielt den Kopf still. Das Kullern war jetzt mehr in den Augen. Der Eisbär guckte traurig, aber vielleicht tat er das von Natur aus.

»Lieb von dir«, sagte sie leise hinter den Hauern. »Lieb, dass du das sagst. Aber ich kann nicht mitfahren, Jakob. Es ist deine Ausstellung und deine Familie, nicht meine. Ich habe so schon ein schlechtes Gewissen, weil ich mich nicht gleich von dir getrennt habe, als ich wusste, dass ich dich nicht liebe, tut mir leid. Aber deine Mutter, deine ganze Familie war mir so ans Herz gewachsen, vermutlich weil ich nie eine hatte, nie eine wie deine. Ich hätte alles getan, um sie nicht zu verlieren.«

Jakob versuchte gar nicht erst zu schlucken, sein Mund war knochentrocken. »Aber meine Familie und ich, das schließt sich doch nicht aus«, stammelte er.

»Sie hat sich nicht bei mir gemeldet, geschweige denn bedankt oder kurz mal den Kopf rausgestreckt – deine Mutter, meine ich, aus ihrer Wohnungstür, wenn ich dort war, um ihr den Einkauf zu bringen. Ich habe wirklich alles versucht, ihre Leibgerichte besorgt, ihren Lieblingskaffee in vier Sorten. Sie hat sich einfach tot gestellt … Aber ich verstehe, dass es aus ist, aus und vorbei. Das Band war in dem Moment zerschnitten, als sie gemerkt hat, dass ich dich nicht liebe. Mütter merken das sofort, und sie hat für dich Partei ergriffen, naturgemäß. Genau das macht Mütter aus. Man kann sich ihre Liebe nicht verdienen, sie muss einem geschenkt werden.«

Die Eisbärin senkte den Kopf und Jakob auch, schuldbewusst. Etwas in der Art hatte er sich schon gedacht. Doch die Fressflashs von Henks Dope waren stärker gewesen als er und sein Gewissen. »Vielleicht redet ihr einfach noch mal, meine Mutter und du«, legte er ihr vorsichtig nahe.

»Nein, Jakob, das war's. Du musst alleine fahren. Ich kann nicht mitkommen, so sehr ich es möchte, gerade weil ich es so sehr möchte, viel zu sehr. Ich bin deiner Familie lange genug nachgelaufen. Jetzt muss ich in die andere Richtung …«

Grußlos wandte sie sich ab und war nicht mehr zu sehen. Nur ihre Tatze tauchte noch mal auf und schnappte sich die Pantoffeln von der Fensterbank. Er wollte noch etwas sagen wegen der Steine aus ihrer Sammlung, die sie vergessen hatte. Doch das Fenster flog zu, und es war schlagartig still. Auch das Fernsehlachen aus dem Stockwerk drüber war verstummt.

»RICHARD?«

...

# JAKOB

… starrte einen Moment lang auf den Autoschlüssel in seiner Hand, hin- und hergerissen, ob es sich nun um eine Niederlage auf ganzer Linie handelte oder nicht doch um einen halben Sieg. Auf eine Art hatte er bekommen, was er wollte. Achselzuckend steckte er den Schlüssel ein, kletterte vom Gerüst und ging zum Wagen.

Bevor er einstieg, sah er sich die Reifen näher an. Der Luftdruck schien in Ordnung, es musste wirklich am Gewicht liegen. Er öffnete den Kofferraum und versuchte, die Granitplatte herauszuwuchten. Erstens gehörte sie Ilvy, und zweitens war es Spritverschwendung, mit dem Ballast nach Amsterdam zu fahren. Dummerweise war der Stein so schwer, dass er ihn alleine nicht ausladen konnte, ohne einen Leistenbruch zu riskieren. Also ließ er es bleiben. Jakob wollte den Kofferraum schon wieder zuklappen, als ihm auffiel, dass die Oberfläche angemeißelt war, in Ilvys üblicher Manier. Er knipste die Innenbeleuchtung an und erkannte, dass die Kerbungen so etwas wie eine Inschrift ergaben, schwarz auf schwarz. Bei dem Licht war sie kaum zu entziffern, doch indem er die Finger zu Hilfe nahm und die Buchstaben abtastete, kam er dahinter, was es heißen sollte.

»Gott«, stand da, »ist eingeschlafen«. Es folgte die Jahreszahl.

Jakob zog seine Hand zurück wie bei einem elektrischen Schlag. Ilvys vielleicht letzte Anmeißelung – ihr *Final Stone* – war ein Grabstein für seinen Großvater. Deshalb also hatte sie ihm den Wagen geliehen, damit er den Stein an den Ort seiner Bestimmung brachte. Und es schien, als wollte sie damit nicht nur seinen Groß-vater beerdigen, sondern ihre ganze Geschichte: ihre kurze Lie-be zu ihm, ihre lange Liebe zu seiner Mutter und seiner Familie. Erst jetzt verstand Jakob so richtig, was mit ihr los war. Ilvy litt nicht an Trennungsschmerz, sie trauerte.

Er schlug die Kofferraumklappe zu und setzte sich ans Steuer. Zu seiner Überraschung sprang der Motor sofort an. Der Keil-riemen quietschte beim Ausparken, das Autoradio war kaputt, und die Tankanzeige befand sich im roten Bereich. Aber der Wa-gen fuhr einwandfrei.

Als er Richtung Schulparkplatz einbog, sah er Henk schon am Straßenrand ungeduldig auf und ab schreiten, ein langer, leicht gebeugter Schatten mit wehendem Mantel. Der Wagen war noch nicht richtig zum Halten gekommen, da tauchte er bereits im Seitenfenster auf und klopfte gegen die Scheibe.

»Eine Viertelstunde hatten wir gesagt, fünfzehn Minuten!«, bellte er wütende Wolken in die Nachtluft. Jakob kurbelte das Fenster runter und würgte den Motor ab.

»Ich weiß.«

»Ach ja? Und weißt du auch, wie spät es ist?« Henks Wut war ohne die Scheibe dazwischen noch unangenehmer. »Ich friere mir hier seit fast einer Stunde den Arsch ab!«

»Es war nicht so einfach«, sagte Jakob. Er hatte keine Uhr und bei dem kleinen Zifferblatt im Armaturenbrett hingen die Zei-ger.

»Ihr habt über mich gesprochen, Ilvy und du?«, regte Henk sich weiter auf. »Ich habe dir doch gesagt, du sollst ihr nichts von mir erzählen, weder dass ich bei dir war, noch dass ich hier bin, nicht mal meinen Namen, das gibt nur Ärger und endlose Diskus-sionen!«

»Von dir war gar nicht die Rede.«

Henk guckte kurz, dann lehnte er sich in den Fensterausschnitt. »Und was habt ihr die ganze Zeit gemacht? Gevögelt?«

»Es war nicht einfach, wie gesagt.« Jakob hielt die Luft an und starrte geradeaus. »Wo ist der Fahrer?«

Henk guckte erneut. »Der Fahrer?«

»Ohne Führerschein kann ich dir den Wagen nicht geben. Schließlich trage ich die Verantwortung, schon vergessen?« Jakob merkte mehr und mehr, dass ihm das Auto eine gewisse Macht verlieh. Ausnahmsweise hatte er etwas, das Henk haben wollte. »Also entweder du hältst dich an die Absprachen, oder ich düse wieder ab. Du hast eine Minute.«

»Es handelt sich um eine Fahrerin, schon vergessen?«, konterte Henk. Dann drehte er sich zum Schulgebäude um und pfiff mit vier Fingern wie nach einem Hund. »Los! Zeig ihm deinen Führerschein!«

Aus dem Dunkel des Eingangsbereichs kam ein undeutlicher Singsang. Jakob verstand kein Wort, Henk offenbar schon. »Und wo ist deine Handtasche?«, wurde er ungehalten. »Ich habe dich um eine Sache gebeten, eine einzige: Nimm deinen bescheuerten Führerschein mit, *puta*!«

»Henk, echt …!«, räusperte sich Jakob, wie um zu sagen, dass man Frauen so nicht behandelte. Doch sein gut gemeinter Hinweis ging ins Leere. Henk verschwand im Schwarz des Schulportals, aus dem er mit Flüchen in mehreren Sprachen und einem Schlüsselbund in der Hand wieder herauskam. Schimpfend lief er auf einen der benachbarten Blocks zu, offenbar um die Handtasche mit den Papieren zu holen.

»Du wartest, verstanden, sonst …!«, schrie er noch vor Erreichen des Hauseingangs über den ganzen Parkplatz und vervollständigte den Satz mit einer Kopf-ab-Geste, wobei Jakob erst auf den zweiten Blick kapierte, dass er damit gemeint war, nicht die Frau. Unfreiwillig sackte er ein Stück in seinen Sitz. Ihm dämmerte so langsam, dass er tiefer in der Scheiße steckte, als er dachte. Die Frau, die Henk als Fahrerin verdingt hatte, dachte vermutlich das Gleiche. Falls sie etwas dachte.

Aus den Augenwinkeln hielt er nach ihr Ausschau. In einer Schattennische zwischen den Säulen des Portals sah er auf halber Höhe eine Zigarette aufglimmen und wieder herunterglühen zu einem kleinen roten Punkt. Mehr konnte er beim besten Willen nicht erkennen. Umgekehrt musste er im Streulicht der Laternen gut zu sehen sein. Wahrscheinlich beobachtete die Frau ihn schon die ganze Zeit.

Wie unter ihren Augen stieg er aus dem Wagen und ging auf sie zu, um sich für Henk und sein Verhalten zu entschuldigen. Er wollte sich ein Bild von der Person machen, der er Ilvys Auto anvertraute. Vielleicht ergab sich eine kleine Unterhaltung, trotz der Kälte. Auf dem Parkplatz zog und wehte es, insofern spielte er mit dem Gedanken, sie zu sich in den Wagen einsteigen zu lassen. Doch je nach Milieu schien ihm das missverständlich.

Um seine friedliche Absicht zu bekunden, hob er im Näherkommen die Hände, was sie nicht davon abhielt, ihm ihre Kippe vor die Füße zu schnippen. Vermutlich hatte sie mit Männern auf Parkplätzen schlechte Erfahrungen gemacht. Jakob blieb stehen, hob die Hände noch ein Stückchen höher und nickte höflich ins Ungewisse. Es kam kein Gruß zurück. Die Frau, die im Dunkeln auf den kalten Steinstufen kauerte, nuschelte nur abfällig vor sich hin und zündete sich die nächste Zigarette an. Für einen Moment erhellte das Feuerzeug ihr Gesicht. Jakob ließ die Hände fallen.

»Frau Professor?!« Er war so überrascht, dass er die Augen zusammenkniff und wieder aufriss, aber er täuschte sich nicht: Milena. Sie war es wirklich. »Ich … Ich habe Ihnen eine Mail geschrieben, neulich«, stotterte er, »wegen der Nachholtermine für die digitalen Semesterabschlusspräsentationen mit der Bitte um Fristverlängerung. Die Nachricht ist hoffentlich angekommen? Ich hatte ein paar technische Probleme mit meinem PC und dem WLAN in Kreuzberg, wo gerade alle gleichzeitig streamen. Insofern: Gut, dass wir uns treffen …« Es schien ihr weniger peinlich zu sein als ihm, was die Lage nicht einfacher machte. »Aber ich kann die Mail auch noch mal schicken, falls Sie was Schriftliches brauchen für die Kolleginnen und Kollegen von der Prüfungskommission. Oder wie hätten Sie's gern?«

Doch die Realität, die seine Professorin schlagartig für ihn angenommen hatte, war nicht gegenseitig. Strauss-Kutschera sah ihn aus großen Spiegelaugen an und wunderte sich offensichtlich, wer er war und woher er kam.

»Verzeihung, das sollte kein Überfall sein. Ich bin ein Student von Ihnen, wissen Sie noch? Jakob …«

# »RICHARD ...?«

Selma hielt den Atem an; in unterschiedlich dicken, unterschiedlich harten Strahlen prasselte das Wasser auf ihr Gesicht.

»Hallo, Richard? Bist du zu Hause?«

Es war Kathis Stimme, unten irgendwo beim Hintereingang oder in der Küche; sie hatte sich nicht verhört. Blind tastete Selma nach den Armaturen. Wenn sie die Dusche ausmachte, würde sie vielleicht niemand bemerken. Doch Kathis Schritte waren bereits auf der Treppe und schon bald an der Badezimmertür. Hastig hob sie die Scherben und Splitter in der Duschwanne auf, schnitt sich wieder und sah mit an, wie ihr Blut in haarfeinen und wässrigen Schlieren über die weiße Keramik lief, immer weiter auf den Abfluss zu. Im nächsten Moment klopfte es.

»Selma ...?«

Sie blieb ganz still, aber das Wasser verriet sie.

»War Richard bei dir? Hast du mit ihm gesprochen?«

Die Frage ergab keinen Sinn, schließlich war Kathi mit ihm unterwegs gewesen. Nur konnte sie sich nicht verständlich machen.

»Alles okay da drinnen?« Kathi klopfte noch einmal, noch heftiger. Bei jedem Schlag zuckte Selma zusammen. Sie wollte nicht gefunden werden und niemandem zumuten, sie zu finden. Gleichzeitig wünschte sie sich nichts sehnlicher, als in den Arm genommen zu werden von Kathi oder von ihrer Mutter.

»Warst du nicht mit ihm beim Tierarzt?«, brachte sie mühsam hervor und stellte die Dusche auf kalt. Dann hielt sie den Kopf unter die Brause. Was sie brauchte, war Klarheit.

»Von da komme ich gerade«, erklärte Kathi ungeduldig, klopfte aber wenigstens nicht mehr. »Richard sollte schon mal vorgehen und Bescheid sagen, damit du dir keine Sorgen machst. Wir mussten zwar operieren, aber Morpheus ist ein tapferes Kerlchen.«

»Morpheus«, echote Selma. Der Name ging ihr glatt über die geschwollenen Lippen.

»Ich bin ganz sicher, dass er es übersteht. Jedenfalls werde ich alles dafür tun.«

So richtig sicher hörte sich Kathi nicht an, doch offensichtlich kümmerte sie sich um ihn, nicht der Tierarzt, das tröstete Selma. Um ihre Schultern legte sich die Kälte wie ein Schal. »Dann darf ich ihn behalten?«

Hinter der Tür war plötzlich Schweigen.

»Ich darf ihn nicht behalten … Kathi?«

»Darüber reden wir noch.«

»Aber er ist mein Tier! Ich habe ihn ins Haus geholt, das kannst du bezeugen, sonst wäre er nie ein Teil unserer Familie geworden, niemals unser Kater! Ihr könnt ihn mir nicht einfach wegnehmen, nicht einfach so zum Arzt mit ihm, ohne mich, ohne meine Zustimmung. Ich … Ich muss ihn doch beschützen!«

»Ist wirklich alles okay da drinnen?« Erst an Kathis Reaktion merkte Selma, dass es schlimmer geworden war. Sie zitterte am ganzen Körper und hatte das Gefühl, immer kleiner zu werden.

»Selma?«

Sie presste die Stirn an die Kacheln. »Warum sagt ihr mir nicht die Wahrheit? Stirbt er? Ist er tot? Habt ihr ihn eingeschläfert?«

»Stop!« Kathi hämmerte jetzt gegen die Tür, aber nur kurz. »So hat das keinen Sinn, Selma. Entweder du kommst raus, oder ich komme rein. Dann reden wir weiter. Hast du mich verstanden?«

Selma nickte unwillkürlich, aber niemand, nicht einmal Kathi, durfte sie so sehen.

»Ich komm raus«, rief sie. Es gelang ihr, die Panik in ihrer Stimme zu unterdrücken, aber sie war zu schwach. Mit ihren eiskalten Händen schaffte sie es gerade mal, das Wasser abzudrehen. Das Blut floss weiter.

»Moment …« Als sie sah, wie viel es war, wurde ihr vorübergehend schwarz vor Augen, aber sie schüttelte das ab, genauso wie den Brechreiz, der sie überkam. Unbeirrbar angelte sie sich ein Handtuch und breitete es über die Scherben und das Blut im Ausguss. »Einen Moment noch!« Das nächste Handtuch wickelte sie sich um die Brust und dann noch eins ums Handgelenk. »Bin gleich bei dir!«

Doch da stand Kathi schon in der Tür. Sie hatte vergessen abzuschließen: wie jemand, der gefunden werden wollte. Einen Moment lang wusste Selma nicht mehr, in welchem Badezimmer und in welcher Zeit sie war.

»Mir ist ein Glas runtergefallen, ein Wasserglas«, sagte sie stimmlos und sah sich wie mit fremden Augen um. »Ich habe mich geschnitten, aber bis ich heirate …«

Kathis Blick landete auf dem Handtuch um ihr Handgelenk, das sich langsam mit Blut vollsog. Sie hatte sich noch nie so geschämt.

»Sag es nicht meiner Mutter …« Selma musste ihren ganzen Mut zusammennehmen, all ihre Tapferkeit, um Kathis schweigendem Blick zu begegnen. »Bitte«, flüsterte sie noch einmal, »sag meiner Mutter nichts.«

Kathi schwieg noch immer, doch mit den Augen gab sie ihr ein Zeichen der Zustimmung, nicht mehr als ein Wimpernschlag, aber ein großes Versprechen.

»Hast du auch Verbandszeug in deinem Koffer?«, fragte Selma dann.

## »JAKOB

… Thomann, Bildende Kunst, siebtes Semester, Schwerpunktmodul Akt und Porträt. Sie erinnern sich, Frau Professor? Sie haben mich gemalt.«

Milena Strauss-Kutschera wedelte mit der Hand, wie um die Bilder aus ihrem Gedächtnis zu fächeln oder den Zigarettenrauch aus ihren Augen. So ganz schien sie noch immer nicht zu wissen, wen sie vor sich hatte. »Doch alles Weitere besprechen wir besser im Auto«, schlug Jakob vor. »Sonst holen Sie sich auf den kalten Steinen noch den Tod.«

Er machte einen Schritt auf sie zu, um ihr aufzuhelfen. Doch entweder erkannte Milena ihn wirklich nicht und fühlte sich bedrängt, oder sie wollte noch in Ruhe aufrauchen. Jedenfalls fiel ihr im Zurückweichen die Zigarette aus dem Mund, trudelte das Revers hinunter auf ihren wie üblich tiefen Ausschnitt zu, landete dann aber doch nicht zwischen ihren Brüsten, sondern purzelte über Milenas halb offene Bluse hinweg auf die Stufen und rollte funkensprühend davon.

»Entschuldigung, das wollte ich nicht! Alles in Ordnung? Haben Sie sich wehgetan?«, fragte Jakob mit klopfendem Herzen. Doch Strauss-Kutschera legte nur ihr sagenhaftes Kinn in Falten, guckte sich selbst ins Dekolleté und kroch dann dem glühenden Stummel hinterher bis zu dem Mülleimer am Treppenaufgang.

Es war ihm sehr peinlich, seine Professorin auf Knien zu sehen. Als Phantasie hätte er es vielleicht sogar reizvoll gefunden, aber die Wirklichkeit war ein anderes Land. »Frau Strauss-Kut-schera, hören Sie? Ich werde Ihnen jetzt unter die Arme greifen und Sie in eine vertikale Position bringen, bitte kriegen Sie keinen Schreck!«

Er zog sie hoch, bevor sie sich die Kippe schnappen konnte. Milena war schwerer als erwartet, aber auch weicher. Sie leistete keinen Widerstand, sondern sank in ihn hinein und umgab ihn mit einer Duftwolke, die noch mächtiger war als ihr Parfüm und irgendwie auch hochprozentiger, mit einer herben Süße wie von schwarzer Johannisbeermarmelade oder Wachholder, doch vermutlich kam das vom Gin. Jakob versuchte, einen klaren Kopf zu behalten und die Entfernung zum Wagen abzuschätzen.

Die hundert Meter mit Milena konnten lang werden.

Einen Augenblick stand sie aufrecht, in sich kreisend wie ein Kegel kurz vorm Umfallen. Aber sie hielt sich gerade. Schwierigkeiten hatte sie anscheinend nur damit, ihren Blick scharf zu stellen und den Abstand zwischen ihnen zu justieren. Ihre voluminösen Augendeckel mit dem graphitfarbenen Lidschatten klappten immer wieder zu. Jakob registrierte einigermaßen verblüfft, dass sie schielte. Ihr rechtes Auge zog nach innen, vielleicht weil er zu nah war. Wenn er sie nicht immer schon begehrt hätte, dann spätestens jetzt.

»Du blutest«, sagte sie dann überraschend klar und deutlich; offenbar sah sie schärfer, als er dachte. »Da«, fügte sie hinzu, strich mit dem Zeigefinger über seine Stirn und drückte ziemlich unsanft auf den Schnitt, den er sich auf der Leiter zugezogen hatte. Aus der Wunde kam es warm, so als sei sie im Eifer des Gefechts wieder aufgeplatzt. Milenas Zeigefinger war schwarz.

»Sieht aus wie Schminke … oder Öl.« Einen Moment betrachtete sie die Blutspur interessiert, kam aber ins Schlingern und kippte plötzlich nach hinten. Reflexartig packte Jakob sie an der Taille und hielt sie fest. Dabei spürte er ihre Hüften auf seinen, ihren weichfleischigen Unterleib.

»Es ist wirklich nur eine Pigmentstörung«, versuchte er, sachlich zu bleiben und an etwas anderes zu denken. In seiner Hose wurde es sehr schnell sehr eng. »Das Besondere daran ist eigentlich nicht die Farbe, sondern die Form. Ich nenne es ›Südamerika‹.«

»Schöner Name …« Milena bog sich noch weiter nach hinten für einen besseren Überblick, wobei sie seinen hart werdenden Penis mit ihren Hüftknochen abklemmte. Dann beugte sie sich wieder vor und kam seinem Gesicht sehr nah, wie um sich Südamerika ganz genau anzusehen. »Ich habe zwei Jahre in Rio gelebt und liebe lateinamerikanische Malerei.«

Ihr Gin-Atem flutete sein Gehirn wie eine Droge.

»Apropos Malerei«, holte er tief Luft, »es gibt für diesen Fleck noch einen anderen Namen, und ich wüsste wirklich gerne, was Sie davon halten, ganz spontan. Wie finden Sie ›Vatermal‹?«

»Vatermal wie Muttermal?«, fragte Milena eher gleichgültig, während sie die Haare über seiner Schläfe zurückstrich und die Umrisse abtastete.

»Ja! Ja, genau«, bestätigte Jakob unter ihren Händen. »Genau das ist die Idee und auch der Titel meiner Ausstellung, sofern es in Zukunft noch Ausstellungen gibt und Sie nach eingehender Prüfung befinden, dass ›Vatermale‹ nicht nur eine bessere Hausaufgabe sind, sondern, sagen wir, relevant. Nein, wirklich, es würde mir viel bedeuten, aus Ihrem Mund zu hören, dass ich – in aller Vorläufigkeit – fertig bin oder zumindest weit gekommen, wenn man bedenkt, dass dieser Klecks auf meiner Stirn der Ausgangspunkt für meine Spurensuche war und für die ›Vatermal‹-Gemälde, die ich malen werde: diese eine kleine, unansehnliche Pigmentstörung …«

»Ich würde eher von Hautkrebs sprechen«, sagte Milena Strauss-Kutschera.

»Hautkrebs?« Er starrte ihr ins Gesicht, sie starrte auf seine Schläfe.

»Langsam solltest du es wirklich untersuchen lassen.«

»Ja, aber …« Jakob ließ sie so reflexartig los, wie er sie gepackt hatte, doch Milena strauchelte nicht einmal, sondern stand und starrte ihn unerbittlich weiter an, ganz ohne Silberblick.

»Südamerika ist größer geworden, seit wir uns zuletzt gesehen haben. Es verändert sich.«

»Sie haben es die ganze Zeit beobachtet?« Jakob war nicht nur besorgt, sondern fast ein bisschen eifersüchtig. »Aber warum denn? Was um alles in der Welt kümmert Sie dieses … Ding?«

Milena zuckte mit den Achseln. »Mein Bruder hatte das Gleiche.«

»Ihr Bruder?« Es war das erste Mal, dass Strauss-Kutschera ihre Familie erwähnte. »Und was hat Ihr Bruder damit gemacht?«

»Er ist vor zwei Jahren gestorben.«

Jakob sagte nichts mehr, nickte nur bestürzt und dann noch einmal wie aus Beileid. Nicht, dass er glaubte, Hautkrebs zu haben. Er war ganz sicher, dass Milena sich täuschte, schließlich war sie Kunstprofessorin, keine Ärztin. Und trotzdem wurde er das Gefühl nicht los, sein eigenes Todesurteil gehört zu haben: Er trug es auf der Stirn, das Mal, das sich in seinen Schädel grub und an ihm fraß, irgendwo auf einem Schulparkplatz am Rande des Universums. Ihm wurde übel. Doch Milena ging weiter, peilte den Wagen an und lief darauf zu, nicht gerade, aber unaufhaltsam, ohne ihn und ohne einen Blick zurück. Auch dass sie bei einem ungewollten Ausfallschritt einen Absatz runtertrat, ließ sie kalt. Ein paar Meter hinkte sie mit ungleich langen Beinen. Dann schoss sie den kaputten Schuh in eine Parkbucht, den heilen hinterher und torkelte den Rest des Weges barfuß.

Sie war so stark und er so schwach.

Am Heck hielt sie sich fest, zuerst um zu verschnaufen, dann pulte sie zwischen ihren Zehen nach einem Kieselstein oder Splitter. Immer wieder zog und zupfte sie an ihrer Strumpfhose, um dann für einen Augenblick in dieser Pose zu verharren wie eine neuzeitliche Dornauszieherin. Jakob hätte sie gerne gemalt, wenn er denn wirklich gemalt hätte. Doch ihm war, als hätte ihm Milena Strauss-Kutschera gerade sein Schicksal verkündet, das Abschlusszeugnis seiner Existenz: Er war nicht zum Künstler bestimmt, sondern zum Patienten ohne Werk und Namen, der nach einem wenig originellen Leben einen Tod sterben würde, den schon unzählige vor ihm gestorben waren. Dazu passte, dass sich nur eine Kofferraumklappe zwischen seiner Professorin und der Grabplatte für seinen Großvater befand, der ihn am Ende vielleicht sogar noch überleben würde. Von wegen Vatermale, dachte Jakob, *Grabmale!* So hieß die Ausstellung, die niemand mehr erfinden musste, sie lief bereits, und er war nicht nur ihr Besucher, sondern auch ihr Gegenstand.

Er sah zu Milena hinüber, die so unendlich weit entfernt schien wie das Bild, das er nie malen würde. Dann sah sie sich nach ihm um und rief auf ihre unverwechselbare Art: »Jaaa-kooom …«

Er gehorchte sofort, kam angelaufen, öffnete die Beifahrertür und half ihr in den Wagen, als hätte er Chauffeur gelernt. Mit der größten Selbstverständlichkeit sorgte er dafür, dass sie angeschnallt war, dass die Höhe der Kopfstütze stimmte, dass sie ein Kissen im Nacken hatte und genügend Kleid über den Knien. Dann umrundete er den Wagen und setzte sich ans Steuer.

Eine Weile schauten beide geradeaus durch die Windschutzscheibe, ohne dass sich etwas bewegte.

»Wie alt war Ihr Bruder denn?«, fragte Jakob in den Stillstand und steckte den Schlüssel ins Zündschloss.

»Jünger«, sagte Milena.

Er traute sich nicht nachzufragen, ob das hieß, jünger als sie oder jünger als er. Doch er glaubte die Antwort zu kennen. Kurzerhand ließ er den Motor an.

»Wollten wir nicht auf Henk warten?« Sie wandte den Kopf Richtung Hauseingang.

»Wollen Sie?«, fragte Jakob zurück.

Milena schien einen Augenblick nachzudenken, so als würden ihr noch einmal alle Gründe für und gegen Henk durch den Kopf gehen. Die Liste schien lang zu sein, schließlich war er vor Jahren ihr Assistent gewesen, noch immer ihr Dealer und vermutlich ihr Liebhaber. Unter anderen Umständen hätte Jakob vielleicht darüber lachen können, dass Henk ihm jede Frau ausspannte, die in seinen Träumen ihm gehörte.

»Und du, was willst du, Jaaa-kooom?«, gab Milena die Frage zurück.

Er legte den Gang ein und ballte die Hände am Steuer zu Fäusten. »Mir ist gerade klar geworden, dass mein Leben zu kurz ist, um auf Henk zu warten.«

Zum ersten Mal, seit er bei ihr studierte, schenkte ihm Milena Strauss-Kutschera ein Lächeln, das seinen Namen zu sagen schien. Mit einer Hand strich sie ihm über die Schulter und streichelte dann mit ihren Fingerspitzen seinen Krebs.

Ein, zwei Sekunden lang schloss er die Augen und spürte ihrer Berührung nach, dann gab er Gas. Der Keilriemen kreischte, als der Wagen vom Parkplatz auf die Straße rumpelte. Die Vorstellung, dass Henk sie wild gestikulierend und Handtaschen schwenkend verfolgte, saß Jakob im Nacken, deswegen fuhr er so schnell, wie die Kiste mit dem Grabstein konnte, und überquerte die erste Kreuzung bei Rot. Falls Henk ihnen Flüche und Drohungen hinterherschrie, wurde er vom Geheul des Motors übertönt.

»Kennst du dich überhaupt aus in Amsterdam?«, wollte Milena wissen, als sie schon zwei Kreuzungen weiter waren und der Motor sich etwas beruhigt hatte. Dann schien ihr etwas einzufallen und sie zog nach einigem Hin- und Herruckeln umständlich eine kleine Handtasche aus ihrem Mantel, kaum größer als ein Schminktäschchen. Sichtlich erfreut entnahm sie ihr nicht nur einen Lippenstift, sondern auch ihre Papiere. Insofern konnte Henk in ihrer Wohnung lange suchen.

Jakob grinste und warf einen Blick in den Rückspiegel. Die Straße hinter ihnen war leer. »Wir fahren einen kleinen Umweg über Land«, sagte er dann, setzte den Blinker und fädelte sich ein in Richtung Prenzlau.

# TEIL III

# MARIA

… war eine Extrarunde durch den Park gelaufen und noch ein Stück am Halleschen Ufer entlang, sie konnte nicht aufhören. Es war ihr erster Spaziergang nach der Quarantäne, das erste Mal wieder unter freiem Himmel, an der Luft und im Licht. Die Bäume und Sträucher hatten einen Sprung gemacht und waren so grün, als hätte sie den halben Frühling verpasst. An vielen Stellen blühte es schon. Maria konnte sich nicht sattsehen an den Farben, Formen, dem Flirren der Veränderung. Selbst die Straßenzüge, die sie so gut kannte, dass sie ihnen sonst keine Beachtung schenkte, erschienen ihr plötzlich neu und sehenswert. Sie erfreute sich an jeder Kleinigkeit, als wäre es ein Wiedersehen nach langer Zeit.

Als sie beim Späti um die Ecke bog, stand Kathi schon da. Ihr schwarzer Mercedes parkte nicht weit vom Hauseingang. Ton in Ton lehnte sie am Kotflügel und rauchte eine Zigarette.

»Bin ich zu spät?«, fragte Maria.

»Ich bin zu früh«, sagte sie.

Ihre Begrüßung wirkte befangen, fast unbeholfen. Früher hatten sie einander umarmt und auf die Wangen geküsst. Jetzt wussten sie nicht einmal, ob sie sich die Hand geben durften, auf offener Straße. Dennoch hatte es keine von ihnen eilig, ins Haus zu gehen. Die Aprilsonne blitzte von Autodächern, Fenstern, Glasfassaden. Sogar im Schatten am Straßenrand war es sommerlich warm. Maria schwitzte in ihren Vor-Quarantäne-Klamotten und zog nach der Jacke auch ihren Pulli aus, um ihn sich über die Schultern zu legen. Ihr Gesicht glühte.

»Gut siehst du aus«, sagte Kathi.

Sie sahen beide schlecht aus und lachten. Auch das hatte ihnen gefehlt.

»Wie war die Fahrt?«, fragte Maria dann, um irgendwo anzufangen.

»Ruhig.« Kathi zündete sich noch eine Zigarette an. »Der Berliner Stadtverkehr ist auch nicht mehr das, was er mal war. Selma und der Kater haben die ganze Zeit geschlafen.«

»Und wo ist sie?« Maria spähte durchs Seitenfenster in den leeren Wagen. »Ich dachte, wir sehen uns wenigstens kurz …«

Kathi nahm einen langen Zug und blies den Rauch in eine andere Richtung, bevor sie antwortete. »Sie ist schon mit dem Kater in der Klinik. Schöne Grüße.«

»Übertreibt ihr es nicht etwas mit dem Tier?«

»Sein Name ist Morpheus«, entgegnete Kathi, als sei das ein Argument. »Warte, bis du ihn siehst.«

»Ist er so süß?«

»Nein, aber am Leben.«

Auf dem Gehweg stritten sich ein paar zerrupfte Straßentauben um einen Brötchenrest und schlugen mit den Flügeln, dann stolzierten sie beleidigt zuckend auseinander und ließen die Hälfte liegen.

»Danke, dass du ihn gerettet hast«, lenkte Maria ein. »Das war sicher nicht leicht, eine solche Operation nach so langer Zeit …«

»Einen Platz in der Klinik zu kriegen, war schwerer, in der jetzigen Situation.« Kathi sah hinüber auf die andere Straßenseite zu einer gebeugten, alten Frau, die sich mit ihrem Gehwagen zentimeterweise voranmühte und immer wieder stehen blieb, um hinter ihrer Maske nach Luft zu schnappen. »Glaubst du, du kannst mir aus euren Beständen welche mitbringen, damit ich meine Patienten besuchen kann? Masken, meine ich.«

»Ich hatte mit meiner Abteilung noch keinen Kontakt.«

Ihre Blicke trafen sich wieder.

»Warum sagst du mir nicht, was los ist, Maria?«

Sie zuckte leicht mit den Achseln und sah an Kathi vorbei. Es hatte sich noch mehr verändert. Die Passanten und Paare auf den Gehwegen folgten anderen Schrittmustern, machten Bögen umeinander, scherten aus und vollführten eine Art Abstandstanz, um sich zu meiden. Maria musste an den Rabbi denken und ihr Gespräch über Aussätzige.

»Wenn ich wüsste, was es ist …«, sagte sie dann. »Ich schätze, ich bin einfach raus, rausgefallen aus allem, aus dem Beruf und der Familie leider auch. Aber das ist vielleicht ganz natürlich nach zwei Wochen Quarantäne, sofern daran etwas natürlich ist. Und, ja, du hast recht: Ich hätte mich häufiger melden sollen. Mir ist es selbst ein Rätsel, warum ich gegen die Isolation nicht antelefoniert und angetextet habe wie verrückt. Nur, um ehrlich zu sein, nach jeder Mail, SMS, jedem Anruf habe ich mich noch isolierter gefühlt.«

Das war nicht die Erklärung, auf die Kathi wartete, Maria wusste das. Doch es war alles, was sie ihr im Augenblick sagen konnte.

Kathi schnippte ihre Zigarette weg. »Dann hast du dir das Video nicht angeguckt?«

Maria schwieg und nestelte an den Ärmeln ihres umgehängten Pullovers. Ihr war klar, dass Kathi sie zur Rede stellen würde, ob sie nun wollte oder nicht.

»Selma meinte, sie hätte dir ein Video von Morpheus geschickt und nichts von dir gehört, gar nichts …«

»Ich hab's nicht so mit Katzenvideos.«

»Darum geht's doch nicht, Maria! Irgendeine Antwort, auch nur das kleinste Zeichen, ein Emoji zur Not. Selma hätte das viel bedeutet. Also bitte, was ist los?«

Ein paar Halbstarke in Trainingsanzügen alberten auf ganzer Gehwegbreite herum und liefen wie eh und je Richtung Späti. Maria wünschte sich fast, von ihnen angerempelt zu werden.

Doch auch die Jungs umkurvten sie ganz selbstverständlich. »Es waren zwei seltsame Wochen«, stellte sie fest, »vielleicht sogar die seltsamsten zwei Wochen meines Lebens …«

»Hast du jemanden kennengelernt?«, fragte Kathi gewohnt unverblümt. »Warst du bei einem anderen Mann?«

Maria lachte schnaubend, einerseits weil es so abwegig war, andererseits weil es stimmte. Doch Kathi verstand in dem Punkt keinen Spaß.

»Jakob ist gestern Nacht noch im Pfarrhaus aufgekreuzt, mit seiner Kunstprofessorin im Schlepptau. Was das nun wieder sollte, musst du ihn selbst fragen. Aber er hat mir im Tausch gegen ein Frühstück mit Rührei gebeichtet, dass er die letzten zwei Wochen in deiner Wohnung verbracht hat, ohne dich. Was mich zu der Frage zurückbringt: Wo, verdammt noch mal, warst du die ganze Zeit?«

Hilfesuchend sah Maria sich auf der Straße um. Noch nie war es ihr so schwergefallen, mit Kathi zu reden. Irgendwie war zu viel passiert. »Wollen wir einen Kaffee trinken?«

»Ich dachte schon, du fragst nicht mehr«, gab Kathi zurück und schob ein Lächeln nach. Dann hakte sie sich unter wie in alten Zeiten und strebte Seite an Seite mit Maria dem Eingang zu, bis ihr einfiel, dass sie noch ihren Arztkoffer aus dem Wagen holen musste. »Man kann nicht vorsichtig genug sein«, fügte sie mit einem Augenzwinkern hinzu. Doch der Rest ihres Gesichts blieb starr.

Maria registrierte das, war aber in Gedanken schon wieder beim Rabbi und seinem verlorenen Koffer, auf den er so lange gewartet hatte, um auf einmal ohne ihn zu verschwinden. Vielleicht, überlegte sie, existierte dieser Koffer auch gar nicht oder war schon seit Jahren verloren. Der Rabbi hatte immer gesagt, dass er hier nur gestrandet sei und weiterreisen würde, sobald es ging. Doch erst ging es lange nicht und dann mit einem Mal sehr schnell, wie um zu verhindern, dass sie ihn zurückhielt. Ohne Vorwarnung, ohne Abschied war er in aller Frühe abgeholt worden und hatte ihr nur eine Telefonnummer hinterlassen. Der entsprechende Anruf schien unausweichlich, dennoch hatte Maria ihn lange hinausgezögert, weil sie aus irgendeinem Grund mit dem Schlimmsten rechnete: einem Abschiedsbrief aus dem Leben, einer Todesnachricht, einer Art von Ende. Was ihr Sorgen machte, war nicht, dass der Rabbi trotz aller Risiken und Reisewarnungen womöglich in diesem Moment in Hamburg oder Bremerhaven ein Schiff bestieg, das sich wie so viele Kreuzfahrtschiffe dieser Tage als schwimmendes Gefängnis erweisen würde. Ihre Angst war, er könnte kurz vor New York von irgendeinem Zwischendeck in den Atlantik springen, um das Schicksal seiner Familie zu besiegeln und Vergebung zu erlangen.

Nach dem Tod, hatte der Rabbi einmal zu ihr gesagt, kämen weder Himmel noch Hölle, sondern die Realität.

Vor ihrer Wohnungstür blieb Maria stehen, legte den Finger auf den Mund und lauschte. Es war still, keine Stimmen, keine Geräusche von drinnen, doch sie wollte ganz sichergehen. Als sie sich endlich zu dem Anruf durchgerungen hatte, war eine Dame von der israelischen Botschaft am Telefon gewesen, die über alles im Bilde zu sein schien, auch über den Wasserschaden, mit dem die ganze Geschichte begonnen hatte. Der Rabbi musste die strikte Anweisung erteilt haben, alles wieder auf Vordermann bringen zu lassen, wofür ihre Leute – das hatte die Frau von der Botschaft versichert – nicht länger als anderthalb Stunden brauchen würden. Zur Diskussion stand der Einsatz nicht. Nur bei den Modalitäten der Schlüsselübergabe durfte Maria mitreden. Zu guter Letzt hatte sie ihren Wohnungsschlüssel unter die Fußmatte gelegt und war spazieren gegangen. Wenn alles geklappt hatte, musste er jetzt wieder daliegen.

Maria bückte sich, schob die Matte beiseite und hob ihn auf, all das unter Kathis fragenden Blicken. Ihr Befremden wurde nicht kleiner dadurch, dass Maria den Schlüssel wegsteckte, noch eine

Treppe höher stieg und die Penthouse-Wohnung in der Dachetage aufschloss.

»Um deine Frage zu beantworten, Kathi, ich war hier.«

»Hier oben hast du dich versteckt, die ganze Zeit? Während Jakob unter dir in deiner Wohnung …«

»… gehaust hat, ja.« Maria lächelte schief und ließ sie eintreten. Ihre Hoffnung war, dass sich vieles von selbst erklären würde, sobald Kathi die Wohnung sah. Wenn es darum ging, in welchen Räumlichkeiten man sich zwei Wochen lang einsperren lassen würde, lag die bessere Wahl auf der Hand, noch dazu, wenn man sich die sehr viel kleinere Wohnung mit einem nur bedingt WG-tauglichen Kunststudenten teilen musste, der obendrein der eigene Sohn war. »Du hältst mich jetzt bestimmt für eine Rabenmutter, aber ganz ehrlich: Die Vorstellung, Jakob wieder bei mir wohnen zu lassen, war unter normalen Umständen schon eine Zumutung. Mit ihm in Quarantäne eingesperrt zu sein und meine Erziehungsfehler rund um die Uhr auf der Couch liegen zu sehen, das ist zu viel verlangt, tut mir leid, nicht obwohl, sondern gerade weil ich seine Mutter bin.«

Anstatt sich umzuschauen, sah Kathi sie schweigend an. Ihren Koffer stellte sie nicht ab.

»Ich kann mich über meine Isolation im Luxus nicht beschweren«, redete Maria weiter, »bei so viel Platz und Freiraum. Doch falls es dich tröstet: Die reine Freude war es nicht, dieses Parallelleben auf zwei Stockwerken, Fußboden an Zimmerdecke mit Jakob, immer mit einem Ohr bei dem Hausgeist unter mir. Es ist wirklich verrückt. Alle reden vom Ende des öffentlichen Lebens – für mich war es mit der Privatsphäre vorbei. Ich glaube, ich weiß jetzt alles über Jakob, was ich nie wissen wollte …« Ganz nebenbei versuchte sie, Kathis Blick von sich weg auf den lichtdurchfluteten Wohn- und Esszimmerbereich zu lenken. »Es gibt gute Gründe, warum Eltern und Kinder irgendwann getrennte Wege gehen und nicht mehr viel voneinander mitkriegen. Ich war so oft kurz davor, einfach bei ihm reinzuplatzen und ›stop!‹ zu schreien. Aber ich dachte, wenigstens diesmal muss ich konsequent sein und mich raushalten wie im wirklichen Leben, als wäre ich gar nicht da. Mag sein, dass ich es mir damit bloß leicht machen wollte. Dann ist das so. Dann bin ich nicht mal imstande, es mir leicht zu machen, geschweige denn allen anderen.«

Sie blieb mit Kathi vor den Panoramafenstern stehen. Die Jalousien waren halb heruntergelassen, aber aufgefächert, so mochte Maria es am liebsten. Der Ausblick über die Dächer von Berlin war auch in Streifen überwältigend, die Höhe und Weite hatte etwas Erhebendes; von einem »Fahrstuhl für die Seele« hatte der Rabbi mal gesprochen. Doch vielleicht war diese Formulierung auch von ihr.

Kathis Kommentar zur Aussicht bestand darin, dass sie sich eines Kommentars enthielt. Sie schien mit dem Apartment nicht warm zu werden und gab sich zugeknöpft. Auf eine Weise war das so kränkend wie ein nicht erwidertes Gefühl. Doch ohne den alten Mann in seinem fadenscheinigen Hausmantel, ohne die Gedanken und Gespräche mit ihm war das Penthouse nur der Yuppie-Showroom, den auch Maria anfangs darin gesehen hatte, und nicht wie in den letzten beiden Wochen ihre Welt.

Ob sie jetzt gleich von ihrer Begegnung erzählen sollte oder besser später? Dass der Rabbi ihr Leben verändert hatte und dass diese Veränderung erst der Anfang von etwas Großem war, spürte Maria auch und gerade in seiner Abwesenheit. Doch nicht einmal ihre beste Freundin würde das so ohne Weiteres verstehen, jedenfalls nicht so, wie sie es verstanden haben wollte. Er war eben kein »anderer Mann«. Als Kathi so anfing, hatte sie einen Moment lang gedacht: Ich erzähle es nie!

»Es war nicht richtig, hier unterzutauchen, ich weiß«, wandte Maria sich von der Fensterfront ab, um die Besichtigung schnell hinter sich zu bringen, »falls man bei einer Dachwohnung wie dieser von ›untertauchen‹ sprechen kann. Die Heimlichtuerei war eine Qual, glaub mir, genauso wie das ständige schlechte Gewissen. Aber wenn ich Jakob nur den kleinsten Wink gegeben hätte, wäre unser lebenslängliches Abhängigkeitsspiel wieder von vorne losgegangen, bloß über zwei Etagen. Es ist ein bisschen wie bei diesem alten Witz, du kennst ihn wahrscheinlich: Ein katholischer Priester, ein Atheist und ein Rabbi streiten sich über den Beginn des menschlichen Lebens. Der Katholik sagt: Das Leben fängt an, wenn die Kinder auf dem Weg sind. Der Atheist sagt: Das Leben fängt an, wenn die Kinder auf der Welt sind. Und der Rabbi: Das Leben fängt an, wenn die Kinder aus dem Haus sind ...« Sie war keine Witzerzählerin, und Kathi ließ sie das spüren, indem sie sich nicht einmal die Mühe machte, kurz zu schmunzeln. Doch darum ging es Maria auch nicht. Sie wollte wissen, wie viel Kathi wusste oder ahnte.

Bei der Erwähnung des Rabbi hatte sie keine Miene verzogen.

Den Flur mit den vielen Fenstern durchschritten sie nicht bis zum Ende und würdigten auch die Dachterrassen links und rechts kaum eines Blickes. Als sie an der Tür zum Zimmer des Rabbi vorbeikamen, zögerte Maria einen Sekundenbruchteil, rührte aber die Klinke nicht an. Sie wusste, dass er verschwunden war, spurlos wie ein Geist, bis auf den Zettel mit der Nummer. Am Schluss ihres Telefonats mit der israelischen Botschaft hatte Maria gefragt, ob sie den Rabbi noch einmal sprechen oder auf anderem Weg Kontakt zu ihm aufnehmen könne. Darüber war die Mitarbeiterin mit makelloser Freundlichkeit hinweggegangen und hatte ihr versichert, dass die Penthouse-Wohnung noch bis Monatsende zu ihrer Verfügung stehe, Miete und Reinigung seien voll bezahlt. Im ersten Moment hatte Maria sich missverstanden gefühlt, schließlich war sie auf keinerlei Vorteile oder Privilegien aus gewesen und würde in ihre alte Wohnung zurückkehren. Doch kaum hatte sie aufgelegt, bekam dieser Hinweis eine ganz andere Bedeutung. Offenbar rechnete auch die Botschaft damit, dass der Rabbi die Dachwohnung noch einmal brauchen könnte, vielleicht weil sein Schiff aufgrund der sich ständig ändernden Reisebestimmungen nicht auslaufen durfte, vielleicht war sogar eine Rückkehr geplant. Je länger sie darüber nachdachte, desto mehr verstand sie die Information als eine versteckte Aufforderung, hier auf ihn zu warten.

»Setz dich schon mal«, verwies sie Kathi nach ihrem kurzen Rundgang auf die Couch und die Clubsessel im Wohnzimmerbereich und ging weiter zur Küchenzeile. Dort schnappte sie sich den Wasserkocher, füllte ihn über der Spüle und holte die dickwandigen Gläser aus dem Schrank.

»Du willst hier Kaffee trinken?« Kathi stand noch immer und guckte entgeistert.

»Ich würde dir gerne eine Kaffeespezialität zeigen, die ich während des Lockdowns entdeckt habe. Die Zutaten sind alle hier oben«, erwiderte Maria achselzuckend. »Wie es unten in meiner Wohnung mit den Vorräten aussieht und dem Chaos von zwei Wochen Männerwirtschaft, das weiß nur mein Sohn.«

»Maria …«, seufzte Kathi und verstummte.

»Aber natürlich können wir auch ins Katastrophengebiet umziehen, wenn du dich da wohler fühlst«, klang sie ironischer, als sie es meinte. »Nein, wirklich, du darfst dir was wünschen nach dem Langzeitgefallen, den du mir mit deinem Besuch bei Richard getan hast. Und wenn ich mich bisher nicht genügend dafür bedankt habe, dann nur, weil ich nicht weiß, wie ich dir danken soll.«

Doch Kathi winkte ab und ließ sich genau dort nieder, wo auch sie sich beim ersten Mal hingesetzt hatte. Die Sofaecke war zwei Wochen lang ihr Lieblingsplatz gewesen. Es gab eben doch – wie bei einem alten Ehepaar – eine Menge Gemeinsamkeiten, die keiner von ihnen bewusst waren, dachte Maria und konnte sich ein Lächeln nicht verkneifen. Mit der Routine von gut einem Dutzend Tassen pro Tag machte sie den Kaffee fertig.

»Möchtest du noch was dazu? Irgendwas Süßes?«

»Was hast du denn im Angebot?«

Im Backofen waren noch Rugelach und ein halbes Zopfbrot vom Schabbat. Doch beides kam Maria verräterisch vor. Sie stellte einen kleinen Teller Mandelplätzchen mit auf das Tablett und trug es zum Couchtisch.

»Selbst gebacken?«

Maria nickte, Kathi probierte. »Nach dem Rezept von deiner Tante?«

»Meiner Großmutter.«

»Dann ist es in der Familie geblieben …« Sie biss noch einmal ab. Maria sah ihr beim Kauen zu. Sie hatte Kathi vorletztes Jahr bitten müssen, nach ihrer Tante zu sehen, die auf ihre alten Tage allein mit zwei Wellensittichen in einem Steglitzer Souterrain lebte und trotz diverser schwerer Krankheiten keinerlei Hilfe annehmen wollte. In dem Fall war es bei einem Kurzbesuch geblieben.

»Ich wusste gar nicht, dass du bei meiner Tante Kekse gegessen hast.«

»Das war auch keine gute Idee von mir. Ich hatte ihr welche mitgebracht, um das Eis zu brechen, sie hat mir ihre eigenen angeboten. Dann haben wir verglichen, und sie fand ihre eigenen besser. Damit war ich im Grunde schon durchgefallen, auch als Ärztin, so als wäre ihre Überlegenheit mit den Mandelplätzchen ein für alle Mal bewiesen. Dass sie keine Frauen neben sich duldete, hattest du mir ja vorher gesagt, und wie sich herausstellte, galt das auch für mich.«

Maria nickte und dachte einen Moment an diese schrille, exzentrische alte Dame, die noch am Ende ihres Lebens so auf Männer fixiert war, dass sie ihre Krankheiten, anstatt sie behandeln zu lassen, überschminkte. Im Grunde war ihr ganzes Leben eine Kreuzfahrt gewesen, auf der sie sich selbst zur Schau trug und vorgab, sich zu amüsieren. Auch Kathi schien an die Begegnung zurückzudenken. Es kam nicht oft vor, dass sie von einer Patientin wieder weggeschickt wurde.

»Noch ein Gefallen, den ich dir schulde«, sagte Maria dann, um das abzuschließen. Ihre Tante war kurz darauf verstorben und damit ihre letzte lebende Verwandte. Die Trauerfeier fand auf Wunsch der Toten bei geschlossenem Sarg statt und, wie es später hieß, im engsten Familienkreis. Keiner ihrer vielen Männer war zu der Beerdigung gekommen.

»Aber die Kekse sind immer noch gut.« Kathi nahm sich noch einen.

»Bei dem Rezept kann man auch nicht viel falsch machen.«

»Im Gegensatz zu Männern …«

Sie mussten nicht lachen, um sich zu vergewissern, dass sie denselben Humor hatten. In stillem Einvernehmen griffen sie zu den Gläsern und tranken die ersten Schlucke.

Maria hatte erwartet, ihre plötzliche Vorliebe für Kaffee-Botz erklären, wenn nicht gar verteidigen zu müssen. Doch Kathi nahm die Veränderung ihrer sonst so unantastbaren Kaffeegewohnheiten einfach hin. Sie schien mit ihren Gedanken woanders zu sein, vermutlich bei den zwei Wochen im Pfarrhaus, in denen Maria gefehlt hatte. Es war so viel ungesagt.

»Und Jakob ist gestern Nacht vorgefahren?«, fragte Maria, um das Schweigen nicht zu lang werden zu lassen.

Kathi stellte ihren Kaffee ab und schien noch über etwas nachzudenken. »Darf ich hier rauchen?«

Maria schob ihr eine Untertasse als Aschenbecher hin und wartete, bis Kathi ihre Zigarette angezündet und den ersten Zug genommen hatte. Ein bisschen Rauch konnte dieser Hochglanz-Wohnung nicht schaden. »Und Jakob?«, fragte sie noch einmal.

»… ist nicht vorgefahren, sondern vorgelaufen. Der Wagen hat anderthalb Kilometer vorm Ortseingang schlappgemacht. Kein Benzin mehr. Bei seiner Professorin musste ich gleich eine Wundversorgung vornehmen und ihr die Füße verbinden. Sie war barfuß.«

»Und was wollte sie?«

»Raus aus Berlin, meinte Jakob. Sie selbst habe ich nicht genau verstanden, weil sie sehr wienert und ein bisschen weggetreten wirkte.«

»Weggetreten im Sinne von seltsam, autistisch? Oder Drogen und Alkohol?«

»Wenn du mich fragst, war sie stoned.«

»Seine Kunstprofessorin?!«

»Kunststoned.«

Jetzt lachten sie doch, Maria ein bisschen ungläubig und kürzer. »Und was hat Jakob jetzt vor? Falls er etwas vorhat …«

»Er passt erst mal auf Richard auf und auf die Füße seiner Professorin. Alles Weitere wird sich finden.«

»Das klingt ja nicht gerade vertrauenerweckend, ich –«

»Du sprichst die ganze Zeit nur von Jakob, merkst du das nicht?«, fiel ihr Kathi ins Wort und machte sie mundtot. »Entschuldige, dass ich das so offen sage, ich hatte gehofft, du kommst von selbst drauf. Aber du hast zwei Kinder, Maria, und du sprichst immer nur von einem.«

Der Vorwurf traf sie unerwartet hart.

»Ich will mich nicht mit dir streiten«, bemühte sich Kathi um einen versöhnlichen Ton. »Ich will nur, dass du Selma nicht vergisst aus Ärger über irgendwelche Männer, ob jung oder alt. Denk an deine Tante, und unterschätze nie die Wichtigkeit von Frauen! Also wenn Selma dir das nächste Mal ein Katzenvideo schickt, von Morpheus aus der Klinik oder sonst wo, schreib ihr zurück, egal was. Aber melde dich …«

Maria starrte, ohne zu blinzeln, in das in Streifen geschnittene Licht. »Ist was mit ihr?«, fragte sie tonlos. »Ist Selma etwas passiert?«

»Ihr solltet euch mal wieder unterhalten.«

»Aber ihr ist nichts passiert?«

Die Zigarette war noch nicht zu Ende, doch Kathi drückte sie aus. »Frag sie am besten nach dem Kater. Ich würde mich sehr wundern, wenn er nicht bald auf die Beine kommt und noch ein paar von seinen sieben Leben übrig hat.«

Auch wenn sie sich so trocken und ungerührt gab wie immer, war zu spüren, wie viel es Kathi bedeutete, wenigstens eins dieser Leben gerettet zu haben, so als hätte sie dem Tod damit gezeigt, dass sie auch anders konnte.

Marias Blick fiel auf den Arztkoffer, den Kathi neben sich auf die Couch gestellt hatte. Er war in ihren Augen immer ein Begleiter des sanften Entschlafens gewesen, jetzt bedeutete er Überleben. »An deiner Stelle hätte ich genauso gehandelt«, sagte sie leise, als müsste sie ihre Versäumnisse eingestehen. »Vielleicht nicht genauso gut, aber ich hätte für Selmas Kater auch alles versucht oder wenigstens versucht, alles zu versuchen.«

»Sag das nicht mir, sag es ihr!« Kathi stand auf, brachte die Kippe in den Restmüll und spülte die Untertasse ab. Der Koffer blieb einen Moment auf dem Sofa allein wie ein stummer Gast oder Zeuge. Dann nahm ihn Kathi wieder zur Hand.

»Du willst gehen?« Maria sah sie an, wie aus allen Gedanken gerissen.

»Ich muss. Masken auftreiben und die Runde machen. Meine Patienten warten seit zwei Wochen. Die, die noch da sind …« Mit dem Koffer in der Hand baute sich Kathi vor ihr auf wie vor einer langen Reise. »Danke für den Kaffee. War das türkisch?«

»In welche Klinik hast du die beiden gebracht?«, fragte Maria, ohne zu antworten oder ihrerseits aufzustehen. »Entschuldige, du hast vollkommen recht, es wird Zeit, dass ich Selma wiedersehe und Orpheus – Morpheus! – kennenlerne. Also sag, wo ist die Tierklinik?«

»Du hast mich nicht verstanden, oder?«

»Wieso? Ist sie weit weg?«

»In Buch«, sagte Kathi.

Maria stutzte. »Die Klinik?«

»Selma.«

Wenn sie nicht schon gesessen hätte, hätte sie sich setzen müssen. Maria spürte, wie ihr alles Blut entwich und ihre Beine und Arme taub wurden. »Selma ist bei ihrem Vater?« Sie brauchte einen Moment, um den Gedanken zu fassen.

»Es geht ihr nicht so gut.«

»Ich … Ich dachte, es ginge um das Tier, um –«

»Sie wollte es dir selbst sagen. Also bitte lass sie erzählen. Sie war zu lange zu still. Es sind immer die Stillen, die man vergisst.«

Maria starrte ins Leere. »In Buch?«, vergewisserte sie sich halb, halb wollte sie es nicht wahrhaben. »Aber Selma ist dort nur zu Besuch, oder …?«

Kathi schüttelte langsam den Kopf. »Sie braucht Hilfe.«

Es entstand eine Pause, in der Maria aufhörte, fassen zu wollen, was mit ihrer Tochter war. Sie nahm es einfach nur hin. »Und der Kater?«, fragte sie, um auch das hinzunehmen.

»Er wird ihr hoffentlich dabei helfen, gesund zu werden, und Holger im besten Fall auch, das wünschen sich alle, am meisten Richard. Es ist sein letzter Wille und sein größter Wunsch«, senkte Kathi die Stimme, um tröstlich zu klingen oder weniger traurig. »Morpheus kommt ursprünglich von einem Reha-Bauernhof für tiergestützte Therapie in der Nähe, insofern ist der Kater genau das Richtige für Selma und ihren Vater, für sie beide. Vielleicht kommen sie sich dadurch wieder näher.«

Maria nickte mechanisch und stand genauso mechanisch auf, um mit zur Tür zu gehen. Doch Kathi setzte ihren Koffer noch einmal ab und umarmte sie auf der Stelle, länger und inniger als sonst zum Abschied. Fast so, als sei jemand gestorben.

»Aber Richard geht es immer noch gut?«, fragte Maria. So langsam löste sich alles auf.

Kathi nickte und rieb sich die Nase, als hätte sie mit den Tränen zu kämpfen. »Ich habe ihm eine Spritze gegeben, hoch dosiert nach den Aufregungen von letzter Nacht um Morpheus und die OP. Er wollte eine Kirche der Tiere ausrufen und dem Glauben an die Menschheit abschwören – der Mann, der bisher nicht mal ein Meerschweinchen in seinem Haus geduldet hat! Er war sehr durcheinander. Aber körperlich ist er so zäh wie sonst nur die Generation, die Krieg und Hunger überlebt hat«, bemühte sich Kathi auffallend, zum Schluss etwas Positives zu sagen. »Ihm machen Ärzte mehr zu schaffen als der Krebs, das wäre mein Befund. Wenn er jemand im weißen Kittel sieht, holt ihn noch immer der Tod seiner Frau ein. Aber er schläft jetzt und atmet ruhig und gleichmäßig. Es ist gut, dass Jakob bei ihm ist, vielleicht sogar das Beste im Moment. Als er gestern Nacht vor der Tür stand, dachte ich, ihn schickt der Himmel …«

»Du weinst ja«, suchte Maria ihren Blick. »Warum weinst du?«

Kathi, die nach so vielen Toten in ihrem Alltag selten eine Träne vergoss, tupfte sich kurz mit dem Ärmel die Augenwinkel. »Richard erkennt ihn nicht. Er hält ihn für seinen Sohn, für Holger in jungen Jahren. Und er spricht die ganze Zeit mit ihm im Schlaf.« Dann bückte sie sich und öffnete ihren Koffer. »Ich soll dir das hier wiedergeben.« Sie holte das Kreuz hervor, das Maria nach langem Suchen für Richard auf dem Flohmarkt im Mauerpark aufgetrieben hatte.

»Ist es nicht das Richtige?« Maria hatte es schon fast vergessen, war aber trotzdem enttäuscht. »Es müsste doch genau das sein, was früher in seiner Kammer im Pfarrhaus gehangen hat, nicht dasselbe natürlich, aber das gleiche wie auf den alten Fotos. Hat es nicht gepasst, oder hast du's ihm gar nicht erst hingehängt?«

»Er will lieber die Leerstelle«, sagte Kathi und klappte ihren Koffer wieder zu.

Einen Moment betrachtete Maria das Kreuz in ihren Händen und schaute dann nach einer Nische oder einem Nagel in der Wand, um es aufzuhängen oder aufzustellen. Doch überall in dieser Wohnung schien es deplatziert. Also legte sie es schnell auf den

Couchtisch und stand wieder da. »Danke trotzdem«, murmelte sie in ihrer Verlegenheit, die so viel umfasste, »danke für alles«. Mehr konnte sie nicht sagen.

»Zeigst du mir noch, wie man diesen türkischen Kaffee kocht?« Offenbar wollte Kathi sie so nicht zurücklassen und hakte sich einmal mehr bei ihr ein, um sie mit sich in den Esszimmerbereich zu ziehen.

»Nicht türkisch, sondern jüdisch.« Maria blieb stehen. »Man nennt das Kaffee-Botz und gießt es einfach nur auf.« Sie wollte Kathi nicht in der Küche, dem einzigen Fleck in dieser gestylt-sterilen Wohnung, der eine persönliche Bedeutung hatte, weil es die Küche des Rabbi war.

»Dann ist er Jude?«

Maria stockte. »Wie bitte?«

»Der Mann, mit dem du hier lebst: Ist er Jude?«, fragte Kathi, als wäre nichts dabei, und so war es sicher auch gemeint. Nur nicht für Maria. Für sie war es der schlimmste Satz.

»Lass uns ein andermal weiterreden.« So unauffällig wie möglich schob sie sich zwischen Kochinsel und Küchentresen, um Kathi den Weg zu versperren.

»Maria, ich bin nicht blind: Kaffeespezialitäten, Mandelplätzchen, selbst gebacken – seit wann backst du freiwillig, außer zu Weihnachten, was ich nicht freiwillig nennen würde. Und plötzlich stellst du dich hier in die Küche, spielst die fröhliche Hausfrau und willst mir weismachen, dass es niemanden gibt?«

»Ich hatte nie die Zeit …« Sie hätte sagen können, dass er es sich nicht nehmen lassen wollte, alles Mögliche für sie zu kochen und zu backen. Sogar die Mandelplätzchen waren von ihm, nach dem Rezept ihrer Großmutter, bloß leckerer als alles, was sie je zustande gebracht hatte. Doch es widerstrebte ihr noch immer, Kathi von dem Rabbi zu erzählen. Dabei wusste sie nicht einmal, wovor sie mehr Angst hatte: davor, auf Unverständnis zu stoßen, oder davor, verstanden zu werden.

»Wenn du es nicht sagen willst, von mir aus, lass es. Aber tu nicht so, als hättest du die letzten beiden Wochen hier allein verbracht. Das beleidigt meine Intelligenz.« Kathi machte zwei, drei Schritte Richtung Ausgang, nur um wieder umzukehren. »Mein Gott, du hast jemanden kennengelernt in Zeiten der Kontaktbeschränkung, na und? Ich bin doch nicht das Ordnungsamt oder die Sittenpolizei!«

»Also gut …« Sie straffte die Schultern und drückte den Rücken durch wie vor einer Prüfung. »Ich habe jemanden kennengelernt, ziemlich überraschend sogar: mich. Und das ist keine Esoterik, sondern eine Tatsache. Ich bin mir erst jetzt begegnet«, stellte Maria klar, »und dem Rabbi des israelischen Botschafters.«

»Er ist … Rabbi?«

»Und über siebzig, falls das deine nächste Frage sein sollte.« Sie hatte sich so dagegen gesträubt, doch jetzt, nachdem es endlich ausgesprochen war, fühlte Maria sich seltsam erleichtert und gelöst. Kathi ging es offenbar umgekehrt.

»Du warst zwei Wochen mit einem Rabbi hier in dieser Wohnung?«

Maria lachte, sie konnte es selbst kaum glauben.

»Und was … hat er hier gemacht?«

»Mandelplätzchen zum Beispiel, du hast gerade ein paar davon gegessen.«

»Maria …«

»Entschuldige, ich …« Sie hörte auf zu lachen. »Es ist eine lange Geschichte, und ich wollte nicht damit anfangen, wenn du keine Zeit hast und gleich wegmusst, aber wenigstens hast du jetzt schon mal davon gehört.«

»Du glaubst doch nicht im Ernst, dass ich hier abhaue, um irgendwelchen Masken und Genehmigungen hinterherzutelefonieren, ohne zu wissen, wer oder was meine beste Freundin neuerdings ist?«

»Bist du dir sicher, dass du's wissen willst?«

»Ganz und gar nicht. Aber was bleibt mir anderes übrig«, sagte Kathi nur halb im Spaß. »Darf ich mich setzen?« Sie schnappte sich einen der Barhocker jenseits des Küchentresens, wo Maria so oft gesessen und dem Rabbi beim Kochen zugesehen hatte, nicht nur weil er mit so viel Liebe und Eifer bei der Sache war; es schien seine Art, zu Hause zu sein. Er hatte immer zu viel gekocht, wie für den nächsten Tag. Sie brauchte nur aufzutischen, Süßes und Salziges, Rugelach mit Schokolade und Marzipan aus dem Backofen, Zopfbrot, selbst gebacken, das Tomaten-Shakshuka von gestern und Hummus mit jungem Spargel. Kathi kam aus dem Staunen nicht heraus. »Und du bist sicher, dass er der Rabbi des israelischen Botschafters ist und nicht sein Koch?«

»Wir wollten das Ende meiner Quarantäne feiern«, sagte Maria. Ihr Lächeln geriet ein bisschen traurig. Kathi schien auch das nicht zu entgehen.

»Das Ende deiner Quarantäne können auch wir beide feiern. Aber vielleicht verrätst du mir erst noch, wie du es geschafft hast, zu Anfang deiner Quarantäne einen Mann kennenzulernen, der dich die ganze Zeit bekocht.«

»Magst du einen Wein dazu trinken?« Maria sah auf die Uhr. »Es ist immerhin Mittagszeit …«

»Gibt es auch Wein aus Israel?«

»Cabernet Sauvignon von den Golan-Höhen, soll sehr gut sein. Aber der Rabbi bevorzugt den Rheingau. Das darf er nur in seiner Heimat nicht laut sagen, zumindest nicht überall.« Maria entkorkte eine Flasche Riesling, füllte die Gläser und erzählte dann von dem Wasserschaden in ihrem Bad, den Leibwächtern im Treppenhaus, dem ersten Kaffee-Botz in dieser Wohnung. Doch worauf es ihr am meisten ankam, waren die Gespräche mit dem Rabbi und das Gefühl, nicht nur verstanden zu werden, sondern sich mehr und mehr selbst zu verstehen.

»Die meiste Zeit haben wir einfach nur erzählt, er von sich, ich von mir. Es hatte nichts mit Religion zu tun oder spirituellen

Fragen wie in den wiederkehrenden Diskussionen mit Richard. Es ging um Gott und die Welt, aber vor allem die Welt, um die Erfahrungen, die jeder von uns gemacht hat, die Ähnlichkeiten, Unterschiede und was sie bedeuten. Was mir noch nie so klar war, Kathi: Wir leben und verstehen unser Leben nicht. Wir wissen eigentlich nichts, weder von uns noch von anderen, auch nicht von denen, die uns nahestehen. Es ist so, als würden wir jeden Tag aufs Neue ein Buch aufschlagen, von dem wir das meiste vergessen haben, bis auf wenige Momente und eine grobe, löchrige Zusammenfassung dessen, was bisher geschah. Aber wir wissen nicht wirklich, was wir gelebt und gelesen haben. Wir starren auf den Tag wie auf den nächsten Absatz und lesen ein paar Zeilen weiter, lesen und leben, was dasteht und ansteht, aber es ergibt keinen Sinn, kein Ganzes. Wir wissen nicht, was wir da lesen, und schlafen irgendwann über den Worten ein, um genauso sinnlos weiterzuträumen und uns am Ende zu fragen, ob das schon alles war, wenn wir umblättern und feststellen, dass die nächste Seite leer ist und das Buch vorbei.«

Kathi sagte nichts. Sie hatte ein bisschen von diesem und jenem gekostet, ein bisschen an ihrem Wein genippt, aber nicht einmal ihre Zigaretten hervorgeholt, um zu rauchen. Sie saß einfach nur da, auf der anderen Seite des Küchentresens, ihr gegenüber, und hörte zu.

Auch das hatte Maria fast vergessen, was für eine gute Zuhörerin sie war.

»Das Wichtigste haben wir ausgelassen. Das Wichtigste wird nie erzählt. Es steht zwischen den Zeilen, wie man so sagt, aber vielleicht steht es auch nirgends, und die Zeilen dienen nur dazu, es zum Verschwinden zu bringen. Das Verschwundene ist das Wichtigste, doch es liegt unter Schichten von Schweigen. Meine Großmutter hatte keine Worte gewollt, meine Mutter keine gefunden, und ich wusste nicht einmal, dass ich danach suche, obwohl ich tagaus, tagein in den Spuren des Verschwundenen gelebt habe und in ihnen gelaufen bin, immer weiter und weiter. Aber davon habe ich nichts bemerkt, und wenn doch, dann habe ich es für unwichtig oder unwirklich gehalten. Dabei hat das Verschwinden unser ganzes Leben bestimmt. Es saß meiner Großmutter im Nacken auf ihrer Flucht und trieb sie an in ihrem unerbittlichen Bemühen, eine Deutsche zu werden, deutsch zu sein und alles andere hinter sich zu lassen, alle Brücken abzubrechen, um hier Fuß zu fassen und nicht aufzufallen. Sie war mir immer unheimlich, diese harte, verschlossene Frau, und ich habe geglaubt, dass ich sie, ohne es zu wagen, von ganzem Herzen hasse: ihre strafende Hand bei jeder Abweichung, ihren verbitterten Glauben, ihre Unterwürfigkeit und Selbstverleugnung gegenüber allem, was deutsch war. Ich dachte, ich hasse sie mehr, als man darf. Aber sie hat sich selbst am meisten gehasst und bekämpft bis zur Auslöschung. Von allem hat sie sich abgeschnitten, von ihrer Herkunft, ihrer Geschichte, bis sie schließlich nur noch in ihrem Glauben zu Hause war, dem letzten Stück Heimat und ihrer besten Tarnung zugleich. Polnisch durfte sie da sein, wo sie strenger als jeder andere katholisch war. In ihrer Frömmigkeit hat sie sich verkrochen und meine Mutter in die Spur geschickt, weiter auf dem Weg der Anpassung, Angleichung, auf dem Vorankommen und Verschwinden eins sind, eine Farbe: Grau. ›Unauffällig, fleißig, aufopferungsvoll‹, hieß es in fast allen ihren Arbeitszeugnissen und Empfehlungen, nachdem sie erst ihre Mutter in den Tod gepflegt hatte und sich dann selbst zu Tode pflegte für ihre Patienten, für die Familie, für mich. Nach Großmutters Tod folgte meine Mutter der vorgezeichneten Spur und verschwand schon zu Lebzeiten in der Sorge für andere und dem Verzicht auf sich. Sie wurde immer weniger, von Jahr zu Jahr, immer unsichtbarer, ein stummes, kummervolles, graues Gespenst, das sich verschliss, ohne dass jemand davon Notiz nahm. Nur meine Tante war anders, du hast sie ja erlebt. Sie schien genau das Gegenteil zu sein: keine Unsichtbare, sondern eine Erscheinung, laut, leuchtend, exzentrisch und auf ihr Vergnügen aus. Sie hat sich gegen das Verschwinden gewehrt und alle Aufmerksamkeit gefordert, hat rebelliert gegen das Dulden und die Dulderinnen des Verschwindens und ist ausgeschert, ›aus der Art geschlagen‹, wie meine Großmutter zu sagen pflegte. Sie hat den anderen Weg gewählt, könnte man meinen. Aber die Spur ist keine gerade Linie, nicht die kürzeste Verbindung zwischen zwei Punkten, sie kennt alle Umwege und Seitenpfade, so leicht entkommt man ihr nicht, nicht einmal meine Tante, trotz ihrer Kreuzfahrten und Eskapaden. Mit der Zeit sind auch ihre Männer verschwunden und haben sie der Unsichtbarkeit überlassen. Am Ende war auch sie mit dem Verschwinden allein.«

Maria sah kurz auf, sah zur Zimmerdecke und dann hinüber zum Couchtisch, auf dem noch immer die Mandelplätzchen standen.

»Das ist alles, Kathi. Das ist unsere Geschichte: Erst verschwinden die Männer, dann verschwinden die Frauen. Es war das Erste, was der Rabbi zu mir gesagt, was er mir angesehen hat: dass wir die Familie der verschwundenen Männer sind.«

Kathis Gesicht schwebte groß und rund über dem Tresen, das Kinn in die Hand gestützt, kein Ausdruck, kein Urteil in ihren Augen, nichts als Ruhe. Dieser ruhige Blick war es, der sie hielt. Von ihm fühlte Maria sich gesehen und vor dem Verschwinden bewahrt.

»Er war Jude«, sagte sie dann. »Du hast mich das gefragt, und die Antwort ist ja. Mein Großvater war Jude. Deshalb musste er verschwinden. Damit wir überleben. Damit die Familie durchkam, durfte er kein Teil von uns sein. Wir haben ihn ausgemerzt und die Seiten aus dem Buch gerissen, auf denen er zu finden war. Wir haben die Sätze entfernt, die uns verrieten, ohne zu bedenken, dass es dadurch ein anderes Buch werden würde, das Buch der fehlenden Seiten und Sätze, das Buch des Verschwindens. Ich habe es nie verstanden, als Kind nicht und auch nicht, als ich älter wurde. Ich konnte es nie ganz verstehen, weil ich immer wieder an die Punkte unserer Geschichte gekommen bin, an denen es nicht weiterging, lose Enden, verlorene Fäden, Bruchstücke. Und ich dachte, das sei so, so sei es gewesen. Ich habe das Verschwinden nicht gesehen, die Lücken und Leerstellen, ich habe darüber hinweggelesen, obwohl es mich geradezu anschrie, zwischen den Zeilen, unter den Schichten von Schweigen. Er schrie mich an, und ich habe ihn nicht gehört.«

Maria schwieg jetzt, als wäre sie mit ihrer Geschichte allein. Doch Kathi verstand auch das und ließ sie, wo sie war.

»Was mit ihm passiert ist, weiß ich nicht. Es lebt niemand mehr, den ich fragen kann. Ich weiß nur, dass wir ihn getilgt haben wie einen Makel, wie man einen Schandfleck zu tilgen versucht. Und vielleicht ist das unsere größte Schuld, dass wir es geschafft haben, vollkommen«, fügte Maria ihrem Schweigen hinzu und senkte den Kopf. »Du hast mich gefragt, ob er Jude war. Jetzt weißt du, was ich weiß.«

Nachdem sie noch eine Weile geschwiegen hatten, jede für sich, wurde es still in der Wohnung. Was es auch blieb, als unten im Treppenhaus eine Tür zufiel und einige Briefkästen klapperten. Die Stille nahm sogar zu.

»Aber du vermisst ihn«, sagte Kathi schließlich »also ist er nicht ganz verschwunden …« Sie legte Maria eine Hand auf den Arm und strich mit dem Daumen über ihre Armbeuge, wieder und wieder, was tröstlich war, aber auch eine Art Reflex, so wie man das Fell eines Tieres nicht anfassen kann, ohne es zu streicheln.

»Nur deshalb würde ich meiner Großmutter gerne noch einmal begegnen, nur um zu hören, woran sie sich erinnert«, sagte Maria und zog ihren Arm zurück. »Ich will sie nicht ausfragen, ob sie irgendetwas getan oder nicht getan hat, um ihn zu retten, oder ob unsere Geschichte anders verlaufen wäre, wenn sie sich zu ihm bekannt hätte, anstatt ihn totzuschweigen und deutsch zu werden. Ich will nicht die Enkelin sein, die alles besser weiß und sich moralische Urteile erlaubt aus einer Sicherheit heraus, die es damals nicht gab. Von ihrer Schuld verstehe ich nichts, so wenig wie von ihrer Flucht und ihrem Überlebenskampf. Doch ich verstehe ihre Wut: die stille Wut all derer, die sich anpassen und unterordnen, die sich zum Verschwinden bringen müssen, um zu überleben, die Wut der Assimilation. Ich verstehe sie, weil ich in ihr zu Hause bin, weil ich sie kenne von klein auf und der Spur des Verschwindens gefolgt bin. Sie ist mein Erbe. In dieser Wut bin ich bei ihr, bei meiner Großmutter. Wir sind Wutverwandte. Und auch wenn wir es niemals zeigen würden, weil wir als Assimilierte gelernt haben, uns zu verstecken, ist es das letzte Stückchen Heimat, das mir bleibt. Meine Wut ist meine Erinnerung, und wenigstens das würde ich ihr gerne noch sagen, nur so viel von mir: dass ich sie nicht hasse und nie wirklich gehasst habe. Ich bin nur in ihren Spuren gegangen und habe dem Verschwinden gehorcht mit meinem Hass auf alles, was mir ähnlich ist, mit meiner Ablehnung und Verachtung dessen, wo ich herkomme. Und ich komme nun einmal von ihr, ob ich will oder nicht, von meiner verschlossenen Großmutter. Ich habe ihr unrecht getan. Dasselbe Unrecht, das ich mir getan habe.«

Maria nahm ihr Glas, stand auf und ging zum Fenster. Um diese Zeit, bei diesem Licht hätte der Rabbi die Jalousien heruntergelassen; sie drückte den Schalter, ließ die Lamellen einklappen und hochfahren. Unvorstellbar, dass Tag war, unbegreiflich, dass die Sonne schien. Das Licht über den Dächern war weiß unter dem tiefenlos blauen Aprilhimmel und trieb in spiegelnden Flächen dahin. Maria kniff die Augen zusammen und trank einen Schluck.

»Ich hätte nie gedacht, dass ich meine Großmutter einmal vermissen würde, geschweige denn das Gespräch mit ihr. Doch wie du sagst: Wen wir vermissen, der ist da. Die Erinnerung ist alles, was wir haben, aber sie ist mehr, als wir denken: eine Möglichkeit, die Spur des Verschwindens zurückzugehen, in entgegengesetzter Richtung. Und vielleicht sollten wir nicht nur sehen, was wir unterwegs alles verloren haben, sondern staunen, wie viel bleibt.«

Auch Kathi war aufgestanden und stellte sich neben sie an die Fensterfront, Schulter an Schulter mit ihr, wie ein Paar und kein Paar.

»Der Rabbi hatte mich nach den Männern in meiner Familie gefragt, und ich konnte nicht umhin, ihm die Geschichte von Holger und mir zu erzählen, von der Kreuzfahrt, seinen Vorträgen und der Eisbärenwacht, du weißt schon … bis zu dem Punkt, an dem Holger mit seinem Gewehr auf den Mann schießen wollte, der auf den Eisbären zielte, und es bei mir klick! gemacht hat.«

Kathi sah vor sich hin, als würde ihr langsam klar werden, wie tief Maria den Rabbi ins Vertrauen gezogen hatte. Bisher wussten nur Holger und sie davon.

»Ich hatte ewig nicht mehr daran gedacht, doch nachdem es wieder aufgetaucht war, dieses Bild, hat es mich nicht mehr losgelassen. Dabei weiß ich nicht einmal, ob es wirklich so gewesen ist oder ob ich mir nur gewünscht hatte, es wäre so. Holger bestreitet ja, dergleichen getan oder auch nur gedacht zu haben. Aber es war das Bild von ihm, in das ich mich verliebt habe: das Bild des Wächters, der auf den Wächter anlegt und den Schützen erschießt. Nicht, dass es mir keine Angst machen würde, ich kriege sogar heute noch Gänsehaut. Doch das beweist nur umso mehr, dass ich seit jeher um dieses Bild kreise, ohne zu wissen, warum.«

Maria lächelte noch einmal, ein bisschen verlegen, ein bisschen zu lang. »Es gehört zu den Bruchstücken, mit denen ich nie etwas anfangen konnte, weil sie nicht zum Rest meines Lebens gepasst haben. Allein schon Waffen und Gewalt – ein absoluter Widerspruch zu allem, was ich von mir denke und wovon ich überzeugt bin! Den Grund meiner Faszination oder Obsession kenne ich nicht genau und werde ihn wohl nie wirklich kennen. Aber die Spur führt ins Verschwinden. Die Richtung ist klar, und der Ursprung liegt weiter zurück als ich selbst. Lange habe ich geglaubt, ich hätte mütterlicherseits nur Stille und Schweigen geerbt und väterlicherseits nichts, überhaupt nichts. Doch ich habe die Erinnerung in der Familie unterschätzt, unser Gedächtnis und wie es verknüpft ist. So viele Jahre und Jahrzehnte später habe ich noch immer dieses Bild vor Augen, und, Kathi, die Wahrheit ist: Ich will den Mörder sterben sehen. Ich will, dass stirbt, wer tötet. Und es ist nicht nur der Wunsch nach Rache und Gerechtigkeit, es ist stärker, viel stärker: eine Wut, die uralte Wut des Verschwindens, und die Hoffnung, davon erlöst zu werden. Das ist der Grund meiner Liebe, die Hoffnung auf Erlösung von der Wut.«

Es war gut, dass Kathi einfach nur dastand in dem Licht, das so hell war wie Eis. Sie schien zu verstehen, dass Maria weder umarmt noch gestreichelt werden wollte, sondern kurz vorm Zerspringen war.

»Das Ende ist schnell erzählt«, Maria trat ein, zwei Schritte vom Fenster zurück und trank aus. »Wie du miterleben durftest, hat Holger nicht zu diesem Bild gepasst. Es war die Phantasie einer Befreiung und insofern Liebe, ja, aber eben nur für diesen Sekundenbruchteil, in dem wir beide dasselbe dachten und wollten: dass stirbt, wer tötet. Es war die größtmögliche Berührung seiner Wut mit meiner, obwohl sie ganz andere Wurzeln hatte und etwas ganz anderes wollte.«

Maria brachte ihr Glas weg, räumte das Geschirr vom Küchentresen in die Spülmaschine und verstaute die Reste wieder im Kühlschrank, während Kathi weiter am Fenster stand und auf das Ende der Geschichte wartete. Auch das hatte sie verstanden, dass sie in der Küche unerwünscht war.

»Ich will damit nicht sagen, ich hätte ihn nicht geliebt. Das wäre zu einfach. Ich mochte seine Wut lieber als meine, weil sie verständlicher war und unschuldiger, eine gute Wut und Sache: sein Kampf für die Meere, für das Überleben der Arten, seine Verteidigung der Tierwelt gegen die räuberische Gattung Mensch. Alles an ihm erschien mir klarer, zielstrebiger: nicht nur seine Wissenschaft, sein Ethos und Engagement, auch seine Familie, das protestantische Pfarrhaus und Richard in seinem Glaubenskampf, all das Deutsche an der Art und Weise, wie sie dachten und lebten. Ich wollte ein Teil davon sein. Entschuldige, wenn ich dir damit nichts Neues sage, du hattest es vermutlich längst durchschaut, aber ich nicht. Ich sehe erst jetzt die Geschichte hinter den Geschichten. Wie meine Großmutter habe ich Holgers Familie für ihr Deutschsein bewundert, wie meine Mutter habe ich mich bemüht und unentbehrlich gemacht als Mittlerin, Ärztin, Versorgerin. Ich wollte die Seele der Familie sein, um die Sicherheit zu haben, dass ich bleiben durfte und nie wieder weggeschickt werden würde. Als wäre eine Trennung damit ausgeschlossen. Nie hätte ich für möglich gehalten, dass ich diejenige sein würde, die sich trennt und die Scheidung einreicht. Der Schritt schien mir noch unvorstellbar, als du ihn schon für unvermeidlich hieltst. In dem Willen, es allen recht zu machen, in meiner Harmoniebedürftigkeit habe ich die Risse übersehen und ausgeblendet, dass Holgers Wut längst andere Wege ging und er die Schuld bei sich suchte, immer verzweifelter, immer manischer. Was tötet, muss sterben. Der Schütze schießt auf den Schützen – das Bild, das er so kategorisch zurückgewiesen hatte, holte ihn wieder ein, aber anders, ganz anders. Jetzt richtete sich seine Wut gegen ihn selbst und gab erst Ruhe, als er in unserem Badezimmer lag, fast ohne Puls. Damit hatte er das Bild des Schützen ausgelöscht und durch ein anderes ersetzt: den Mann der Wissenschaft, der sich das Leben nimmt, der Ehemann der Ärztin mit der Überdosis, der Vater zweier Kinder auf den Fliesen kurz vorm Atemstillstand. Und ich stand vor der Wahl, Holger mithilfe der Familie vor sich selbst zu retten oder die Familie vor ihm. Du weißt, wie schwer mir die Entscheidung fiel, du hast mir selbst dazu geraten. Und ich dachte, ich hätte in einer schwierigen Situation das kleinere Übel gewählt. Doch es geht weiter mit Selma, mit allem, alles holt uns wieder ein. – Verdammt!« Ihr war beim Abwaschen eines der Weingläser zerbrochen, sie hatte zu fest zugedrückt. Einen Moment presste Maria beide Fäuste auf den Rand der Spüle und atmete tief durch.

»Soll ich dir helfen?«

Doch sie schüttelte den Kopf und ließ Kathi nicht näher kommen. Es war nichts weiter passiert, nur der Schreck und ein paar Scherben, die sie einsammelte und in den Restmüll warf.

»Ich bin hier fertig. Seit Holger weg ist, bin ich im Buch der verschwundenen Männer an derselben Stelle angelangt wie meine Mutter und Großmutter. Ich bin in ihrer Spur. Nur ist mir endlich klar geworden, dass ich in Wirklichkeit zwei Familien habe, eine sichtbare und eine verschwundene. Bitte verzeih, dass ich in letzter Zeit so viel mit den Verschwundenen beschäftigt war.«

»Und der Rabbi«, fragte Kathi, »wo ist er jetzt?«

»Verreist.« Maria wischte mit einem Lappen die Arbeitsflächen und die Spüle trocken. »Er war nur auf der Durchreise.«

»Aber wie denn, wohin denn? Die Grenzen sind zu!«

Aus den Augenwinkeln sah Maria hinüber zur Küchenuhr. »Mit etwas Glück besteigt er jetzt sein Schiff im Hamburger Hafen und legt in wenigen Stunden ab nach New York.«

»New York? Guckt ihr keine Nachrichten?« Kathi trat aus dem Gegenlicht und stemmte die Hände in die Hüften. »New York ist im Ausnahmezustand. Da wird gerade nur noch gestorben! Auch ohne Grenzschließungen ist die Reise dahin für einen Siebzigjährigen Selbstmord. Oder wie alt war er noch mal?«

Maria zuckte mit den Achseln und verließ die Küche. Über die Risiken und Gefahren hatte sie so oft mit ihm gesprochen, ohne ihn davon abbringen zu können. Vermutlich reiste er nicht trotzdem, sondern gerade deshalb. »Ich habe offensichtlich einen Hang zu Männern, die verschwinden …« Dabei war sie so kurz davor gewesen, ihre Spur zu verlassen und auszubrechen aus der vorbestimmten Bahn. Die Gespräche mit dem Rabbi waren für Maria eine Reise der anderen Art gewesen, die Annäherung an ein unerreichtes Land und die Möglichkeit, es zu betreten. Je klarer sie dabei die Spur erkennen konnte, desto größer schien die Freiheit, ihr nicht länger folgen zu müssen und einen eigenen Weg zu gehen. Doch offenbar hatte Maria die Macht des Vorangegangen unterschätzt, nicht nur über sich, auch über den Rabbi. Sie hatte vergessen wollen und vergessen, wie sehr die Vergangenheit jeden ihrer Schritte mitging und wie machtlos das Verstehen war. »Es hat keinen Sinn mehr, hier auf ihn zu warten. Verschwunden ist verschwunden. Kathi, kommst du?«

Doch Kathi hatte sich wieder den im Licht schwimmenden Dächern zugewandt und war offenbar noch nicht so weit. Irgendeine Frage hielt sie fest.

»Am Ende kehren wir alle in die Spur zurück, zurück in unseren Alltag«, drängte Maria zum Aufbruch, nachdem sie sich so lange nicht von hier losreißen konnte. »Dreimal darfst du raten, wie sehr ich mich darauf freue, das Chaos aufzuräumen, das Jakob in meiner Wohnung hinterlassen hat. Aber genau das war mein altes Leben, und mein neues, schätze ich, wird nicht viel anders. Bleibt nur der Trost: Wenn's wieder läuft, dann läuft's, und ich merke es nicht allzu sehr …« Sie holte Kathis Koffer und stellte ihn neben ihr ab. Doch Kathi rührte sich nicht.

»Was ich nicht ganz verstanden habe … Bitte sei mir nicht böse, aber ich muss dich das fragen: Woher weißt du eigentlich, dass er Jude war, dein verschwundener Großvater?« Maria hielt auf halbem Weg inne und sagte nichts. »Ich meine«, setzte Kathi beinahe entschuldigend nach, »kannte der Rabbi ihn zufällig? Oder stand sein Name irgendwo auf einer Liste? Dass er verschwunden ist, muss ja nichts heißen, wenn man bedenkt, wie viele Männer, jüdische und nicht jüdische, im Laufe des Krieges verschwunden sind.«

Maria schwieg noch immer. Nicht weil sie es nicht gewusst hätte. Sie wusste nur nicht, wie sie es sagen sollte.

»Er ist zurückgekehrt.«

»Dein Großvater?«

Sie nickte und sah zu Boden. Maria erwartete nicht, dass Kathi sich mit diesem einen Satz zufriedengeben würde. Doch es war die Antwort, die ganze Wahrheit über ihre Gespräche mit dem Rabbi: Was sie mit ihm erlebt hatte, war keine Begegnung gewesen, sondern eine Rückkehr nach sehr langer Zeit. »Ich weiß, es klingt verrückt, und das ist es vielleicht auch. Aber ich habe ihn wiedererkannt. Wenn der Rabbi von sich erzählt hat, brauchte ich nur die Augen zu schließen und sah ihn vor mir, meinen Großvater. Ohne dass ich jemals ein Bild von ihm hatte, wusste ich, dass er es war. Es klingt wirklich verrückt. Doch seine Geschichte führte zu meiner Geschichte. Es war der Teil des Buchs, der fehlte. Das Verschwundene, Verlorengegangene war nach all den Jahren wieder da.«

Mehr hatte Maria nicht zu berichten, doch Kathi ließ sie noch immer nicht gehen. »Es klingt überhaupt nicht verrückt, sondern so, als hättet ihr euch auf eine besondere Weise gefunden«, entgegnete sie in aller Ruhe. »Wenn ich es nicht besser wüsste, würde ich sagen, es ist Liebe.«

Für Maria hatte dieses Wort schon lange keine Rolle mehr gespielt, weder zwischen Mann und Frau noch sonst in ihrem Leben. Jetzt kam es ihr wieder nah. »So aufgehoben wie bei ihm habe ich mich nicht einmal als Kind gefühlt«, suchte sie nach seiner richtigen Bedeutung. »Nur würde ich es nicht Liebe nennen, auch wenn wir vielleicht dasselbe meinen, sondern Vergebung. Darum habe ich ihn gebeten. Ich wollte, dass er mir vergibt.«

»Er dir?«, fragte Kathi.

»An seiner Stelle. Anstelle meines Großvaters.« Maria kniff die Augen zusammen, wie um sich sein Bild ins Gedächtnis zu rufen. »Er ist der Einzige, der mir vergeben kann.«

Kathi fragte nicht, ob er ihr auch vergeben hatte.

»Ich will es immer noch …«, sagte Maria.

Einen Moment standen sie beide schweigend im Licht, als würden sie darauf warten, dass es den Weg vorgab und heller oder dunkler wurde. Dann gingen sie zur Tür. Als Maria die Klinke drückte, horchte sie noch einmal, wie um sicherzugehen, dass sie im Treppenhaus niemandem über den Weg laufen würde. Doch insgeheim hoffte sie auf seine Schritte. Sie hoffte, obwohl sie es besser wusste, dass er wiederkam.

»Hätte er mich gefragt«, drehte sie sich ein letztes Mal um und warf einen Blick zurück in die Wohnung, »hätte er auch nur überlegt, ob wir den Rest unseres Lebens zusammen verbringen, ich hätte alles stehen und liegen gelassen und wäre mit ihm gegangen. Ich wäre mit ihm verschwunden.«

Sie öffnete, ließ Kathi vorgehen und schloss ab. Es war ein seltsames Gefühl, im Treppenhaus vor seiner Tür zu stehen und zu wissen, dass sie von jetzt an wieder eine Fremde war. Einen Moment überlegte Maria, was mit dem Schlüssel passieren sollte. Dann schob sie ihn schnell unter die Fußmatte.

Kathi wartete mit ihrem Koffer unten vor der alten Wohnung. Maria musste sie nicht bitten, mitzukommen und ihr hinwegzuhelfen über den ersten Schock beim Wiedereintritt in ihr Leben mit all dem Durcheinander, das Jakob angerichtet hatte, und den ungelösten Problemen von früher. Beide hielten sie den Atem an, als sie die Schwelle überschritten in Erwartung von Mief und Gestank. Doch die Wohnung war blitzblank und aufgeräumt, ordentlicher sogar, als Maria sie hinterlassen hatte. Auch das Badezimmer strahlte klinisch weiß und durchgewischt, keine Spur mehr von dem Wasserschaden, mit dem alles begonnen hatte. Es war wie nie gewesen.

Das Reinigungsteam der Botschaft hatte ganze Arbeit geleistet. Was auch erklärte, warum sich Maria nach dem ersten Überwältigtsein in ihrer eigenen Wohnung nicht richtig zu Hause fühlte. Vielmehr kam sie sich vor wie in einer sehr guten Kopie ihres Apartments, so als hätte man ihre Einrichtung abfotografiert, einmal komplett ausgeräumt und alles nach einer gründlichen Reinigung wieder an seinen Platz gestellt.

»Du wirst dich schon wieder einleben«, sagte Kathi, die ihren Eindruck offensichtlich teilte. »Brauchst du noch irgendwas?« Es gab keinen Grund mehr, Maria nicht sich selbst zu überlassen.

»Wollen wir noch einmal Bonnie Tyler hören?«

»Und mitsingen?«

Sie lachten zusammen wie früher so oft, doch für ihr geliebtes Ritual schien es weder der richtige Zeitpunkt zu sein noch der richtige Ort. Deutlicher hätte Maria nicht bewusst werden können, wie viel sich verändert hatte, obwohl es so aussah, als wäre alles beim Alten: Sie war zurück in ihrer Wohnung, nur passte Bonnie Tyler jetzt nicht mehr dazu.

Ihr Blick fiel auf den Chagall, von dem sie sich schon lange hatte trennen wollen. Das Poster in dem leicht angeschlagenen Glasrahmen hing gerader denn je. Während sie es herunternahm, um sich den Safe näher anzusehen, erzählte sie Kathi von Jakobs überstürzter Flucht aus der Wohnung, nachdem der Alarm losgegangen war. Offenbar hatte er versucht, seine Mutter zu beklauen. Maria konnte nur hoffen, dass er nach Geld gesucht hatte und nicht nach verschreibungspflichtigen Medikamenten. »Dabei bewahre ich hier nichts mehr auf, seitdem ich nur noch stationär arbeite. Ich habe gar nichts mehr im Haus außer Ibuprofen und Zugsalbe.«

Kathi schien etwas erwidern zu wollen, sagte aber nur sehr vage. »Für jedes Medikament gibt es die richtigen Hände und die falschen.« Dabei sah sie sich nach ihrem Koffer um.

Soweit Maria das beurteilen konnte, war die Tastatur nicht beschädigt, obwohl es sich von oben so angehört hatte, als sei Jakob mit Gewalt darauf losgegangen. »Der Pfeifton, den das Ding hier macht, ist wirklich nervtötend, dauert zum Glück aber nur drei Minuten. Mir ist das auch mal passiert, als ich noch Jakobs Geburtsdatum als Code einprogrammiert hatte und nicht mehr wusste, ob die Jahreszahl dazugehörte oder ob es bloß Tag und Monat waren mit jeweils einer Null davor. Seitdem benutze ich nur noch 1234.«

Der Safe sprang auf. Ihre Papiere, Unterlagen und das Kästchen schienen unberührt. »Ich habe ja kaum Wertsachen«, fuhr Maria fort, »ein bisschen Schmuck von meiner Tante und zweihundert Euro, damit die Einbrecher aus lauter Frust nicht die Wohnung verwüsten, weil sie gar nichts finden. Den Schmuck habe ich nie schätzen lassen, aber nach allem, was meine Tante am Ende versetzt hat, bezweifle ich, dass man viel dafür bekommt.« Sie öffnete das Kästchen mit den Ohrringen, Halsketten, einem Stapel alter Fotos und Briefe, obenauf die Ansichtskarte, die sie sich vom nördlichsten Postamt der Welt selbst geschrieben hatten.

»War deine Tante eigentlich religiös?«

Maria klappte das Kästchen zu und sah Kathi an. »Wie kommst du darauf?«

»Ich meine, es ist vielleicht nicht wichtig, aber als sie mich schon halb aus der Tür gejagt hatte – bei dem Patientenbesuch, von dem keine Rede mehr sein soll –, da wollte sie auf einmal, dass ich einen Rabbi rufe. Ich habe das zwischen ihren Flüchen und Verwünschungen nicht sonderlich ernst genommen und als reine Bosheit abgetan, damit du ihr nicht als nächstes Richard schickst oder einen deiner katholischen Priester. Aber vielleicht hat sie sich doch auf ihre jüdischen Wurzeln besonnen?«

»Nein, das glaube ich nicht.« Maria stellte das Kästchen zurück. »Gott ist einer der wenigen Männer, für den sie sich nie interessiert hat. Das hört sich vielleicht hart an. Aber der Spruch ist von ihr, nicht von mir.«

Kathi schien nicht ganz überzeugt und zögerte.

»Wirklich«, versicherte ihr Maria und machte den Safe wieder zu, »man kann meiner Tante vorwerfen, dass sie in ihrem Leben an nichts geglaubt hat, außer an wohlhabende Herren und Kreuzfahrten, aber sie war nicht bigott.«

»Dann verschwinde ich jetzt«, sagte Kathi ein wenig ratlos und ging mit ihrem Koffer in der Hand zur Tür. Die Umarmung fiel kurz aus, falls jemand die Treppe hochkam.

»Ich ruf dich an, wenn ich mit Selma gesprochen habe«, sagte Maria noch und verneigte sich leicht, um nicht schon wieder Danke zu sagen und um Entschuldigung zu bitten. Kathi winkte ihr in der Kehre vom Treppenabsatz, sie winkte zurück und wartete mit erhobener Hand, bis ihre Freundin verschwunden war.

Zurück in der Wohnung und aufs Neue allein, nahm sie das Kästchen noch einmal aus dem Safe, nur um ganz sicherzugehen, dass ihre Tante nicht doch eine Kreuzfahrt ins östliche Mittelmeer nach Israel gemacht und dort mit einem Rabbi angebandelt hatte. Doch davon hätte sie vermutlich erzählt. Das Einzige, woran Maria sich erinnerte, war die Atlantikroute, von der sie wegen der vielen Seetage immer wieder gesprochen hatte, um sich über den Mangel an Abwechslung zu beklagen. Ihre Tante war auf einem Schiff nach New York gefahren, und mit sehr geringer Wahrscheinlichkeit war sie dabei einem Rabbi begegnet, der Eindruck auf sie gemacht hatte. Doch es war nicht nur unwahrscheinlich, sondern so gut wie unmöglich, dass es *der* Rabbi gewesen war.

Maria hatte sich gerade an den Schreibtisch gesetzt und angefangen, die alten Fotografien durchzusehen, als sie Schritte im Treppenhaus hörte. Sie spitzte die Ohren, merkwürdig aufgeregt und voller Erwartung, so töricht es ihr auch schien. Eine Rückkehr des Rabbi hielt sie für ausgeschlossen, und ihm hinterherzureisen, kam nicht infrage. Dennoch legte sie die Fotos aus der Hand und ging zur Tür, um zu lauschen. Die Schritte stiegen höher, wurden hörbar schwerer. Maria schlug das Herz, als sie auf ihre Tür zukamen, aber sie stoppten nicht, sondern gingen vorbei und weiter das letzte Treppenstück hoch. Dann summte die Klingel in der Wohnung über ihr.

»Hallo?« Maria steckte den Kopf zur Tür hinaus und trat weiter vor, um bis zum Ende der Treppe hinaufzuschauen. »Da oben ist niemand zu Hause«, rief sie. Über dem Geländer kam ein junger Mann in gelb-roter DHL-Uniform zum Vorschein. »Kann ich Ihnen helfen?«

Der Paketbote nannte den Namen des Rabbi und die richtige Adresse.

»Ich komme«, sagte Maria, zog ihre Tür zu und lief die Treppe hinauf.

»Würden Sie die Lieferung annehmen?« Der Bote schob seinen Schal vor Mund und Nase. Maria starrte auf den alten, abgestoßenen Überseekoffer mit den Aufklebern und Kennschleifen verschiedener Flughäfen am Griff und auf dem Deckel.

»Lieb von Ihnen.« Der Mann streckte ihr Display und Stift entgegen.

Maria sagte nichts. Sie dachte an die Reisen, die dieser Koffer gemacht hatte und die er noch machen würde, überlegte kurz, während sie den Stift schwang, und unterschrieb dann mit ihrem Mädchennamen.

Von John von Düffel sind bei DuMont außerdem erschienen:

Vom Wasser
Zeit des Verschwindens
Ego
Houwelandt
Hotel Angst
Beste Jahre
Wovon ich schreibe
Goethe ruft an
Wassererzählungen
KL – Gespräch über die Unsterblichkeit
Klassenbuch
Der brennende See
Wasser und andere Welten

Dieses Buch wurde klimaneutral produziert.

Juli 2022
DuMont Buchverlag, Köln
Alle Rechte vorbehalten
© 2021 DuMont Buchverlag, Köln
Umschlaggestaltung: Lübbeke Naumann Thoben, Köln
Umschlagabbildung: © plainpicture/Yann Grancher
Satz: Fagott, Ffm
Gesetzt aus der Baskerville und der The Light Font
Druck und Verarbeitung: CPI books GmbH, Leck
Gedruckt auf säurefreiem und chlorfrei gebleichtem Papier
Printed in Germany
ISBN 978-3-8321-6645-8

www.dumont-buchverlag.de

—

## Wie lebe ich richtig?

JOHN VON
DÜFFEL

DAS
WENIGE
UND DAS
WESENTLICHE

EIN STUNDENBUCH

DUMONT

ca. 160 Seiten / Auch als eBook

Dieses Buch ist eine Einladung, die Suche nach der richtigen Richtung mitzugehen: im Nachdenken über Sinn und Sein, über die Lebensregeln des Wenigen und Wesentlichen sowie die klassischen Imperative der Schönheit, des Maßes und der Selbsterkenntnis.
Der Romanautor und promovierte Philosoph John von Düffel hat mit diesem Brevier keine Geschichte im herkömmlichen Sinn geschrieben, sondern eine kleine Chronik des Klarwerdens darüber, wie sich ein Leben erzählt.

www.dumont-buchverlag.de

—

»›Der brennende See‹ handelt von nichts weniger
als von unserer Zukunft.«

KATHARINA BORCHARDT, SWR2 LESENSWERT

320 Seiten / Auch als eBook

In einem ungewöhnlich heißen April kehrt Hanna in die Stadt ihrer
Kindheit zurück. Sie muss die Wohnung ihres jüngst verstorbenen
Vaters auflösen. Im Nachttisch findet sie das Foto einer unbekannten
Frau, auf deren Spur sie sich begibt. Bald stößt sie auf die Klima-
aktivistin Julia. Je mehr sie über die junge Frau und ihren Vater
erfährt, desto klarer wird ihr, dass er nicht der Mann war, für den
sie ihn gehalten hat ...

www.dumont-buchverlag.de

—

»»Wir kehren immer zum Wasser zurück«, ist der erste
Satz, den ich in Prosa geschrieben habe.«
JOHN VON DÜFFEL

160 Seiten / Auch als eBook

Was vor zwanzig Jahren noch im Überfluss vorhanden schien, wird
heute kostbar: Der Mensch verändert das Klima, das Wasser wird zu
einer knappen Ressource. Das Verhältnis von Mensch und Natur neu
zu fassen ist für John von Düffel nicht nur eine politische, sondern
auch eine poetische Herausforderung: In ›Wasser und andere Welten‹
versammelt er achtzehn teils poetologische, teils autobiografische,
teils alte und teils neue Texte zum Schwimmen und Schreiben.

www.dumont-buchverlag.de